解执着人生，为和谐通达

昨夜西风

人物·人性·人文 **散文丛书**
□ 聂茂／著

百花文艺出版社
BAIHUA LITERATURE AND
ART PUBLISHING HOUSE

图书在版编目（ＣＩＰ）数据

昨夜西风／聂茂著．—天津：百花文艺出版社，
2011.5
ISBN 978－7－5306－5780－5

Ⅰ．①昨…　Ⅱ．①聂…　Ⅲ．①散文集—中国—当代
Ⅳ．①I267

中国版本图书馆 CIP 数据核字（2011）第 069600 号

百花文艺出版社出版发行
地址：天津市和平区西康路 35 号
邮编：300051
e－mail：bhpubl@ public.tpt.tj.cn
http://www.bhpubl.com.cn
发行部电话：(022)23332651　邮购部电话：(022)23332478
全国新华书店经销
河北省三河市宏达印刷有限公司印刷

＊

开本 787×1092 毫米　1/16　印张 19.75　插页 2
2011 年 5 月第 1 版　2011 年 5 月第 1 次印刷
印数：1－4000 册　定价：36.00 元

时间的背影与大师的重量

缘　起

时间如水一样流去。

如水一样流去的时间没有皱纹。

但是，没有皱纹的时间不仅催生了历史的苍老，而且催生了人类自身的皱纹。

各个时代的文化大师就是这种苍老的镜像；

各个时代的文化大师就是这种皱纹的缩影。

时间是有背影的，但时间的背影被许多人所忽略。

大师是有重量的，但大师的重量被许多人所遗忘。

原因在于，这是一个物欲横流的世界，一个不要崇高只要低俗的时代。看看大街小巷那些眼花缭乱的广告吧，那些张牙舞爪的嘴唇和碎片化的喧嚣带来了集体失语的无意识。每个人都在歇斯底里，每个人都要发言。真是大狗叫，小狗也叫，人人争当言语的主宰。正是这种没有中心、没有焦点、没有方向、没有理想的号叫，虽然满足了个人的言说欲望，却因为没有认真的倾听者而使所有的言说失去意义，也使得许多言说者因为"言说"而变成"不说"。之所以如此，是因为此时的话语系统撕碎了传统的游戏序列。时间可以任意地插入进来，正义的故事可以突然夭折，生活可以从任何一个节点开始，沉默的语言可以在任何时刻被激活。

这不是人在言说，而是语言在说人。

换句话说，言说的主体再不是所指的"我"，而是能指的"他者"。语言在说我，昔日那些能写出"真理"、"信仰"和"终极意义"的心灵冲动至今只能化作无序的语言碎片，以自言自语或自言他语的方式泡沫一样流向四方。这样一来，昔日的"我说语言"，变成了"语言说我"，甚至无奈地退化成喧哗的"无言"。

与此同时，由于受到紧张的生活和工作压力的双重挤对，每个人的体力消耗殆尽，每个人的精力也消耗一空，大家麻木地生存着，处于非我的"耗尽"状态，人成了非中心化的空壳主体。在此情境下，自我与现实并不联系，历史与未来也并无依托，英雄与小丑同时出场。自我没有任何身份证明，像没有根的浮萍，或没有肉体的游魂，在世界的各个角落作无序的漂流。没有热情，也无所谓感动。芸芸众生变成蚂蚁一样，忙忙碌碌，却又从没有想过为什么如此忙碌。结果，这些蚂蚁就是个人的文化身份，就是碎片化的符号宿命。因为碎片化的文化可以拼贴、复制、放射、重叠，形成镜像和暗喻，与精神无关，与思想无关。

然而，在时间的背影深处，有一种力量在喊叫，那是大师们曾经有过的挣扎、呼号、奔走、追求，是大师们的理想、信仰和血肉，是传统、信念和执著。

一句话，是大师们的重量。这重量使轻飘的碎片有了定力，使迷茫的文化有了方向，使麻木的人们有了火热的灼痛。

我们轻轻触摸，像古老的樱树找到了春天，满手芬芳。

构　　想

这是一个浮躁的时代，也是一个日趋浅薄的社会。

浮躁的时代需要沉实的精神食粮；

浅薄的社会需要深刻的思想火种。

质而言之，在商业因子无孔不入和互联网高度发达的今天，我们有一种深深的焦虑，感觉一种无法言说的美丽正在不知不觉地丧失，我们有一种紧迫感，亟须捍卫知识的尊严，捍卫平面"阅读"传统带来的心灵愉悦，捍卫根植于血液中的诗意和单纯。而这种捍卫需要一种强力，一种定力，一种带有后启蒙性质的激励情怀和精神光芒。

为此，我把目光瞄准了文化大师，这是因为——

文化大师永远具有号召力；

文化大师是社会关注的焦点和热点；

文化大师的生活是时代的缩影；

文化大师是一个隐喻：他们的成功是人们效仿的榜样；他们的失败也给人们带来警醒和启迪。

文化大师是怎样成为大师的？

文化大师的性格特征和心路历程是什么？

文化大师也是凡人，他们的喜怒哀乐在哪里？

这是本书的聚焦所在。

该书是"雕刻"而不是传记，是叙事而不是评论。但"雕刻"的基点是建立在传记之上，叙事的原点也带有较强的评述性。

换句话说，我所写的是真实的文化大师，是文化大师生活的某个侧面，是文化大师作品的一个主音，我着眼的不是全部而是局部，我感兴趣的不是阴影而是亮点,我发掘的不是鸡毛蒜皮或个人隐私,而是历史文化、精神气质和时代背景的杂糅,是纪实、抒情和日常诗化的融合。

换言之,本书选取的叙事对象,是以文化大师的生活片断作为主要内容,文字清新活泼,叙事朴实简练,努力做到故事性、趣味性和励志性相统一,寓教于乐,以真正实现"大教育、雅文化、准学术、泛美术"的创作目的。

特　点

描写文化大师的作品很多,本书与同类著述相比,其不同点在于:

叙事风格不同:我们追求文化的底蕴,讲究文字的空灵与诗意,唯美而不粗糙,细腻而不琐碎。

选取内容不同:我们不是事无巨细的原生态式的实录,而是选择大师们生活的基点和拐点,高潮或低潮,不是编年史,更像是断代史。这样做的好处在于,能够将某个侧面发掘其最大的意义。

表现形式不同:我们不是纯粹的记事,而是结合大师的生活和作品,进行分析和评述,这样,既不同于纯粹的学术著作,又不同于纯粹的传记作品。

传播目的不同:同类著述的传播目的要么是张扬文化大师的一些隐私以吸引受众的眼球,要么是虚拟大师们的一些无法印证的浪漫事以增加可读性,或者用纯粹的学术著作在知识分子的小圈子里独享清高。本书既有大众趣味,又有学术情怀,其传播目的是让普通读者得到励志和学术熏陶,让学界专家感得到完全不同于自身作品的"别一样的风景"。

价　值

该书具有一定的学术价值和较高的文学价值。

其学术价值在于,本书发掘了大师们生活的某个基点,对其代表作品进行还原性的解读,将被历史遮蔽的真实意蕴呈示出来。这种解读是在参考了学界同行大量资料的基础上,提出自己的见解,避免了人云亦云或从文本到文本的简单解读。

其文学价值在于,作为一种文化散文,本书借助于许多表现形式,追求诗意的写作,强调文本的欣赏趣味和美学价值,使"雅"不"曲高和寡",使"俗"不"下里巴人",使读者在学到知识、了解历史和得到激励的同时,获得一种全新的美文品味和阅读快感。

鸣　谢

我怀着"王婆卖瓜"和敝帚自珍的赤诚,希望自己的这本书,能够为碎片化的时代增加一种胶力,为肤浅的社会带来一份深刻,为漂泊的文化系上一坨锚锭,为迷茫的"蚂蚁"送去一缕烛照。

感谢百花文艺出版社领导的远见卓识、忧患意识和强烈的责任心;感谢从未谋过面的江苏作家、编辑家诸荣会先生的牵线搭桥和热心张罗。

当然,最最应该感谢的,是书中的一个个文化大师,以及许许多多没有进入到该书的文化大师们!

有了这些文化大师,许多言说者就会羞愧地沉默;

有了这些文化大师,许多冒犯者就会心痛地自责;

有了这些文化大师,许多浮躁者就会静静地深思;

有了这些文化大师,许多忙碌者就会愉悦地生活。

这就是时间的背影;

这就是大师的重量。

为此,我深深感恩。

2010 年 10 月 10 日于长沙岳麓山下抱虚斋

目　录

　　沈从文说过的一句话让当今的年轻人羡慕不已："我行过许多地方的桥，看过许多次数的云，喝过许多种类的酒，却只爱过一个正当最好年龄的人。"

　　是啊，一个就够了！只要爱上心仪已久的人，并且能够跟这个人在最好年龄的时候结婚，相濡一生，该有多么的快慰！

　　沈从文做到了。这个乡下来的幸运儿，用滚烫的爱和至真的情执拗地打开了窈窕淑女张兆和那颗紧闭的香草般的心。

　　少女时代的张爱玲反叛、敏感、郁闷。她总是怀念自己的生母，并一直与生母保持着联系。比方，生母在瑞士阿尔卑斯山滑雪时还将照片寄回给她。后来生母在欧洲进了美术学校，一九四八年她在马来西亚侨校教过半年书。她喜欢画油画，跟徐悲鸿、蒋碧薇等大家都很熟识。珍珠港事变后她从新加坡逃难到印度，曾经做过印度总统尼赫鲁两个姐姐的秘书。

　　1946 年，阿赫玛托娃一生最大的打击伴着那段爱情拖着的长长的影子来临。由于和柏林交往,她被视为"嫌疑特务",最终她被开除出苏联作家协会,禁止发表诗歌。同时"喷泉屋"外的监视仍旧继续,她还必须每两天出现在窗口一次,以验证她没有自杀。她失去了高贵的自由,"喷泉屋"彻底成了监狱,列宁格勒也成了坟场。

引起巴金注意的是一位"有心人"。她是上海的一个女学生,写给他的信最多,每次寄信都要在信封上动点脑筋,比方贴一个小画片,或者画一个奇特的图。有时还将信用一根小丝线拦腰缠起来。她的信笔迹娟秀,言辞不多,落款总是:"一个十几岁的女孩"。

这个女孩就是萧珊。

沉沦是为了崛起;

沉沦是为了突破;

沉沦是为了升华。

在郁达夫的概念中,沉沦不是自甘堕落,更不是破罐子破摔,而是一种觉醒意识,是一种在自我追求遭到失败后的深刻反思,是对已有生活的否定和对未来生活的憧憬与向往。他一举成名的小说《沉沦》就是对这种理念的深度阐释。

她是一个童话。她喜欢,并且尽情地抒情,毫不掩饰自己的情感。请看这样的诗句,《从童话到童话》:一切是你的:期盼着奇迹,四月里整个的忧伤,如此急切地向往天空的一切,——可是,你不需要什么理性。直到死亡来临,我仍然是/一个小女孩,哪怕只是你的小女孩。亲爱的,在这个冬天的黄昏,请像小男孩一般,和我在一起。不要打断我的惊奇,像一个小男孩,总是在可怕的奥秘中,让我依然做个小女孩,哪怕已成为你的妻。

毛泽东说:鲁迅先生有一种"硬骨头"精神,他的骨头是最硬的。

鲁迅的"硬骨头"主要表现在他对一切黑暗势力的斗争毫不妥协,

对一切丑陋事物的揭露毫不留情:"一个也不宽恕!"他一生说了许多针刺的话,许多刻薄的却又是值得警醒的话。

萧　红:坚韧

当天晚上,在昏暗廉价的旅馆里,汪殿甲一番进攻,萧红糊里糊涂地交出了她的心。两人在北京同居了数月后,汪殿甲带去的盘缠几乎全部花光,他以北京消费太高、生活不习惯为由,连哄带骗将萧红带回哈尔滨,住在道外正阳十六道街的东兴顺旅馆里。

布罗茨基:流放者

"大师!"当奥登出现在他面前时,衣衫褴褛、满脸疲惫的布罗茨基已经身无分文、没有祖国,甚至在人的监视之下,随时都有可能毙命。他是那么激动,所有的诗歌和言语此刻都回归到一个真实的站在他面前的老人身上。老人看上去同样衣衫不整,尊容狼狈得不堪入目。但他也相信找到了知音或者依靠。

徐志摩:名字写在火焰中

一提到徐志摩,人们立即就会想到他的《再别康桥》。它似一阵风、一片云、一丝雨,把灵魂的秘密、惆怅与洒脱和诗的意境融在一起,给人一份清纯、洁美和缠绵的情愫,让读者在温馨的回忆中体会到意象的清纯和空灵。以致有人说:仅凭一首《再别康桥》,志摩就值得我们永久的纪念。

沈从文：
他边城来

壹

这是一座令人忧郁的城，叫边城。

这是一个让美发愁的人，叫从文。

沈家小院的石磨声风干了，沈家小院的残墙断壁苔化了，沈家小院里曾经有过的生气、细碎的说话和那个叫做从文的小孩，及其他的渴望与压抑，连同深赭色的沈家小院本身都消失了，留下来的只有一个想象，一个神秘的盒子，一个不死的灵魂。

人们纷纷来到这里，或远或近，男男女女，怀着各自的夙愿，与从文有关，与边城有关。

边城，凤凰的镜子，多么美丽的名字！

这真是一座奇特的城，有大量的历史遗存，有岁月的皱纹，有陈年的故事，有古老的传说，有刀刻的日历，有五月的风吹动怀乡

这是沈从文的故乡凤凰，或许也是他小说中的那座"边城"吧

的粗布,有粗布上神秘的时间表,有老城模糊的地图,有舞蹈的空间和自由的意象,有山的印象,有水的素描,有春天的速写,有夏天的勾勒,有油画般的泼洒,甚至黄昏的清单。当然,下雨的时候,也有最畅销的爱情在滚烫的雨伞下汇集,以液体的方式向远方流去,包括眼泪和欢乐。

此外,正如读者看见或想象的,它必然少不了青色的吊脚楼和诗意的瓦片,以及瓦片下倒印在水纹中的一轮弯月。

到这样的地方让人产生一种冲动,一种要去捕捉什么东西的兴奋,一种迷失之后的清醒:在消费因子渗透一切的今天,知道自己还缺少什么,这缺少的必定不是物质上的,更多的是精神上的。这座城将会满足这种需求,它充分展示了沈从文先生所说的"美是愁人的"之文化指归:"一封年少的家书从天涯出发,到达家园时恋人已经白头。"

这是怎样的一种情愫?有一种旅人让人爱恨交加,他们的身影不是映在青石驿道,就是落在夕照的远山,他们已经习惯让自己惆怅以及让别人无限惆怅。看吧,古凤凰的清瘦背影、边城中的沈从文和在太阳下看风景的他的著名表侄黄永玉,一张邮票,一个鞋垫,一个牛仔裤的标牌,这些看似不相关的文化元素被高明的游人组成了一幅时代的拼图,这拼图写满了文明的遗存、历史的沧桑和岁月变迁留下的阴影。那条沈从文走过的石板路仍然湿漉漉地展现在眼前,走过这条路的不仅有达官显赫,更多的是默默无闻的人,包括游客、商人、算命者、星相学家以及骑单车的小孩和卖糖的大爷……石板老街在晚霞照射下触目惊心地呈现猪血般殷红,令人不可思议地看见水井里的故乡一天天老去。

边城——凤凰,凤凰——边城,相切、相交、相叠,横的、竖的、斜的,最古老的意境与最现代的具象交织一起,前现代、现代和后现代的各种元素以解构者的方式进行排序,青色的天空,低矮的屋檐,大红灯笼,码头,小船,炊烟,残阳,铅笔与手提电脑,高脚酒杯与褪色的桥梁,扭动的英文字母与静静的竹藤椅,有纪实,有虚拟,有长镜头,有聚焦点,像小说的片断,像演出的停顿,像一次不经意的休息,像失去的驿道,甚至能听见奔马的嘶叫声。食谱、相册、旅馆、糯米酒、留言便条,阿雅手工、聂胡子和宣传画……一切的一切,都是那么恰如其分。

所谓边城,就是文学作品中无数城镇的一个镜影;所谓凤凰,就是人世间无数小城中的一个模特。它们或虚或实，向人们展示人类后花园静谧的秘密。这样的秘密很难在大都市里寻找得到。这里面必定有喜剧和悲剧，虚构的或真实的，其中必定有人。而"这个人，也许永远不回来了，也许'明天'回来！"这是半个世纪前，沈从文就微微心痛地发出的感

凤凰沈从文故居

叹。而今，大家又跟随沈从文呼吸过的空气和留下的足迹，走进凤凰，走进边城。在石板路上也许能碰上翠翠、傩保、天保、老水手、印瞎子、宋宋和夭夭呢。

如果你深深地思念一个地方，实际上你就已经去过了。如果你千百次想念一个人，实际上你已经完成了对他（她）的爱。沈从文的名字使边城发光，而他的文字则使凤凰的肉、凤凰的骨、凤凰的魂、凤凰的梦想和爱情，包括伤感和微雨都永久地生动和飘逸。

因了一个沈从文，无论你读了多少书，走了多路，过了多少桥，如果你没有读过《边城》，如果你没有去过凤凰，那么始终就是遗憾。

就这样，人们抱着《边城》，来到了凤凰，一天又一天，一个又一个，带着许久不能流露的愉悦，带着许久不能释放的忧伤，也许在山之前，也许在水之后。

贰

那是一个野草青青的年代。

1922年夏天，为了争取生命的独立与生活的自由，20岁的"乡下人"沈从文，怀着对未来的美好憧憬，从"湘西王"陈渠珍的保靖军需处支取的27块大洋，就兴冲冲地朝北京进发。可是，车子刚过武汉，他身上的盘缠就花了个精光。

怎么办？北京还有多远？去了怎么立足？沈从文似乎

青年时期的沈从文

没有想得太多,唯一的想法就是:既然走出了湘西,就得一直向北,直到找到那个大城市,然后住下来。他不相信偌大的北京会容不下一个小小的他。

不久,沈从文从陆军部的一位小科长那里借了10块钱作路费,一路忍饥挨饿,几天时间里,只花了两块多钱。当灰头土脸、疲惫不堪地最终来到了北京时,他摸了摸身上,还剩下7块6毛钱。他吸了气,便摇摇晃晃地下了车。

"北京的风真大,北京的房屋好拥挤!"这是沈从文对于北京的第一个感觉。很快,他大着胆子在北京西河沿的一家小客店住了下来。

其时,他的大姐沈岳鑫和姐夫田真一正在北京。

第二天,沈从文打听到他们的住处,立即找上门去。

"你怎么到这里来了?"姐夫田真一吃惊地问。

"我来寻找理想,想读点书。"沈从文天真地答道。

"你这个古怪的乡下人,真是有点冒失啊。"田真一说:"不过,你的胆气倒是不小!凭你这点胆气,就有资格来北京城住下。当然,我得告诉你,既为信仰而来,千万不要让信仰失去!因为除了它,你什么也没有!"

沈从文觉得姐夫的话很对,便点了点头。

不久,大姐和姐夫双双离开北京回湘西去了,留给沈从文的,只有两条棉被。临走前,大姐拉着沈从文的手说:"文弟,北京虽然大,可要找个立足的空间并不容易。你可要想好了,反正这些天你也看到了北京。如果你想回去,可以跟我们一起走。如果坚持留下来,你得好自为之。"

沱江边的吊脚楼

沈从文说:"就这么回去,我不甘心。"

"好吧。"大姐知道沈从文的牛脾气,她说:"这里不能住了,你去酉西会馆找远房表哥黄树生,他在那里管事。"

于是,沈从文来到了酉

西会馆，住这里可以免交房租。他来京的目的是求学，于是报考了燕京大学二年制国文班，但因他仅有高小毕业的文化程度，甚至连新式的标点符号还不会用，结果考试时一问三不知，考官不敢收留他，最后连两块钱的报名费都退还了他。

凤凰老街

求学无门的沈从文，只好开始了他艰难的自学，每天早上吃了两三个馒头、一点泡咸菜，再带上两只烧饼，走出会馆，一头扎进京师图书馆看书。

在酉西会馆住了大约半年光景，因黄树生另谋工作，他只好搬到了表哥特意替他在银闸胡同一个公寓找的一间小房里。

这间房是由贮煤间改造而成的，又小又潮，只有一个小窗口，窗口上还钉了四根细木条，房内仅能搁一张小小写字桌、一张小床，沈从文把它叫做"窄而霉小斋"。

一直以来，沈从文对北京充满了幻想，以为最不得意还可以去卖报，至少活下来没问题。可是，他根本无法卖报，因为各个地方都有规矩，像这么一个乡巴佬出去，说话人家都搞不懂，搞不清楚的，怎么能卖报呢？

沈从文还想，再不成，去讨饭，总可以吧。没想到，北京讨饭非常严格，当时的北京有许多丐帮，每个街道都有一个讨饭的头头，手里拿个棒棒。对外地人，想当乞丐都不成。

没事干，只有读书。

多年以后，沈从文回忆道：那段时间，我"先是在一个小公寓湿霉霉的房间，零下十二度的寒气中，学习不用火炉过冬的耐寒力。再其次是三天两天不吃东西，学习空空洞洞腹中的耐饥力。再其次是从饥寒交迫无望无助状况中，学习进图书馆自行摸索的阅读力。再其次是起始用一支笔，无日无夜写下去，把所有作品寄给各报章杂志，在毫无结果的等待中，学习对于工作失败的抵抗力与适应力。"

但投稿也未成功，寄出的稿子不是如泥牛入海再无消息，便是原封不动又给退了回来。沈从文感到郁闷极了。

想想也真是，一个只读过小学的乡下人，对写作没有任何训练，却凭着一股热情，试图用一种蛮劲，打开了条成功的门，谈何容易啊。家人写信催他回去，认识他的老乡也劝他打道回府，可沈从文铁了心。他对一个好心劝他回去的老乡说："只要我活着，我就要熬过来。纵使我把笔写秃，把手写残，我也要弄出一点名堂来！"

与其说，沈从文有很高的悟性，不如说，他有很强的文学天分。天道酬勤或功夫不负有心人都仅仅是事情的一个方面，写作，对于一个没有文学天分的人来说，仅仅靠蛮劲是远远不够的。

换句话说，虽然沈从文没有经过严格的写作训练，但恰恰这种非学院派的写作成就了他独特的风格。他对生活的感悟、对信仰的执著、对生命的爱，与一般的作家有着明显不同。

经过两年多的"情绪的操练"，终于在1924年的某一天，在《晨报副刊》的某个小角落里，沈从文发表了一篇儿童文学作品。当他看到自己的文字变成铅字印在报纸上时，他仿佛看到了阳光金子般从他头顶落下。

沈从文的第一笔稿费是多少钱呢？只有七毛钱，而且是书券，稿费也是按字数算的，但比当时抄稿子还要低一点。因为抄稿子当时是一块钱一千字，沈从文那篇文章八九百字，却只得七毛钱的书券。

不过，这一次成功，对沈从文的一生都有着巨大的影响。他觉得有出路了。"真是做了王爷了，太高兴了。"

雨停了，天开了。沈从文的喜悦毋须遮掩。

叁

然而，文学之路并不像想象的那么简单、轻松，对沈从文而言，初次成功的喜悦很快被一次又一次退稿所带来的沮丧所淹没。

由于没有固定的经济来源，也找不到工作，沈从文的生活陷入了绝境。

无奈之下，沈从文怀着一丝希望写信当时已经成名的几位作家求助，有两个作家对沈从文的来信不理不睬，一个作家当着同事的面嘲笑了一番，还将沈从文夹寄的一篇小说扔进了废纸篓。

但好人毕竟还是有的。比方说，郁达夫。他也接到了沈从文的求助信。

一个隆冬的雪天，风特别大，刀子般割着来来往往的人。

郁达夫独自一人，按照信件上的地址，亲自到西城区一个破旧的小公寓里去看望这位求助的青年。

梁启超

北京的冬天真是冷啊。寒风将郁达夫的脸冻得通红。

快到中午的时候，郁达夫来到了目的地。那里阴暗、潮湿，有一股淡淡的尿臊味。

"咚……咚。"郁达夫轻轻地敲了敲门。

没有动静。

怎么，家里没有人？这么冷天出去干什么？郁达夫忍不住又重重地敲了一下。

终于，"吱！"的一声，木门开了半边，只见一个瘦小的年轻人，仅穿着一件夹衣，拿着一床旧棉絮裹住双腿："请问，你找谁？"

"你是沈从文吗？"郁达夫立即问。天气太冷，他不希望这个年轻人因为他的打扰而感冒一场。如果是的话，他马上进屋子里去；如果不是，赶快离开。

"我是。"沈从文有点哆嗦地说，"请问你、你……"

"噢，我是郁达夫。"他边说边主动推门进来，并随即关上了门，"外面太冷了。"

可屋子太破，居然漏风。由于没有烤火，屋子里面和外面的温差不是很大。而就是在这样恶劣的环境下，沈从文竟然还在用冻得发肿的手写小说！

"啊？你就是郁……"沈从文十分感动，话还没说完，郁达夫就接上话道："就叫我达夫吧。你这屋子也太冷了啊。"说完，他连忙把自己脖子上的一条羊毛围巾解下来围在沈从文的脖子上。

"谢谢!"沈从文有点羞涩地说,"真对不起,这么冷的天,你还来看我。"

"走。咱们出去喝酒吧。"郁达夫很豪气,说,"暖暖身子再说吧。"

沈从文还来不及表态,郁达夫就拉着他到旁边的一家饭馆里坐了下来,要了一瓶二锅头,随即点了几个好菜。

在吃饭闲谈的过程中,沈从文曾向郁达夫表示希望在北京大学读书,毕业后可以找到一份职业。

郁达夫听了连连摇头,说:"依你这样一个白脸长身,一无依靠的文学青年,即使将面包和泪吃,勤勤恳恳地在大学窗下住它五六年,难道你拿毕业文凭的那一天,天上就会忽而下起珍珠白米的雨来的吗?"

沈从文感到一脸雾水。他有点困惑地看着郁达夫。

郁达夫喝了一口酒,接着说:"现在不要说中国全国,就是在北京的一区里头,你且去站在十字街头,看见穿长袍黑马褂或哔叽旧洋服的人问一问,不上半天就可以积起一大堆的学士博士来,而他们都是来北京谋差使的。大学毕业生坐汽车吸大烟,一掷千金的人原是有的,然而他们大都是有背景靠山的,至少也真是爬乌龟钻狗洞的人……"

沈从文倒吸了一口冷气。

郁达夫

"你要有他们那么的后援,或他们那么的乌龟本领,狗本领,那么你就是大学不毕业,何尝不可以吃饭。"郁达夫毫不隐讳地说。

"可我总得活下去啊。"沈从文心里没有底了。

郁达夫拍了拍沈从文的肩膀,劝他不要太急。然后,他实实在在地为沈从文设计了上中下几条生路:上策是找点正当的事干,然而这是难以办到的;中策是弄几个旅费回到湖南老家,然而当时军阀混战,回湖南的火车已经不开了,中策也无法施行;那么为了生命,就只有实行下策了,那就是去偷去抢。当然,首先就是要偷那个不肯接济的富亲戚,"因为他的那些堆积在那里的财富不过是方法手段不同罢了,实际上也是和你一样的偷来抢来的。"

郁达夫愤世嫉俗的话,让沈从文听得眼睛发直。

酒足饭饱之后,郁达夫起身去结账。

临走,郁达夫又将身上仅剩下的五块钱送给了沈从文。

望着雪空下郁达夫离去的背影,"硬汉"沈从文流下了感激的泪。

更让沈从文意想不到的是,郁达夫还将酒桌上振聋发聩的话通过整理,写成《给一位文学青年的公开状》,在报上发表,轰动一时。

在郁达夫的关心和推荐下,自1924年年末开始,沈从文以休芸芸为笔名在《晨报副刊》上连续发表了《一封未曾付邮的信》、《遥夜》、《公寓中》、《流光》、《三贝先生家训》、《夜渔》、《屠桌边》等散文和小说。

其中,散文《遥夜——五》被北京大学教授林宰平看到了,于是在"五四"运动六周年纪念日,这位哲学教授以"唯刚"为笔名写了一篇评论文章《大学和学生》,文中引用了沈从文这篇文章的大段文字,认为他将学生生活"很曲折的深刻的传写出来——《遥夜》全文俱佳——实在能够感动人"。

随后,林宰平托人找到沈从文,邀请他到自己家去谈了整整一个下午,并一再向徐志摩、陈西滢等名流举荐沈从文,还向梁启超专门讲起了沈从文的困难处境。

梁启超听了沈从文的奋斗后,十分感动,说:"这样的人才,国家应该用他。"

可以说,雪天探访:郁达夫敲开了严寒的冬天。

打那以后,沈从文与郁达夫一直保持着深厚的友谊,沈从文从郁达夫的知遇中获得了奋发的力量,终于以其勤奋与天才成为现代文坛的大家。

郁达夫也一直将沈从文视为知己。抗战爆发后,郁达夫流亡南洋,又与王映霞离婚,原准备向正在西南教书的沈从文托孤的,只是考虑到沈从文自己也拖家带口的,才辗转送到老家富阳乡下去……

生命的春天到了。沈从文的前途一步步打开,他的寒冬结束了,他的脚下是一片靓丽的风景。

肆

沈从文说过的一句话让当今的年轻人羡慕不已："我行过许多地方的桥,看过许多次数的云,喝过许多种类的酒,却只爱过一个正当最好年龄的人。"

是啊,一个就够了!只要爱上心仪已久的人,并且能够跟这个人在最好年龄的时候结婚,相濡一生,该有多么的快慰!

沈从文做到了。这个乡下来的幸运儿,用滚烫的爱和至真的情执拗地打开了窈窕淑女张兆和那颗紧闭的香草般的心。

那是一个文香四溢的年代。沈从文的名字真是让人欢喜啊。可这么一个让人欢喜的人却很腼腆,也很自卑。他可以在文章中恣意汪洋,但现实中他却是十分小心谨慎,甚至胆怯得有点失态。

那一天阳光很好。可沈从文一点也感觉不到阳光带给他初春的温暖。第一次登上北京大学讲坛的时候,他比所有的学生们都要去得早。本来,他想好了许多话,要对这些葱嫩的学子们说的。可是,当他望着愈来愈多的学生走进教室、最后竟然坐了满满一教室的人的时候,刹那间,他的灵魂飘了出去。上课铃响了,他像一个脑部缺氧的人,呆呆地站着,头脑里空空荡荡。

这种"缺氧"状态几乎持续了十多分钟。

沉默。难堪的沉默让沈从文涨红了脸。

台下的学生们真是好样儿的。这些心高气傲的中国精英,青春年少的才子佳人们,没有辱没北大的名声,他们大多读过沈从文的作品,大多是他的崇拜者,也大都知道只读过小学的沈从文要在这里讲课多不容易。因此,他们没有一个人起哄,也没有一个人发出嘲笑的声音。大家屏住呼吸,静静地等待着他,用期待的、鼓励的眼光看着他。

终于,沈从文转过身,在黑板上认认真真地写下了第一行字:"我从乡下来的,叫沈从文。"

胡适

他突然觉得:这样的板书比他在稿纸上奋笔疾书要难上一百倍。

台下突然响起了一阵掌声。

沈从文的眼睛潮湿了,慌乱的情绪逐渐平静下来。他开始讲课,用的是湘西普通话,他说得很认真,声音很轻。

慢慢地,他变得流畅起来,语速加快了。谈起小说,谈小说创作,他找到了感觉,进入了角色。他讲啊讲,可是很快,他傻眼了:自己居然只用了不到十分钟的时间, 就把一个小时的讲义讲完了。这份讲义他可是认真地准备了一个多星期啊。

剩下的时间,沈从文不知道说什么好。他害怕再一次进入"缺氧"状态,便迅速拿起粉笔,转过身去,在黑板上写下了这堂课的最后一行字——

"对不起,我第一次上课,见你们人多,怕了。"

写完,他甚至顾不上跟学生们打一声招呼,像一个战败的士兵,匆匆地离开了讲坛。

沈从文并没有回到自己的住地,而是径直走进校长办公室,他想辞职不干了。

可是,还没容他开口,胡适反而先发话了:"从文,你不是在上课吗,怎么来这儿了?"

"我的课上完了。"沈从文说,"我没有其他的话可说……"

"哦,我明白了。"胡适打断沈从文,说,"你是一个不说废话的人,就像你的文章一样。好了,你回去休息吧。我要去开会了。"

胡适没有看沈从文的反应,就夹着公文包朝外走去。沈从文望着鼎力荐举他做教授的校长和他那决然而去的背影,他知道:胡适不会批准他辞职。一股暖流涌入心田,这个乡下人感动了,感动于学生们的理解,感动于校长的支持。他除了好好地干,还能做什么呢?

接下来的日子,沈从文的课讲得越来越好,渐入佳境。原因在于,教室里有一张向日葵般的脸和一双妩媚如诗的眼睛。有了这张脸和这双眼睛,他像获得了一种定力,他的情绪饱满起来,心情开始舒畅起来。

那是学生张兆和的脸和她的眼睛。

一切来得那么突然：张兆和点燃了沈从文压抑的自信和久雨的天空。

张兆和收到第一封信的时候，差一点把它混同于普通的求爱信而将它弃之不看。因为这样的信总是容易惊扰她的春梦。然而，信封上潇洒的字迹和没有地址的怪异让她产生了好奇：是谁写来的信？直至小心翼翼地展开一看：天哪，竟是那个说着糟糕普通话、自称"乡下人"的沈老师沈从文！她的心像受惊的小鹿，一脸的通红。她赶紧将信收起来，捂着胸口，尽力让心绪平静下来。

老师向学生求爱，这样的事她耳有所闻，可她从未想到，有一天会降临到自己的头上。张兆和不知所措。唯一的办法是：不理睬。她本以为，只要自己不理睬，沈老师就会知趣而退。

岂知，沈从文着了魔一般，一封接一封地写。尽管遭到了顽固而冷漠地拒绝，尽管写情书比写小说更费神，但他痴心不改。就这样，写了快一年的独白式的情书后，沈从文没有得到对方的任何回答。

张兆和仍然伶伶俜俜地来听他的课，只是将位置从前排挪到了后排，并且尽量不抬头看人，只静静地听着就行。沈从文从没有叫她回答问题，有好几次，下课后，他想叫住她，跟她说说话。但是他一直没有这么做。

有一天，在来教室的路上，沈从文突然碰到了张兆和，两人都怔怔地站了一会儿。沈从文正要发话，却见张兆和捂着嘴巴飞快地跑了。

那一堂课，沈从文缺席了。

那一堂课，张兆和暗暗哭了。

沈从文伤透了心，他在日记中写道："因为爱她，我这大半年来把生活全毁了，一件事不能做。我只打算走到远处去，一面是她可以安心，一面是我免得烦恼。"

打定主意后，沈从文毅然去向校长辞行。胡适感到很奇怪：从文的课不是深受学生欢迎的吗？怎么突然要走了？作为一个爱才如命的学者，胡适知道从文一定遇到了麻烦。

"是不是感情出了问题？"胡适儒雅地说。

沈从文点了点头。他将自己对张兆和的爱恋一股脑地告诉了值得他信赖和尊敬的校长。

胡适听完，沉吟片刻，说："稍安勿躁，我自有安排。"

沈从文与张兆和

这位一心要成全沈从文好事的大学校长打算当天下午去找张兆和谈谈。没料到，中午的时候，张兆和捧着一沓厚厚的信，愁容满面地来找胡适，向他告状，说沈从文的情书扰乱了她的学业。为了显示事情的严重性，张兆和还特意挑出一封情书中的一句话："我不仅爱你的灵魂，我也要爱你的肉体……"

张兆和羞红着脸，生气地说："校长，这样的信，像一个老师写的吗？"

胡适并没有立即回话，而是认真地打量着这个女孩，感觉真是清爽！心想：怪不得从文坠入了爱河。待张兆和发泄完，胡适这才慢条斯理地说："你今天来找我，是不是表示要听我的话？"

张兆和没有意识到这句话的深意，点了点头。

胡适满意地看了张兆和一眼，说："很好。既然听我的，那么，你会接受我的忠告吗？"

张兆和微微一惊，再次点了点头。

"沈老师是个天才。社会上有了这样的天才，人人都应该帮助他。"胡适说到这里，话锋突然一转，认真地说，"你就嫁给他吧。"

张兆和一听，顿时傻眼了：天啊，堂堂校长，居然劝自己的学生嫁给老师！而且说得那样直接，那么坚决！张兆和眼泪夺眶而出。她将手中厚厚的一摞信重重地塞进胡适的手里，转身飞跑而去。

在胡适等人的大力支持下，沈从文的爱情出现了转机。当一封又一封情书更加火热更加厚重地摆满了张兆和的抽屉的时候，她的态度逐渐产生了变化，她开始回信，语气从礼貌到随意再到亲爱。他们通了四年的信以后，终于有了结果。

于是，一个阳光灿烂的日子，当时已到青岛大学任教的沈从文，千里迢迢地跑到张兆和远在苏州的家中，正式向她求婚。张兆和说，家里人还要考虑一下，特别是她的老爸。

由于课程没有结束，沈从文不能呆在苏州，他得立即返回青岛。一到家，他就给准夫人写信,说:"如爸爸同意,就早点让我知道,让我这个乡下人喝杯甜酒吧。"

一个礼拜后,张兆和在征得父亲的同意之后,给急不可待的沈从文发了一封至美的电报,上书:"乡下人,喝杯甜酒吧。"

沈从文握着这张电报,感觉满世界的芬芳都向他涌来……

爱情的月掉进了甜酒里,沈从文这一回喝了个够。

伍

一个是性格固执的乡下人,一个是都市里的大小姐,两人文化背景反差巨大的人能够和谐地走到一起,风风雨雨,起起落落,一齐到老,没有文人墨客们常常闹出的绯闻甚至婚变,仅这一点,沈从文和张兆和就创造了奇迹。

画家黄永玉在《太阳下的风景》中描述表叔沈从文与张兆和的爱情和婚姻时曾说:"婶婶像一位高明的司机,对付这么一部结构很特殊的机器,任何时候都能驾驶在正常的轨道上,真是神奇之至。两个人几乎是两个星球上的人,他们却走到一起来了。没有婶婶,很难想象生活会变成什么样子,又要严格,又要容忍。她除了承担全家运行着的命运之外,还要温柔耐心地引导这长年不驯的山民老艺术家走常人的道路。因为从文表叔从来坚信自己比任何平常人更平常人。"

的确,在沈从文的一生,如果没有张兆和的精心调摆,以沈从文的牛脾气,他能否躲过一次又一次暴风雨,就很难预测了。

也许是从小苦够了的缘故,沈从文的生活一直过得十分简朴,真正保持了"乡下人"的本色。现在中国现代文学馆里陈列一把沈从文先生用过的椅子,里面还有一个感人的故事。

据作家陈建功说:"我……听说沈从文先生一家生活非常节俭,沈先生坐着一把破椅子,却资助了一百多个土家族孩子上学。由此,我曾向文学馆建议,买把新椅子送过去,把沈先生坐过的椅子当作文物收藏起来。一天作协一位同志带话给我,说沈先生的夫人张兆和老人找我呢,老人家听到了信儿,说想把这把椅子送给我收藏,兆和老人还非常细心,写了个纸条说:建功同志,沈从文生前用过的这把椅子送给你,作个纪念。这使我非常感动。我把这故事讲给文学馆的同志们听,我说搜集作家们的藏品,要有神圣感、圣洁感。作家们为我们民族性格的养成、民族情感的升华,贡献了一生,我们要抱着崇高的责任感,对待他们的捐赠和遗存。"

的确,沈从文作为作家令人尊敬;当他无法写作、转向文物研究而成为专家时,更令人感佩。他是怎么做到这一切的呢?

"照我思索,能理解'我',我思索,可认识'人'。"这是沈从文的名言。

"每天你都有机会和很多人擦身而过,有些人可能会变成你的朋友或者是知己,所以我从来没有放弃任何跟人摩擦的机会。有时候搞得自己头破血流,管他呢!开心就行了。"当我读到这样文字的时候,深深感到:一个乡下人要在都市里打拼是多么的艰难。吃了多少苦,流了多少汗,咽了多少泪,只有沈从文知道。

幸运的是,这一切都过去了。沈从文走出了黑暗,迎来了光明。有了爱情的滋润,他文思如泉,写下了大量的小说散文。张兆和不仅成了他的第一读者,而且成了他的创作之源。在日记中,我们能够看到类似这样的抱怨,但字里行间洋溢的则是甜嗔和痴爱:你逼我,是因为你知道我能写;你逼我,是因为你希望我减少对你的思念,将更多的时间和精力花到创作上。可是,我怎么能把写作当成减少对你的牵挂、减少对你的爱的借口呢?如果不是你的爱,我的写作还有动力吗?如果不是你的爱,我的写作不是很苍白吗?

有了名,有了爱,有了快乐,沈从文想起了梦萦缠绕的凤凰老家。多少年了?是回去看看的时候了!

于是,1934年1月7日,沈从文从北京出发,到达湖南桃源时已是1月12日。紧接着,他从桃源搭船,从沅水逆流而上,到达凤凰那天已是1月22日了。这样,沈从文从北京回到凤凰,途中足足走了16天。

由于张兆和有事,未能陪同前行。沈从文颇感遗憾,作为弥补,他在沅水的木船上,天天给她写信,仍然带着初恋的单纯和真挚。有人说,这些信是世界上最美丽的情书,是写给整个人类的。此话真是不假。

看,13日下午5时,沈从文写的一封信令人着迷:"船在慢慢的上滩,我背船坐在被盖里,用自来水笔来给你写封长信。这样坐下写信并不吃力,你放心。这时已经三点钟,还可以走两个钟头,应停泊在什么地方……船泊定后我必可上岸去画张画……这里小河两岸全是如此美丽动人,我画得出它的轮廓,但声音、颜色、光,可永远无本领画出了。你实在应来这小河里看看,你看过一次,所得的也许比我还多,就因为你梦里也不会想到的光景,一到船上,便无不朗然入目了。"

少年离家,衣锦还乡,心中的闲情逸致和愉快心情不言自明。当年的乡下伢子在京都混出了大名堂,能不让家乡父老为之自豪吗?既如此,沿途的山水风光能不伸出双臂欢迎我这个恋家的游子吗?

沈从文回来了。推开家门,石磨还在。屋里有一股潮湿的味道。他用手敲敲破旧的墙壁,发出一个沉闷的响声。闻讯而来的人站在门外静静地看着他。

沈从文轻轻地摇了摇头。岁月从门缝间溜走了。

家乡最著名的路是石板路。有人把那些青石板、红石板称之为"被时间所照过的镜子"。天黑了,红红的灯笼一溜溜亮。当年,沈从文就是沿着这条石板路走出凤凰,走向北京的。清脆的脚步声至今还在耳边回响。

在他的记忆中,如果夜深了,街两边的店铺都纷纷关门了,灯笼也不再那么密集,如果正巧碰上有月亮的日子,就会在黑压压的飞角屋檐上看见一句唐诗或者宋词,想起谁,思念谁,怨恨谁,也就只有天知道了。

而每当这个时候,打更的人注定是要出现了,他注定是一个孤单的人,一个半边瞎子,一个留着一撮胡子、能拉胡琴的老者,他敲打着梆子,让时间发出空空的一无所有的声音……

沈从文走在石板路上,感觉特别踏实。只有这时,他才知道,故乡的路虽然遥远,却如此坚硬。他轻轻地走着,生怕惊醒了沉积的往事。热情的山民在后面跟着,一步,一步,怀着朝圣般的崇敬。为家乡赢得荣誉的人理应得到这种待遇。

突然,沈从文听到了一声呼喊,是那么熟悉,又是那么陌生。他抬头一看,前面什么也没有,可是远处分明有一双明亮的眼睛,一双渴望的眼睛,一双搅动他神经的眼睛啊。

那是翠翠的眼睛。

翠翠只有16岁,她永远只有这个年龄。翠翠的爷爷,月光,山影,以及摇橹的桨声,像湿雾一般涌来,将沈从文紧紧地裹住了……

沈从文有些激动,他猛地朝前冲去,似乎要抓住什么。可是,除了手里握住的一缕夕光,他什么也没有抓到。在他的脑海里,翠翠仍然在苦苦地等待,像一块岩石,横亘在《边城》的扉页:"黄昏照样的温柔,美丽,平静。但一个人若体念到这个当前一切时,也就照样的在黄昏中会有点儿薄薄的凄凉。于是,这日子成为痛苦的东西了。翠翠觉得好像缺少了什么。好像眼见到这个日子过去了,想在一件新的人事上攀住它,但不成。好像生活太平凡了,忍受不住……"

啊,这是我画的吗?这是我写的吗?这是我想要向世人展示的吗?沈从文沿着凤凰的石板路,沿着精神的小径,走了一遍又一遍。说不出为什么,心里怅怅的,怔怔的,好像置身于另外一个世界,朦朦胧胧,走不出来。他的耳边反复回响着翠翠那句灼人的话:"这个人,也许永远不回来了,也许'明天'回来!"

沈从文迷茫了。翠翠不存在吗?这是那个半边瞎子唱的吗?那个敲更的、能拉胡琴的孤独老者唱的吗?一个从来没有读过书的人却唱出了心灵深处最美丽的文字——

这原是一个没有时间流过的故事

在那个与世隔绝的村子,翠翠和她爷爷为人渡船过日

十七年来一向如此

有一天这女孩碰上城里的男子,两人交换了生命的约誓

男子离去时依依不舍的凝视,翠翠说等他一辈子

等过第一个秋,等过第二个秋

等到黄叶滑落,等到俏脸哭了,为舍爱恋依旧

她等着他的承诺,等着他的回头

等到雁儿过尽,到最后,竟忘了还有自己

一日复一日翠翠纯真的仰望,看在爷爷的心里是断肠

那年头户对门当荒唐的思想,让这女孩等到天荒

那时光流水潺潺一去不复返,让这辛酸无声流传

陆

沈从文带着伤感回到北京,回到那个温馨的窝。

张兆和将他写来的信细细地装订成一本小书。多年以后,这本小书出版了。

沈从文的写作更加勤快了。对他而言,写作是一种"情绪的体操";一种使情感"凝聚成为渊潭,平铺成为湖泊"的体操;一种"扭曲文字试验它的韧性,重捶文字试验它的硬性"的体操。

沈从文努力实践自己的艺术主张。他在作品中喜欢写梦,他说《边城》是"将我某种被压抑的梦写在纸上"。又说:我实需要"静",用它来培养"知",启发"慧"。同时,用它来重新给"人"好好作一度诠释,超越世俗爱憎哀乐的方式,探索"人"的灵魂深处或意识边际,发现"人"。

不像某些人,一阔就变脸,甚至六亲不认。沈从文从没有忘记最初的身份:我是一个乡下人,走到任何一处照例都带了一把尺,一把秤,和普通社会总是不合。一切来到我命运中的事事物物,我有我自己的尺寸和分量,来证实生命的价值与意义。

他还一再告诫自己:"孤独一点,在你缺少一切的时节,你就会发现原来还有个你自己。"

有人说,沈从文把创作当作了他对城市"复仇"的武器,并从中获得成就和快意。这话自有一定的道理。虽然,沈从文早就成了地地道道的"城里人",但他并不认同这个身份——他的生活习性摆脱不了自小形成的"乡下人"的烙印。不仅如此,他还喜欢对"城里人"进行无情的讽刺和深刻的鞭击。

比方,小说《绅士的太太》写了两个绅士,一个像肥猪,"走路时肚子总是先到,坐在家中无话说时就打呼噜睡觉,吃东西食量极大,谈话时声音滞呆";另一个则是"疯瘫"者。沈从文在《绅士的太太》题记中直截了当地说:"我不是写几个可以用你们石头打他的妇女,我是为你们高等人造一面镜子。"

沈从文正是用这面镜子让那些有钱读书、掌握了知识霸权的"高等人"看到了自身的卑俗和丑陋。而他笔下的"高等人"从肉体到灵魂都是"残疾人"。《八骏图》可以算是这方面的代表作。小说中的八位城市名人要么是"窗台上放了个红色保肾丸小瓶子"(教授甲)和"营养不足、睡眠不足、生殖力不足"的体格残疾者;要么就是利欲熏心、人格不全、卑俗下流的灵魂智障者。

沈从文对城乡等级观念和城里人对乡下人的偏见有着强烈的经验感受。在1933年他创作的一篇自传体小说《来客》中,有一个这样的情节:"我"正在写回忆录,一个"白脸少年绅士"作不速之访,竟然一见面就把"我"当成了"我"的仆人,这当然深深刺伤了"我"的自尊心。作为报复,"我"便以"仆人"(乡下人)身份与"来客"进行对谈,结果"我"用乡下人特有的"无知"但"率真"的方式将"城里人"人格的丑陋和灵魂的卑琐暴露无遗,这大大满足了"我"的一种报复的快感。

小说的最后更是耐人寻味:"想到这些字句和这人的一切,我很忧郁地苦笑了一会儿。"这种"忧郁"和"苦笑"除了反映"我"因为过分"报复"(因为城里人一直被蒙在鼓里)而对城里人生出几丝怜悯外,是否还隐含着作者本人潜伏心底、无法说出的浓烈的自嘲?比方说:无论自己怎样"成功",在别人眼里也仍然是个"仆人"形象;无论自己在北京这样的主流社会生活多久,身上流淌的仍然是乡野山民的血液这无可奈何的伤感和酸痛?

没有音乐,只有掌声。沈从文做着自己的体操,张兆和的笑靥开放在他的眼睛里。

柒

沈从文是带着情绪写作的。他是一个好斗的人,湘西人的性格,就是敢于把皇帝老子拉下马来。

二十世纪三、四十年代,沈从文在文坛上纵横捭阖,激扬文字。当时活跃在文坛上的所有作家几乎都被他点评过。比如:《郁达夫张资平及其影响》、《论闻一多的〈死水〉》、《论汪静之的〈蕙的风〉》、《论徐志摩的诗》、《论穆时英》、《由冰心到废名》和《学鲁迅》,还有对周作人、刘半农、焦菊隐、施蛰存与罗黑芷以及丁玲和他比较喜欢的"京派"作家李健吾、萧乾、李广田、冯至,等等,都作出了及时的批评或赞扬。

在点评这些作家时，沈从文从不掩饰自己的好恶。例如，他在《论郭沫若》一文中就以嘲笑的口气将郭沫若评定为"空虚"或"空洞"的作家："郭沫若可以是一个诗人，而那情绪，是诗的……但是，创作是失败了……让我们把郭沫若的名字位置在英雄上，诗人上，煽动者或任何名分上，加以尊敬与同情。小说方面他应当放弃了他那地位，因为那不是他发展天才的处所。"

也许，正是这样坦率的文字激怒了后来权重一时的郭沫若，他将沈从文定性为"黄色"和"反动作家"，让这个乡下人的后半生受尽了苦头。

与此同时，尽管沈从文十分敬重鲁迅，并说自己的创作受到过鲁迅的影响和激励(见《学鲁迅》一文)，但他在另一篇《鲁迅的战斗》中也毫不客气地认为鲁迅"任性使气"，"睚眦之怨必报"，"多疑"，还说鲁迅被称为"战士"是一两个自家人说的，他最后在"衰老的自觉情形中战栗与沉默"。

就这样，沈从文像一条有点任性的大汉，他抢起一把板斧，将沉闷的文坛砍得呼呼生风。但是，三十年河东，三十年河西。某种意义上，沈从文后半生的被迫改行和尽可能地远离文学创作，与他这个时候的激扬文字不无干系，这是他个人的代价，更是一个时代的悲剧。

捌

沈从文把自己心爱的儿子叫作沈虎雏，这是颇有寓意的。

这个名字来自于他的一篇小说《虎雏》，其结尾是："一个野蛮的灵魂，装在一个美丽的盒子里。"小兵虎雏被放置到城市中，从野蛮湘西乡村走来的他做出直觉的抗争，最后因杀死一个城里人而消失。他打死一个城市人，表示他打死要改造他的城市文明，消失是指逃回自然的乡村里去寻找真正的生命。

夏志清在《沈从文的短篇小说》中说沈从文"对现代人处境关注之情，是与华兹华斯、叶芝和福克纳等西方作家一样迫切的。"

这个野蛮的灵魂虽然装了一个盒子里，但他的生命力却像野草一样旺盛。

之所以如此，是因为沈从文看清了，悟透了。他的锋芒，他的不驯，他的尖锐，被历次运动一次次地磨平了。他常说的话是："倒霉的时候别做狗，得意的时候别做神"；"我不懂得什么叫突破，我只知道叫完成。"有人动不动就说自己有"突破"，真是"头破"！"突破"要历史承认才行，自己封的不算数。

沈从文心爱的表侄黄永玉曾感慨地说：我还没有见过第二个像他这样从不计较、从不称能、从不逞强、从不辩解、自甘淡泊的人。上善若水。水是温和的，它会绕道，不好写小说了，他就搞文物考古、古代服饰研究。他不愿虚掷时光，总想为国家作点贡献。当然，他不想干的事，谁也别想勉强他去做。不过，他是微笑着拒绝，这也有点近于水的性格。记得 50 年代，中央美院请他去讲古代服饰，准备为他拍电视，可他就是不同意拍，课没上就走了，是微笑着走的，这就是他的性格……

沈从文是在十二三岁时背着一个小小书包，从凤凰的石板路出发，顺着小河，穿过洞庭去"翻阅另一本大书"。黄永玉也是在相同的年龄，沿着"文叔"走过的路，走向山外，走向世界的。

作为一个大师级画家，1982 年 6 月 19 日，黄永玉在凤凰写过的一篇短文《乡梦不曾休》。此文的最后一段是："家乡的长辈和老师们大多不在了，小学的同学也已剩下不几个，我生活在陌生的河流里，河流的语言和温度却都是熟悉的。我走在五十年前（半个世纪，天哪！）上学的石板路上，沿途嗅闻着曾经怀念过的气息，听一些温暖的声音。我来到文昌阁小楼，我走进了二年级的课堂，坐在自己的座位上：'黄永玉，六乘六等于几？'我慢慢站了起来。课堂里空无一人。"

无疑，如果缺少沈从文和黄永玉，凤凰就会褪色。

没有沈从文的凤凰就像没有翠翠的边城。

没有黄永玉的凤凰，那只著名烟斗还能将夕阳点燃吗？

而黄永玉的烟斗又何尝不是从一个野蛮的盒子里伸出来的，将美丽的灵魂油画成一只蔚蓝的蝴蝶？

玖

沈从文在一次演讲中充满感情地说："我十五岁就离开了家乡，到本地的破烂军队里面当一个小兵，前前后后转了五六年，大概屈原作品中提到的沅水流

凤凰老街

域，我差不多都来来去去经过不知道多少次，屈原还没有到的地方，大概我也到过了，那就是乡下。所以我对沅水的乡情，感情是很深的。后来有机会到北京去学习的时候呢，能够写的多半也就是写家乡的事情。"

解放后，沈从文对家乡新的事情知道得还是少，比较少，而且多是过去的生活。那些划船的船夫、纤手和小码头上的人士他比较熟悉。沈从文认为他自己的写作应该说是失败了，前前后后写了三十年，到了解放以后，由于不适应新的环境，他离开了写作，因为不能做空头作家，后来就转到中国历史博物馆工作。

当时历史博物馆大约有十三个教授级的，沈从文觉得自己基础差，就加紧学习，他一天到晚泡在陈列馆，一边看，一边想，一边学。每一次历史博物馆的展览，他都积极要参加，从开始展览一直到关门，他一场不漏。什么辉县的，郑州二里岗的展览，安阳展览，麦积山的，炳灵寺的展览，楚文物展览，全国文物展览，等等，他都参加了。

特别是敦煌艺术展览，沈从文呆得特别久，差不多前后一年。沈从文的谦虚好学于此可见一斑："我始终是一个不及格的说明员，主要原因就是东西越来越多，来不及了，人也老了，所以到了快八十岁了，又转业了，转到社会科学院历史所。"

他在回忆起这段历史时没有对生活抱怨，他说："我深深觉得这几十年生命没有白过，就是做说明员。因为说明员，就具体要知识了，一到上面去，任何陈列室，我就曾一点不知道，什么仰天湖的竹简，二里岗的新的黑色陶器。我也有机会跑北京最著名的琉璃厂，我记得是三反五反的时候，参加三反五反关于古董业的问题清点。当时北京有正式挂牌的一百二十八个古董铺，我大约前四十天就看了八十多个古董铺，就是珠宝、皮毛我没有资格看，其他的关于杂物类的东西我几乎都看到了。"

一个人要有信仰,只要有信仰,无论在什么恶劣的环境下,都能干好事情,有些甚至是大事情。这是沈从文的一生带给人们的精神启迪。

20世纪80年代,随着沈从文在中国服饰研究方面取得瞩目的成就,文学上的"解冻"也使他的作品和名字从尘封的"地下室"走出来,被国内外越来越多的读者所认识,所喜爱。尽管他是一个耐得住寂寞的人,但他还是不得不参加一些演讲和访问。

不久,应美国方面邀请,沈从文生平头一次出国,踏上了美利坚厚实的土地。

可是,沈从文对美国的印象并不好,他认为:这个地方,总的来说思想是相当混乱,在学校这些方面迷信钱啊,简直是无以复加了!馆子里到处贴了恭喜发财,到处都画着钱的样子,这就是唯钱是问。

说起那里的人做硕士、博士的论文,他也没法子称赞,没法子对话。比如有人做杜甫的《秋行巴蜀》做了多少年;还有人研究"《金瓶梅》同荀子的关系",沈从文觉得这个太荒谬了。据说这题目还是向中国方面提出来的,中国专家没法子对手,就好像打拳用另外一种方法打。有人请教他怎么研究"袁中郎",沈从文说:"对不起,我不懂。"

不过,沈从文对那儿的读书条件倒是赞不绝口,认为是太好了。"一个不是研究生的在看书,有那么大的一个位子,都有微型的看书的放大镜,灯,还有打字机,要复印什么材料,外面的廊子上有很多复印机,投个五分的镚儿,书摆在上面立刻就印出来了,要多少材料有多少材料。所以我去了。"

对于这次出国,沈从文最后一次回湘时,曾在湖南博物馆作了一次精彩的演讲。

不妨将部分演讲整理于此,以飨读者——

他们把我当一个作家看的,其实我这个落后作家早就没有资格了,承蒙他们的好意,也还有专门研究我的。我的很多文章他们都知道,不但知道,还知道是哪年哪月的,不是他知道,是图书馆知道。图书馆的不一定是入了名人录的,不一定是名人。知名人士和比较知名的,按照他的习惯,都很详细入他哪年做什么,哪年做什么。所以他们讲笑话,钱伟长出去,人家知道他哪年写检讨……

幸好我还带来一些服装的幻灯片和另外一个专题的幻灯片。谈一谈，他们倒相当有兴趣，完全出于他们的意料，有些问题太新了，他们是按着规矩——因为别人都是用转手材料谈中国问题，所以隔得很远。

也有学考古的，都有考古系。他们的材料太少了，哈佛大学的中国东西算是最多的，我看了一个外国人捐的古玉，那就可观了，恐怕科学院，故宫啦都不及了。

但是也有很多可笑的地方，有一个民俗博物馆，他把最好的长沙出土的那块笭床——国内没有了——放到干了，摆在那里，怪可怜地油漆了，再加上一些不相干的战国坛子罐子，他弄不清楚这个东西，从这个陈列法就看出他没有发言权。特别可笑的是他把商朝的玉鱼——玉雕的鱼可以做切割工具用的，上面有个眼儿，他把它用塑料丝悬挂起了，叮叮当当的，让人又担心又难过，完全不解决问题。证明他们一般情况，特别是民俗部分，东西是应有尽有，但是不行，谈到研究他们好像也不懂。这些有待于我们中国怎样更大量地把这些材料整理，想法子印出来。

美国一面又重视钱财，一面又尊重知识，没有中国人那么多忌讳，当然政治情况不同啦!但是也麻烦。目前科技方面有好多成果，但情绪方面，某些方面的不安的情绪，是失业。反映到读书人身上更容易见出来，资本家方面不消说。但是他的学校在社会上虽然有充分的自由，但还是在学校的圈里。他特别的现象很奇怪，很不如中国。比如说每个人到六十五岁都要退休，退休也惨，没几个钱。

还有一个问题很有趣味，就是为什么博物馆的东西，收藏那么多中国的书啊，整理得真好，你到博物馆的图书室里就感觉到，我们哪年哪月能够做到啊?

晚年的沈从文

听朋友说，沈从文在美国时，由于担心别人抓住他的把柄，再整他，因此，他的言行大多同主流话语相一致,有明显的附和之嫌。比方,他把自己的作品说得一无是处就是例子。

我们想不通:一个热爱写作的人,一个视自己的作品为婴孩的人,在生命的黄昏还小心谨慎、颤颤栗栗,这难道会是一个"野蛮的灵魂"所应有的驯服吗?这难道不是一个时代所造成的悲剧吗?

青山遮不住,毕竟东流去。

1988年5月10日,喧闹一时又寂寞一时的沈从文悄然谢世。

就在这前一天,黄永玉还去探望他,两只血缘的手抓在一起。

临走时,沈从文居然流泪了。

真没想到,那就是叔侄的最后一别。

也就这一年,瑞典皇家学院曾拟定要将当年的诺贝尔文学奖颁给这个后半生几乎没有写过文学作品的乡下人。当被告知沈从文驾鹤西去时,评委会主席唏嘘不已。

从文走了。

边城仍然年轻。

张爱玲：
繁华的孤寂

壹

一直不敢去碰这个人。

一直不觉得这也是在地面上曾经生活过的人。

她活着的时候，我们不知道；她死去的时候，我们仍然不知道。

而断断续续进入我们视线、耳朵和心灵的是关于她那若有若无的谣传、她的人生际遇、她的苦难、她的爱恋、她的悲怆、她的疲惫、她的落寞、她的孤傲，以及她那令人欲哭无泪的符咒般的文字碎片。

1995 年 9 月 8 日上午，美国洛杉矶一座寂寞深深的老年公寓里突然传来骇人的尖叫。发出这声尖叫的是看护这座公寓的黑人彼特斯，在这座公寓的四楼上，责任心极强的彼特斯感觉房间里的老妪多日不见出门，隐隐有些不安。他轻轻地敲着门，轻轻地叫喊着，但房子里一直静静的，像一座坟墓。

最终，彼特斯叫人打开了门，眼前出现了奇特的一幕：房屋正中央铺着一块红红的地毯，一位尖瘦的老妪很优雅地躺在地毯的中央，她静静地睡着，再也

张爱玲最经典造型的一张照片

叫不醒了。

　　警方闻讯赶来,验尸后证明:这个老妪竟然死去了三天。

　　彼特斯听了这个消息后,他再也忍不住了,遂发出了令美国洛杉矶心痛的尖叫,这尖叫电波一样,穿过太平洋,传遍了世界各地,许多城市都被这压抑的尖叫划痛了。

　　这个老妪就是旷世才女张爱玲。

　　张爱玲一定不希望彼特斯发出如此骇人的尖叫。她早已习惯了无声的日子,习惯了孤独与寂寞,她只想静静地睡着,静静地坐在天堂,蘸着阳光,写着充满灵性的珠子般的文字。

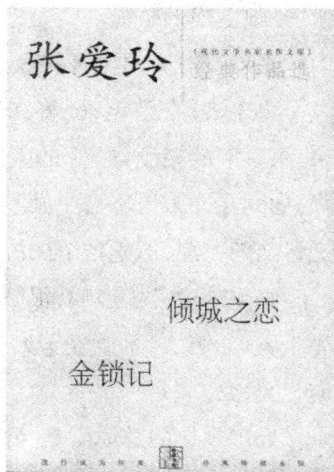

新版《倾城之恋》、《金锁记》书影

　　人们记住了这张简历:张煐,1920年9月30日生于上海。1930年改名张爱玲。1943年,发表《倾城之恋》和《金锁记》等作品。1944与胡兰成结婚,3年后离婚。1952年移居香港。1955年离港赴美,并拜访胡适。1956年结识剧作家赖雅,同年八月,在纽约与赖雅结婚。1967年赖雅去世,1973年定居洛杉矶。两年后,完成英译清代长篇小说《海上花列传》。1995年九月逝于洛杉矶公寓,享年七十四岁。

　　张爱玲用这种方式走完了她的一生。她说:生命是一袭华美的袍,爬满了虱子。那么,在最后的时刻,她拼尽全力爬到了华美的袍子的正中央,是为了赶走那些烦人的虱子,还是要成为虱子中的女王?

　　可悲的是,当听说张爱玲的死讯传回北京时,内地文坛许多人士的第一个反应竟然是:怎么,张爱玲原来还活着?一九八二年,一个在加州大学留学的大陆学子第一次读到《金锁记》,听葛浩文教授说张爱玲就住在洛杉矶,他也吓了一跳:张爱玲不是死了好久了么?

　　在香港媒体上,能够见到的张爱玲的最后一张照片,是那张她手上拿着刊登金日成猝死消息报纸的照片,她拿得隆重而笨拙。这照片摄于1994年,离她离开人世的日子只有不到三百天的时间了。就在此前的一年,她还去做了一次美容手术,并戴上隐形眼镜。

张爱玲对美的执著、敬爱、锐气真是令人荡气回肠啊。

终于,这个爱美、敬美、求美、追美的人悄悄地走了,这个"了无声息地飘过来,水一般的亮丽自然"的人悄悄地走了。如同在许多人心目中她早已走了的那样,如同在许多人心目中她不曾生活在这个世界上一样。她悄悄地走了,带着毫无眷恋的苍凉,但她留下的沉甸甸的文字是任何人都无法抹去和无法漠视的。

张爱玲留下了遗嘱,很简单,只有两点。第一,弃世后,所有财产将赠予宋淇先生夫妇;第二,希望立即火化,不要殡殓仪式,如在陆地,则将骨灰撒向任何广漠无人之处。

处理丧事的总原则是:隐私、迅速和简单。

张爱玲深知:无论多么美丽的人,一旦死了,都不好看。所以,她要马上火葬,不要让人看到遗体。

朋友们实现了她的愿望。自她去世至火化,除了房东、警察、彼特斯、遗嘱执行人和殡仪馆的工作人员外,没有任何人看过她的遗容,也没有照过相,而且,除按规定手续需要的时间外,没有任何耽误。

她要把她的骨灰,撒向空旷无人之处。这遗愿也做到了。

尽管活得艰难,但不拒绝生命。在七十四年的风风雨雨中,她避世而不弃世,执著而不自恃,为自己的选择负责,对生活负责。她认真地做了她应该做的事,认真地拒绝了她不愿意不喜欢的事。当上帝召唤她离开时,她静静地起身而去。

因为这人世,她早已无心眷恋。

眷恋的是那些活着的默默阅读她的人……

有一种情感叫伤痛,因为她的离去,人们感觉了;

有一种关爱叫珍惜,因为她的离去,人们记住了;

有一种态度叫尊重,因为她的离去,人们懂得了。

贰

张爱玲出身高贵。她的祖父是大名鼎鼎的张佩纶,她的祖母是更加大名鼎鼎的李鸿章的女儿。据说祖父与祖母的婚姻可谓天作之合，一时传为佳话。但作为这对佳话的爱情结晶，张爱玲的父亲张廷量颇不争气，沾染了种种恶少的习气，吸鸦片、逛妓院，样样都干。奇怪的是，张廷量艳福不浅，他娶了张爱玲的母亲黄逸梵，这是个非常美丽而新潮的女性，追求个性解放，深受"五·四"以来新文化运动的影响。由于不能忍受封建旧式家庭的束缚，在张爱玲4岁的时候，就不顾张廷量的规劝，与张爱玲的姑姑张茂渊同赴欧洲留学去了。

张佩纶

不久，曾两度出任民国总理的孙宝琦之女孙用蕃嫁给了张廷量。张爱玲与后母关系一直紧张。有一次居然还狠狠地打了后母一记耳光。这一打，将她对这个家庭的最后一丝留恋也打掉了。很快，她遭到了父亲的毒打，并被关在房间里半年。

少女时代的张爱玲反叛、敏感、郁闷。她总是怀念自己的生母，并一直与生母保持着联系。比方，生母在瑞士阿尔卑斯山滑雪时还将照片寄回给她。后来生母在欧洲进了美术学校，一九四八年她在马来西亚侨校教过半年书。她喜欢画油画，跟徐悲鸿、蒋碧薇等大家都很熟识。珍珠港事变后她从新加坡逃难到印度，曾经做过印度总统尼赫鲁两个姐姐的秘书。

张爱玲勇敢地逃出了家庭。她要像生母那样，张扬个性，自由自在地生活。她敢于犯上，哪怕是面对自己的祖母。比方，她的祖母写了一首赞祖父的诗，大家都说好。只有她不以为然，认为写得不好。有人说，能够将美破坏掉的人才能当作家，才能写出好小说。

张爱玲就是这样的人。

不仅如此，张爱玲居然也看地摊小报，看到其中的脏话浊话，她一边骂一边笑，毫不在乎别人的眼光。最有意思的是，做什么事，她都显得理直气壮。一次路遇小瘪三抢她的手提包，争夺了好一会儿没有被夺去，张爱玲打跑了小瘪三后还骂那家伙"不自量力"。

又一次，一个小混混抢她手里的小馒头，张爱玲毫不退让，结果，一半落地，一半她仍然拿在手里。她咬了一口后，将剩下的小馒头朝小混混的背影恶狠狠地扔去。

但这并不是说，张爱玲没有同情心。她的同情心是建立在劳动之上。一次，她搬印书的白报纸回来，到了公寓门口要付车夫小账，她觉得非常可耻又害怕，宁可多给一些，把钱往那车夫手里一塞，赶忙逃上楼来，不敢看那车夫的脸。她可以想象车夫那张汗湿湿的脸。

张爱玲独立意识很强，凡事像刀裁一样的分明，从不拖泥带水。她爱钱，因为这钱是自己靠血汗挣来的。她是个喜欢张扬的人。一朵美丽的花，如果没人看见，那叫什么美丽？一幅名贵的画挂在墙上，如果没人欣赏，那叫什么名贵？一次到一个朋友家去，看到许多值钱的东西，朋友任其默然，没有半点喜意，张爱玲出门后，对人说："我看过之后，只觉很可惜。这些东西没有让主人高兴，我宁可不要这富贵了。"

少女爱美是一种天性。但张爱玲爱美，更多的是一种自觉、一种追求。那还是在她小女孩的时候，她就有一篇文字在报上登了出来，得了五元钱。大人们说这是第一次稿费，应当买本字典作纪念，她却马上拿这钱去买了口红。

少女时期的张爱玲与她的姑姑

张爱玲天生就是写家。她十四岁即有一部《摩登红楼梦》，订成上下两册的手抄本，开头是秦钟与智能儿坐火车私奔杭州，自由恋爱结了婚，但是经济困难，又气又伤心，而后来是贾母带了宝玉及众姊妹来西湖看水上运动会，吃冰淇淋……

胡兰成看完后大惊，认为她写得"真有理性的清洁"。可惜，张爱玲的命运也毁在了这种"理性的清洁"上。对爱的向往和渴望，就像对美的向往和渴望一样。张爱玲用一生去追求，但得到的却是一缕受伤的月光。

爱，伤害了她；爱，也造就了她。

张爱玲出道之前写了一篇小文，题目就叫

《爱》——

　　这是真的。

　　有个村庄的小康之家的女孩子,生得美,有许多人来做媒,但都没有说成。那年她不过十五六岁吧,是春天的晚上,她立在后门口,手扶着桃树。她记得她穿的是一件月白的衫子。对门住的年青人,同她见过面,可是从来没有打过招呼的,他走了过来,离得不远,站定了,轻轻地说了一声:"噢,你也在这里吗?"她没有说什么,他也没有再说什么,站了一会儿,各自走开了。

　　就这样就完了。

　　后来这女人被亲眷拐了,卖到他乡外县去作妾,又几次三番地被转卖,经过无数的惊险的风波,老了的时候她还记得从前那一回事,常常说起,在那春天的晚上,在后门口的桃树下,那个青年。

　　于千万人之中遇见你所要遇见的人,于千万年之中,时间的无涯的荒野里,没有早一步,也没有晚一步,刚巧赶上了,那也没有别的话可说,惟有轻轻地问一声:"噢,你也在这里吗?"

　　看,张爱玲写得多么老到,一点也看不出幼稚和青涩。她平平静静地叙述着一个事不关己的故事,小心翼翼地告诉你爱就只是在合适的时间和地点遇见合适的那个人,而那一刻不会随岁月流逝,而是愈发清晰。当时间已老,沧桑的人仍旧记得那声轻轻的问话。

　　不用说,她是爱他的,只是后知后觉;不用说,她是爱他的,只是要经历过那许多风波才能体会;不用说,她是爱他的,只是这爱更适合怀念。

　　这小小的故事简直就像爱的利刃,一不小心就泄露了玄机。

　　有人由此写下这首小诗:"在后门,是桃花掩去了春风/朝朝暮暮/她扫了三百六十日的落花/却没有拾到一瓣缘分/张爱玲,原来你也在这里吗?/萍与水本来是无所谓缘分的/只是偶然盛了同一种月色"。

　　哦,与孤独作战的张爱玲,你小小的年纪就盛满了爱,在那遥远的春天的晚上,你的笔不动声色地出发了,你用那千姣百媚的文字深情地告诉人们——

在对的时间遇到对的人，是一种缘分；

在对的时间遇到错的人，是一种不幸；

在错的时间遇到对的人，是一种无奈；

在错的时间遇到错的人，是一种残忍。

叁

很显然，张爱玲在错的时间遇到了错的人，这个人就是胡兰成。

花花公子胡兰成，曾任汪精卫和平运动时期《中华日报》总主笔，抗战胜利流亡日本。此乃台北新版之胡兰成《今生今世》的作者简介。不知怎的，读胡兰成，总是让我联想到张爱玲的父亲张廷重。真是天不佑才啊，好好的张爱玲怎么可以遇到这样两个不负责任的男人！

作为自己的父亲，张爱玲没有选择的自由。但是，作为自己的丈夫，张爱玲却看走了眼。而这一看眼，注定了她一生的悲剧。

若干年前，台湾作家三毛曾以张、胡之恋为本改编成的电影《滚滚红尘》，并获得金马大奖，曾在台湾引起轩然大波。那时，张爱玲还活着，胡兰成也活着。但处于风口浪尖的当事人居然都选择了沉默。

也许，他们都不想在结痂的伤口再撒一把盐？

写张爱玲绕不了胡兰成这一关。

由张、胡之恋改编的电影《滚滚红尘》剧照之一

有学者认为，胡兰成的名字最容易让人想到"异质"、"另类"、"不羁"一类的字眼。无论从叙述文体、文本风格、言事理路到资源底蕴，胡兰成都是很难被归类的。把他放在传统文化的背景里，他非儒、非道、非佛，又亦儒、亦道、亦佛；把他放在"五四"新文化的源流里，他是既不"启蒙"也不"救亡"、既不"乡土"也不"现代"、

既不"学院"也不"通俗"的。至于在政治上把他一股脑儿归入"汉奸文人"倒是轻省简单，但那等于什么都没说。

而在文化灵性、辞章造诣上，张爱玲始终是胡兰成心目中的制高标杆。他在逃亡中一边写《山河岁月》，一边为了别的女人跟张爱玲闹离婚，心里想的还是"我想可以和爱玲比一比了"，"我觉得我可以超过爱玲了"。但细读他的"力作"《今生今世》，平心而论，胡兰成虽经营用心，时见精警论见，文辞清简而句法奇崛，但其叙述招数、阅人视界及其"文字体温"，则差张爱玲远矣。

由张胡之恋改编的电影《滚滚红尘》剧照之二

张爱玲与胡兰成决绝后从不愿在人前提起他。关于他们曾经有过的故事，她也表示这是"私家重地，请勿践踏"。当胡兰成在书中一再写到她时，她认为这是利用她的名字搞推销对其有才无品的人格有了更深的了解，并深深地表示鄙视。

胡兰成曾多次给张爱玲写信，但她从不回复，心冷如冰，由此可见。

正所谓"临水照花，落红无情"啊。胡兰成种的什么因，他就要尝到什么样的果。这果，不是胡兰成愿意尝的，更不是张爱玲愿意结的。但最终，他们都得面对这枚苦涩的果。

想当初，那是一段令多少才子佳人难以忘怀的日子啊。

胡兰成看了张爱玲发表在《天地》杂志上的小说《封锁》，觉得欢喜得不得了，一下子就爱上了。"我只觉世上但凡有一句话，一件事，是关于张爱玲的，便皆成为好。"

第一次相见来得突然。胡兰成一见张爱玲，只觉与他所想的完全不对。张爱玲进来客厅里，胡兰成感觉她的人太大，坐在那里，有点幼稚可怜的味道。倘说她是个女学生，却又连女学生的成熟亦没有。他甚至怕她生活贫寒，心里想战时文化人原来苦，但她又没有使胡兰成当她是个作家。

当天两人谈了些什么，似乎是无关紧要的。重要的是，两人虽觉得耗时不少，但仍然觉得时间过得太快。

当天送张爱玲走时,胡兰成竟贸然地说:"你的身材这样高,这怎么可以?"只这一声就把两人说得这样近,张爱玲也很诧异,几乎要起反感了。但这神态在胡兰成看来"真的非常好。"

胡兰成认为,男欢女悦,一种似舞,一种似斗。见到张爱玲后,他明白他找到了一个理想的对手。送走张爱玲后,胡兰成又迫不及待地写了封信给她,信中说她"谦逊"。张爱玲很喜欢这个评价,回信说:"因为懂得,所以慈悲。"

看,这样的名言,一不小心就流了出来。有时我真觉得,张爱玲不是曾经在地面上活过的人,而是一个神话。她的头脑怎么如此聪慧?她的文字怎么可以如此的灼人肌骨?

没料到,胡兰成才去看了三四回,张爱玲忽然很烦恼,而且凄凉。女子一旦爱了人,是会有这种委屈的。看来,张爱玲羞涩半掩地射出了人生的爱之箭。

一周后,因为胡兰成说起登在《天地》上的张爱玲的照片,翌日她便取出这张照片送给胡兰成,背后还写有字——

　　　　见了他,她变得很低很低,低到尘埃里,但她心里是欢喜的,从尘埃里开出花来。

张爱玲出手便成绝句。

胡兰成春风得意,甚为满足:"我到南京,张爱玲来信,我接在手里像接了一块石头,是这样的有分量,但并非责任感。我且亦不怎么相思,只是变得爱啸歌。每次回上海,不到家里,却先去看爱玲,踏进房门就说'我回来了'。"

有妇之夫的自信和快意莫若如斯。之所以这样,是因为张爱玲在信中说:"你说没有离愁,我想我也是的,可是上回你去南京,我竟要感伤了。"

张爱玲真想不到会遇见胡兰成,并且无可救药地爱上这个人。其时,胡兰成已有妻室,张爱玲居然并不在意。再者,他有许多女友,乃至狎妓游玩,她亦不会吃醋。照胡兰成的说法,"她倒是愿意世上的女子都欢喜我。"张爱玲中了什么邪啊?

胡兰成对于张爱玲是一剂毒药;

张爱玲对于胡兰成是一面镜子。

比方，有一回，胡兰成在香港，买了贝多芬的唱片，一听并不喜欢，但私下想，这贝多芬被人尊为"乐圣"，他的音乐一定了不得。不喜欢他是因为没弄懂的原故。于是天天刻苦学习，努力要使自己弄懂为止。不久，他知道张爱玲是九岁起就学钢琴，一直学到十五岁。

胡兰成正待得意，不料张爱玲却说压根儿不喜欢钢琴。

此言一出，顿使胡兰成爽然若失。

在两人的交往中，张爱玲带给胡兰成的是一个女性的全新的感受。她不做作，不掩饰，不迎合。比方，当大伙都说《战争与和平》、《浮士德》是如何了得时，她平淡地说，这两部小说根本比不上《红楼梦》和《西游记》。特别可笑的是，胡兰成读了感动的地方她全不感动，她反而是在没有故事的地方看出有几节描写得好。她坚持自己的看法，不会被哄了去陪人歌哭，因为她心底清楚得很。

正因为此，胡兰成称张爱玲是"聪明真像水晶心肝玻璃人儿"。

初涉爱河的张爱玲全心全意地对胡兰成，她柔情万分地说："你这个人嘎，我恨不得把你包包起，像个香袋儿，密密的针线缝缝好，放在衣箱里藏藏好。"

看，这样的话在当今那些新新人类口里不是很流行吗？可是，半个多世纪前，张爱玲就用上了，可见她文字的穿透力是如何了得。

恋爱中的人常常丧失自己，张爱玲却很清醒。她明白，有人虽遇见怎样的好东西亦滴水不入，有人却像丝绵蘸着了胭脂，即刻渗开得一塌糊涂。张爱玲的错误在于，她知道爱得糊涂，却还一往情深地将一场糊涂弄得更大。

结婚后，张爱玲喜欢在房门外悄悄窥视胡兰成，她写道："他一个人坐在沙发上，房里有金粉金沙深埋的宁静，外面风雨琳琅，漫山遍野都是今天。"

再看她与胡兰成的打闹：她静静地看着他，脸上写着不胜之喜，用手指抚他的眉毛，说："你的眉毛。"抚到眼睛，说："你的眼睛。"抚到嘴上，说："你的嘴。你的嘴角这里的涡我喜欢。"她突然叫他"兰成"，令胡兰成竟不知道如何答应。因为胡兰成总不当面叫她名字，

张爱玲与胡兰成

与人说是张爱玲,而今她要胡兰成叫"爱玲",胡兰成十分无奈,只得叫一声:"爱玲"。话一出口,他登时很狼狈,她也听了诧异,道:"啊?"所谓对人如对花,虽日日相见,亦竟是新相知,何花娇欲语,你不禁想要叫她,但若当真叫了出来,又怕要惊动三世十方。

他们相爱源于相知,他们相知却无力相守。这就注定了他们的最终分离。

此前,他们在闲聊时也讲到有朝一日,夫妻要大限来时各自飞,胡兰成说:"我必定逃得过,惟头两年里要改名换姓,将来与你虽隔了银河亦必定我得见。"

张爱玲回答道:"那时你变姓名,可叫张牵,又或叫张招,天涯海角有我在牵你招你。"

这样的情,这样的意,谁听了不动容?谁读了不动心?

胡兰成当然懂得张爱玲,他有过这番评价:"张爱玲是民国世界的临水照花人。看她的文章,只觉她什么都晓得,其实她却世事经历得很少,但是这个时代的一切自会来与她有交涉,好像'花来衫里,影落池中'。"

可惜,胡兰成懂得却不珍惜,不仅如此,他还大大地负了她。

众所周知,结婚,不仅仅意味着精神上的相会,更要有肉体上的交欢。否则,爱只是一个符号,情也只是一片荒芜。这样的爱又怎能生根,又怎能开花结果?

胡兰成没有承担起一个男人应有的责任。他是这样狡辩的:"我们虽结了婚,亦仍像是没有结过婚。我不肯使她的生活有一点因我之故而改变。两人怎样亦不像夫妻的样子,却依然一个是金童,一个是玉女。"

这个"伪男人"真是害人精啊。

如果说,胡兰成是人妖,没有男人功能,倒也罢了。事实上,他跟张爱玲结婚没多久就一箭去了温州,并且很快与一个叫秀美的女人缠在一起。张爱玲获悉后,去看胡兰成,胡兰成还不高兴,认为坏了他的好事。

起初,张爱玲并不怀疑胡兰成与秀美有什么关系。但是,有一天清晨,在旅馆里,胡兰成倚在床上与张爱玲说话,隐隐腹痛,却强忍着。过了一会儿,秀美来了,胡兰成一见她就诉说身上不舒服。秀美也连忙问痛得如何,并说等一会儿泡杯午时茶吃就会好的。张爱玲当下很惆怅,心里顿时明白,秀美与胡兰成的关系一定非同一般。

尽管如此，张爱玲表现出足够的忍耐，她宽宏大量地赞扬秀美具有"汉民族最为本色的美。"在胡兰成的要求下，张爱玲还替秀美作画，但画了一会儿，忽然停笔不画了。原来，张爱玲画着画着，只觉得秀美的眉眼神情，她的嘴，越来越像胡兰成，心里好一阵

胡兰成（左）与朱西宁

悸动，一阵难受。而胡兰成居然还责备张爱玲怎么不画了，真是痛心也哉！

张爱玲生不逢时，爱不逢时。

胡兰成既要秀美，又要一个叫"小周"的情人，同时又不许张爱玲离去。为了一种屈辱的自尊，张爱玲要他在她与情人之间作出选择，胡兰成竟然说："我待你，天上地上，无有得比较，若选择，不但于你是委屈，亦对不起小周。"

张爱玲的泪猛地流了出来。她坚持着，要胡兰成立即作出选择，并且第一次责问胡兰成："你与我结婚时，婚帖上写'现世安稳'，你不给我安稳？"

多么低微的申白，多么简单的要求。这质问，是一种撕裂，更是一种绝望。

胡兰成沉默了，始终不肯作出选择。张爱玲叹了一口气，道："你是到底不肯。我想过，我倘使不得不离开你，亦不致寻短见，亦不能再爱别人，我将只是萎谢了。"

张爱玲说这话时，骨头里都溢满了血。

第二天下雨，胡兰成送张爱玲上船，并且匆匆返回。

数日后，张爱玲从上海来信，告诉胡兰成："那天船将开时，你回岸上去了，我一人雨中撑伞在船舷边，对着滔滔黄浪，伫立涕泣久之。"

胡兰成读完感到诧异，更诧异的是张爱玲还给他寄来了钱，说："想你没有钱用，我怎么都要节省的，今既知道你在那边的生活程度，我也有个打算了。"

她还叫胡兰成"不要忧念她"。

至此，张爱玲看清了胡兰成"浪子难以回头"，只有狠心离去。"我也有个打算了"，说的就是这个意思。她寄钱给胡兰成，是因为她曾经受过他的钱。而且她

"情"、"债"两讫,问心无愧。

流水有意,落红无情。张爱玲冷冷地望着手中的笔,她要擦干眼泪,重新出发。

肆

决然地离开胡兰成之后,张爱玲变得内敛起来,她隐忍着,承受着,寂寞着,写作着。大多的时候,她总是低着头,带着凄美之感的悲怆,孤独地行走在都市旷野,行走在古老的月光中。她像一头大象请求抚爱,酸楚的,悲剧的,摇摇欲坠的。

张爱玲低下了高贵的头,但她的低头不是自弃自贱,而是因为,低头还可以更好地思考,更好地思考可以写作更好的作品。既然这个世界如此残忍,让天才女人只有忍受无尽的苦难,她就要想明白上天为什么让她这样。她重新出发,要寻找的就是一个简单的答案。

应当说,像任何一个正常女性一样,张爱玲也是渴望着性的,而性生活的缺乏使她从一开始便陷入了一种精神的自恋。可笑的是,她与胡兰成的围房之乐只是停留在"两人坐在房里说话,她会只顾孜孜地看我"的层次上,"两人怎么做亦不像夫妻的样子。"

我真不理解,为什么风情万种的张爱玲激不起胡兰成应有的情欲?为什么激不起情欲的胡兰成还要残忍地与张爱玲结婚?为什么与张爱玲结婚后,胡兰成还不停地跟别的女人纠缠,并且能够享有鱼水之欢?

是张爱玲缺乏魅力,不会撒娇,抑或是张爱玲太神圣,胡兰成只能俯身仰望?

须知,张爱玲当年在写七巧时,欲望冲天:她试着在季泽身边坐下,将手贴在他腿上。声声逼季泽:你碰过你二哥的肉没有,你不知道没病的身子是多好的啊……这简直就是一头母狮压抑之极的哀嚎啊!

有人说,张爱玲情动八方,对于胡兰成这样父亲式的老爱人,他真不知该用怎样的姿势来抱住一个灵魂多情却又世事洞明的女人。有一次,他与张爱玲外出坐三轮车时,他横竖都无法把她放在自己的腿上,最后,只得把自己放在了女人的大腿上。"一只雄蝶把轻盈又轻佻的身子放在哪里都是可笑的。"胡兰成把自己的可笑归咎于张爱玲的“高大”。

张爱玲沉默了。她把生命的力比多转移到了文学创作上，写出了一篇篇电光石火的作品，使一向自命不凡、并一直视张爱玲为“对手”的胡兰成更加“矮”下去，也更加认识到了张爱玲的卓越和高大。在《今生今世·民国女子》中，胡兰成感叹万分地写道——

> 我在爱玲这里，是重新看见了我自己与天地万物，现代中国与西洋可以只是一个海晏河清。《西游记》里唐僧取经，到得雷音了，渡河上船时艄公把他一推，险些儿掉下水去，定性看时，上游头淌下一个尸身来，他吃惊道，如何佛地亦有死人，行者答师父，那是你的业身，恭喜解脱了。我在爱玲这里亦有看见自己的尸身的惊。我若没有她，后来亦写不成《山河岁月》。
>
> 我们两人在房里，好像“照花前后镜，花面交相映”，我与她是同住同修，同缘同相，同见同知。爱玲极艳。她却又壮阔，寻常都有石破天惊。她完全是理性的，理性到得如同数学，它就只是这样的，不着理论逻辑，她的横绝四海，便像数学的理直，而她的艳亦像数学的无限。我却不准确的地方是夸张，准确的地方又贫薄不足，所以每要从她校正。前人说夫妇如调琴瑟，我是从爱玲才得调弦正柱。

不过，胡兰成哀叹得有些晚了。张爱玲漂走了，从上海到香港，最后漂到了异国他乡。张爱玲虽然精通英语，而且生活上十分西洋化。但她并不喜欢留学，她说，她最喜欢的还是在上海生活。可是，她最终又被迫滞留美国，并嫁给了一个洋人。命运真是不公啊！

在张爱玲的感觉里，西洋人总有一种阻隔，像月光下一只蝴蝶停在带有白手套的手背上，真是隔得叫人难受。在上海时，有一次她看到公寓里有两个外国男孩搭电梯，到得那一层楼上，楼上惟见太阳荒荒，两个外国男孩竟然失语，只听得一个说“再会”，就匆匆逃开了。张爱玲顿时愣了，半晌才说了一声：“真是可怕得很！”

然而，这种可怕的生活却要贯穿她的后半生。一九五五年，张爱玲移民到美国,翌年她在新英格兰一个创作营写作,碰到一位三十年代即从欧洲移民美国的老作家赖雅(Ferdinand Reyher),两人相爱,并于同年八月在纽约结婚。

张爱玲与赖雅未婚先孕,这个事实对胡兰成是一个极大的讽刺。而65岁的老头尽管珍视生命,但他却无能再做一回父亲。他说他可以做张爱玲的丈夫。张爱玲立即做掉了无辜的生命,成了赖雅夫人,却永远失去了做母亲的机会。

此刻,是否有人想到,在夜深人静的时候,张爱玲抚摸着自己的玉体,那雪白发光、带着潮润的果子居然只能等待着秋风的凋零呢?

张爱玲的再婚并未给她带来好运气。原因是赖雅的身体一天天坏下去,张爱玲决定于一九六一年秋亲自飞往台湾、香港去赚钱。然而,刚到台东,得悉赖雅又一次中风即赶回台北,竟因买不起返美机票而提早飞香港去写《少帅》的电影剧本,以便多挣些钱为丈夫治病。

说真的,我很不理解,张爱玲为什么总是喜欢父亲式的老男人?胡兰成给了她空洞的婚姻后,她好不容易挣脱了出来,为什么又钻进另一个婚姻黑洞?以她当时三十六岁的才貌气质,她难道就找不到一个门当户对的好儿郎?是不是,她的潜意识里,也把胡兰成当作第二任丈夫的"对手",她要用事实来告诉胡兰成,她的生命是旺盛的?可是,这道理似乎说不过去,因为,在她心里,胡兰成应当早已死了。她犯不着为了这样一个人去折腾自己。

那么,唯一的解释就是不用解释。这恰恰是张爱玲式的,也是当下最时髦的。不是有人常说:爱,是不需要理由的吗?张爱玲最传统,也最现代。她的爱情个案说明了这一点。

也许从小尝到生活的艰难,张爱玲从不讳言自己是个"财迷",特别是当她与杂志编辑为稿费而争执的时候。但是,在人生的大关节上,钱对她似乎从来不是决定性的因素。否则,十九岁时,她不必离开富裕但不负责的父亲,转而投奔没有什么钱的母亲?她母亲还特地警告她:"跟了我,可是一个钱都没有。"张爱玲思考了许久,最后还是跟了母亲。

这,就是张爱玲,宁愿受苦,不愿受辱。

有人这样感叹道:对于一位洞察世事的作家,真实的生活,总是一连串的痛苦的折衷和无奈的妥协。张爱玲与赖雅的婚姻,或许是确实有感情;或许,也就是她在《天才梦》中所说过的："生命是一袭华美的袍，爬满了虱子"。为什么是这只虱子而不是那只虱子，我们至多也只能说是运气问题。张爱玲缺的，其实还是运气。二十世纪五十年代末，台湾、香港的经济尚未起飞，汇率也低，要在中文市场挣了钱去付美国的医药费，只怕是谁都做不到，何况当时张爱玲还没有今日的名气。

张爱玲与赖雅

但张爱玲一头扎了进去，一副"爱就爱了，拼就拼了"的大义凛然。

只有张爱玲，只有这个独一无二的她，至死仍是民国的最后贵族，她的骄傲，永远不能褪色为博取凡夫俗子的同情和眼泪的虚荣。她与赖雅结婚后，从不愿意以丈夫的照片示人，为什么不能，是因为张爱玲的敏感、张爱玲的骄傲？为什么不能，是因为她的贵族气质，是因为她心中自有他人无法触及的净土？

或许，张爱玲苦心经营和孜孜以求的，只是想保留一片虱子尚未爬到的被段？她最后爬在了华美的袍子上，只是想把这片被段做成具象的人生隐喻？

伍

解读张爱玲不能忽略她的作品。她的许多作品脍炙人口，而我最感兴趣的却是这部《倾城之恋》。

仅看标题，就知道张爱玲讲述的是一段动人心魄的爱情故事。"倾城倾国"一词，语本《汉书·外戚传》："一顾倾人城，再顾倾人国。"齐梁时期钟嵘在《诗品》中论及诗之吟咏性情的功能时也写道："女有扬娥入宠，再盼倾国。凡斯种种，感荡心灵，非陈诗何以展其义？非长歌何以骋其情？"

据此，女有美色，倾城倾国，一旦进入文学叙事，显然就将暗示一个非凡的结果。"汉皇重色思倾国"，这是白居易的《长恨歌》，它创造了一个千古爱情传奇。

但是，在张爱玲的这篇小说中，它并不是一个感天动地的爱情传奇。书中的女主人白流苏并不是美貌惊人，流苏与范柳原成婚，交易的因素亦多于爱情的因素。倒是在"倾城"的另一意义上：倾覆，倒塌，沦陷，在这个意义上，倾城之恋名副其实。香港的沦陷成全了白流苏和范柳原,使他们做成了一对平凡夫妻。

文本一开始就涉及一个全然不同的时间情境:"上海为了'节省天光',将所有的时钟都拨快了一小时,然而白公馆里说:'我们用的是老钟。'他们的十点钟是人家的十一点。他们唱歌唱走了板,跟不上生命的胡琴。"

有意思的是,作为对张爱玲作品最早的肯定者,评论大家傅雷对《倾城之恋》的评价不算高。他认为:"因为是传奇(正如作者所说),没有悲剧的严肃、崇高,和宿命性;光暗的对照也不强烈。因为是传奇,情欲没有惊心动魄的表现。几乎占到二分之一篇幅的调情,尽是些玩世不恭的享乐主义者的精神游戏;尽管那么机巧,文雅,风趣,终究是精练到近乎病态的社会的产物。好似六朝的骈体,虽然珠光宝气,内里却空空洞洞,既没有真正的欢畅,也没有刻骨的悲哀。"

张爱玲对此很不服气,她挥笔写下《自己的文章》以作答辩——

> 我喜欢参差的对照的写法,因为它是较近事实的。《倾城之恋》里,从腐旧的家庭里走出来的流苏,香港之战的洗礼并不曾将她感化成为革命女性;香港之战影响范柳原,使他转向平实的生活,终于结婚了,但结婚并不使他变为圣人,完全放弃往日的生活习惯与作风。因之柳原与流苏的结局,
>
> 虽然多少是健康的,仍旧是庸俗;就事论事,他们也只能如此。

《倾城之恋》剧照之一

这是张爱玲的可爱,也是她的固执。评论家说的话,何必如此当真? 值得当真的是自己的情感、自己的家庭。

一九四四年十二月中的一天,上海变得十分寒冷,张爱玲第一次穿上皮袄,仍然感到寒风刺骨。《苦竹》月刊第二期出刊后,胡兰成早已西飞武汉去了。她独自坐在火盆边,这种不太发烟的上好煤球,现在是越来越贵了。她注视着盆里闷燃着被灰掩着的一点红,冷得瘪瘪缩缩的,偶尔

碰到鼻尖,冰凉凉的,像一只无辜的小流浪狗。

这时候的张爱玲距离《倾城之恋》舞台剧演出只有半年了,胡兰成飞到武汉去办《大楚报》,与情人小周的事情也早已深深刺伤着她的心。但是,表面上,谁也不知道发生了什么事,张爱玲真能忍,她显得若无其事,给人的印象是:她是畅销书《流言》、《传奇》的作者,也是衣着奇怪时髦的上海女作家。

《倾城之恋》终于开演了。张爱玲坐在包厢里,她听到范柳原指着海边那段斑驳的灰墙说的那段话:"这堵墙,不知为什么使我想起地

《倾城之恋》剧照之二

老天荒那一类的话……有一天,我们的文明整个地毁掉了,什么都完了——烧完了炸完了,塌完了,也许还剩下这堵墙。流苏,如果我们那时候再在这墙根底下遇见了……流苏,也许我会对你有一点真心。"

应邀前来观摩的傅雷忍不住赞叹道:"好一个天际辽阔胸襟浩荡的境界!"

张爱玲忽然感到鼻子好酸。她调转头去,静静地看着眼前的一切:在香港轰炸的夜晚,白流苏和范柳原在一片荒芜废墟间拥被度夜,这堵墙的意象再一次出现。有了这堵墙,白流苏和范柳原各怀心绪、缠绵悱恻的爱恋纠葛中便托出了一个大的背景,使得终篇那段"伟岸"的文字有了依托:"香港的陷落成全了她。但是在这个不可理喻的世界里,谁知道什么是因,什么是果?谁知道呢,也许就因为要成全她,一个大都市倾覆了。成千上万的人死去,成千上万的人痛苦着,跟着是惊天动地的大变革……流苏并不觉得她在历史上的地位有什么微妙之点。她只是笑吟吟地站起来,将蚊烟香盘踢到桌子下去。传奇里倾国倾城的人大抵如此。"

剧场里突然静止了。但仅仅一刹那,潮水般的掌声响了起来。灯光亮了,人们纷纷起来,向张爱玲挥手欢呼。

张爱玲感到有一只手在扶她,那是为她高兴的傅雷。

一个观众给张爱玲递来一纸条,上面写了一行字:"您的小说是写在针尖、

刀尖和舌尖上的，犀利，爽亮，细碎，嘈切。您一出发即踏上巅峰、一出手即成经典。向您致敬！"

张爱玲看了，眼角火辣辣的。

陆

张爱玲寂寞得太久了。这是她的不幸，更是读者的不幸。

很长一段时间，在中国大陆读不到张爱玲的作品。张爱玲像封存于地窖中的老酒，默默地保护着自己的醇香。直到她的去世，风乍起，吹皱一池春水，张爱玲的作品连同她多姿多彩的人生慢慢进入人们的视野。

"久违了，张爱玲！"有人发出这样的欢呼。

的确，尽管埋藏得太久，但是今天的阳光毕竟打开了蒙在书面上的厚厚的灰尘。人们如饥似渴地读着，品评着，交流着。真正的好酒不仅经得起时间的考验，而且时间越长，醇香越足。黄泉之下的张爱玲会不会为她的热闹感到一丝欣慰呢？

毕竟，张爱玲也是世俗的，不过，她的世俗如此精致，别无第二人可以相比。读她的作品，你会发现她对人生的乐趣的观照真是绝妙之至！张爱玲的才情在于她发现了，写下来告诉你，让你自己感觉到！她告诉你，但是她不炫耀！

张爱玲有名的一本集子取名叫《传奇》。其实，用"传奇"二字来形容张爱玲的一生，倒是最恰当不过了。如前所言，张爱玲有显赫的家世，但是到她这一代已经是最后的绝响了。张爱玲的童年是不快乐的，父母离婚，父亲为了继母，曾一度扬言要杀死她。她逃出父亲的家去母亲那里，母亲不久又去了英国。寂寞无助的她本来考上了伦敦大学，却因为赶上了太平洋战争，只得去读香港大学。要毕业了，香港又沦陷，只得回到上海来。她与离婚之后的胡兰成结婚，带来一生的伤害。无奈远走他乡，遭遇的第二次婚姻再度不幸！她在四十年代的上海即大红大紫，一时无二。然而几十年后，她在美国又深居简出，过着与世隔绝的生活，以致有人说：张爱玲即便寂寞也出精彩。

是啊，寂寞的人生，寂寞的文坛，这些都不是她愿意看到的。可是不仅看到，而且深深地体会到,体会得有些恐怖。

关于自己的写作,张爱玲从未放弃过自信。她在一篇题为《自己的文章》中写道——

> 我的作品,旧派的人看了觉得还轻松,可是嫌它不够舒服。新派的人看了觉得还有些意思,可是嫌它不够严肃。但我只能做到这样,而且自信也并非折衷派。我只求自己能够写得真实些⋯⋯不喜欢采取善与恶,灵与肉的斩钉截铁的冲突那种古典的写法,所以我的作品有时候主题欠分明。但我认为,文学的主题论或者是可以改进一下。写小说应当是个故事,让故事自身去说明,比拟定了主题去编故事要好些。许多留到现在的伟大的作品,原来的主题往往不再被读者注意,因为时过境迁之后,原来的主题早已不使我们感觉兴趣,倒是随时从故事本身发现了新的启示,使那作品成为永生的。

张爱玲要使自己的作品成为永生的,口气可谓不小。但客观而言,她的作品的确可以随时从故事本身发现新的启示。香港作家李碧华就说:我觉得"张爱玲"是一口井——不但是井,且是一口任由各界人士四方君子尽情来淘的古井。大方得很,又放心得很。古井无波,越淘越有。于她又有什么损失?

"张爱玲"除了是古井,还是紫禁城里头的出租龙袍戏服,花数元人民币租来拍个照,有些好看,有些不好看。她还是狐假虎威中的虎,藕断丝连中的藕,炼石补天中的石,群蚁附膻中的膻,闻鸡起舞中的鸡⋯⋯

"文坛寂寞得恐怖,只出一位这样的女子。"李碧华动情地说。

或许,读别的书你能知道道理,了解知识,得到震撼,但是,只有读张爱玲的文章你才是快乐的。即便是有点悲剧意味的《十八春》依然如此!于是,我们看到台湾皇冠版《张爱玲全集》的衬页上有这么一行字——

晚年张爱玲

只有张爱玲才可以同时承受灿烂夺目的喧闹及极度的孤寂。

就是最豪华的人在张爱玲面前也会感到威胁,看出自己的寒伧。

贾平凹看到这里,说:嗨,与张爱玲同活在一个世上,也是幸运,有她的书读,这就够了。而余秋雨则说:她死得很寂寞,就像她活得很寂寞。但文学并不拒绝寂寞,是她告诉历史,20 世纪的中国文学还存在着不带多少火焦气的一角。正是在这一角中,一个远年的上海风韵犹存。

都说文人相轻,又说同行相妒。为什么此刻的作家纷纷向张爱玲表示了自己由衷的敬意? 这究竟是中国文坛的幸运还是张爱玲本人的幸运呢?

在最后的时刻,张爱玲能够安详地躺在地板上,心脏停止了跳动,未受到任何痛苦,真是维持做人尊严、顺乎自然的一种解脱方法。上帝用朱笔勾去她名字之前,以别样的方式让她有了死亡的选择权。

张爱玲从来不怕死,在她的文字言谈里,“死亡”于她也从来不成为一个诅咒的字眼——她选择的,本身就是一种如同死亡一样孤绝的生存方式,以及如同她的生存方式一样孤绝的死亡。就这一个意义而言,张爱玲数十年的“虽生犹死”,就是一部世间难得罕见的奇书。就死亡、末世、畸异、虚空等等意象的营造来说, 惟一超过了她以往作品所提示的高度的, 就是张爱玲自己的生命现象本身。她没有拒绝人生。她只是拒绝苟同这个和她心性不合的时代。

张爱玲的苍凉是与生俱来的,这也是她的生命基调。她一定没有泪,她不会有泪,泪是后人为她流的。

张爱玲是永远的。像一个大上海的幽魂,活在许多爱她的人的心中,她是那死去的蝴蝶,仍然一来再来,在每朵花中寻找它自己。

因为她的离去,月光都像魂魄了。

因为她的离去,河流都有些呜咽了。

而她毫不迟疑,淡然离去,朝向大海,朝向旷莽的未来,留下叹息一样的长长的背影。

这背影穿过上海的繁华与喧闹,穿过洛杉矶冰冷的头颅,在我触摸的一瞬,一病不起。

阿赫玛托娃:
为了安魂

壹

　　她有着匀称高挑的身材,乌黑顺滑的长发,白皙的手指,澄澈的眼睛,高挺的鼻梁,温润的嘴唇。她代表俄罗斯的一切典雅,她浓缩俄罗斯的所有风韵。

　　她美丽的双肩上总是搭着一条披肩,这披肩使无形的风有了具象的风采。

　　她行走的步调不快不慢,刚好是思想的速度。

　　她是一个符号,不是感叹号,不是句号,不是省略号,在字典里找不到,那是她独特的符号,金属的符号,音乐的符号,更是诗歌的符号。

　　她是一只放歌的夜莺,她的歌声美丽得让人倾倒,又让人心甘情愿地追随,然而歌唱的她却找不到栖息的枝头,长久地没有遮盖。她把破旧的披肩,披在身上,紧抱双肩,好像抱着的是俄罗斯的翅膀。

　　她一走就是一生,俄罗斯的黑夜里,西伯利亚的风吹得她有些冷。

　　她是黑暗的幽灵,黑暗里她四处做着弥撒,用手、眼睛和披肩思考。她的灵魂纯粹得也像乌黑的炭,黑色给了她质感和韧性,放出柔软的微光。黑暗是她脸上一寸一寸

少女时期的阿赫玛托娃

的皱纹,皱纹却像花朵,开得安详宁静。

她的生命开放得很久,俄罗斯不让她死去。因为她是月亮,作为太阳的普希金的生命之灯猝然熄灭了,俄罗斯有理由不让她死去。

尽管他们并没有好好珍惜,并没有好好地让她活着。

那是俄罗斯漫长的一夜,活着不是她本意,而是她的责任。

俄罗斯让她守夜,守了一生一世的夜。

而她固执地坚守着,让沉重的俄罗斯一页页地燃烧,作为她生命的祭奠。

那段赭黄色的历史仿佛天生就是为她准备的。

她是安娜·阿赫玛托娃,俄罗斯伟大的女诗人。

苦难是落入她灵魂的沙子,她像牡蛎一样含着它,创造出一颗颗璀璨的珍珠。

她是落入俄罗斯伤口里的一滴泪,滋养着无数的长春藤在春天覆盖了俄罗斯。

看她黑白照片上纯粹的美,读她蘸血写就的诗歌,我的脑海里便会涌出几个字:俄罗斯的高贵。

她的高贵无关贫穷富有,她的高贵无关前生后世,她的高贵无关太阳月亮,她的高贵无关斯大林或者希特勒,她的高贵甚至无关诗。

与她高贵相关的只有:俄罗斯的精神,俄罗斯的气质!

"俄罗斯"就是她高贵的本质;

"俄罗斯"就是她高贵的本源;

"俄罗斯"就是她高贵的本体!

在她眼中,她的高贵容忍不了俄罗斯的污泥。

为此,她甘愿为清除俄罗斯的污泥付出一切。

用诗歌,用生命,用与世俱来的落寞和苦难。

她说:我生来就是为了承受世上的苦难。

她果然做到了。

她披着她的深灰色的披肩,"站在风口"守了俄罗斯一辈子。

俄罗斯被她守得苍老了;

俄罗斯被她守得消瘦了。

因为她,俄罗斯的一声叹息,让全世界的人都感到了沉重。

而她,站在沉重的中心,在沉重之上,沉重之下,做着不属于她个人的沉重的事。

西伯利亚的风吹皱了她的面容,却始终吹不皱她高贵的灵魂。

安娜·阿赫玛托娃,原名安娜·安德烈耶芙娜·高连柯,1889 年出生在她的"南方"——俄罗斯敖德萨、赫尔松涅斯一带。尽管她很快搬离这里,但是一生断断续续在此居住了很长时间。南方给了她辽阔的黑海、近乎奢侈的夏季的阳光、故乡的概念和童贞的相思,也让她体验到淳朴的乡情、古老的渔港和忠厚的渔民。

在那里,她沿着海滩光着脚漫步,在海水中游泳,率真的她因为贪玩而忘记了淑女礼仪,阳光晒黑了她的皮肤,她只是微笑地接纳,宁静而动人。

南方不仅给了她暴雨的记忆、挂在柴门的风铃、突如其来的闪电以及蜻蜓般飞翔的梦想,更给了她博大的胸怀、自由的意志和一颗善良的心。

之后,不满周岁的阿赫玛托娃随着家人来到皇村。

一住就是 15 年。

她是皇村的"第二胎"。

皇村是俄罗斯文学的子宫,因为她孕育了普希金,也因为她孕育着阿赫玛托娃。

那里美丽的花园、宏伟的巴洛克风格建筑、富丽的大剧院、精致的画廊;幽静的湖泊、喧闹的溪流、茂盛的草场、神秘的树林,都让她难以忘记。

在那里她与普希金、茹科夫斯基、维亚捷姆斯基这些十九世纪的诗人交织,在那里她也与因诺·安年斯基、尼·古米廖夫、B.科马洛夫斯基这些二十世纪的诗人汇合。而无疑最重要的是普希金的存在,有普希金这样的太阳,就会有她这样的月亮。普希金的热量使她的美更显大气和非凡。

托尔斯泰伟大,他是代表世界的;

陀思妥耶夫斯基伟大,他是代表他自己的;

同普希金一样,阿赫玛托娃的生命是诗歌的生命,是纯粹的俄罗斯的生命,因而，她的伟大，是代表俄罗斯的。

在皇村，她沿着普希金的轨迹行走，那是俄罗斯的轨迹，通往皇冠的轨迹。普希金成为"太阳"，而她成为"月亮"。

没有太阳，俄罗斯的万物如何生长？

没有月亮，俄罗斯的夜莺如何歌唱？

在那里，她所体验的是普希金的脉搏；

在那里，她所感受的是诗歌的心跳；

在那里，她所触摸的是沿着大地缓缓上升的俄罗斯的精气。

在那里，意气风发的普希金蘸着晶莹透明的露水写下了《皇村》的记忆——

> 在那里，我的青年与童年交织
>
> 在那里，我被自然和梦幻宠爱
>
> 我体验到了诗情、宁静与欢乐

普希金在说他自己，那也是在说半个多世纪后的阿赫玛托娃。

她从皇村出发去接受属于她的至高荣耀与全部的苦难。

她以诗歌的虔诚接受荣耀；

她以生命的坚韧接受苦难。

她的诗歌从皇村出发，她的生命在俄罗斯结束。

虔诚，皆因她是"俄罗斯的月亮"，所以她要虔诚地站在黑暗里。

坚韧，皆因她是"高贵的玫瑰"，所以无数的刺扎进她苦难的身躯。

贰

她的青春来得那么早，仿佛还未酿成的谷酒掺入一缕不能融化的月光，不凉，却痛。

她的爱来得那么突然，仿佛还未准备的花蕾割下一片不能采摘的阳光，不热，却疼。

所有美丽的少女都有这样的机会：她比一般人更容易接近青春的菩提树。

但接近青春，并不意味着接近爱。

阿赫玛托娃不例外。甚至，她比一般人更早地接近青春，却更晚地抵达爱。

不是她不想爱，也不是她不会爱，而是她来不及辨认突然射来的箭是丘比特带蜜的箭还是撒旦带毒的箭。

盛名中的女诗人

不怪她不小心，要怪就怪她的美丽。十四岁的美丽楚楚动人，像含苞欲放的花，暗香四溢，足以打动每一只欲望强旺的蜜蜂。

1903的冬天格外的暖，一年就快过去，圣诞老人还没给她送礼物，却有人先行一步爬上她家的烟囱，在她熟睡时送来一个男孩，然而，男孩没有进入她的梦里。

他不声不响地靠近，"砰"的一声碎响，惊扰了她原本平静的一池春水。

那日，皇村的天空，格外的湛蓝，没有风，白云缓缓地飘着，太阳暖暖地照着。有狗吠的声音若有若无地叫着，像村子里点起的旱烟，偶尔闪亮一下，又倏地落了下去。

美丽可人的阿赫玛托娃和女伴一同去购买圣诞礼物。她们在兴高采烈、唧唧地说着话，把少女的心事稀里哗啦地晒晾在幽幽的路边。

就在这时，阿赫玛托娃不期然地遇见了女伴的朋友，两个小伙子：古米廖夫兄弟。

女伴热情介绍两个小伙子给她。

两个小伙子热情地跟她打招呼。

一切都是那么自然，没有半点做作，也没有半点防备。毕竟，那时的阿赫玛托娃还是出污泥而不染的莲苞，正沐浴着暖冬的阳光，红润的鹅蛋脸被几丝飘逸的刘海浅浅地遮住，显得青涩而靓丽。

他们结伴同行。她并没有感到什么异样。她友善、快乐，沉浸在节日即将到来的愉悦中。

后来，她发现有一个小伙子经常在她家附近徘徊。开始并没有放在心上，次数多了,觉得有些面熟。慢慢地,引起了她的注意。她从窗户往外望去:啊,那不是尼·古米廖夫吗?

她记起那天同女伴一起去买圣诞礼物时在路上碰到的男孩,知道他是贵族的后裔。印象中,这个男孩有些木讷,好像比她大三岁,他似乎害怕看她。

正是这个害怕看她的男孩竟然爱上了她,而且从第一眼看到她开始,"爱"就像幽灵从他的怀里跳了出来。这个气质不凡的小美女让他沉醉。

他害怕看她,是因为爱她!

他害怕看她,是害怕她拒绝他!

爱,就这样不期而至。情,在哪里?她不知道。爱与情可以分开,她还不懂。她看见他的眼睛发光,她觉得那目光似剑,灼热而固执。

每次,他就远远地站在她窗户后一个浅浅的平地默默地看着她;

每次,他就静静地站在她心灵外一个窄窄的阳台脉脉地凝望她。

该怎么办呢?她有些心动,有些害怕,又有些困扰。她在黄昏沿着皇村的大街行走,低头思索。那条路是那个让她心烦意乱的家伙走过的,并且消失了。她满满的心思,落寞的表怀,美丽的愁绪染得晚霞微微的绯红。

突然,她惊讶地发现,那个男孩竟然悄悄跟在她的后面。原以为他消失了,可他一下子又冒了出来,也不知道从哪个地方冒出来的。

"这个人防不胜防,真有点烦呢。"她微微愠怒,决定拒绝他。

可是,他不死心。不仅如此,他还展开了有计划和有策略的攻势。他千方百计地接触阿赫玛托娃的哥哥安德烈和她的女友,希望能从外围出发,跟这些人混熟后,再顺理成章地进入她的社交圈。

爱情的烈焰还激发了他的灵感和才情。他给她写诗,一封一封的情诗,击中了她最温柔最脆弱的部位。诗里,他称她为"美人鱼"、"女神"。他甚至请人画了一幅"美人鱼"的画挂在家中,并把另一幅送给她。

中毒、着魔?反正他是无可救药。他是那样的执著,那样的不可动摇,有点愚蠢,又有点可爱。

她扭不过他,也逃不了。她像小兔一样,猎枪的准星瞄准了她的心脏,她不相信子弹还真正击中她。

她想试试。一半是好玩,一半是赌气。或者,一半是做游戏,一半是寻刺激。

　　就这样,她接受了他。带点糊涂,带点傲气。她在心里说:我只是试试。

　　可是,这一试,却带走了她一生的运气。

　　之后,皇村的宽阔的大街上、幽静的湖泊中、静谧的树林里多了一对小情人。男孩总显得那么深沉,女孩又总显得那么纯洁。可是男孩的深却装不下女孩的纯。

　　她总是显得那么落落大方,而他敏感炽烈。不允许别的男人进入她的视线。

　　于是,吵嘴在所难免。她很快感觉到爱的无味。

　　爱原本就是一种包容,可是那个年龄他们还只是在成长,而成长的方向不能确定。所以甜蜜总是伴着苦恼,像是一汪春水,清澈却涟漪阵阵。根本谈不上包容,谈不上经营,更谈不上收敛和珍惜。好就好了,爱就爱了,烧就烧了。

　　过早的爱只是枝头青涩的苹果,新鲜诱人,淡淡芳香,却终究没有秋天的丰满。她并不怎么认真对待这份爱,将来怎么样,天知道。

　　不久,俄罗斯在马岛战役失败,她的父亲因为海军的关系惹上一身麻烦。本来父亲和母亲的关系就不怎么好,同一屋檐下,却疏离得很。也许正是这样,她渴望有人爱。

　　那一年,父亲和母亲离婚了。

　　她的情绪很不好,一个家怎么说散就散,这就是爱吗？她不懂,她迷茫,甚至有些痛,所以对古米廖夫显得很冷淡。

　　古米廖夫不明就里,以为应该给一个承诺,或者一纸法律文书,于是试探地说:“我们结婚怎么样？”

　　她心不在焉地说:“你疯了？”

　　古米廖夫很生气。心想,咱们关系都那样了,你还这样高高在上,既然走到这一步,婚姻当然是归途啊。可她不这么想,她仍然相信,她只是试试。

　　他们大吵了一架。

　　爱没有相融,甚至没有相交,连相切的那一点也被剔除出去,剩下的只有相背、相离。

　　就这样,两人的感情就此搁浅。

阿赫玛托娃：只为安魂

其实,年少的他们根本不会处理爱,古米廖夫如是,阿赫玛托娃更如是。何况一开始就是古米廖夫追的她。或者她根本就不爱他,只是喜欢被爱的那种感觉。

在她心里,她是海边的少女,她在等她的海王子出现,而古米廖夫显然不是。

她本人和母亲走得近,而她对父亲有怨,她的一生都很少有写父亲的诗。而对于她后来写诗,父亲认为是玷污了家族的名声,不让她用原名。阿赫玛托娃这个笔名就是因此而诞生的。

家打碎之后,她跟着母亲回到南方。为了未完成的学业,她又到基辅的姑妈那里读书。仿佛把古米廖夫忘得一干二净。

可是古米廖夫并没有死心。毕竟,这是他深爱过的人,她的美丽,她的纯情,无不撩动他的心扉。冷静下来后,他感到了自己的不对。伤害是不经意发生的,而一旦发生,就会有伤口。他要设法弥补伤口。

于是在夏季,他跑到南方,突然出现在她家门口。

猝不及防的出现往往给人一种震撼。

他站在炽烈的阳光下,显得那么真诚。他似乎瘦了,并且有些忧郁。

面对父母的离异,阿赫玛托娃本就有些难过,又一个人在基辅待了半年。因此,此时看见古米廖夫心里感到一阵温暖。她把他的消瘦和忧郁归咎于自己的任性。

他们和解了。爱情酿出了酒。或浓或淡,或甜或苦,只有两人清楚。

之后,古米廖夫去了巴黎。

刚到巴黎,他火热的信就接连不断地邮到了阿赫玛托娃手里。信上附的全是情诗,写满对她的赞美和思念。

按说,面对这样一个对爱矢志不渝又才华横溢的小伙子,任何女孩都会死了心跟她。

可是,阿赫玛托娃不。

因为她不是别人,她是阿赫玛托娃。

她读了那些诗,好像不喜欢人家赞美似的。与其不喜欢人家赞美,不如说她认为那些诗写得并不怎么样。她原本就是一个很好的诗人啊。也许,小伙子用诗表达爱情的方式错了,他怎么能在一个比自己的才情高得的人面前班门弄斧呢?

不是错他,错的是诗。

他在一首题为《灵魂与肉体》的诗中这样写道:"夜晚的寂静浮游在城市上空/每一种响声都变得十分沉闷,哦,你呀——我的灵魂,你仍在沉默,/上帝呀,你瞧,我的心灵宛如一块大理石。"

其实,"心如冷石"的应该是阿赫玛托娃。虽然两人已经和解,但她对古米廖夫的情感仍旧不冷不热。

这可把古米廖夫急坏了。他收不到她的回信,更不用说她以诗的方式回复他。似乎意识到什么,他急急地从巴黎赶回俄罗斯,在阿赫玛托娃家的隔壁租了一间房子。

这样,他以为可以靠她近些,心也可以靠得更近。他希望用自己的炽热驱除她的冷漠。

他不放过每个见到阿赫玛托娃的机会。三番五次邀她散步,逛咖啡馆,给她买礼物。一个痴心男人应该做的事似乎他都到了。那么,爱情的帷幕似乎该落下来了呢?

一次在海边,他以为和她靠得足够近了,便再次开口向她求婚。

他说:"是时候了。我想和你结婚。"

阿赫玛托娃有点讶异地扬了扬脸,然后平静下来,像说别人的事似的回复道:"你总是喜欢开玩笑。"

说这话时,她看上去毫无热情,仿佛古米廖夫痴人说梦。

他的心凉透了。他突然意识到了:一相情愿的近,其实是一种远,浅浅的,又浓烈的。不是物质上的硬距离,而是精神上的软距离。即是说,那种"远"植在阿赫玛托娃干净的心里。她还在上中学,怎么能结婚呢?

客观地说,上中学并没有什么关系。泰戈尔可以娶一个11岁的孩子为妻呢。

根本的原因,还是她有她的追求,她不甘心把婚姻就这么铆定了,她不想把一生就这样交付给了他。或许她还不懂后来的"女权",但是她知道应该多考虑一下不确定的未来,她的未来不该那么早被关进一个笼子。父母的离婚使她对婚姻产生了恐惧。同时,她也讨厌古米廖夫完全的自我,他灼热的感情仿佛火焰,燃烧了他自己,也让她不敢靠得太近。

古米廖夫的心沉重极了,大海也装不下那种沉重。

不然,他会把生命投入到大海的沉重。

他失望地返回巴黎,失望灌注了他的整个生活,他食无味,困难睡,浑身乏力,情绪低落到了极点。在无法排解的情况下,他心一横,喝了毒药。

然而,没死。上帝没有接纳他。

既然想自杀都不成,那一定是心愿未了。他想了想,唯一的心愿就是她。他不甘心,也许还有最后的希望吧。

于是,几个月后,他再次跑来向阿赫玛托娃家里求婚。

没料到,又被断然拒绝。

"我遭什么罪啊! 活着有什么意思啊!"

他悲怆至极,又一次决定自杀。被发现后,送到医院急救。他再一次与死神擦肩而过。

生命如此强健,他欲哭无泪。为了逃避这段不如意的求婚经历,古米廖夫开始了他的第一次非洲旅行。

对于他这样歇斯底里的寻死,令很多人费解。

要知道,当时古米廖夫已经是文坛上响当当的人物,而阿赫玛托娃还是一个女校的无名学生。或者他寻死并不全是因为阿赫玛托娃,还因为他的英雄主义、骑士精神,还有他的孤傲、忧郁以及想控制一切的意志。

不过,他对阿赫玛托娃的爱看上去是那么真诚。

为了她,他什么都敢做。当得知阿赫玛托娃被另一个男人强烈地追求时,他毫不犹豫去与那人决斗。

令人啼笑皆非的是,因为对方的枪出现问题,他竟然让对方朝着自己试开了三次。

阿赫玛托娃的第一个家庭

阿赫玛托娃惊了,阿赫玛托娃怕了,阿赫玛托娃也爱了。毕竟,她是有感情的人。她怕他真的死掉,她爱他对她的爱,可是从某种意义上来说又不是爱他。这真是矛盾。

她找不到解决矛盾的方法,她找到的只有婚姻的绳索。

她把脖子伸进了绳索。

但是，她的家人却不能接受他。

家人认为这种强烈到畸形的爱是病的，病得让人不安，病得让人害怕。

更何况，当时的阿赫玛托娃还在基辅女校法律系读书。

尽管如此，1910 年 4 月 25 日，在基辅的尼科斯卡雅教堂，阿赫玛托娃还是表情茫然地嫁给了古米廖夫。

灯熄人散，他们上了床榻，拥得那么紧。可是阿赫玛托娃觉得他好远，远到看不清他的面容。

他们"睡"在两个被筒里，像双人墓，这样的婚姻是注定要失败的。

婚姻，是起点，也是终点。

叁

一开始，人们知道她，是的，那个女人是"诗人古米廖夫的妻子"；

后来，人们知道她，是的，那个女人是"诗人阿赫玛托娃"。

婚姻给她带来了一条路，路很窄，刚好可以让诗歌通过；

天分给她带来了一条路，路很宽，竟然可以让诗歌通过。

她的一切仿佛都是为诗而设、为诗而生。惊人的天赋，缜密的心思，敏感的思维，准确的语言，以及对精神的追求，包括她不爱的诗人丈夫。

她失败的婚姻仿佛就是为她写诗准备的。这是一种心灵的折磨。从某种意义上说，没有经历过苦难的人，成不了诗人，至少成不了伟大的诗人。

于是，命运把她的婚姻安排得一败涂地。

或者，正验证了古米廖夫的那种"爱的是他对她的追求"。当婚姻来临，追求结束了。他还有什么事情可做呢？于是困扰立刻包围了他，他甚至有些手忙脚乱，不知道该怎样做人家的丈夫。他恨爱情，他在诗歌中清楚地表明了这一点。

而这一切阿赫玛托娃似乎也早已经预料到，也没有打算做一个好妻子。

婚后，古米廖夫开始了长长的旅行。他在逃避。而此时阿赫玛托娃独守空房。

独守就独守吧,也落个清净。这是古米廖夫给她的自由,是写诗的自由。他非常支持她写诗,给她的诗歌以极大的关注。

从这方面讲阿赫玛托娃是该感谢他的。

而丈夫的远离,精神的寂寥正好激发了她作为女人的情感隐痛。女权、爱情在她的心里膨胀。

于是一个结了婚的女人开始追求脱离"现在轨道"的女权,也开始追求爱情。

婚后,阿赫玛托娃一直躲在皇村街心花园里写诗。

1911 年,她的第一本诗集《黄昏》出版。她一下子进入最顶尖的诗人行列。

伟大的诗人出手不凡。一鸣惊人的故事,原本就是为这样的人预留的。

古米廖夫称赞她,勃留索夫、勃洛克等声名显赫的诗人欣赏她,曼德尔施塔姆靠近她,茨维塔耶娃崇拜她。一切都是那样的突兀却又是那样的顺其自然。

她进入古米廖夫的"诗人行会",她和古米廖夫、曼德尔施塔姆挑起"阿克梅"的大旗,诗人的地位继续上升。

之后,她接连出版《念珠》、《群飞的白鸟》两本诗集。

不久,她就成为了俄罗斯万人追逐的"萨福"。

人们甚至把"阿克梅"的产生和她的"阿赫玛"联系起来。她的确是"阿克梅"派的核心。她甚至超越了创立"阿克梅"的丈夫。

而我总有一种错觉:之所以那个时代被称为"白银时代",完全是因为她月光般的光芒。那光芒太亮太亮了,亮得看不清别人,看到的只有她这个发光体。

女人有才情,又美丽,还能写出著名诗篇,这样的人不能结婚。或者说,这样的事情,对于已经结了婚的她而言是更危险的。她升得越高,与古米廖夫拉得就越远。

不是垂直的距离,而是水平方向上的距离。

不是相交,而是相背。

他们参加诗人聚会,他们是两个诗人。他们衣着光鲜地出现在"流浪狗酒吧",人们兴奋地叫道:"阿赫玛托娃"和"古米廖夫"。这分明是两个人,而不是古米廖夫和他的爱人,一对夫妇。

是古米廖夫造成了这一切，他追求他的，不干涉她的，只关注她的诗；

是阿赫玛托娃造成了这一切，她也追求她的，不关注他的，只让他关注诗；

是他们两个人和两首精美的诗造成了"两个人"和"两首诗"的结果。

著名画家莫迪利亚尼
为阿作的素描

婚前，他一直在追，她一直在逃。

婚后是两个人的静止，是凝望，是思索，是礼节性地聚在一起。

外人看来他们还是夫妻，可是个中滋味只有他们清楚。

在家里，他还是丈夫，对她嘘寒问暖；她还是妻子，对他悉心照顾。他们同桌吃饭，说了晚安，躺到床上，甚至亲昵。可是心里却各自莫名的孤独，孤独得骨骼也发抖。

要命的是他们都清楚自己的感受。

在他眼里，她永远是震颤的，成不了自己的。他和他们的生活也跟着震颤。

而她是那么孤独，她简直成了西伯利亚旷野里站在枯枝上的鸟。没有任何安慰。那是灵魂里的痛苦。

成亲以后，他们去了巴黎。可是整个巴黎的浪漫都与他们无关。

庆幸的，也危险的是阿赫玛托娃在巴黎爱上了意大利青年画家莫迪利亚尼。他的个头不高，却很有才华。在那里，他们几乎是一见倾心。她原本不相信世界上还有一见倾心这样的事情，可是见到那个倒霉的画家后，她明白还真有这样的情感。不在别处，就在她身上。

穷困的莫迪利亚尼无法带她去咖啡馆和歌剧院。只能和她一起在巴黎的月下漫步，可是月影就撩动了她的心，塞纳河的宁静的河水仿佛一只手，漫过她的伤口。

那个巴黎是浪漫的，她拥有整个巴黎的浪漫。就因为那个穷画家。

他们在一起谈论魏尔伦、马拉美，他为她画像，她也为他写诗。

回国后，她把莫迪利亚尼的画挂在屋子的墙上，一挂就是一生。

那张画是她的画像，那是她眼里最美的画，装着最美的自己。

她是真的爱莫迪的，用灵魂去爱，虽然不能在一起，却用灵魂亲吻对方。

在莫迪利亚尼给她的一封信中写道："我双手捧着你的头颅，我给你我全身心的爱。"

阿赫玛托娃自言自语道："他写的信都很长，很精彩。"

而在她的脑海里，莫迪的头颅一直清晰地存在，与它同在的还有他的画。

1921年，穷困潦倒的莫迪利亚尼因肺病死亡，妻子也跟随他跳楼自杀。

她在那次见面半个多世纪后，仍然依靠记忆写下了《阿梅代奥·莫迪利亚尼》和许多相关他的札记。甚至晚年谈及遗产时她还说道："有什么遗产可言？把'莫迪'的画往腋下一夹就走了。"

仿佛她唯一所拥有的只有莫迪和他的咳嗽。

然而，在巴黎，她可是一个刚刚结婚的女人，一个诗人的妻子。

她不管那么多了。任性也罢，固执也罢。爱就爱了，疯就疯了。

1912年他们的儿子，列夫·古米廖夫出生。

但是，这并没能说明什么，更不能改变什么。

出于公事，也出于想避开阿赫玛托娃和她的盛名，第二年古米廖夫又去了非洲旅行。似乎没有理由，似乎有了所有的理由。他曾经赞美她的诗，可当她的诗不仅摆脱了他的光芒，而且远远地超过他的影响的时候，他感到了无趣和妒忌。如果她只是一个朋友，妒忌一下，忍受一下，也就过去了。要命的是她是他的妻子。而且是一个不大听从他安排的妻子。

就这样，仿佛没有任何预兆，又仿佛早就有了预感，非洲之行，让他们的关系彻底破裂。

1914年，一战爆发。对此，阿赫玛托娃感到恶心，她诅咒一战。而古米廖夫却英勇地参加了志愿军，并在前线负伤。阿赫玛托娃的心凉透了。那时她已经完全脱离对古米廖夫的依靠，开始主动追求自己所想要的生活。

很快，她与一位风华正茂的热血青年鲍利斯·安列普相爱，甚至把祖母遗留下来的一枚"黑戒指"作为定情礼物送给了他。她似乎找到了她的"海王子"。

这个男青年把从战场废墟里捡到的十字架送给她。他甚至怂恿她与自己私奔。他们的感情一直持续到十月革命。

革命的结果让这个白军战士匆匆离开了俄罗斯。

一段刚入佳境的感情戛然而止。阿赫玛托娃的心再次被撕裂。

而古米廖夫早就清楚他们的婚姻已经没有意义。在长久的煎熬之后，1918年阿赫玛托娃率先提出了离婚。古米廖夫平静地接受了这个事实。

他们去见了儿子，那是他们最后一次见面。

她说："离婚吧。"

他说："行吧。"

他们很平静，但是他疼，她凉。他把手伸过来，她感觉到他的疼，他感觉到她的凉。然而，感觉到了又能怎样？他们不再发热，不再触电。他们有感觉，却不愿重复那种感觉。

她和她执手相看的人是两个伟大的天才，他们是两根燃烧的绳索，他们不能缠绕在一起，缠绕在一起是更剧烈的燃烧，燃烧是他们彼此的束缚。

他们是两条平行的铁轨，有的是对面站着相视，中间隔着的是爱。

他们可以在一起，但是，是以他和她的方式，而不是他们的方式。

作为丈夫，古米廖夫给了她难能可贵的自由！

或者，伟大的他的使命就是照顾更伟大的阿赫玛托娃的出世。

当使命结束，他的生命也无了眷恋。

十月革命以后，俄罗斯政治局势发生了重大变化，文人也跟着遭殃。

1921年，古米廖夫因"莫须有"的罪名被判为"人民公敌"，遭到枪决。

英雄的古米廖夫并不会畏惧刽子手的枪，他甚至不会产生一丝恐惧，因为他已经死过多次。他恐惧的是阿赫玛托娃，虽然离了婚，但仍然牵挂。

他死后，谁去牵挂她和他的儿子？

最终，冰凉的子弹找到了他的头颅，至死，他的眼睛都没有闭上。

他的死也最终击碎了阿赫玛托娃的坚强和信念，她竟然让他年幼的儿子因为"同情其父亲"而差点遭到死刑，后改为流放。直到此时，她才发觉，世界上最爱她的那个人去了。她号啕大哭。她的泪是送给他的唯一的情诗。

她还称他为"丈夫"，这个爱着她的男人被强盗夺走了血淋淋的心脏，留下来的是整个"白银时代"的荣耀。

作为那个时代的阿赫玛托娃，她是和古米廖夫、曼德尔施塔姆比肩而立的。仿佛三足鼎立，缺少任何一个，失去重心的大厦必然坍塌。

离了婚的"丈夫"走了，"白银时代"走了，她一生的更大不幸也被开启。

肆

她曾经说过："离婚制度——是人类，或者文明，所发明的最好的东西。"她似乎看得淡、看得轻。那是她与古米廖夫婚姻刚刚得到解脱的时候，率真的她毫无遮掩地道出了心声。

一般的女人不会说这番话。说了，就不是一般的女人。

皆因她是阿赫玛托娃，作为诗人的阿赫玛托娃和作为女人的阿赫玛托娃其实并不完全一样，但情感上的渴望与精神里的孤苦是一样的，这一样的东西究竟是什么，只有她自己知道。

当听到关于她的一些情爱传言，比如她和勃洛克，比如她和演奏家阿瑟·卢里耶的时候，她很生气。她生气的样子跟一般的女人没有任何不同。

她讨厌人们无端生有的闲言碎语。

可是谁让她站在高端，高端人物的蛛丝马迹都会成为人们的茶余饭后。

尽管这样，她还是像飞蛾扑火一样地追逐伴侣。

和古米廖夫离婚不久，她就和别列科夫在一起，并很快结婚。

然而，她的恬静的梦幻，被这个残暴独裁的男人残忍地击得粉碎。

崇拜阿赫玛托娃的
画家莫迪利亚尼

他居然和别的女人生活在一起，而且就在阿赫玛托娃的面前。

男人总是不可靠，梦境不是皇村，合她的心意——从不背叛她。远远地看见，觉得这个人就是要找的了，可是靠过去，却是依旧的冷。她突然发现，她看错了人。

富有戏剧性的是她也以同样的方式，作为第三者，打破了别人的生活。

而它的方式看上去却合乎情理，没有一点可耻感。

十月革命以后的俄罗斯，政治局势和文化局势都发生了巨大变化。一切都是全新的，一切旧的东西也不由分说地被铲平。

勃洛克死了，勃列涅夫死了，象征主义衰落了。古米廖夫死了，"阿克梅"也大势已去。此时阿赫玛托娃被推到浪尖，诗坛仿佛是她和未来主义的马雅可夫斯基之间的抗衡。她依然是众人眼里的缪斯，但却是评论界的"闺房诗人"，而马雅可夫斯基是"革命的鼓手"。

与此同时，大批的"白银诗人"开始流浪国外，远离文学沙漠一般的俄罗斯。这其中也包括和她最相近的茨维塔耶娃。可是她却坚定地以"内居侨民"的姿势留在俄罗斯。她坚定地称不与"抛弃俄罗斯的人为伍"。

在政治上，她不赞成俄罗斯有白军和红军之分，在她眼里只有一个整体的俄罗斯民族。她的诗集《车前草》更多还是以前的风格，灌满女性的情感。可是，当时的俄罗斯只能有一种颜色。在俄罗斯的眼里，她的诗是颓废的、贵族的、没有革命的。

当局明确地给她的诗歌定义："没有写劳动，也没有写妇女。"

没有写妇女？这里的妇女究竟是什么概念，这里的妇女应该是没有那么多情感的。

艾亨鲍姆更直截了当地说："她是怎样的一个修女或者荡妇。"

然而，正是这个"修女或荡妇"，在 1924 年被列奥尼德·格罗斯曼称赞成"萨福"。她像一杯有毒的烈酒，俄罗斯的人甘心啜饮，即便中毒至深。

而这，恰恰是当局不愿看到的。

于是，1924 年，她被当局禁止发表诗歌。

一下就是十余年的时间。

为了维持生计，她更多地从事翻译和研究普希金。

这种情境下，她的路就很难了。

她又想起古米廖夫，她意识到这个男人对她是那么的好。他们曾经那么的亲近，作为最孤傲的诗人，他却包容了她的一切。她甚至开始打听他的死亡地点和坟墓的位置。

谁能安慰她呢？一个女人到了这种地步，一点安慰有时候就可以让她感动。

1924 年秋天,阿赫玛托娃得了肺结核,那是伴她一生的病。一种典型的女人病,仿佛是心里集结的怨。她和曼德尔施塔姆的妻子在皇村养病。

一天,普宁来到她的床榻边,给她带来营养品,之后递给她一条热毛巾,细声细语地关怀她的病情。

临走的时候,他说:"我会再来的,好好注意身体。"

她很诧异:这个平时有些粗野,容易发怒的人竟然可以那么的温柔。她的心里暖暖的。

必须说明的是,此普宁非获得诺贝尔奖的蒲宁。普宁原是古米廖夫主编的《阿波罗》杂志的成员,后来成为艺术家和艺术评论家。他的性格有些暴躁,但是很有才华。

果然,在养病的日子里,普宁经常会来到她的床榻前,嘘寒问暖,陪她散步,晒阳光。

阿赫玛托娃觉得终于又有人和她站在一起了,而且这个人曾经与丈夫同呼吸、共命运,他离自己那么近。他是可以触摸的阳光。尽管他有妻子和女儿。

很快,她就搬到了普宁在列宁格勒喷泉街的住处,可是开了门却看见普宁的妻子阿连斯。

"房子很难找,我不能赶她走,所以……"他看上去有些难堪。这话听起来更像是对妻子阿连斯说的,仿佛阿赫玛托娃是来避难的。

心高气傲的阿赫玛托娃接受了这个现实,像接受一种耻辱,情愿或者不情愿。

"我应该像一个真正的妻子一样生活。"她想着安慰自己。

然而,她忘记了:真正的妻子不应该是诗人,真正的妻子需要面对一切生活的琐屑。

就这样,她住进了那个家,家里有两个女人,却只有一个男人。

另一个女人是男人的妻子,那她又是谁呢?

她和普宁一个房间,阿连斯和女儿睡在另一房间。上床熄灯,夜是那么的深,月亮在窗外高高地挂着。

两个女人失眠了。

整个俄罗斯的夜竟然装不下两个女人的睡眠。

阿赫玛托娃觉得阿连斯像藏在这个大房子里的一个古老的过去，而阿连斯觉得阿赫玛托娃是一个古老的未来。可是过去与未来奇妙地在此交汇。仅仅因为中间有一个男人。

不管怎么样，这是阿赫玛托娃自己选的生活，她想尝试做合格的妻子，即便没有名分。

于是，白天阿连斯和普宁出去工作，她在家里带他们的孩子。

晚上，沙龙式的聚会，她是诗人，她和普宁是主人。

普宁也尝试着给阿赫玛托娃名分。当时的俄罗斯婚姻注册混乱，登记结婚只需要夫妇到所在的房屋管理处声明一声即可。登记之后，婚姻便有效。

他们的确登记了。

这看上去很荒谬，普宁也就为她做了这点事情。

她从普宁那里得到许多关爱，那些爱让她珍惜。

最终，普宁也和阿连斯离婚了。显然为了她，至少在她看来是这样，这也让她下决心做一个好女人。

然而，诗人高贵的羽翼在天上，终究不能在尘世走来走去，这样满身都会惹上尘埃。

很快，她就感觉到和古米廖夫在一起时的那种孤独重新笼罩她的全身。

夜半时分，她会起身抱着高贵的身躯，怀念古米廖夫。为什么那个人在的时候总是感觉到一千个不好，而一旦离开，又那么想念。她的爱或者只能用来怀念和珍惜，那是回忆，是自由，更是诗，需要在灵魂里抚摸，锤炼，用过往的一切。

她想离开，可是离不了。离了这别人的家，自己又去哪里？她是被流放的，不仅是"被内部流放"的诗人，更是感情上被流放的女人，她有的只能是寄居。

谁让她是这样的诗人？谁让她选择这样的命运？

她和普宁一起生活了近十五年。这是她不曾想到的。

她说："我和普宁在一起的时间，比必须的时间要长好多。"

他们离婚了。

两个人在房间里沉默许久。

阿赫玛托娃说:"离婚吧。"

普宁说:"可是我还想再跟你一起生活几年——好吧,离婚!"

他接受了,却显得很难受。不像当年他的朋友那样洒脱。

进入上个世纪三十年代,苏俄的清洗达到疯狂的阶段。整个俄罗斯都疯了。仿佛一瞬间就跌入了黑暗,没有道理可言。阿赫玛托娃的生活也遭到肢解式的破坏。

她的儿子列夫·古米廖夫,两次被捕,最后被流放。对于儿子,她有的是愧疚,这愧疚的一半更是给丈夫的。儿子出生以后,她就把他交给了古米廖夫的母亲,她没有尽一个母亲应该尽的责任。

她说自己是个"坏母亲"。仿佛诅咒还不够,仿佛苦难还不深,她的生命里几乎最重要的人——曼德尔施塔姆也被流放,并客死流放地。

不仅如此,普宁竟然也被流放。对此,阿赫玛托娃又一次感到"古米廖夫式"的打击。她说:"天将破晓他们把你押走我像出殡一样跟随。"

那些年月里,她经常穿着破旧的衣裙,在诗人中行走,却是出奇的高贵。

她不是海洋,却容纳了一切。

在那样的黑暗里,她是一根柔软的钨丝,透射出诗人的光泽。

那些天,她反反复复吟唱着一支安魂曲,为丈夫,为丈夫的朋友,为儿子,为爱和被爱,为自己,以及黑土地上无数的冤魂。

从那时起,那支用血、用泪、用刺骨的痛唱响的安魂曲在俄罗斯上空盘旋,久久不去。

伍

在这类痛苦面前

高山低头、大河断流,

但牢门紧闭,

"苦役的洞穴"

和催命的焦愁藏在门后。

油画中的阿赫玛托娃

那是太多的忍耐,太多的积郁,太多的挣扎与苦痛。她愤懑地写下来,蘸着血,蘸着泪,她急促地写着,遍地黄沙,她裸露着良心,写吧,写吧,快快抓住这一瞬,狠狠地写下来,仿佛找到了表达的出口,仿佛看到了那些不该死去的一个个对她感恩。而她捂着滴血的心,露出一丝苍白的无奈与恐惧:"我们不知道,我们到处都一样遭遇,/只有钥匙声咬牙切齿般侵入耳鼓,/还有,是兵士那沉重的脚步。"

这是献词,献给谁?丈夫?不仅仅是。儿子?也不仅仅是。自己?更不是。她献给人类的良知,献给未来的正义的审判!

她敏锐地感觉到了,死神悄无声息,就在每个人的周围。"一声判决……顷刻间泪雨滂沱。"妻离子散,大地呻吟,发黑的血将子弹壳遮掩,可又怎能遮掩住罪恶的狰狞?没有人同在,生不如死,她低头走着,思考着:"我已经远离人群,茕茕孑立,/如同从心头夺走了生命,/如同粗暴地被打翻在地。"但走着,走着,突然,碰到一个妇女,似曾相识的人,在遭逢凶险的两年之后,那里究竟发生了什么?

她想起了自己的丈夫,那个为她献诗"我的花园里种满鲜花,你的花园却满是忧郁"的人再也不见了。事情发生的时候,如此突然,惟有死人在微笑,它为彻底的安宁而高兴。而列宁格勒像一个多余的尾巴,围绕着自己的监狱摆动。她记得,那时,走来已获审判的一群,由于痛苦而变得痴呆,火车拉响了汽笛,唱起短促的离别之歌。死亡之星在头顶高悬,在血迹斑斑的大皮靴下,在玛鲁斯囚车黑色的车轮下,无辜的俄罗斯不住地痉挛。

那是真实的一幕,无法相信的历史的悲剧竟然发生在青天白日下。对,是黎明时分,她的家被带走了,她紧紧地跟在身后,仿佛在出殡。孩子们在黑色小屋里哭泣,她真希望是火枪手们的妻子,勇敢地到克里姆林宫的塔楼下悲号。

静静的顿河静静地流淌,橙黄的月亮走进了屋子。丈夫被子弹夺走,儿子也被抓走了,她成了孤苦伶仃的女人。她冷冷地握着笔,站在人类良知的心尖。不,这不是她,这是无辜的受难者。她目睹着这一切,再也不能苦撑下去,让罪恶用黑色的帷幕遮掩吧,让夜来临,让自己变成瞎子。

她不停地号哭,揪心撕肺,昼夜不息。她坚持了十七个月,为的是让爱能回家,即便扑倒在刽子手的脚下自取其辱,但为了儿子,为了无法逃避的劫数,她做了。透过历史的针孔,她看清了,谁究竟是野兽,谁究竟是人?为什么有人举着屠刀,把最腥的血滴入她的眼睛?

时间像蝴蝶一样飞走了,石头一样的判决词,压在她苟延残喘的胸口,要将她的记忆连根拔除。她的窗外只有一个节日,那是很久以前就已经预感到了。

"当我入殓的时候,别为我悲恸,母亲。"

面对儿子的劝慰,她看见一张张脸怎样憔悴,眼睑下怎样流露惊恐的神色;

她看见痛苦如同远古的楔形文字,在脸颊上烙刻粗粝的内容;

她看见一绺绺卷发怎样从灰黑,骤然间变成一片银白;

她看见微笑怎样在谦逊的唇间凋落,惊恐怎样在干笑中颤栗。

当然,她还看见更多,更残忍。

她看见那一位,好不容易被带到窗前;

看见那一位,再也无法踏上故土一步;

看见那一位,甩了一下美丽的脑袋,说道:"我来到这里,如同回家!"

就这样,他们的身体被夺走,他们的名字被勾去。那里有她认识或不认识的人,她的丈夫,她的亲人,父亲,母亲,儿子,女儿,一条条生命就这样消失,像花朵没来得及全部开放,就被无情的风暴蹂躏了。这是无法忘记的一幕,无论何时何地,她都会追忆,哪怕陷入新的灾难,也决不忘记。倘若有人要封堵她那备受磨难的双唇,那么,就在她忌辰的前一天,让后来人也以同样的方式来祭奠她。她深信,未来的某一天,在这个国家,倘若要为她竖起一座纪念碑,她可以答应这样隆重的仪典,但必须恪守一个条件——

> 不要建造在我出生的海滨:
> 我和大海最后的纽带已经中断,
> 也不要在皇家花园隐秘的树墩旁,
> 那里绝望的影子正在寻找我,

而要在这里，我站立过三百小时的地方，
大门始终向我紧闭的地方。
因为，我惧怕安详的死亡，
那样会忘却黑色玛鲁斯的轰鸣，
那样会忘却可厌的房门的抽泣，
老妇人像受伤的野兽似的悲嗥。
让青铜塑像那僵凝的眼睑
流出眼泪，如同消融的雪水，
让监狱的鸽子在远处咕咕叫，
让海船沿着涅瓦河平静地行驶。

    阿赫玛托娃的文字作为那个苦难时代的见证，将苦难的制造者押上了历史的被告席。而人民与当权者的斗争，就是记忆与遗忘斗争的过程。

    作为受难人的目击者，她在轻描淡写之间抹去了历史的血腥。她珍惜着每一个生命，用温情抒写残暴，苦难已经够深重了，她不希望使苦难更深，就像夜已经来临一样，她不希望天空更黑。她不希望自己的诗成为泼在黑夜中的墨水，使黑夜更黑。不！那不是她的本意，她告诫人们，即便最最寒冷的冬天，也要抓住寒风中的一丝温暖。只要信念不死，心中就会有温暖。

1930 年魅力十足的阿赫玛托娃

    她要建造一座纪念碑，这纪念碑应该成为当权者的耻辱柱，不管他们当初怎样掩藏受难者名单，最终还是现出原形。因为，当历史的尘埃落定之后，她以一个普通母亲而不是一个诗人的视角，记录下那个时代一个个无辜者被押走、囚禁、审判和处决的全过程。

    历史过去了。噩梦结束了。但她忘不了那些记忆，她沉淀，发酵，哭泣，最终成为一首安魂曲。

她不是为个人安魂；

她更是为俄罗斯安魂。

陆

很快，"二战"爆发。俄罗斯民族陷入更加沉重的苦难。死亡的阴影比任何时候更加真实地跟随每一个人。

列宁格勒遭到围困，她和一些友人逃亡塔什干，过着流离失所的生活。

在那里，她又有一段不幸的感情结束——和一个医生无果而终。

她又想起古米廖夫和普宁，流浪期间普宁给她写信，表达相思之情，她十分感动。

流落异乡的孤独感稍微减少几分。

在长久的期盼之后，列宁格勒的局势终于得到好转，她于1944年回到那里。她的心里想着："终于回家了，一切都是那么美好和新鲜。"

"二战"，这场人类文明最残酷的病好了。她却发现，在列宁格勒自己又陷入了尴尬的境地。"卫国战争"结束，可是她新的苦难仿佛刚刚才开始。

尽管经过大清洗和战争，她把创作的触须由原来的抒情风格伸向个人之外的广阔天地，她的诗歌也更具有了人民性和民族精神。但是她却与苏联文坛的主流精神格格不入，甚至是完全对立的。

蓦然回首，整个俄罗斯就剩下她和帕斯捷尔纳克了。

在那样的土壤里，一个诗人究竟应该以怎样的姿势行走呢？或者装聋作哑才是好的，而说真话是危险的。然而，她是诗人，宁可不说话也不能昧着良心说话，更不愿忤逆自己的精神，忤逆自己就等于玷污了自己的人格。

她已经是个高贵的老人，但是，诗使她年轻。仿佛熟透的苹果，芳香四溢，美丽得有些耀眼。

那是她的秋天，秋天的阳光不暖，却出奇的凉。

与她的众多不幸相似，这次又是以爱情的方式。不同的是这次的爱情格外的凉，凉到她卸下所有的尊贵。

这段爱情联系着以塞亚·柏林。

以塞亚·柏林是英籍犹太人，后来成为赫赫有名的牛津大学教授，时年36岁，任英国驻苏联使馆的秘书。列宁格勒是他的一个故乡，十岁的时候他离开这里。按他自己的话说：那次回苏联，主要是想了解文艺界的现状。

然而，苏联的文艺界令他吃惊。他吃惊地发现，当时在苏联文艺界声望最高的是诗人们。这其中阿赫玛托娃和帕斯捷尔纳克理所当然是最高的。从某种程度上来说，这也意味着他们的处境是最危险的。

在拜访阿赫玛托娃之前，他已经拜访了帕斯捷尔纳克，帕斯捷尔纳克的位置和阿赫玛托娃在苏联的位置又是截然不同的。

很早，他就崇拜阿赫玛托娃，称之为"悲剧女神"。没想到有机会见到她，在他看来那是恩泽。

一切却出乎他意料之外地发生了。不知是什么火点着了他的神经，他竟然爱上了仍然风韵犹存的阿赫玛托娃。而更加光彩照人的当然是她的诗歌。

而更出乎所有人意料之外的是，阿赫玛托娃竟然也爱上了他。

那一年，阿赫玛托娃56岁。这个年纪的女人一般守在家里，照料儿女，打理家务，淡漠情感，但阿赫玛托娃的青春似乎才刚刚开始。

1945年冬天一个飘雪的夜晚，列宁格勒，"喷泉屋"，三楼，一间没有窗帘的小屋子里，穿一身旧衣裙的阿赫玛托娃正在和一个女访客谈话。有人敲门。她起身，开了门。

这一开，竟请进了一段传奇式的爱恋，也请进了她后来最沉重的苦难。

门外站着的是以塞亚·柏林，当天早些时候他已经来过一次。但是会晤中途被打断。

现在，他又来了。

阿赫玛托娃把这个小她二十岁的男人请进屋内，等到午夜时分，送走女客人，开始了与他独处。

窗外是整个俄罗斯的黑夜。

很奇怪的是，仿佛他们见面的第一眼就熟

1946年的阿赫玛托娃与帕斯捷尔纳克在一起

悉到了极致。

　　她居然给他诵读自己还没有定稿和完稿的《安魂曲》，以及《没有主人公的叙事诗》。

　　后来，他们开始谈更多更广的话题，包括"二战"、苏联、历史、诗歌、生命、价值、理想、杀戮，以及一些故去的人等等。

　　阿赫玛托娃说道："古米廖夫……"

　　她哭了。

　　阿赫玛托娃说道："曼德尔施塔姆……"

　　她哭得更厉害。

　　一个在许多人眼里已经苍老的女人，在一个比她小二十岁的男人面前，毫不顾忌地大哭，而且这个男人还是头一次相识，这样的事在许多女人身上不会发生。但是，她不是别人，她是她自己——诗人阿赫玛托娃。她已经委屈太久，她已经压抑太深，难道她还不能在属于自己的地方、在一个她认为可以信赖的朋友面前放肆哭泣吗？

　　他们相守了一夜直到第二天上午，他们才意识到，哦，一个晚上已经过去了。

　　一男一女，共处一室，那一夜确实发生了一些事情，不是肉体上的，而是两个灵魂的缠绕。灵魂的共鸣比肉体上的结合更加热烈，那是另一种"做爱"。而我总觉得，那是阿赫玛托娃的一种"精神自慰"，那是她在和过往的回忆、自己的精神接吻。

　　一个女人对一个男人，完全地敞开灵魂。多半是爱上了对方，即便不是完全爱上，也是很深程度的，而又在他面前流泪，那的确是爱了。

　　显而易见，阿赫玛托娃爱上了柏林。

　　她写道："那道看不见的霞光在黎明前使我神魂颠倒。"

　　显而易见，柏林也爱上了阿赫玛托娃。

　　已经五十多岁，她对爱的渴望依旧新鲜，新鲜仿佛刚割破的伤口。

　　她所需要的爱人在很大程度上是一个可以说、会说、乐于听她说真话的人。那些真话在她心灵里存放已久的东西，存得太久了，发酵了，太热了，她无法承载了。但是，当时的俄罗斯是不能说真话的。说真话是危险的，或者说，说真话等于自杀!

柏林出现了。这个男人当时并算不上才华横溢,但是他不是俄罗斯人,可以安全地交谈;他会俄文,能够交谈;他了解俄罗斯,有交谈的话题;他乐于听她说话,可以心安地交谈。

更难能可贵的是,他很真诚。

仅仅因为这些,俄罗斯的萨福就把灵魂都给了他!她把自己从天上拉到地下,拉的是那样的低,仿佛受了委屈的孩子。

上午,他们依依不舍地告别。一些天过后,柏林第二次到"喷泉屋"见阿赫玛托娃。"喷泉屋"已经成了列宁格勒最森严的"监狱"。由于阿赫玛托娃不顾及自己的身份,和柏林这个被斯大林称为"英国间谍"的人亲密来往,她已经被当局全面监视。

阿赫玛托娃想说:"这些天我一直盼着你来。"可是她把话咽下去了,咽下的话刮疼了她的喉咙。

柏林说:"我要走了,去莫斯科,然后回国。"

阿赫玛托娃,看着他远去的背影,没有语言。只是感觉到一点冷。她的灵魂又一次失去了华盖。

回国后,柏林和她一直通信,表达相思之情。这让苏联当局很不舒服。

1946 年,阿赫玛托娃一生最大的打击伴着那段爱情拖着的长长的影子来临。由于和柏林交往,她被视为"嫌疑特务",最终她被开除出苏联作家协会,禁止发表诗歌。同时"喷泉屋"外的监视仍旧继续,她还必须每两天出现在窗口一次,以验证她没有自杀。她失去了高贵的自由,"喷泉屋"彻底成了监狱,列宁格勒也成了坟场。

随后,她的儿子也遭受牵连,被再次流放,连离过婚了的普宁也再次被流放,并死在了流放地。

关于她的判决,还有人说是因为斯大林在一次聚会上看见人们对她的崇拜,那种崇拜甚至高过对自己的。这让他感到不安。

无论原因为何,这样的审判都是屠宰式的,没有温情可言。四十年代俄罗斯的文学清洗就是以处理左琴科和阿赫玛托娃为代表的。

饱经沧桑但诗
心不改的诗人

1956 年苏联局势刚刚好转，儿子已被恢复名誉，并完成了未完成的历史学业。柏林终于再次到了俄罗斯。他想与她见面。她拒绝了，她怕再次让儿子受到伤害。经历了荒诞岁月的人变得格外小心，即便是以自由著称的诗人阿赫玛托娃也不例外。

不是她不想，而是她不能。这才是悲剧的核心所在。

1965 年，牛津大学以"自沙皇以来俄罗斯最伟大的诗人"授予阿赫玛托娃名誉文学博士学位，倔强的阿赫玛托娃拖着年迈又糟糕的身体去了。不是为荣誉，而是为了一个人。因为此时的柏林已经是牛津大学的教授，她想去见见他。

终于，她在逝世的前一年见到了柏林。

她看到柏林成家了，住进了大房子，再也不是她的柏林。

阿赫玛托娃捂着苍老的伤痛，自言自语地说："我的鸟儿住进了金子铸造的笼子。"

她在嘲笑，或者在思念。她嘲笑柏林，也嘲笑自己，而思念的是活在 1945 年的那个喷泉街的柏林。那个柏林是她在黑暗中一丝亮光和温暖。

我总是在想，那个黑暗年代的重量到底是什么程度，让这样一个高贵的人把自己放得那么低，因为一点真诚就可以让她爱上一个人，并为此万劫不复。那个黑暗年代的冷酷又到底是怎样的程度，竟没人拿出这点真诚。

那个宣称"永远不活在异国的天空下，永远不活在别人的怜悯中"的高贵诗人，那一次竟那样的低，低到泥土里，低得让每一个热爱她的人疼得钻心。

柒

有时候死亡比活下去要容易许多。在阿赫玛托娃那里就是这样。

与她同行的众多诗人，历史只留下她一个人，她是最后一个。所以她说："我活着是为了悼念"。悼念那个时代，也悼念她的伴侣、友人。

活着，就是见证；

活着，就让人想起那个噩梦；

活着，让人警醒，不能让同样的灾难再度发生！

这是最后一个活着的价值所在。

奥西普·曼德尔施塔姆和她的关系是最亲密的。尽管阿赫玛托娃一生男人众多。但是，我总觉得，只有他们两个才是一体的。

他们之间超过友情，却又无关爱情。

1910 年，阿赫玛托娃在"塔楼"第一次见到曼德尔施塔姆，这个走路总是昂着头的才华横溢的青年，吸引了她，从那时起他们的生命就缠绕在一起。

他们一起参加诗人聚会，讨论诗歌，一起在大街上漫步，坐马车，或者进咖啡馆、酒吧。

很早，曼德尔施塔姆就已经写过《致安阿赫玛托娃》，他曾表示过他爱着阿赫玛托娃，阿赫玛托娃也知道他是爱自己和自己也爱的那个人。

1945 她就曾流着泪向柏林诉说是："那个爱我和我爱着的人。"或者正因如此，她不会付出爱的行动。因为一旦爱了，她可能失去他，就像她的第一个丈夫一样。

对于她，爱是一种距离。而她和曼德尔施塔姆的方式让她亲近。

她很珍惜他，于是他们可以和平地谈论一切，就像平常的夫妻谈论柴米油盐，平凡却真切，而他们在一起的方式在我看来也更像一对真的夫妻。

作为"阿克梅派"的三个领军，他和阿赫玛托娃、古米廖夫情感异常深厚。

流浪国外的日子，他给她写信说："我想回家，想见到你。你可知道，世界上我能够与之进行想象式交谈的人只有两位——一位是尼古拉·斯捷潘诺夫，另一位便是你。"

他指的是他们夫妇两个，而古米廖夫已经走了，世界只剩下阿赫玛托娃。

1933 年的一个晚上，阿赫玛托娃给他诵读但丁的《炼狱》，发现他突然用手遮住了脸庞。

阿赫玛托娃惊问他："怎么了？"

他说："没什么。"

年老的阿赫玛托娃仍然有着典型的俄罗斯女人的优雅

她走过去,轻轻拿开他的手。

他哭了。

她心疼地说:"你哭了!"

他说:"因为是你在读这些诗句。"

1934 年,曼德尔施塔姆被捕,阿赫玛托娃四处奔走,托人救他,最终没有成行,他被流放到沃罗涅日。在被押解上火车的时候,因为没有见到阿赫玛托娃,他哭了,他以为阿赫玛托娃受了比他更大的灾难——死了。

他最终死在流放地。死之前很宁静,因为他认为他终于可以在天国见到他的女神了。

曼德尔施塔姆在她心中的重量或者可以通过 1940 年她和密友利季娅·丘科斯卡娅的一次谈话中准确的体现出来。她说:

> 我这一生中既被许多人夸过,也被许多人骂过,可我从来没有认认真真悲伤忧郁过。我从来不计较东西发在哪一期——第一期也好,第三期也好对我来说都无所谓。只有一次我是真的伤了心,即奥西普在一篇书评中称我是"镶在地板上的柱塔僧"那次。可这是由于他是奥西普,也仅仅因为他是奥西普罢了……

她是把曼德尔施塔姆当作自己人的。这个自己的人,只能他爱,或者爱他,但无论他爱或者爱他,都不复存在,因为那个人已经去了天堂。

而在俄罗斯,在人间,唯一能与她惺惺相惜、唯有能与她媲美的只有茨维塔耶娃!

她们是俄罗斯的两个女儿,一个长在母体之外,一个长在母体之内。

她们一个站在伏尔加河畔,一个站在涅瓦河畔,遥遥相望,她唱一句,她也唱一句。

后来她在祖国的那边,她在祖国这边,一同哭泣。

她们唱出同样的歌声,流着同样的眼泪,肩并肩在俄罗斯的大地上行走。

她们是连体两姐妹。

人们这样说茨维塔耶娃:茨维塔耶娃就是诗;

人们这样说阿赫玛托娃:诗就是阿赫玛托娃。

她们用两种方式创造出同一种伟大。

1910年,18岁的茨维塔耶娃出版了诗集《黄昏纪念册》。1911年,22岁的阿赫玛托娃出版了诗集《黄昏》。两个天才席卷了整个俄罗斯。

茨维塔耶娃一生把阿赫玛托娃视为标准、偶像,很早就写下了《致阿赫玛托娃》。她称阿赫玛托娃为"缪斯之上的缪斯"、"全俄罗斯最有才情的安娜"。虽然她们此前只有书信来往。但是彼此很了解,也十分关注对方。茨维塔耶娃把儿子莫尔先于自己送回国,就托付给阿赫玛托娃。这是什么样的一种信赖,一种情谊啊!

但是她们一生只见过两次面,两次见面可以算是一次。

1939年,茨维塔耶娃结束了长期的流亡生活,回到俄罗斯,但是俄罗斯早已经不是她的俄罗斯。她的女儿已经被流放。丈夫谢尔盖·艾伏隆,因为是白军的关系,也被杀害,逃了十八年,最后还是没有逃过一死。

有一天,帕斯捷尔纳克给阿赫玛托娃在莫斯科的密友打电话。

"安娜在你那儿吗?"

"是的。在。"

"有一个人想见她,玛利亚——她已经在莫斯科了。"

"我会转告她。"

没多久,茨维塔耶娃接到阿赫玛托娃的电话。

"你要见我?"她的声音很安详。

"你是?"茨维塔耶娃说。

"我是安娜。"阿赫玛托娃说。

"哦,是的,我要……见你。"茨维塔耶娃显得很激动,突然想哭。

一个女人在一个男人面前想哭,多半是因为爱或者痛;

一个女人在另一个女人面前想哭,多半是因为更爱或者更痛。

"我去你那里吧!"阿赫玛托娃说。

"不,我过去找你。"茨维塔耶娃坚决地说。

挂了电话，阿赫玛托娃心里跳得厉害。她终于要见到这个俄罗斯和她最相近的人了。

茨维塔耶娃如约而至。

她们简单地拥抱了一下，就像两个大难不死的故友，走进内屋。

阿赫玛托娃给她沏茶，给她端来水果。

坐定之后，阿赫玛托娃说："你还好吧？"

茨维塔耶娃说："还——好。"她差点哭出来，但努力地微笑。最终，还是哭了，哭得很厉害，仿佛要把一辈子的泪水都倒出来，让这个老姐妹看看。

因为她哭，阿赫玛托娃也忍不住。她原以为，她的泪水早已流干了。可是她来了，她的泪水又重新蓄满。两个女人，不，两个诗人抱着灵魂哭泣。

那一天，两个女人都没有出屋。

天色将晚的时候，阿赫玛托娃送茨维塔耶娃出门。

阿赫玛托娃的脸上带着一丝微笑，她是那么的成熟而又高贵，心里却有一种疲惫的欢欣：她为了遭到处罚的儿子来莫斯科奔走。

而茨维塔耶娃满面红润，每一个皱褶都填满了久建的欢欣，仿佛忘记了先前的苦难。

第二天，茨维塔耶娃打电话再次约见她。

她们一起喝酒、谈天、看戏，手拉着手，沿着莫斯科的大街散步。

两个年已半百的女人像两个初恋的小姑娘约会一样，感到依恋和安慰。

在阿赫玛托娃面前，茨维塔耶娃真像个妹妹。受尽恩宠一样的欢欣，但是欢欣却让人心疼。而阿赫玛托娃虽然表现得沉稳、不动声色，实际上在她看来那也是一种恩赐。她一直保存着茨维塔耶娃为她写的诗，最后纸张烂掉，还不舍得扔。在她的心里只有她们两个才是一起的，在高高的天上，其他人都是那么的低。

然而，她们的相聚是那样的短暂。因为当天她们就发现有人跟踪，有人告密她们图谋不轨。她们都是"危险分子"。

俄罗斯小得竟然装不下两个女人。

她们再也没有见面。

法西斯的铁骑逼近了俄罗斯，茨维塔耶娃带着儿子逃亡到叶拉布加。

很快一个不幸的消息传到阿赫玛托娃那里。

苦难的茨维塔耶娃把高贵的头颅伸进那根让全俄罗斯落泪的铁环，她断然地走了。

阿赫玛托娃只能默默垂泪，用诗为她送行——

> 我同你，玛利亚今天
> 在午夜的首都漫步
> 身后同样的人又何止万千
> 却走的无声无息
> 周围是丧钟的哀鸣
> 加上莫斯科风雪的嘶叫
> 覆盖了我们的足迹

茨维塔耶娃走了。

全俄罗斯只剩下她一个人。

茨维塔耶娃死后，她长期接济茨维塔耶娃的儿子莫尔，可是莫尔仍旧面黄肌瘦，她十分心疼。那也是她的儿子啊！

捌

她来到这世上，是为诗而生的。

她来到这人间，是为诗而受难的。

诗给了她灵感，南方给了她善良，大海给了她胸怀，皇村给了她梦幻。

普希金给了她诗歌的灵魂；古米廖夫为他的诗歌铺平道路；曼德尔施塔姆在一旁辅佐。

她首先是"白银时代"的女神，是"阿克梅的灵魂"。

早期，她的诗歌主要是抒情诗。她的笔触细腻而准确，语言简练而生动，情感平实而炽烈。她追随阿克梅派的宗旨，让"玫瑰自己说话"。她反对象征主义的模糊和晦涩。

对于别的诗人,只有把语言的碎片组织起来才是诗歌的整体,而她的每一个语言碎片都是整体!

"白银时代"足以让她像"萨福"一样高高地站在俄罗斯的土地上。然而那只是萨福,不是阿赫玛托娃。她更像黑暗里出现的女神,苦难的黑色才让她更加光彩夺目。

俄罗斯的苦难给了她更多的诗歌营养,也让她在黑暗年代,文字更加丰满,像是呜咽,像是诅咒,像是裹尸衣,给俄罗斯的黑暗盖上一层柔软的黑纱。

那些诗歌包括《安魂曲》和《没有主人公的叙事诗》。而在"二战"期间她甚至写作热血激扬的抗战诗篇,俨然一个斗士一样到前线慰问作战的士兵。

这时的她情感得到升华,这种视界的扩大使得她成为一个完整的阿赫玛托娃,也使得她成为实至名归的"俄罗斯的月亮",那冷冷的光芒温润而坚强,催生无法融化的皎洁。

晚年的她境遇有些好转,虽然还处在争议的中心、漩涡的中心。但是苦难已经不再向她靠近。或者说,她经历的苦难足以使苦难看起来不再是苦难。

她的儿子列夫·古米廖夫,1956年被释放,并恢复了名誉。1961年成为历史学博士,并在后来成为著名的历史学家。而各种荣誉也向阿赫玛托娃走来,苏联、欧洲的各界人士都争先拜访她,以至于她的家门口常常排满长长的队伍。

她活着,就成了诗歌的古董,成了活化石,成了人人争睹的雕塑。这虽然不是她所愿,但她无法阻止人们的热爱。

颇具讽刺的是,她的生活依旧清苦。家里的摆设非常简单,身上穿戴的也是破旧衣服。她也经常四处寄居,没有定所。根据耐曼所说:1956年她去领取意大利文学奖时还是借了阿·托尔斯泰遗孀的衣服。这境遇委实让人感到心酸。这些在别人看来是苦难的东西,对她而言,已不算什么了。

1966年3月,阿赫玛托娃在俄罗斯,瞪着如一口老井的眼睛,那眼角的妩媚和眼内的房水已经被时间和苦难汲尽了。她的身体已经很差了。一盏橙黄的灯,在晚风中摇晃。

一天傍晚,友人给她送饭。吃了两口,她就停下了。她吃不下,感觉饭没味道。

她说："饭太冷了,帮我热一下。"

友人热了饭再端过去。她还是不想吃。

她说："放这里吧。我一会儿吃。我有点累,想一个人安静一下。"

友人出去了。

过了一会儿,她突然大声地把友人叫进来。

她从床上坐起来说:"我想见儿子。"

友人心里一怔,有种不祥的预感。

坐了一会儿,她说:"算了,不见了。你出去吧。我休息一下。"

等友人再进来,她已经停止了呼吸。那么快,快得连儿子都来不及通知。

她去世的那一天正是斯大林的忌日,3月5日。有人因此说,斯大林死了都没有放过她。而她到了阴府,就会驯服地听从他吗?

阴府没有专制,但是阴府有诗歌的荣耀。

因为普希金早在那里设立了她的位置;

因为古米廖夫早在那里张开了欢迎的双臂;

因为普宁、曼德尔施塔姆、茨维塔耶娃以及更多的朋友早在那里列队等候。

她一去,普希金的太阳,她的月亮,以及众多的诗星将阴府照得温暖如春,她会在爱和不爱之间、在爱和被爱之间、在爱和恨之间重新抒写她的激情,重新亮开她的嗓音。

她一去,夜莺再也不会疲倦。

她真的去了。谁都不通知,也没有遗嘱,她就那样毫无挂牵地去了。因为一生挂牵的东西太多,最后,所有的挂牵不再是挂牵。她把所有的挂牵交给别人去挂牵。

她的墓不在她生命的南方,也不在她生命的皇村,而是在她多灾多难的彼得堡!

这是她的宿命。

坟墓凝固了她的一生:石片覆盖的土坟,坟头上有巨大的十字架,一堵石块垒成的墙,墙上有阿赫玛托娃少妇时的白色浮雕像。

那是她对俄罗斯说不尽的爱;

也是她对俄罗斯有说不尽的怨。

她是以诗人的方式死的,她的死亡孤独而沉重,却又有些安详。

对于她,活着是一种责任,就像中国的巴金一样。然而活着的她不是火炬,也不是俄罗斯的魂,她活着更像是一种祭奠,对俄罗斯苦难的祭奠,自己却一无所有。

死后,她在苏俄仍旧长期受到争议,没有得到应有的位置。甚至连"俄罗斯近代文学史"都很少提及她,即使提及也是简单的归于"闺房诗人"。

这是多么讽刺的沉重!

这是多么沉重的讽刺!

但世界不会忘记她!爱诗的人们不会忘记她!历史不会忘记她!

1989年,她诞辰100周年的时候,在柏林的推动下,联合国教科文组织把这一年定为"阿赫玛托娃年"。

这让爱着她的人们感到欣慰。然而,对于阿赫玛托娃或许这并不重要。对于她只有一个墓穴,静静地温暖着她。活着的时候,她感觉世界太小,大不过她的俄罗斯,俄罗斯才是她的祖国。现在进入墓穴,她感觉世界真大,因为她的灵魂升在天国。

我亲爱的朋友啊,如果你有机会到俄罗斯的大地上行走,千万别忘了在俄罗斯的原野上看看夜空的月亮。

满月,那是阿赫玛托娃,

残月,那是阿赫玛托娃,

无月,那依旧是阿赫玛托娃。

巴金：
在寒夜里

壹

这是一个脸上写满中国式苦难、写满枯灯般皱褶和孤独隐忍的老人,面对他,时间似乎无奈地停止,岁月的沧桑储藏在他的眼里有如一片深邃的大海。

他是一个不善言笑的人,双眉总是紧锁着。冰心老人曾经快言快语笑评道:"他很忧郁。我看,他痛苦时就是快乐着。"没有谁愿意把痛苦当作快乐,只因为经历的痛苦太多,他在痛苦中学会了快乐。

正如大家所了解的那样,老人已经不能说话,这种状况持续好长一段时间了。但他的的确确知道周围在发生什么,一切与他有关或无关的事情他都知道。早在他过 99 岁大寿前,他就挣扎着,拼尽力气,让女儿转达他的话:"不要拿国家的钱为我祝寿。"

这个一生不拿国家俸禄的人,却时时刻刻想着国家,想着苦难的劳动大众,想着他视为"父母"的读者。

多年来,人们在仪式上保持了对老人的尊重,

这是一个脸上写满中国式苦难、写满枯灯般皱褶和孤独隐忍的老人。

但他的警告却被视为一种杞人之忧。他活着,可活着成了一种惩罚,长寿成了一种惩罚。这是怎样的一种惩罚啊?他曾经这样说过:"我怎么忘记了当年的承诺?我怎么远离了自己曾经赞美的人格?我怎么失去了自己的头脑,失去了自己的思维,甚至自己的语言?"这种深切的自我解剖需要的不仅仅是勇气,更是一种良知,一种清醒。当一些人不停地为自己不光彩的昨日进行辩解的时候,当一些人想方设法试图抹去那沉重的一页的时候,老人坚决地站出来,举起受伤的手,大声说:"不!忘记昨天就是意味背叛!"

这个人就是中国人的"长明灯"——巴金。他像液态的火焰,燃烧了一个多世纪。他说:"让我做一块木柴吧。我愿意把我从太阳那里受到的热放散出来,我愿意把自己烧得粉身碎骨给人间添一点点温暖。"他是这么说的,也是这么做的。而今,这盏"真诚"的灯在经历了长久的照明、在奉献了最后一滴血之后,终于静静地熄灭了。他的灵魂化作一股青烟消融在祖国的山山水水、消融在他热爱的天地之间。

真诚,是人们阅读巴金时最多的感叹;讲真话,也是巴金在生命后期对自己最大的期许。然而多少人能够看到,在《随想录》后的一系列文章中他向人们袒露的那颗仍怀着惊悚和颤栗的心?从噩梦中醒过来的老人,无法坦然直面那些在灾难中永远离开的友人,他们在阴寒的坟墓里冷冷地望着他在鲜花和掌声中穿行。他们死了,他独自活着,在痛苦和愧疚中活着。尽管这痛苦镶着金边,尽管这愧疚戴着花环。他不安,他无法安宁啊!

青年时代的巴金

"并不是我不愿意忘记,是血淋淋的魔影牢牢地揪住我不让我忘记。我完全给解除了武装,灾难怎样降临,悲剧怎样发生,我怎样扮演自己憎恨的角色,一步一步走向深渊。"他就这样用那双颤栗的手,写下这些沉重而又平白的文字,把内心最焦灼的一面撕裂开来给人们看。你或者可以说他忏悔得不够彻底,你也可以说他忏悔得太迟,但是,我们却无法不震惊于这灵魂深处的觉醒和痛苦。

1904 年 11 月 25 日,巴金出生在四川成都。1944

年 5 月,他在贵阳与萧珊结婚。2005 年 10 月 17 日 19 时 06 分在上海逝世,享年 101 岁。

一个世纪的风风雨雨,他见证了;

一个世纪的起起落落,他见证了;

一个世纪的沧桑巨变,他见证了。

1938 年的上海,年轻的巴金,曾经豪气万千地宣称要做一名战士,要毫不退却地向黑暗中的魑魅魍魉开战。20 多年后,还是在上海,当他真的被命运推上前时,内心苟延残喘的念头却是如此强烈,甚至容不得他有思考的余地。命运设下最残酷的圈套,而爬行在荆棘上的生命是如此脆弱。当巴金发现曾经激烈批判过的"觉新"式性格居然在他自己身上"复活"时,当他发现在时代的疯狂面前人性是如此不可靠时,当他与灵魂阴暗的那一面碰撞得头破血流时,他内心的惊悚和恐惧该向谁诉说?

毕竟,他也是一个人,而不是神。其实,老人比任何人都清楚:咀嚼苦难远比担当软弱容易。生命为什么不能承受之轻? 是因为精神的重负太沉太沉。

晚年的巴金是孤独的,甚至是凄凉的。他被高高地供奉在当代中国的文坛上,成了一个象征式的符号:"中国知识分子的良心",成了知识分子的楷模。好像没人听到他鞭打自己灵魂时的悲声,好像没人知道他面对灵魂卑鄙一面时的颤栗。

巴金说:"长寿是一种惩罚。"

不知怎的,看到这句话时,我仿佛听到了老人内心那清晰的撕裂声,仿佛鲜花丛中的蜜蜂突然见到了天边的炸雷。人人渴望长寿,可长寿对于一个视生命为鲜花、视写作为生命的老人而言,他看见了自己的鲜花早已凋谢,他看见了自己的写作早已停止,他活着,仅仅像一株枯萎的植物,只是心脏还微微跳动而已。与其这样毫无质量的活着,不如尽早融自己于青山绿水之中,把对生命的尊重化作行动,让人铭记,并且感恩。

然而,老人无法主宰自己的愿望。他明白,他活着,成为一种象征;他活着,那些惯于说假话、干假事的人就要变得收敛许多,而那些在黑暗的前夜、在逆境中奋斗的人就会看到光明,感受温暖。于是,他忍受剧痛,为别人活着,艰难地搏动每一次心跳。

我无法赶到上海,无法走进老人的病房,向他表达我的爱戴和崇敬之情。但我从媒体上、从各种渠道关注着老人病情的进展。据说,为防止感染,巴老的病房有着严格的探视规定,即便是巴金老人的家属,也不能随便进出。经常去探望巴老的上海巴金文学研究会副秘书长周立民说:巴老在病中,特别是最后几天,病房里都常常播放他喜欢的古典音乐,比如贝多芬和柴可夫斯基的作品。同时,他更喜欢听家人在他面前说老家方言四川话,清醒的时候,还会用眼神与他们进行交流……

天下没有不散的筵席,每个人都有寿终的一天。也许,让巴老最感欣慰的是:在他生命的最后时刻,他的儿女围在床前,静静地守着他。他最喜爱的侄子李致,也从四川老家赶来了。家人来了,朋友来了,文坛后辈来了,就连巴老从前去疗养的杭州创作之家的工作人员也来了。当老人生命画上句号,杭州"创作之家"的两个女孩子,哭得几乎要昏厥过去。这从一个侧面可以看出,这个把"长寿"当作惩罚的老人在人们心目中的分量。

巴老走了,他带着没有完成的心愿,带着一沓腹稿,带着一个世纪的沉重,轻轻地走了。

巴老走了,他留下的文字和皱褶足以使改革后的共和国增加一份苍老和成熟。

贰

那一页历史早已发黄;

那些冤屈的声音早已喑哑;

许多人早已忘记了那一段不堪回首的岁月。

但是巴金没有。他清醒地意识到,因为创伤太重,如果没有足够的警惕,曾经伤害过的人和曾经发生的灾难难免不会再度出现和再度发生。他小心地做着清理创伤的事情,他拿着手术刀,对着自己的肉体、自己的灵魂,将一滴一滴的脓放掉。他要将心打开,让阳光亮亮堂堂地晒进来。

那是在 1980 年的时候,老人已经七十六岁,满头银发,从自家楼上走下来时脚步有些滞重。他似乎患了些感冒,稍坐了一会儿,就有医生上门来给他打针。一丝痛疼扎进来:郭沫若在 1958 年编文集时把他的辩论文章《卖淫妇的饶舌》收入了,还特意加了注,说明当年与他论战的李蒂甘就是巴金,这在那个特殊年代显然是有构人于罪的意图,但巴金忍住了,从未再提过这件公安案。医院打完了针,巴金说了声"谢谢",重新坐到阳光里。

复旦大学教授陈思和著文讲述了他跟巴金的交往:那是几年后,他跟《人民日报》文艺部的李辉去看望巴金。老人静静地坐在客厅里。光线不怎么好,有些阴暗滞闷,给人生出一种沉重的感觉。他坐在那儿慢慢地拆阅信件,整理旧稿,或者写一些短札。

1986 年 6 月到 8 月,巴金一口气写下《官气》、《文革博物馆》和《怀念胡风》等七篇文章,心中一团火如岩浆喷发,滚滚而出。整整八年的自我清理一旦到了总算账的时候,再也不必顾虑,憋在心中的真言终于倾吐出来。

随后,巴金全部精力集中在整理自己的全集上。

对巴老而言,如果说,长寿是一种生命的惩罚的话,那么,编全集同样是一种惩罚。因为有人不愿意将自己犯过错误的东西收集起来出版,但巴老觉得这是自己生活的一部分。他必须面对。重要的是,要让后人知道,他们这一代都干了些什么荒唐之事。因此,他不怕出丑,不怕展示人性的弱点。

例如,巴老在 20 世纪 60 年代有两部书稿未出版,一部是中篇小说《三同志》,写的是志愿军的故事,1961 年写成,因不满意,一直未出版。"文革"后曾将其中一部分改写成短篇小说《杨林同志》,这是他在"文革"后唯一发表的一篇小说;另一部是写于 1965 年末到 1966 年初的访越散文集,书名是《炸不断的桥》,连序跋共 10 篇,其中 7 篇均已发表,另有三篇因"文革"发生而未发表。这两部手稿在巴老书橱里置放多年,编印全集的时候,他同意收入。他认为《三同志》是一部失败的著作,为此写下这么一行字——

> 废品《三同志》,1961 年写成,我写了自己不熟悉的人和事,
> 所以失败了,这是一个惨痛的教训。

巴金 1990 年 1 月 8 日

值得一提的是,陈思和教授曾将这两部书稿拿去影印,由于发现纸张陈旧,印得很不清楚,所以一时未将原稿交还,他原本想抽时间将影印稿重新校读一遍。

不巧的是,当时陈思和正在搬家,发生了意想不到的事情,在搬家中遗失了两包书稿,恰恰是他收藏的最重要的书刊文稿。其中有20—30年代旧刊物,贾植芳先生的回忆录音,以及巴老的这两部珍贵手稿。

当陈思和发现这一无法弥补的损失时,沮丧的心情可想而知。《三同志》的影印件还留在手边,而《炸不断的桥》里三篇未发表的散文永远也找不见了。陈思和感觉辜负了巴老的一片信任,可谓万念俱灰。

万般无奈之下,陈思和只好把这个坏消息告诉李小林。

李小林说:"爸爸还挺宝贝这两部书稿,经常看他搬来搬去呢。"

不过李小林竭力安慰陈思和,答应找个机会由她来告诉自己的父亲。过了几天,陈思和被叫到了巴老面前,只听他和蔼地说:"这没关系,任何意外都可能发生的。"

一句话,令陈思和不安的心镇定了许多。以后,巴金又写信去四川,给正在整理他日记的亲戚,从日记里把这三篇散文的篇目抄出来,作为全集的存目。

巴金《随想录》书影

除了编全集,巴老大部分的时间都在养病。他深居简出,很少再有文字发表。1988年,老友沈从文去世,他写了一篇感人至深的怀念文章,从批评国内新闻界没有及时报道沈从文死讯开始,回顾了与死者40多年的深厚友情,读来催人泪下。

当全部150篇刊完,《随想录》合订本出版时,巴金自己在《合订本新记》一文中写道:"我在写作中不断探索,在探索中逐渐认识自己。为了认识自己才不得不解剖自己。本来想减轻痛苦,以为解剖自己是轻而易举的事,可是把笔当作手术刀一下一下地割自己的心,我却显得十分笨拙。我下不了手,因为我感到剧痛……五卷书上每篇每页满是血迹，但更多的却是十年创伤的浓血。我知道不把浓血弄干净，它就会毒害全身。我也知道，不仅是我，许多人的伤口都淌着这样的浓血。我们有共同的遭遇，也有同样的命运……不怕痛，狠狠地挖出自己的心……"

巴老挖得是那样彻底，他清理的伤口让所有正直的中国人都感到了疼痛。

叁

寒夜是一个时代的背影；

寒夜是一个民族的隐喻。

巴金的这部小说近二十万字。他卓绝地刻画了人性。女主人公曾树生禁不住独身上司的追求，抛弃妒恨她的婆婆、懦弱贫病的丈夫和酷似丈夫的儿子，断然地离开了家。寒风吹净了枝头的败叶，冬天的风雪就要降临了。可是，当她夜晚在街头上无意中撞到酩酊大醉、狂呕不止的丈夫，她立刻抢上前去，不避秽臭，把丈夫送回家。她敌不住丈夫哀怜的眼睛，又自动回到那阴暗局促、风雨交加的贫寒之家。

当男主人公吐尽最后一口血痰死去的一天，巷里传来胜利的"号外"声。无助的寡母笑得流下了眼泪，大声喊道："宣，你不会死！你不会死！胜利了，就不应该再有人死了！"

这是何等的大手笔！在这里，巴金脱除了一切俗套和公式，以清新的目光，写具体的生命，写善恶冤孽、爱恨交织、哀欢流转的人性。

应当看到，"妻子"曾树生，不甘心现状，不满意于现在的家庭生活，善交际，应酬多，"丈夫"汪文宣清楚这些，并预感到这些对自己的不利，但是他却失去了用社会强制手段保护自己的权利。

正如有人评价的那样，小说写曾树生与汪文宣没有履行正式的结婚仪式，只是同居。其实这只是借

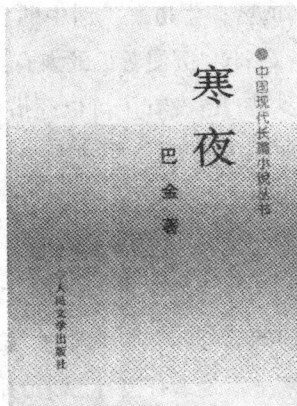

巴金《寒夜》书影

口,在作品中它只不过是为婆婆不满意媳妇提供一点"把柄"而已。在《寒夜》的氛围里,结婚是男女当事人的事,任何人都无权干涉,婚姻以感情为基础,任何条条框框都不能决定于万一。曾树生明白这一点,汪文宣也明白这一点。

因此,当曾树生表现出某种对"家"的离心力时,汪文宣只能用自己的真挚情感去呼唤她,而曾树生也正是由于这一感情的因素而迟迟不能离"家"出走。

文本中的丈夫、妻子、情人的"三角"关系十分棘手,但它让人感到为难的没有一件是因为"信义",只是因为感情。汪文宣之所以理解妻子是因为他爱,曾树生摇摆于丈夫和情人之间也是因为爱。作为"第三者",顶头上司陈主任并不讨人喜欢,可作品也并没写他有什么更坏的品行。他向曾树生求爱时,心中没有让人尊敬的"信义"观念,可他容忍曾的顾"家"行为却不乏"大度"和真诚。

后来,曾树生离家去兰州,有生活上的考虑,因为战争时期的社会状况使得这一家庭在经济上难以维持,当然这并不是主要原因。真正促使曾树生最终离开家的根本原因在于丈夫的懦弱。不管 10 多年前汪文宣与曾树生结合时是怎样,现实中的情形是二人之间的差距越来越大。虽然他们都只有 34 岁,可"他同她不像是一个时代的人",连汪文宣自己也知道妻子"应该为自己找一个新天地。我让她住在这里只有把她白白糟蹋"。

与汪文宣的这种情况相比,曾树生的追求者陈主任却是另一番模样,他"身材魁梧,意态轩昂",虽然没有什么大作为,可在社会生活中总能左右逢源。须知,曾树生也是生活中的"小人物",她和他"似乎更接近,距离更短",他们站在一起"倒使看见的人有一种和谐的感觉"。就这样,"丈夫"不但失去了道义的支持,也没有了可以凭借的感情基础,汪文宣没有匡复那样的气质,陈主任也非林志成可比。男主人公自身素质的变化,使得这一题材的意蕴发生了挪移,原本是对"丈夫"的伤害,变成了对"妻子"的折磨,是"让她幸福,或者拉住她同下深渊"?

经过近半个世纪的诠释和可能的情感设计,人们终于从正面触及了家庭解构的核心问题:所谓的"第三者插足",不管社会意识怎样看,在男女当事人看来一定是继任者比原来的情感伙伴要好,至于后来的结果,却是另外一个问题。以情感为基准的家庭结构意识至此才算露出了庐山真面目。

在中国，情感生活与家庭观念密不可分，这个体裁系列一开始就在二者之间来回震荡，情感意识的不断上升和家族意识的不断下降。在《寒夜》中，汪、曾之间的家庭与爱情危机与家长的干预有直接关系。婆、媳之间的矛盾，有相应的社会心理根据，汪母不满意于曾树生，是因为对她的行为方式有看法，曾树生爱打扮、应酬多，以致背

根据巴金小说改编的同名话剧《寒夜》剧照

着儿子写"情书"，在她看来没有一样符合做媳妇的"规矩"。而曾树生也有自己的道理，对婆婆羞辱她没有行正式结婚礼，是儿子的"姘头"，她振振有词地回答："我老实告诉你，现在是民国三十三年，不是光绪、宣统的时代了……我没有缠过脚，——我可以自己找丈夫，用不着媒人。"

很显然，两代人的矛盾根深蒂固，除了一般婆媳摩擦而外，还渗透着她们的意识冲突，作品的倾向显然同情于曾树生而暗贬于汪母。如果我们没有忘记，汪母是这个家庭里唯一的长辈人，用传统的观点看，她是理所当然的家族权威的话，那么我们便会发现：这个家族的权威人物，梦想的她曾经有过的那种地位和尊严，在现实中已无可挽回地一点点消逝，她既不甘心，又毫无办法，历史已毫不留情地把她抛在后面。她既没有丽珠公公的大度，也没有他的社会威望。在整顿新的生活秩序方面，"家长"已从顺乎民意、仗义执言、受到尊崇的位置上，跌落到违约民心、性情乖张、让人感到可怜的境地。虽然故事结局大致相同，而家长的身份和立场却发生了一百八十度的大转弯。这一题材视角的发展已经到了与曾经支持这一题材视角出现的因素相对抗的程度，历史在某种相似的情境中向前跨进了一大步。

然而，这种历史的进步并没有得到"九斤老太"的首肯。一些总是以种种"莫须有"的名义向作者发难。对此，巴金在《寒夜》的后记中，断然加以反击，有些话烛照史册，值得我们咀嚼深思——

我从来不是一个伟大的作家，我连做梦也不敢妄想写史诗。诚如一个"从生活的洞口"的批评家所说，我"不敢面对鲜血淋漓的现实"，所以我

只写了一些耳闻目睹的小事,我只写了一个肺病患者的血痰,我只写了一个渺小的最后照"批评家"的吩咐加一句"哎哟哟,黎明!"并不是害怕说了就会被人"捉来吊死",唯一的原因是那些被不合理的制度摧毁,被生活拖死的人断气时已经没有力量呼叫黎明了!

是的,在黑暗中生活太久的人往往感觉不了黎明的可贵。

中国的寒夜,太长太长,长得就像一条河流。

在这古老的河流上,巴金擎着一盏灯,照亮许多人的归途,也刺痛许多人的眼睛。

肆

那是春暖花开的日子;

那是罂粟怒放的季节。

1936 年的上海,32 岁的巴金埋头写作,声誉卓著,当时追求他的女孩很多,但他却没看上其中任何一人。每天,巴金要收到来自全国各地的倾慕者的信件,其中不少还是在校的花季少女。

而引起巴金注意的是一位"有心人"。她是上海的一个女学生,写给他的信最多,每次寄信都要在信封上动点脑筋,比方贴一个小画片,或者画一个奇特的图。有时还将信用一根小丝线拦腰缠起来。她的信笔迹娟秀,言辞不多,落款总是:"一个十几岁的女孩"。

这个女孩就是萧珊。

巴金与萧珊通信达大半年之久,却未见过面。起初,巴金以为萧珊只是一个普通的倾慕者,不会有持久的热情。但是,随着彼此信函的增多,随着萧珊读巴金的作品增多,两人交谈的内容既多又广。巴金慢慢感觉到萧珊的情绪波动,但他强力忍住,只是认真

巴金与萧珊

地回复对方的每一封信。

最后，热情的萧珊等不及了，她在信中请求道："笔谈如此和谐，为什么就不能面谈呢？希望李先生能答应我的请求……"

信中，萧珊不仅约好了时间、地点，还夹着一张她的照片，俏丽，天真，两只大眼睛水灵灵的，活泼可爱，令巴金怦然心动。

巴金回信同意赴约，然后怀着好奇的心情，按时来到约定的饭店。

不一会儿，一位梳着学生头、身着校服的女生出现了。还没等巴金回过神来，萧珊已像熟人似的欢快地叫起来："哎呀，李先生，您早来啦！"

巴金谦逊地一笑："唉，你也早啊！"

萧珊那忽闪忽闪的大眼睛静静地看着巴金，忽然纯真地一笑，说："李先生，我叫萧珊，您的最忠实的读者。"

她故意停顿了一下，然后大大方方地说："您比我猜想的可年轻多了。"说完伸出手去。

不善言语的巴金一下子少了许多拘束，他握了握萧珊的手，开心地说道："你比我想象的可要成熟哟！见到你，我很高兴。"

第一次见面，彼此并没有多少约束，这是一个好的开始。此后，两人开始了长达8年的恋爱。

一天，萧珊高兴地来到巴金的住地，不一会儿，却泪流满面地从楼上走下来。

同院的朋友感到奇怪，连忙拉住萧珊问道："你怎么啦，李先生欺侮你啦？"

萧珊快人快语，却又羞涩半掩地说："不是的。我爸爸要我嫁给一个有钱人，我来请李先生帮我拿主意，他却说，这件事由我自己考虑。"

朋友听后一笑，正在开口规劝。这时，跟下楼来的巴金认真地解释说："我是说，她还小，一旦考虑不成熟，会悔恨终身的。如果她长大有主见了，还愿意要我这个老头子，那我就愿意和她生活在一起。"

巴金一番发自肺腑的质朴表白更坚定了萧珊追求爱情的决心，她当即表示："我不会后悔的。我的婚事由我做主！"

既然两颗心早已跳到了一起，还有什么犹豫的呢？

1944年5月1日，巴金在桂林漓江东岸，借了朋友的一间木板房当新房，两人开始了新的生活。他们没有添置一丝一棉、一凳一桌，只有巴金4岁时与母亲的合影，作为祖传的珍贵家产带在身边。他们也没有什么可安排的，只委托弟弟李济生以双方家长名义，向亲友印发了一张旅行结婚的"通知"，然后在贵阳郊外小旅馆里度了三天蜜月。

爱情开花了。巴金情绪高涨，日日采摘蜂蜜，献给爱妻。

诚然，萧珊也十分爱恋巴金，把巴金看成自己的生命："在我的生活里，你是多么重要，你永远是我的偶像，不管隔了多少年……能够作为你的妻子，在我永远是一件值得庆耀的事。"

这是萧珊的肺腑之言。无论岁月如何改变，萧珊的心不变。有意思的是，在人们面前，在通信中，她一直都是称巴金为"李先生"。她愿意用终生来阅读巴金这样一本"大书"。

灾难说来就来。

在"文革"那段最痛苦难熬的日子里，他们相濡以沫，见证了爱情的坚贞。

有一段时间，巴金每天要到上海作家协会去接受"审查"。

萧珊每天天不亮就要送他出门到电车站。因为上班高峰时间，公车特别拥挤，乘客把车门口堵得严严的。瘦小的巴金何尝经历过这样的场面，于是看着一辆辆车驶走，却总是挤不上车；但又怕迟到受训斥挨罚，心里每每很着急。待好不容易挤上一辆车，身体有一半在车外，危险之极。

萧珊就在车下用纤细的双手和双肩用力地推着巴金微驼的后背，使劲帮他往车里挤。

这样的一个弱女子，她是在用整个的生命和全部的心力支撑着不使他倒下来！

那时，白天的巴金经常被揪斗。每逢夜晚来临，巴金拖着受尽屈辱的身躯疲惫地跨进家门，而只要一看到萧珊那关切抚慰的目光，一切磨难顷刻去了大半。

其时，萧珊自己也被罚去扫大街。她怕人看见，每天大清早起来，拿着扫帚出门，扫得精疲力竭，才回到家里，关上大门，吐了一口气。但有时她还碰到上学去的小孩，对她叫骂"巴金的臭婆娘"。

那是一段多么难挨的时光啊。

巴金是这样回忆起那段岁月的：有一个时期，我和萧珊每晚临睡前要服两粒眠尔通才能够闭眼，可是天将发白就都醒了。我唤她，她也唤我。我诉苦般地说："日子难过啊！"她也用同样的声音回答："日子难过啊！"但是她马上加一句："要坚持下去。"或者再加一句："坚持就是胜利。"

然而，人，终究不是铁打的。惊恐、忧虑、劳累，加上营养不良，彻底摧毁了萧珊的健康。她患了肠癌没能得到及时检查、治疗，身体一天天消瘦。而为了不让巴金担心，她咬牙坚持住，从不哼一声，也不诉说疾病的痛苦。

尽管如此，心心相印的巴金还是觉察出来了。当时，他正在位于上海奉贤县的文艺界"五七干校"里劳动。得知爱妻有病不能医的时候，他心急如焚，一向隐忍的他终于向连部写了一封请示信——

　　我爱人萧珊，近年多病，本年5月下半月起病倒在床，发烧到38℃左右，有时超过39℃。曾到医院挂急诊号检查治疗，并不断看中医，服中药。两天前，还到地段医院拍过片子。但至今尚未查出病源。三十几天中热度始终不退。现在一面继续服中药，一面还准备进行检查，需要医药费较多，全从生活费中挪用，今后开支相当困难，拟请另发医药费100元，以便继续给萧珊治病。这一要求希望得到批准。

文化系统直属四连连部　巴金

1972年6月22日

写过多少文学作品，写过多少书信，这却是巴金一封最为特殊的"求情信"，一切都为了萧珊。读它，我仿佛看到了一个年近古稀的老人，在历史远景里颤抖地拿起笔，然后，又叹息一声，把笔放下。放下，而又再一次沉重地拿起来。他一笔一画地写下了这封信，他感觉到了来自血管里的刺痛。

一个多月后，病危的萧珊才好不容易地住进上海中山医院，而此时，癌细胞早已扩散，在不得不立即开刀被推进手术室以前，她生平第一次抓住对巴金的手，留恋地说："看来，我们真的要分别了……"

巴金老泪纵横，他感到多么的无助。他不断地摇头，并紧紧地抓住妻子的手，却一句安慰的话也说不出来。

萧珊开刀后仅仅活了5天。

1972年8月13日，萧珊走了，带着苦痛和不安，永远地走了。

巴金的心连同他的爱情也永远地走了。

三年以后，巴金把萧珊的骨灰捧回来，放在自己的房间里，他沉痛地说："她的骨灰里有我的泪和血。"

轻轻的一句话，将城市的夜空逼得发白。

伍

巴金的性格很柔和，有人甚至说他有点软弱。的确，那是因为他的心太善的缘故。

一直以来，他对编辑很尊重。因为他当过编辑，深知"为人作嫁"的那份清苦、寂寞和辛劳。但是，他对编辑的尊重是建立在他对读者的尊重、对生活尊重的前提下。如果有人不尊重读者、不尊重生活，巴金就会毫不客气地捍卫自己的正当权益。

1981年10月，为了配合鲁迅先生诞生一百周年纪念活动，巴金为在香港某报开辟《随想录》专栏的编辑寄去了一篇《怀念鲁迅先生》的文章。文章刊出后，巴金发现发表的文章并非原文，而是经过了多处删节。文章中凡是与"文革"有关的词或者有牵连的句子都给删除了，甚至连鲁迅先生讲过的自己是"一条牛，吃的是草，挤出来的是奶"的话也给一笔勾销了。因为此处的"牛"会使人联想起"文革"中的"牛棚"。巴金对此事表现出少有的愤慨，他接连向责任编辑写了三封信，义正词严地说："关于《随想录》，请您不必操心，我不会再给你们寄稿了，我搁笔，表示对无理删改的抗议，让读者和后代评判是非吧……对一个写作了五十几年的老作家如此不尊重，这是在我们国家脸上抹黑，我绝不忘记这件事。我也要让我的读者们知道……"

从这件事，人们看到了巴金"战士"的形象，看到了他真实生活的另一面。

如果说，对读者和对生活的尊重是巴金作为作家的一个基本信条的话，那么，对作家的扶持和敬重则是他作为编辑出版家的行动准则。可以说,中国现当代文学史上一长串闪光的名字无不得到过他的发现、提携和帮助。

比如,巴金对曹禺的发现就是生动的例子。

那是二十世纪三十年代的某天，在清华大学当教授的靳以把一部稿子交给巴金看，说作者万家宝是清华大学的一个学生。他回到寄居的地方，那是一间用蓝纸糊壁的阴暗小屋。正是在那里,巴金一口气读完了数百页的原稿。一幕人生的大悲剧在他面前展开,他被深深地震动了!作品深深地抓住了他的灵魂,他为它落了泪。

巴金与曹禺

巴金曾这样描述过当时的心情："不错,我流过泪,但是落泪之后我感到一阵舒畅,而且我还感到一种渴望,一种力量在身内产生了,我想做一件事情,一件帮助人的事情,我想找个机会不自私地献出我的精力。《雷雨》是这样地感动过我。"巴金由衷地佩服作者,认为他有很大的才华,他马上把自己的看法告诉靳以,让他分享喜悦。

不久,由巴金主编的《文学季刊》破例在一期全文刊载了《雷雨》,引起广大读者的注意。1936 年,巴金又发表了曹禺的四幕剧《日出》,同样引起轰动。一年以后,又发表了曹禺的《原野》。这时,抗战爆发了。曹禺在南京教书,巴金在上海搞文化生活出版社,这以后,两人失去了联系。但是巴金仍然一有机会就把他的一本本新作编入《文学丛刊》介绍给广大读者。

从此,巴金与曹禺成了莫逆之交,成了心灵上的朋友。这样的朋友,在巴金的一生中还有不少。

1982 年,巴金在一篇文章中写道："我在文化生活出版社工作了 14 年,写稿、看稿、编辑、校对,甚至补书,不是为了报酬,是因为人活着需要多做工作,需要发散、消耗自己的精力。我一生始终保持着这样一个信念:生命的意义在于付出,在于给予,而不是在于接受,也不是在于争取。所以做补书的工作我也感到乐趣,能够拿几本新出的书送给朋友,献给读者,我认为是莫大的快乐。"

他还说道："我过去搞出版工作，编丛书，就依靠两种人：作者和读者。得罪了作家我拿不到稿子；读者不买我编的书，我就无法编下去……因此我常常开玩笑说：'作家和读者都是我的衣食父母。'我口里这么说的，心里也这么想，工作的时候我一直记住这两种人。"

正因为心里时刻装着读者、装着作家，所以，读者热爱他，作家敬重他。

然而，晚年的巴金其实是孤独寂寞的，他不能写作，他觉得生命失去了意义。为此，他希望得到安乐死。他渴望得到人们的理解，渴望得到沟通和抚慰。

这个时候，冰心的友情是巴金最大的安慰，她温暖了巴金的心灵。

巴金曾给冰心写信说："你的友情倒是更好的药物，想到它，我就有巨大的勇气。"

冰心则回信说："你有着我的全部友情。"

巴金在信中多次表达对冰心的感情。

他说："她的存在就是一种力量。"

他说："我仍然把您看似一盏不灭的灯亮着，我走夜路也不会感到孤独。"

他说："我永远，敬爱您，记着您，想念您。"

他说："我有你这样的一位大姊，是我的幸运。"

1999年3月，冰心去世了，家人对巴金封锁了消息。

但是，巴金的心与冰心是相通的。

1999年2月8日，巴金病危，通过20天的抢救后刚移到病房，巴金就坚持要给冰心打电话。当时是下午4点。后来才知道那正是冰心的骨灰迎进家里的时辰。这种心灵感应恐怕只有相互爱戴的人才有。

此后，巴金再没问起过冰心，他心里已经感觉到这位敬爱的大姐已经走了，但他不想去证实，也不愿意去证实。他希望冰心一直活着，活在他的心里，活在他的记忆中。

巴金与冰心晚年时在一起

陆

　　风烛残年,巴金的心越发苍老,他甚至能够听见苔藓蔓延的声音。当一个又一个至亲好友从他生命中消失的时候,他的苦痛像潮水般涌来。

　　1998 年 3 月,巴金的身体越来越差,他的病情加重了。他心里惦记着曹禺,但他去不了北京,曹禺也无法来上海,两人见面成了奢望,只能靠通信互相问好,彼此叮嘱多保重。

　　早在 1993 年,一些热心的朋友想创造条件让这两位大师在杭州会面,巴金期待着这次聚会,终因医生不同意,曹禺没能成行。

　　这年的中秋之夜,巴金在杭州和曹禺通了电话,他清清楚楚地听到曹禺的声音,还是那么响亮,中气十足。

　　巴金说:"我们共有一个月亮。"

　　曹禺说:"我们共吃一个月饼。"

　　这是巴金最后一次听到曹禺的声音。

　　此后,巴金和曹禺都在与疾病斗争。他相信两人还有时间。曹禺小巴金六岁,巴金相信他会活得更长久。然而,现实却是残酷的。

巴金与曹禺晚年时在一起

　　曹禺去世后,巴金痛苦不已。他在悼念文章中情真意切地写道——

　　我太自信了。我心里的一些话,本来都可以讲出来,他不能到杭州,我可以争取去北京,可以和他见一面,和他话别。

　　消息来得太突然。一屋子严肃的面容,让我透不过气。我无法思索,无法开口,大家说了很多安慰的话,可我脑子里却是一片空白。我不能接受这个事实,前些天北京来的友人还告诉我,家宝健康有好转,他写了发言稿,准备出席六次文代会的开幕式。仅仅只过了几天!李玉茹在电话里说,家宝走得很安详,是在睡梦中平静地离去的。

　　那么他是真的走了。

巴金：在寒夜里

099

　　十多年前家宝在给我的一封信中，写了这样的话："我要死在你的前面，让痛苦留给你……"我想，他把痛苦留给了他的朋友，留给了所有爱他的人，带走了他心灵中的宝贝，他真能走得那样安详吗？

　　比起曹禺来，巴金与沈从文的友情丝毫都不逊色。这两位文坛泰斗经过半个多世纪风风雨雨的打磨，他们的心靠得更紧，他们的手抓得更牢。沈从文把写作当成是"情绪的体操"，巴金却说："我年岁大了，身体不好，仍然锻炼着写……"想想眼下一些稍有文名的作家每每觉得自己"十分成熟"，妄称"文学大师"，而真正的大师却还在谦逊地说自己在做"体操"、在搞"锻炼"。那些"著名作家"难道不感到脸红吗？

　　巴金与沈从文的友谊始于 1932 年 7 月的上海，其时，沈从文 30 岁，已写出《柏子》、《丈夫》等许多名篇，巴金 28 岁，他 4 年前就以长篇小说《灭亡》闻世，他的名著《家》也在这年出版，两人早就读过对方的作品，可谓一见如故。

　　不久，沈从文在青岛大学教书，约巴金去做客，巴金也就在这年推迟了北平之行，于 9 月金秋去了青岛。沈从文当时还是单身汉，他热情地把自己那间房子挪出来让给巴金住宿、写作。沈从文的课不多，一周只 8 小时，课余就有较多的时间陪同巴金。他们在校园的樱花林里散步，一起爬崂山，吃海鲜，聊文学。

　　短短的一个星期很快就过去了。得知巴金要去北平，沈从文又立即把自己在北京的一些朋友介绍给他。

　　一年以后，沈从文从青岛来到北平，与新婚的妻子张兆和住在府右街的达子营。巴金再次从南方来北平时，又住进了沈宅，并得到盛情款待。

　　巴金见到"慧美的"张兆和很高兴，他亲切地称她为"三姐"。

　　许多年以后，当张兆和回忆起这段往事时，她还温馨如故，她说："巴金为人热忱，话不多。他来了，从文把书房让给他。他好像是在写长篇小说《雷》，从

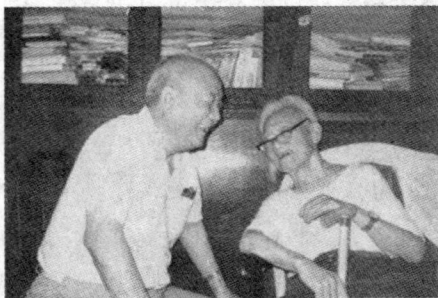

巴金与萧乾在一起

文则在院子里的树下摆一个小桌子写他的《边城》和《记丁玲》。那一次巴金在我们家住得长,有两三个月,一日三餐,都在一起,他很随和,我做的苏州口味的菜和从文九妹的湖南菜,他都喜欢吃。以后他搬走了,又去了日本,再来北平也常来我们家。抗战开始我们辗转去了昆明,他去了桂林、重庆。有年夏天他来昆明,又专程来到呈贡乡下看望我们。抗战中期物价飞涨,生活困难,我们只能用乡下的嫩包谷、青菜招待他。他都吃得津津有味,这当然因为是他和从文又能在一起聊天了,而忘了战时的苦难……"

特别是经历了噩梦般的"文革"后,两位大难不死的老友都十分挂牵对方,一有机会,就尽可能见上一面。

1988年4月14日,《文艺报》的吴泰昌告诉张兆和,说巴金要来看他们。张兆和怕沈从文一激动,会一夜睡不着,就熬到第二天早上才告诉他,沈从文高兴得一吃过早餐就在藤椅上等着,他们又是好几年没有见面了。

张兆和担心楼层停电没有电梯,让吴泰昌转告巴金,不要来。但是巴金却说,没有电梯也要走上来。听了这话真让人感动。

结果,那天巴金下了车后,硬是由小林搀着顶着风沙走了一大段路才进入楼房。此刻,我的眼前似乎看到了一个挂着拐杖的老人在大风沙中艰难地移动着细碎的步子……

由于沈从文的身体没有完全康复,说话颇吃力,在相互问候后,两人话语都很少,更多是由张兆和从旁介绍丈夫的病情和这一段的生活情况,巴金沉默地听着,关切地点头,千言万语都在不言中。

临别时,巴金握住沈从文的手,说了句:"多保重!下次再来看你!"

沈从文则把巴金的手抓得紧紧的,然后,吃力地抬起手,一再挥动送别。

真没想到,这就是两位大师最后的晤面。

巴金从那以后再也没有去过北京,沈从文的病也一直没有大的好转,在拖延了三年半后,寂然去世了!

1988年5月10日,沈从文去世后,不知什么原因,国内众多媒体迟迟没有发布这一不幸的消息,直到国外的新闻界连篇累牍发表悼念文章了,才有新华社记者郭玲春不平而起,克制地写了一则短消息。

巴金与沈从文最后一次
见面时的情景

昨夜西风

102

然而,巴金却在第二天就发出了悼念的电报,他沉痛地说:"文艺界失去了一位杰出的作家,我失去了一位正直善良的朋友,他留下的精神财富不会消失。"

不仅如此,巴金还让女儿李小林去往北京沈宅献花圈、祭奠,几个月后又扶病写了一篇一万余字的长文《怀念从文》,诚挚的怀念之情令人感佩,既见证了岁月的沧桑,也给了那些一直不愿公正地对待沈从文的人以有力的批评。

沈从文、曹禺、冰心,还有萧乾等人,都先后悄悄地走了,曾经共有的月亮一天天残缺,蓝天无垠,大海无边。

远方的火光越来越弱,巴金的眼里蓄满了泪。

那浑浊的泪将残缺的月托在城市的高楼上。

如歌,如泣;

如镰,如血。

柒

当生命快要走到尽头的时候,顽强的巴金不愿意空着双手离开人世。"我要写,我决不停止我的笔,让它点燃的火狠狠地燃烧我自己,到了烧成灰烬的时候,我的爱,我的恨也不会在人间消失。"这是意志的挣扎,是灵魂的呼喊。

1999年春节前,巴金因病不得不做气管切割手术,他先是坚决不愿意,经解释后被迫同意了。他沉重地说:"从今天起,我为你们活着。"他说这话的时候,我分明感觉到他那如血的泪又快要流出来了。

巴金两次在病中说:"我已经不能再写作,对社会没有用处了,还是停止用药吧。"

"好死不如赖活着",这不是"发光者"的性格。记得巴金年轻时在一篇文章中说过,他希望活到40岁,因为那个时候中国人普遍寿命都不长。他之所以认为

"长寿是一种惩罚",是因为"他认为生命的意义在于奉献,如果长寿着却不能为别人做出点什么,还要麻烦他人,成为大家的包袱,那就没有意义了"。

巴金的"悲悯感情,觉醒心声,自省意识,纯净精神"贯穿了生命的始终。

"文革"结束后,控诉这个时期中受迫害的文章发表得很多,连原来的"大批判斗士"都换装打扮转入"伤痕"队伍了。但自省自责的文字却未见过。巴金在一次演讲中,首次提出每个人都应当"自责"。

演讲结束后,一位日本作家跑上前来激动地说:"说受害人对那场灾难也负有一定责任,我还是第一次听见有人这样讲,别人都是把责任完全推给'四人帮'。"

巴金痛心地回答:"我认为那十年浩劫在人类历史上是一件大事,不仅和我们有关,我看和全体人类都有关,要是它当时不在中国发生,它以后也会在别处发生。"

作家李国文听了这次演讲,他含着泪对巴金说:"您的话叫人感动。那个日本人说的是心里话。"

巴金说:"他的话是我没料到的。我只是轻轻地碰了一下自己的良心,离解剖自己还差得很远。要继续向前,还得走漫长的路。"

记得1979年,巴金去巴黎参观时,他曾在卢梭的铜像前低声自语:"我想起五十二年前,多少个下着雨的黄昏,我站在这里,向'梦想消灭压迫和不平等'的作家倾吐我这样一个中国青年的寂寞痛苦,我从《忏悔录》的作者这里得到了安慰。学到了说真话!"

真话不一定大声,但一定要一针见血。

巴金的《没有神》就是这样的。在短短的一百多个文字里,句句带血,字字如刀,反映出巴金内心对过去的痛苦,与对未来的真诚与坚决——

我明明记得我曾经由人变兽,有人告诉我这不过是十年一梦。还会再做梦吗?为什么不会呢?我的心还在发痛,它还在出血。但

巴金代表作 "激流三部曲"
之《家》、《春》、《秋》

是我不要再做梦了。我不会忘记自己是一个人,也下定决心不再变为兽,无论谁拿着鞭子在我背上鞭打,我也不再进入梦乡。当然我也不再相信梦话。没有神,也就没有兽。大家都是人。

诺贝尔文学奖获得者大江健三郎十分敬重巴金的人格,他在读了上述文字后很动容,并认真地说:"我以为《家》、《春》、《秋》是亚洲最宏大的三部曲……先生的《随想录》树立了一个永恒的典范——在时代的大潮中,作家知识分子应当如何生活?我会仰视这个典范来回顾自己。"

但这个赢得过许多国际声誉的善良的老人,这个汉民族中知识分子的杰出"典范",在人生的最后时刻,他活得很苦、很无奈。冰心的女儿吴青在谈起巴金这段日子时充满深情地说:"他活得很痛苦,他的心愿就是能安乐死,但他身边所有爱他的人都希望他活着,我觉得他的作品已经在这儿了,我愿意让他遂自己的心愿,他不应该为别人活着。"但她同时也不得不面对现实,有人认为"巴金活着,是一种职责"。

作家陈丹晨为大家描绘了那难以忘怀的一幕:"巴金一天基本上是睡在那里,有几次醒过来,他还是很清醒的,有一次他醒来拉着女儿小林的手,抓得很紧,还流着眼泪。"

巴金的无助,巴金的苦痛,那眼泪让每一个善良和热爱他的人揪心。

"你是光,你是热,你是二十世纪的良心。"

十多年前,曹禺曾经写下此言,赞美巴金。

无疑,这是中肯的赞美。想想一个多世纪的生命长河,他翻过多少山,爬过多少岭,穿过多少峡谷。终于,2005 年 10 月 17 日 19 时 06 分,时间在这一刻凝固了。上海在这一刻刺痛了。巴金,多少人轻轻呼唤这个闪光的名字,多少人在哀哭中国文坛的参天大树倒下了。

他曾经这样写道:"我的作品是艺术,不是宣传品,我不想把抽象的政论写入我的作品中去。我从人类感到一种普遍的悲哀,我表现这悲哀,要使人类普遍地感到这悲哀。感到这悲哀的人,一定会去努力消灭这悲哀的来源的,这就是出路了。我是有一种信仰的人,我也曾在我的作品中暗示着我的信仰,但是我不愿意写出几句标语来。"

他曾经这样写道："我的生活的目标，无一不是在帮助人，使每个人都得着春天，每颗心都得着光明，每个人的生活都得着幸福，每个人的发展都得着自由。"

他曾经这样写道……

还有很多，很多。

这个不屈的老人，经历了漫长的寒夜，他是民族之魂，前进之灯。

这个不屈的老人，成为一面镜子，屹立在液体的火焰中心，化为太阳的一滴泪。

这个不屈的老人，以正气的标杆，以卓越的人品、文品，永远存活于人们心中。

有的人死了，毫无声响；

有的人死了，整个国家都为之伤痛。

郁达夫：
客里苍茫

壹

这个清瘦的人，我并不认识他。但他的名字总是那么沉重地压着我。当我走进他文字的长河时，我发现自己完全进入到一个梅雨绵绵的季节。低飞的蜻蜓、开花的油菜、落寞的天空、玻璃的夜晚和灰色的铜莫名其妙地纠缠在一起，灾难深重的中国，因为这个人的喋血而变得更加殷红。

郁达夫，这个在中国现代文学史上占有不同凡响一页的男子，站在山坳上的中国，以梦幻的方式向我招手。铁青色的脸、无法辨认的刀子以及河流一样咆哮的背景——呈现于五月的早晨，我看着，握着，想着，我听到了骨骼里因为疼痛而发出的响声。

一切，始于并不完美的开始。

书桌上有一张简历，让我打量了许久，仿佛铅华落尽的岁月，仿佛茂叶全失的大树，只留下一片足迹和几个枝丫：郁达夫，名文，字达夫，1896 年 12 月 7 日出生于富阳满洲弄（今达夫弄）的一个

面目清瘦的郁达夫

知识分子家庭。幼年贫困的生活促使他发愤读书,成绩斐然。1913 年 9 月随长兄赴日本留学,毕业于东京帝国大学经济学部。这个人是著名的新文学团体"创造社"的发起人之一,他的第一本也是我国现代文学史上的第一本小说集《沉沦》,被公认是惊世骇俗的作品,他的散文、旧体诗词、文艺评论和杂文政论也都自成一家,不同凡响。著名的电影《金秋桂花迟》就是根据他的小说改编的。

这张简历怎能镜照出风云激荡的昨天?

这张简历又怎能浓缩得了沧海桑田中一个人的一生?他的情、他的痛、他的乐、他的苦,乃至他的悲情与壮烈,有谁读出了月光下的忧伤?有谁倾听了夜幕中的瘦箫?

郁达夫的童年并不快乐,他在自传中说:"儿时的回忆,谁也在说,是最完美的一章,但我的回忆,却尽是些空洞。第一,我所经验到的最初的感觉,便是饥饿;对于饥饿的恐怖,到现在还在紧逼着我。"

饥饿,使郁达夫感到恐怖;

饥饿,使郁达夫挥霍情感。

似乎,文人墨客总是跟风流倜傥、浪漫多情连在一起。郁达夫不例外,他甚至还有过一段柳永式的颓废生活。虽然,我们不能用世俗的眼光去苛求一个文人的放荡,更不能用道德的标准去评价一个文人的品格,但不管怎样,少年的放纵总是会给世人留下些许遗憾。人们喜欢用许多"假设"来完成对一个人的想象,假设这个人怎么怎么样,这样的假设昭示了人们的"完美期待",而这样的假设恰恰缘于对这个人的热爱。

然而,所有的假设也仅仅只是假设,世间没有完美的人,唯其有缺失,我们才感觉生活的真实;也唯其有缺失,我们才有追求完美的冲动。

历史有着惊人的相似。与鲁迅先生等人一样,郁达夫的第一次婚姻也是典型的旧式婚姻,是在父母之命、媒妁之言下的结合。

1917 年,郁达夫从日本回国省亲,遵照父母的意愿,与同乡富阳宵井女子孙荃订了婚。与鲁迅先生不同的是,虽然,郁达夫对父母之命、媒妁之言所订的婚姻并不满意,但对孙荃这位"裙布衣钗,貌颇不扬,然吐属风流,亦有可取处"的女子还是很有些依恋的。

郁达夫:客里苍茫

三年后两人正式结婚，由于郁达夫的坚持，没有举行什么仪式，也没有证婚人和媒人到场，更没点上一对蜡烛，放几声鞭炮，一切都在悄然中进行。

一袭青衣的孙荃在夜色降临的时候，乘上一顶小轿，怀着一丝羞涩、一种憧憬，甚至有着一份微微的害怕，一路心跳地来到了郁家。

郁达夫在家门口迎接自己的新娘。这是第二次见她，谈不上激情，也谈不上失落，他拿了一把银两分发给轿夫，然后拉着孙荃的手，点了点头。那样子，仿佛收到了乡下母亲寄来的一件贵重的礼物。

孙荃向公公婆婆行了礼，郁达夫说了一句话："咱们从此就是一家人了。"

这话听起来有点别扭，像老父亲说的话一样。话一出口，郁达夫就感觉到了一丝滑稽，于是赶紧说："吃饭吧。"

这顿饭不像是喜宴，更像是一顿团圆饭。

也好。有吃就行，因为太饿了。

饭后，郁达夫领着新娘爬到木楼上就寝。就那么简单，简单得让人难以置信。

那晚，月色很葳蕤，发出刺猬的光芒。饥饿的夜莺停止了鸣叫。春宵值千金，柔情赛万银。风起云生，潮涨潮落，一切尽在不言中。

郁达夫与孙荃并没有现代意义上的蜜月。婚后没有多久，他就离家赴上海，每到一地，他都会弄些拈花惹草的事情来。特别是 1921 年，郁达夫在安徽公立政法专科学校教书，除上课之外，他的全部时间花在了城内的烟花巷陌。他每月工资 100 块光洋，大多花在一个个合乎他"三种条件"的青楼女子身上。这三种条件即是：年龄要大一点，相貌要丑一点，同时没人爱过。

正是在这样的情景下，郁达夫结识了一位妓女，艺名海棠姑娘，两人过往甚密，他还为她填词献诗，将一个文人的抑郁心理抒发得淋漓尽致。其时，每当下课结束后，他不听夫人的劝说，立马来到位于城外的海棠姑娘处，厮守良夜，让孙荃独守空房。而由于早间

郁达夫故居

有课,他又必须在凌晨时分早早赶到城门洞里,耐心地等城门打开。

孙荃,这个普通的女子只能在伤心的泪水中等待浪子的回头。

在当时纳妾盛行的情况下,郁达夫并不认为自己的行为有什么过错,相反,他认为这是生活中的一部分。在此时期,他创作了小说《茫茫夜》,该作品真实地记录了他的这一段感情生活。其中女主人公海棠,正是郁达夫念念不忘的海棠姑娘,而男主人公"于质夫",当是郁达夫"夫子自道"了。

就这样,郁达夫的人生在并不完美中开始,在更不完美中结束。

贰

喝酒,抽烟,多情,敏感。郁达夫的指尖戳穿了女人的胭脂,而他的才情也在更加广阔的天地奔流而出。

1920年,应郭沫若之邀,郁达夫带着孙荃来到上海泰东书局做编辑工作。其时,成仿吾和易家钺等人都供职该书局。对于郭沫若、成仿吾等人,读者都很熟悉,而对于易家钺,熟悉的人并不多。

因此,有必要在此介绍一下:易家钺,字君左,1896年生于湖南汉寿(原名龙阳)县,北京大学毕业后留学日本,在著名的早稻田大学就读,一生酷爱诗词歌赋。易家钺,性格豪放,为人认真,责任感强,极为重视朋友间的情谊。他在日本留学期间认识了郭沫若、郁达夫、田汉等人,但与郭沫若和郁达夫二人来往很少,只有田汉因是同乡的关系,常常见面。

留学日本时的郁达夫

易家钺被世人誉为"龙阳才子",可见才情很不一般。记得重庆谈判期间,毛泽东发表了著名的《沁园春·雪》:"数风流人物,还看今朝!"这声音大气磅礴,令蒋介石又妒又怕,他连忙召集大批文人,炮制出一篇又一篇诗词来"应对",易家钺是其中最为得力的一个,令蒋介石"龙颜大展"。解放前夕,易家钺移居香港,在那里生活了18年,后移居台湾。直到1972年,该君病逝于台北,享年75岁。

之所以要介绍易家钺,是因为他与郁达夫有过一段亲密的友谊。虽然在日本时,他与郁达夫仅仅停留在"同学"和"邻居"式的初级阶段,但回国后,特别是两人同时供职于东泰书局时,他们的友情急剧升温。

郁达夫比易家钺早先半年抵达上海泰东书局,当易家钺风尘仆仆地从湖南赶到上海时,是郁达夫自告奋勇去码头迎接的。那天气温很低,由于风浪太大,渡轮晚点一个多小时才抵达黄浦码头。一出船舱,易家钺就看见了那双有点忧郁的熟悉的眼睛。郁达夫迎上去,易家钺紧紧地抱着故友,一股暖流直涌心头。

易家钺说:"达夫,真没想到你会在这里接我。"

郁达夫说:"在日本时,咱们交往不多,但毕竟是朋友啊。"停了一下,郁达夫又说:"因此,当沫若告诉我你来的消息时,我立刻提出要来接你。"

易家钺很感动,说:"船晚点了,你穿得这么少,站在寒冷的风中,你这份情谊让老弟如何担当得起?"

"看你说的,好像我弱不禁风似的?"郁达夫说完大声笑了起来。

接着,两人乘上一辆面包车,直奔书局而来。成仿吾一见易家钺,连忙说:"君左兄,本来我要来接你的,咱们是老乡。俗话说,老乡见老乡,两眼泪汪汪。可达夫兄抢了头筹,说你们的友谊从日本到中国,源远流长得紧啦。"

一席话,说得大家很开心。

当天,郭沫若宴请了大伙儿。

此后,易家钺与郁达夫的关系就变得"铁"起来。当时,郁达夫的朋友多,应酬也很多,往往深更半夜不睡,本来身体欠佳,加上他有些颓废的心理和流浪生活习性,自然更瘦,脸色也更难看。特别是郁达夫将夫人送回老家之后,他的生活更加没有规律了。易家钺和郭沫若、成仿吾等人常常规劝他,但他总是秋风贯耳,硬是听不进去。为此,郁达夫还同郭沫若闹翻过。

朋友之间,需要的是理解。易家钺对郁达夫就是这样的。当郁达夫因为喝醉了酒而发疯时,是易家钺守在他的床头,替他拭去吐出来的脏物;当郁达夫因为放荡不羁而挥金买笑时,有人不耻,有人窃笑,有人嘲讽,而易家钺则是从心灵深处去关心他,贴近他。易家钺知道,郁达夫的放荡并不仅仅是生理上的需要,更多的是一种情绪的释放,是有点畸形的精神自恋。

郁达夫为有易家钺这样的朋友而庆幸。他曾动情地对易家钺说:"君左兄,在日本的那些日子,我白活了。"

易家钺连忙说:"那时,我太封闭自己了。"

两年后,郁达夫和易家钺先后离开东泰书局,但两人常有书信往来,友谊并没有隔断。

抗战初期,已有盛名的郁达夫来到湖南汉寿县,拜会在家赋闲的易家钺,两人相见甚欢。

几天后,汉寿县的县长、县绅以及县文化教育界的名流宴请郁达夫,易家钺一旁作陪。

席间,宾主谈笑风生,气氛热烈而轻快。作为贵宾的郁达夫毫不拘束,妙语连珠,引经据典,左右逢源。而易家钺也是情绪高昂,指点江山,出口成章。

汉寿县县长见自己没有说话的份儿,突然来了灵感,高声提议请郁、易二人即席吟诗作赋,众人闻之叫好。

郁达夫和易家钺会心一笑,立即达成默契。

好戏就要开场。只见郁达夫朗声道:"承蒙各位的深情厚谊,达夫不才,愿献其丑以娱乐大家。"

易家钺也说:"我与达夫系同学、同事和知友,今在家乡父老面前,两人合作一副对联吧。由达夫兄出上联,我对下联。大家觉得意下如何?"

"好啊,好啊!"县长带头鼓掌。余者纷纷应和。

席间立即沉默下来。

郁达夫稍加思索,回忆易家钺在扬州一件趣事,不禁哑然失笑,于是脱口而出——

闲话扬州,引起扬州闲话,易君左矣。

原来,易家钺曾在《扬州日报》的文艺副刊"闲话扬州"当主笔,由于思想有些保守,结果引起扬州文人的不满,并被赶出扬州。郁达夫此时揭老友的"伤疤"，易家钺开始感到有些犯难，但一想到这些都是陈年旧事，而且此间主要是娱乐大家的，大丈夫有此揶揄算得了什么？他突然想起当天报纸上头版头条有一则新闻：林森就任国民政府主席，而林森又字子超。易家钺灵机一动，下联很快就对了出来——

　　　　国府主席，掌持主席国府，林子超然。

　　易家钺的这副下联，既有借喻自己当主笔的生活事实，又有对郁达夫上联的回答：即无论别人说什么，无论发生了什么，我依然很大度，很"超然"。

　　如此妙对，连郁达夫都忍不住带头鼓掌，连连说："好啊，真是大才子，达夫佩服！"众人也大声叫好。郁达夫端着一碗水酒走到易家钺身边，说："兄弟，咱们要痛快地喝他三碗！"

　　易家钺酒量有限，连忙说："兄弟，喝酒你就饶了我吧。"说完，立即招呼席间诸君纷纷向郁达夫敬酒，并连连说"达夫是一个最有骨气的文人！"

　　郁达夫虽然好酒，且颇有酒量，但毕竟孤掌难鸣，很快就被一群兴致高涨的虎狼之徒灌醉了。

　　达夫醉酒，洋相百出，很可爱，很好看。

叁

　　1923年8月的一天，郁达夫突然接到一封北京大学的信函，其时，他正在上海一家简陋的寓所里，跟郭沫若、成仿吾等人努力编辑着《创造季刊》、《创造周报》和《创造日》等文学刊物。他的烟瘾越来越大，酒瘾也时不时发作，软囊也越来越羞涩，捉襟见肘的艰难也越来越多。物价的飞涨，时局的动荡，对于一个文人而言，靠经营文学或靠写作来维持生活，实在是不可想象的事。

　　北京大学的这一封来信是陈豹隐先生写来的，对郁达夫来说，它仿佛是一缕雨后的阳光。因为在信中，陈豹隐盛情邀请郁达夫去北京大学任教。

　　陈豹隐跟郁达夫有过什么样的交情？他怎么会推荐郁达夫去北京大学任教

呢?

原来,陈豹隐毕业于日本东京帝国大学,1923 年他受北京大学派遣到欧洲视察和到苏联讲学。出国之前,按照学校的规定,他必须找到一个能够胜任该门课程的老师作替代。因此,陈豹隐想到了郁达夫,觉得他是比较合适的人物。

早在 1919 年 11 月,郁达夫入日本东京帝国大学经济学部经济学科学习时,陈豹隐就是他的师兄。不巧的是,郁达夫进校没过不久,陈豹隐就接到蔡元培的聘书,到北京大学法商学院任教授,讲授财政学和统计学。回国前的那段日子,他才与初来乍到的郁达夫相识。

在日本成立创造社时与同仁郭沫若、成仿吾、王独青合影

虽然陈豹隐与郁达夫交往的次数不多,但他知道,郁达夫志趣很广,特别对文学,可谓情有独钟,而且有着很好的古文功底。记得就在两人见面后的第三天,郁达夫就将写就的一首七律拿给陈隐豹看——

客里苍茫又值秋,高歌弹铗我无忧。
百年事业归经济,一夜西风梦石头。
诸葛居常怀管乐,谢安才岂亚伊周。
不鸣大鸟知何待,待溯天河万里舟。

陈豹隐看完诗,用赞赏的口吻说:"诗写得不错。但是,学经济的人更要把专业学好。"郁达夫明白陈豹隐的话外之音,连忙说:"我会珍惜出国的机会,学好本领。"

陈豹隐回国后,郁达夫还与他保持书信往来,并经常向他请教。他曾同陈豹隐认真讨论过自己的毕业论文,他写信告诉陈豹隐,说他将来要写《中国经济史》或《中国外交史》,还说要打算写《中国货币史》。陈豹隐回信给予鼓励。

1922 年 3 月,郁达夫如期从东京帝国大学毕业,获经济学学士学位,陈豹隐写信向他祝贺。因为有了这一层渊源,陈豹隐希望将自己的空缺留给有师弟关系的郁达夫。

就这样，1923年10月，郁达夫来到了北京大学经济系作讲师。临行前，他对郭沫若等人说："为生计奔波，我暂且告别一下诸位兄弟。一旦时局变好，我会立刻回来的。"

成仿吾甚为动情地说："平时在一起打打闹闹，一旦离开，我还真有点不习惯。唉，你这一走，也不知道何时才能相见！"

郭沫若觉得气氛压抑，便岔开话题说："嗨，大丈夫四海为家。有缘的人总会相见的。达夫，你说呢？"

郁达夫点点头，他忍着一丝伤感，与朋友们一一拥别。

应该说，郁达夫这样经济学科班出身的留学生，胜任北大经济系课程是没有问题的。但是，他身在曹营心在汉，对教学并没有动太多的心思。他每周两小时统计学课，月薪三十多块钱。同时，他还在北平平民大学和国立艺术专门学校兼课。

记得第一次登上北大经济系的讲坛上时，郁达夫开门见山地说："我们这门课是统计学，你们选了这门课，欢迎前来听课，但是也可以不来听课。至于期终成绩呢，大家都会得到优良成绩的。"

同学们见老师如此宽松，台下顿时一片骚动。因为在当时，很少有老师敢于公开这么说的。如果有学生打小报告给校领导，说郁达夫"上课不负责任"，那么，他极有可能丢掉这个美差。

显然，郁达夫没有考虑这么多，他见台下有点嘈杂，便稍稍提高一点声音继续说："你们以前的老师陈启修（陈豹隐）先生与我是同一师门，他的老师也是我的老师，我们讲的是从同一个老师那里得来的，所以讲的内容也不会有什么不同。"

郁达夫说得是那样坦率，令学生们大感惊奇。他不以为意，只顾顺着自己的思维去讲课，大约刚刚过了半个钟头，他就匆匆讲完了课，然后满意地看了看大伙，说："今天的课就讲到这里。我没有讲到的内容，有兴趣的同学回去自己看看吧。"

不少同学的脸上明显流露出失望的神情。

郁达夫夹着教案，将脖子上的围巾甩到肩后，便清清瘦瘦地走出了教室。

那一段日子，郁达夫过得很不痛快。对于讲授经济学，他实在是有十二分的不情愿。可生活又逼迫他做自己不愿意做的事。何况，陈豹隐对他也寄予了极大的希望，加之北大的声望和学生们强烈的求知欲都无疑给了他另一种压力。他想教好经济学，但他的兴趣和志向的确不在此，他念念不忘的还是他的文学。 四年后，他在回顾这段生活时，还特地写道："受了北大之聘，到北京之后，因为环境的变迁和预备讲义的忙碌，在一九二四年中间，心里虽然感到了许多苦闷焦躁，然而作品终究不多。"

郁达夫还给郭沫若和成仿吾写信诉苦："我一拿到讲义稿，或看到第二天不得不去上课的时间表的时候，胸里忽而会咽上一口气来，正如酒醉的人，打转饱嗝来的样子……精神物质，两无可观，委靡颓废，正如半空中的雨滴，只是沉沉落坠。"

这样的精神状态，真是让人同情。郁达夫情感丰富，却没有后来的沈从文幸运。沈从文在极其艰难的条件发现了课堂里的张兆和，从而激发了他教学的兴趣和写情书的激情，而郁达夫对班上的女学生，他压根儿没有认真看过。苦闷极了的时候，他就跑到烟花街放纵一番。

有一次，郁达夫的一位旧交来北大看望他。这位旧交一见面就恭贺道："真是学有所用啊。老兄在此高就，想必高兴之至吧？"

岂知郁达夫毫不隐瞒自己的郁闷，他手一挥，大声嚷道："谁高兴上课？哼，马马虎虎应付罢了。你以为我教的是文学吗？不是的，是'统计学'。统什么计，真是他妈的无聊至极！"

郁达夫的这番牢骚，将这位旧交吓得目瞪口呆。

1925 年 2 月，郁达夫感到是离开的时候了，他写了一份辞职报告，让一名学生转交给校方。同时又给陈豹隐写了一封便函，感谢他的荐举，声称自己"离开比留下，于人于己都更为明智。"

郁达夫来得很匆忙，去得很坦然，他将自己的背影连同他的叹息都留在了北大那褐色的风中，那青色的瓦砾里。

正如后来有人评价道：郁达夫走得对。如果他囿于所学专业而固守于北大，北大或许会多一名并不怎么出色的经济学教授，而中国将会失去一名优秀的作家。倘若如此,那便是国家的不幸了。

肆

有才的人总会历经许多磨难方成大器;

多情的人总会经历许多波折方归平静。

郁达夫既是才子,又是情种,因此,他生活的磨难和情感的波折几乎是命中
注定的。

1926年12月15日,由于上海创造社出版部出现混乱,郁达夫自广州上船,
赶往上海。岂料不到一个月,于翌年1月14日,他在留日同学孙百刚家里邂逅了
"美不胜收"的王映霞。当时,郁达夫正是身穿了孙荃从北平寄来的羊皮袍子,而
孙荃则正在北平呻吟于产褥之上。但这一切,丝毫没有影响他对王映霞的倾情。
他在当天的日记中写道:"我真是遇到天人了。人世间竟有这样楚楚动人的女
子,因为她,我身上的每一个细胞都充满了激情。"

王映霞亭亭玉立,貌美肤白,从小就有"荸荠白"的雅号。她面如银盘,眼似
秋水,鼻梁挺而直,身材娇嫩而丰满,曲线窈窕而动人,举手投足,春光乍泄,柔情
万千。她在杭州女中和浙江省立杭州女子师范就读时,一向都有"校花"之誉,及
笄而后,更居当时杭州四大美人之首。这样的美人,怎不让人心旷神怡、情绪盎
然?

郁达夫与王映霞

正如前面写到的,在郁达夫已有的
生活中,他所接触的女人大都"平淡"
甚至"丑陋",他的第一个妻子孙荃自
不必说,长相和才华都很平常,婚姻也
是由父母指定的,他丝毫没有感觉到
"爱情"的欢乐。而他在苦闷时所找的
烟花女子,也一个个平淡无奇,他与这
些人更多的是一种生理上的发泄,谈不
上有什么真情实感。即便是对海棠姑

娘,也不过是一段时期的心理冲动,他也并没有用心,更没有刻骨铭心的爱,因此失去也就失去了,没有太多的珍惜和留恋。

而今,王映霞的出现,无疑给他平淡的心灵注入了一支强心剂,其内心的激动和兴奋是可以想见的。

虽然此时的郁达夫已是四个孩子的父亲,而且王映霞已经与一名门之后订婚了,但他全然不顾,任炽烈的爱肆意地燃烧,连他自己都承认对王映霞的爱使他"和初恋期一样的心神恍惚"。正因为此,他毫不犹豫地发动进攻,热烈的情书一天一封,有时一天甚至好几封,那情感完全可用"滔滔江水"来形容,许多情诗今天读来仍然令人感动不已。

不妨信手拈来一封,里面有一首诗,是这样写的——

朝来风色暗高楼,偕隐名山誓白头。

好事只愁天妒我,为君先买五湖舟。

类似这样的诗句,在郁达夫给王映霞的情书中还有许多。爱,可以造就一个作家;爱,同样也可以毁了一个作家。对郁达夫而言,爱使他重生,又使他重伤。为了阻止已经订婚的王映霞,郁达夫使出浑身解数,用痴情、憨劲和浓情去打动她。他的情书也写得更勤更热烈了,有一封情书是这样写的——

现在我所最重视的,是热烈的爱,是盲目的爱,是可以牺牲一切,朝不能待夕的爱。此外的一切,在爱的面前,都只有和尘沙一样的价值。真正的家,是不容利害打算的念头存在于其间的。所以我觉得这一次我对你感到的,的确是很纯正、很热烈的爱情。这一种爱情的保持,是要日日见面,日日谈心,才可以使它成长,使它洁化,使它长存于天地之间。

考虑到自己已是四个孩子的父亲和王映霞已经与人订婚的事实,郁达夫不停地诉说自己的爱,不断地用真情打通王映霞心中的结。他在另一封情书中写道——

我希望你能够信赖我，能够把我当作一个世界上的伟大人物看，更希望你能够安于孤独，把中国的旧习惯打破。所谓旧习惯者，依我看来，就是无谓的虚荣。我们只要有坚强的爱，就是举世都在非笑，也可以不去顾忌。我们应该生活在爱的中间，死在爱的心里，此外什么都可以不去顾到⋯⋯

我对于你所抱的真诚之心，是超越一切的，我可以为你而死，而世俗的礼教、荣誉、金钱等，却不能为你而死。

初涉爱河的王映霞哪里禁得住郁达夫这样猛烈的炮火？她的芳心终于被郁达夫的一腔深情所打动。

1927年6月5日，郁达夫和王映霞在杭州聚丰园餐厅正式宴客订婚，郁达夫与王映霞订婚，孙荃遂告与郁达夫分居。此后，孙荃携子女回富阳郁家与郁母同居，与儿女们相依为命，守斋吃素，诵佛念经，直到1978年去世。

生活就是如此的残酷：一个女人的快乐跟另一个女人的悲痛连在一起。或者说，一个男人的快乐是建立在另一个女人悲痛的基础之上的。

半年后，郁达夫请柳亚子证婚，他与王映霞在杭州举行了轰动一时的婚礼，被当时的报纸称为"富春江上神仙侣"。郁达夫得意之极，王映霞也欢喜异常。1928年3月，他们迁入上海赫德路（今常德路）嘉禾里居住，两人算是正式组建了小家庭。

郁达夫真正感受到了生活的甜蜜和爱情的滋润。

在最初的日子里，他们恩恩爱爱，缠缠绵绵，令人妒羡，但渐渐地，生活的烦琐、审美的差异和思想的差距使情感慢慢出现了裂隙。王映霞作为富家小姐，从小生活衣食无忧，她把钱财当作身外之物，出手阔绰、大方，而郁达夫从小被饥饿所伤，长大后经常为生计奔波、忙碌，"金钱"二字像石头，总是压着他喘不过气来。

与王映霞结婚后，郁达夫花光了所有的积蓄，他劝王映霞用钱要有计划，能不用钱的尽量不花，王映霞听后很不高兴。加之，当初的激情已过，生活恢复平淡，油盐酱醋，一点一滴都要自己亲自打理，王映霞感到了失落，郁达夫也感到了烦闷,两人的关系逐渐冷却下来。

这样磕磕绊绊,一晃又是几年。期间,郁达夫带着王映霞辗转大半个中国,双方都感到筋疲力尽,苦不堪言。尽管如此,郁达夫对王映霞的爱仍然很真挚。1936年,郁达夫在一则日记中写道:"晚上独坐无聊,更作霞信,对她的思慕,如在初恋时期,真也不知什么原因。"这说明即便结婚十年之久,郁达夫的爱依然浓烈。

上世纪 80 年代时的"风雨茅庐"

由于战乱,郁达夫频频变换岗位。1936 年,郁达夫南下福州做官,将王映霞留在武汉。他曾风闻自己的好友许绍棣"新借得一夫人",当时并不在意,直到后来传出消息后,所谓"新夫人"竟是自己的妻子,他才一再发信吁请王映霞来闽,却了无回音。

1938 年,郁达夫从福建赶回武汉,发现了许绍棣写给王映霞的三封情书。他将这些信批量影印,声称是"打官司的凭证"。

王映霞闻讯,匆忙卷带细软躲到一个律师朋友家中。

郁达夫十分生气,他请了郭沫若来查看"现场",并于 7 月 5 日在汉口《大公报》第四版刊登《启事》,全文如下——

王映霞女士鉴:

乱世男女离合,本属寻常,汝与某君之关系,及搬去之细软衣饰、现银、款项、契据等,都不成问题,惟汝母及小孩等想念甚殷,乞告一地址。

郁达夫 谨启

不仅如此,郁达夫还致电致信浙江省军政府,吁请查找王映霞。

今日整修后的"风雨茅庐"

一时间,舆论哗然,满城风雨。

事情的结果是:聪明的许绍棣以快速定亲结婚洗刷了自己;郁达夫与王映霞则在朋友们的调解下各作让步。王映霞写下了不公布的"悔过书",而郁达夫却再次登报声明这次事件是自己"精神失常"所致的误会,以保全她的声名。

不可外扬的家丑,就这样被清教徒性格的郁达夫张扬成了所有人的焦点。任何一个女人都不可能完全原谅这种就算自己错了、但个人的尊严仍然不许伤害的事情。

从此,郁、王二人貌合神离,双方情感进入了低谷。

此事发生不久,郁达夫应邀赴新加坡办报,王映霞勉强同意随行。但到了新加坡后,郁达夫忙于事务,王映霞谋职不成更添烦恼,他们的关系在吵闹和嘲讽中更加恶化。

在烦闷愁苦中,郁达夫竟然选择了登报发表诗文披露他们的隐私,在题为《毁家诗记》的诗词中,尽述了他们感情破裂的过程,甚至包括一些难以启齿的家事,例如两人在金华重逢时,王映霞以例假为由拒绝与郁达夫同房,不日却与许绍棣夜奔碧湖同居,等等,一时成为人们饭后的谈资,令王映霞极其难堪。

忍无可忍的王映霞一辈子没打算当作家,却也在被动中,以《一封长信的开始》和《请看事实》两篇文章相对应,以期洗刷自己的不白之冤。

事情闹到如此地步,两人强扭在一起已没有必要。

1940年3月,众友朋劝解无效,郁达夫与王映霞终于签订了离婚协议。王映霞独自回国,留给郁达夫的却是绵绵无尽的隐痛。

王映霞后嫁于华中航业局经理钟贤道,据传当时的婚礼极尽铺张奢华。

2000年12月,一代名媛王映霞去世。她的灵魂会不会去寻找半个世纪前就离她而去的郁达夫呢,面对这个让她爱恨交加的人,她还能够说些什么呢?

秋霜落下来,落到无声处,落在羸弱的月光里。

那是泪。

伍

漂泊中的爱,是慌乱的爱,是稻草般的爱,是潮湿的发出嫩芽的爱。

王映霞离开星洲之后,郁达夫的心境一度变得孤寂和颓废,他整天没精打采,不知该何去何从。

恰在此时,一位国色天香的女播音员李小瑛出现在他的面前,使原本一潭秋水的他,又开始波动起一片片涟漪。

此时的李小瑛26岁,正是风华正茂、芳香四溢的年龄,她供职于英军情报部门的新加坡电台,主持一档华语节目。她读过郁达夫的作品,十分崇拜他,并主动向他示爱。她在一封求爱信中热辣辣地写道:"上帝把我派到人间,为的是让我看管好一只才华横溢的迷途的羊。"

郁达夫立即抓住这漂泊中的爱,并认为这是"上帝送来的最好的礼物"。他在回复李小瑛的信中说,"我原以为爱已经死了。现在,我终于知道,只要生命不死,爱情就不会死!"

一个有情,一个有意。男才女貌的动人传说再次在人间得到应验。

不久,李小瑛就以郁达夫"契女"的名义搬到郁达夫家中居住。郁达夫为了避嫌,做了点表面文章,他把自己的书房让给李小瑛,而暗中则与之实行同居。在爱情的滋润下,郁达夫重新激发壮志,全身心服务于伟大的抗战事业。这期间,他除主笔《星洲日报》的文艺副刊外,还兼任了《华侨周报》的主编,并写下了大量的杂文和诗词。

李小瑛献给郁达夫的是一份难得的无私的爱。

郁达夫十分感动,他写下不少情诗献给李小瑛,甚至用罗马史家 Livius 的英文名字 Livy 作为对李小瑛的昵称,还常用德语 IchLiebe dich(我爱你)来表示自己深深的爱意。郁达夫曾试图与李小瑛结婚,但遭到他的儿子郁飞的强烈反对。慧美的李小瑛不愿因为自己而看到父子反目,故而安慰郁达夫说:"我知道你的好意,也理解你的难处。我不要什么名分,只求能够与你在一起,天天爱你就行了。"

李小瑛的有情有义更加赢得了郁达夫的敬重和依恋。

然而,1942年初,随着新加坡各主要港口和大城市的相继沦陷,李小瑛任职的英国情报部门先行撤离。郁达夫既不是他们的正式编职人员,又未能列入家属序列,所以眼睁睁地看着心爱的人儿远去而一筹莫展。

太平洋战争爆发后,郁达夫与李小瑛劳燕分飞:李小瑛退到了爪哇岛,郁达夫则逃亡到苏门答腊。他在这时创作了著名的《乱离杂诗》,其中前7首就是为思念李小瑛而作。

可惜,那些情真意切的诗作,李小瑛并没有读到。

不久,郁达夫遇到了他的第三任夫人何丽有。这位新夫人原籍广东,性情温和,长相平平,没有读过什么书,且不懂普通话,嫁给郁达夫时年仅22岁,比郁达夫整整小了25岁。

郁达夫在情感世界经历了一圈,最终返回到了起点。这难道不是天意吗?

何丽有的生父姓何,她幼年时期为一陈姓人家收养,所以原名叫陈莲有。

郁达夫与之结婚后,取"何丽之有"之意给她改名为何丽有。可见郁达夫用意之深:此刻,他是否有点怀念那个在中国老家为他守寡的长相平平的结发之妻孙荃呢?

当时,郁达夫为躲避日本人迫害,化名赵廉,在印尼与朋友经营一家酒厂。

一个学富五车的文人与一个目不识丁的女子结婚,这在一般看来不可思议的事,在郁达夫看来,却是合情合理的事。因为,漂泊中的爱原本就是反常的爱,是残缺中的爱,是将反常和残缺尽可修复的爱。

郁达夫的确做到了。他并没有因为自己的学识而轻视何丽有。相反,也许因为年龄相差悬殊的缘故,郁达夫对何丽有格外关心、体贴,尤其是当她身体有孕、出门行走不便的时候,他总要悉心搀扶着妻子,这对从小受苦而又缺乏家庭温暖的女性来讲,印象真可谓刻骨铭心。她回报给丈夫的,当然也是无限的柔情和深深的理解。

有一次,何丽有曾问郁达夫过去是干什么的?

郁达夫先是一惊,随即回答说"读书匠",说完埋头看书。何丽有见状不再提问,他知道丈夫饱经风霜,她不愿意因为自己无意中的提问而触及他的某一道伤口。

此后,每当看到郁达夫在看书、沉思或写字时,何丽有从不去打扰他,甚至连走路都要蹑手蹑脚,让郁达夫能在一个安静的环境里做他自己喜欢做的事。当有客人来访时,何丽有在礼貌地送上茶水表示欢迎后,就主动回避,有时还起"站岗放哨"的作用。

夫妻间的这种默契与和谐,也正是身陷日本法西斯严密监视之下的郁达夫所希冀的最好结局。他曾经写过一首诗给何丽有,明明知道她看不懂,仍然要作诗献给亲爱的人,其间的深情由此可见一斑——

> 洞房红烛礼张仙,碧玉风情胜小怜。
>
> 玉镜台边笑老奴,何年归去长西湖。
>
> 赘秦原不为身谋,揽辔犹思定十洲。

何丽有很知足。她全心全意爱着郁达夫,并希望陪着他慢慢变老。

然而,天有不测风云。郁达夫来不及最后看一眼自己的妻子以及抚摸一下即将降生的孩子,便一去不复返,将无限的伤痛留给活着的爱他的人。

尤其痛苦的是,直到郁达夫遇难,何丽有才知道郁达夫是中国文化界鼎鼎有名的作家,而不是一名寻常的酒厂老板。她内心的伤痛撕裂得更深。

漂泊中的爱,流出来的竟是血!

陆

沉沦是为了崛起;

沉沦是为了突破;

沉沦是为了升华。

在郁达夫的概念中,沉沦不是自甘堕落,更不是破罐子破摔,而是一种觉醒意识,是一种在自我追求遭到失败后的深刻反思,是对已有生活的否定和对未来

浙江富阳的郁达
夫纪念牌

生活的憧憬与向往。他一举成名的小说《沉沦》就是对这种理念的深度阐释。

此后,他自己的生活浓缩到一个特定的环境中,写下了大量的诗文小品及其小说,一而再地深化自己的觉醒意识。

郁达夫在 20 世纪 30 年代中国文坛上的影响与盛名不是虚夸的,而是名副其实的,用郭沫若的话说,郁达夫在中国文坛的重要地位是"俄国文学中的屠格涅夫";沈从文在《论中国小说创作》一文中也写到这样的文字:"多数的读者,由郁达夫的作品,认识了自己的脸色和环境。"

读郁达夫的作品,最好是黄昏或午后,在静寂的时候,在能够与自己的灵魂对话的时刻。此时,你会真切地感受到,郁氏风格的文本流露出来的是浓重的失落、灰色颓废的情绪和敏锐的精神感伤,他的惊人的取材,大胆的自我暴露与单纯的抒情格调,形成了作品独特的艺术品格和个性,尤其是他的小说中对人物心理的细腻描写,强烈的抒情和淋漓痛快的气势,以及富有诗意的景色描绘,优美的语言,洒脱自然的笔调,都会让你对他的小说痴情不已。

郁达夫的成名小说《沉沦》,写于 1921 年 5 月,曾经因暴露青年性的苦闷,展示灵与肉的冲突而风行一时。那时代,彷徨苦闷的一代青年,在主人公"他"的情感苦闷中找到了拍合之点,一时自恋自溺者有之,浩然长叹者有之,郁达夫因而声名鹊起。

鲁迅在小说《孤独者》中,对这种现象微微刺了一下,说那些读过《沉沦》而自命不幸的青年(自命不幸是当时青年的一种时髦),"螃蟹一般懒散而骄傲地堆在大椅子上,一面唉声叹气,一面皱着眉头吸烟。"这确是一幅生动的小影。一般读者只迷恋达夫小说颓废的外表,却并不能体会它的真义,所以欢呼和谩骂都是空言。后来还是周作人出来做一则评论,说得甚好:《沉沦》是一件艺术品,但它是"受戒者的文学",而非一般人的读物;凡懂得人生之严肃者,受过人生的密戒,有他的光与影的性的生活的人,自能从这书里得到稀有的力。

《沉沦》文本中那个饱受性压抑苦闷的青年其真实生活中的影子正是作者——郁达夫自己。主人公"他"在日本作为弱国子民的表层苦闷已然过去,但那深层的性苦闷与性之追求的永难满足,却非但没有过去,还有"于今为烈"之势,因为这就是生之内核,这就是亘穿古今、恒久真实的人性,这就是人生充盈的悲悯关怀!

有人考证,郁达夫的《水样的春愁——自传之四》和《自述诗》写的就是自己的真实生活,当他十三岁还在富阳高等小学堂读书期间,性意识就开始萌动,与比邻的"赵家少女"有过一段"水样的春愁"的初恋之情,这种同水一样的淡淡的春愁,竟扰乱了他两年的童心。及至后来赵家少女订婚,他还深深懊丧自己失去了良机。

大约在同一时期,他还与倩儿等两位姑娘有过类似的恋情。

郁达夫在日本留学期间,又曾经与后藤隆子、田梅野、玉儿等产生过恋情。后藤隆子被郁达夫昵称为"隆儿",是郁达夫下宿处附近的"小家女"。郁达夫每次从学校到市上去,都要从她的家旁经过,遂产生情愫,并为她写下了四首诗。田梅野是名古屋旅馆的侍者,郁达夫与她交往数月,同样也为她写有诗词。玉儿也是侍女,郁达夫为她所写的情诗"玉儿看病胭脂淡,瘦损东风一夜花,钟定月沉人不语,两行清泪落琵琶"至今为人称道。

郁达夫因为过早的性意识觉醒使他的心理冲动和精神压抑方面达到了紧张的极致。在中国这样一个古老的国度里,性意识的过早觉醒无疑会受到比一般人更多的压抑与苦闷。郁达夫与各种女人有染,甚至去嫖妓,都是精神压抑已经崩溃的结果。每一次情感的出轨虽然得到一时麻醉式的快乐，但每一次的最终结果都是更深的伤痛和更多的懊恼。

上帝在哪里?唯一能够拯救的只有自己。只有将自己的苦痛置于国家的时代背景中，你才能忘记个人的悸痛，才能奋发向上，实现精神的超越。

《沉沦》是郁达夫自我追求的积极尝试。主人公“他”是一个日本留学生，因为追求自由和个性解放，反抗封建专制，被学校开除，因而为社会所不容。他以青年人所特有的热情渴望和追求真挚的友谊与纯洁爱情，但受到“弱国子民”身份的拖累，这种热情受到侮辱和嘲弄，在异国他乡备感孤独和空虚，成为了“忧郁症”的患者。

小说一开头就写得十分冷峻：“他近来觉得孤冷得可怜。他的早熟的性情，竟把他挤到与世人绝不相容的境地去，世人与他中间隔着的那一道屏障，愈筑愈高了。”

他追求个性的解放，追求纯真的爱情，认为这是天经地义的事。可世俗的压力将他的希望一次次撕破。在绝望中，他仍然呼喊着爱情，呼喊着为了爱可以献出一切的高尚誓言。

小说中有一段主人公的心灵独白振聋发聩——

> 我真还不如变了矿物质的好，我大约没有开花的日子了。
>
> 知识我也不要，名誉我也不要，我只要一个安慰我体谅我的“心”。一副白热的心肠！从这一副心肠里生出来的同情！从同情而来的爱情！
>
> 我所要求的就是爱情！
>
> 若有一个美人，能理解我的苦楚，她要我死，我也肯的。
>
> 若有一个妇人，无论她是美是丑，能真心真意地爱我，我也愿意为她死的。
>
> 我所要求的就是异性的爱情！

换句话说，主人公“他”不甘沉沦，但在追求不到的时候，他无可奈何且不可自拔地沉沦下去。在彷徨失措中，他来到酒馆妓院，毁掉了自己纯洁的情操。事情过后又自悔自伤,感到前途迷惘,绝望中投海自杀。他在异国的遭遇,与祖国民族的命运密切相连,因而主人公在自杀前,悲愤地对着当时的社会环境大声疾呼:"祖国呀祖国!我的死是你害我的!你快富起来,强起来吧!你还有许多儿女在那里受苦呢!"

小说文本强烈地表达了一代青年要求自由解放、渴望祖国富强的心声。在处于半封建半殖民地屈辱地位的中国青年中引起同病相怜的强烈共鸣。可以说,郁达夫的《沉沦》刺痛了无数有志青年的心,激发了国民的爱国斗志,吹响了东方睡狮的号角——

如果你不想死,你就站起来!

如果你不想死,你就要战斗!

如果你不想死,你就要强大!

柒

艺术大师刘海粟与郁达夫有过一段深厚的友谊。刘海粟于 1939 年 12 月 11 日乘"芝巴德号"到达印尼巴达维雅(现在的雅加达),在印尼搞了一年画展,义卖收入超过 30 万盾,全部寄回贵州红十字会转给前方抗日将士。

当时,郁达夫在新加坡编辑《星洲日报》主持"晨星"副刊,写信请刘海粟去,并告诉他,新加坡抗日气氛很浓,很适合搞赈灾画展。

于是,刘海粟于 1940 年 12 月 21 日赴新加坡。

一个月后的一个晚上,郁达夫告诉刘海粟说,上海已完全沦陷了,刘海粟非常震惊。

刘海粟说:"我真想扛上枪同日本鬼子拼个你死我活。"

郁达夫安慰他说:"艺术家以艺术报国,不扛枪也是抗日,你在南洋为抗日奔走筹赈,这和扛枪没有两样。"

为了促使刘海粟画展成功,郁达夫先是在《星洲日报》上出版一个专号,先是发表他人文章,高度评价刘海粟"把力量贡献给国家"的精神,接着他自己撰写了《刘海粟大师星华双赈画展目录序》,发表在 2 月 6 日的《星洲日报》上,指出："在此地值得提出来一说的,倒是艺术家当处到像目下这样的国族危机严重的关头,是不是应丢去了本行的艺术,而去握手榴弹,执枪杆,直接和敌人死拼,才能说对得起祖国与同胞这问题。爱国两字的具体化,是否是要出于直接行动的一条路?……我们只要有决心,有技艺,则无论何人,在无论何地,做无论什么事情,只要这事情有一点效力发生,能间接地推动抗战,增强国家民族的元气与声誉,都可以说是已尽了他报国的义务……从这样的观点来着眼,则艺术大师刘海粟氏,此次南来,游荷属一年,为国家筹得赈款达数百万元,是实实在在,已经很有效地,尽了他报国的责任了。"

郁达夫还以"永久的生命"五个字"奉献刘教授,作为祝教授这次画展开幕的礼品"。

刘海粟新加坡画展就是以爱国报国这种基调上进行的。

画展于 2 月 23 日在新加坡总中华商会开幕,爱国侨领陈嘉庚主持开幕式,郁达夫、胡坤载等出席。原定半个月的展期后来又延长了 5 天,义卖收入两万多元。

刘海粟在一次讲演中大声疾呼:"吾人论人格,不以人为标准,以气节为标准。不论何人,凡背叛民族,不爱国家者,必须反对。气节乃中国人之传统精神!唯有气节,始能临大节而不可夺……有伟大之人格,然后有伟大之艺术。一个国家或民族,其人民如有不屈之人格与丰富之智慧,必能创造一切,必能强盛。"

这样的演说真是扣人心弦,引起听众强烈的情感共鸣。

郁达夫非常赞赏刘海粟的坚强个性和民族气节。

1941 年 12 月 8 日傍晚,也就是日军偷袭珍珠港的当天,太平洋战争爆发,郁达夫急急赶来找到刘海粟,告诉他战局紧张,希望他赶快离开。

临别时,他写了一首诗赠刘海粟:"生同小草思酬国,志切旺夫敢忆家。张禄有心逃魏辱,文姬无奈咽胡笳。"

真没想到,这一别就是两个大师的永别。

多年以后,当刘海粟获悉郁达夫牺牲时,他几乎不敢相信。当晚,他满含深情地写了一篇悼文,现摘录如下——

郁达夫，这个其貌不扬的男子，毫不遮掩自己的性与情，真真实实地记下了"爱而得之"的欣喜癫狂，也记下了"爱而不得"的搔首踟蹰。因为真实所以他找到了人性的真谛，由纷纭芜杂的生活表面走进了永恒。八十年了，几代人都有喜欢谈论他的。今天的时尚男女，困惑于情感者，有时便叩问到他。而我们的达夫，真的是我们给他设定的红尘中情感男人的面目么？

达夫笔下的一些人物，记录了"五四"以后某些青年的精神状态，作为思想史上的标本，也很难磨灭。辛亥革命在这些人的记忆中淡化了，而革命的不彻底、封建势力的顽固、人民的不幸、科学的落后、祖国国际地位的低下，又迫使他们带着淡淡的哀愁长大。

达夫亲口告诉我："我在日本看过将近千册英文、德文、日文小说。"他的阅读速度和理解能力，在我的同时代人中属于罕见，一晚上看一两本小说，在谦谨温和的达夫，是常有的事情。

他喜爱从普希金到蒲宁笔下一百年间活跃于俄罗斯文学画廊上的"多余的人"，但他写的只是中国泥土里生长出来的一切。

颓废历来含有贬义。你不喜欢谁，就把这个咒语加给谁。但达夫是以颓废自命的，在他的文中，颓废是一种纯美。西方文艺一直以来就有这个情结。古希腊太远了，不说也罢，我们只记住那朵著名的水仙（Narcissus），美少年那喀索斯的自恋就可以了。近代，从佩特、王尔德、比亚兹莱，再到永井荷风、佐藤春夫，达夫的精神有一部分是从这一路来的。今天，当历史之尘埃落定，我们感谢达夫在时代的喧嚣中，为我们留下了一缕淡定的唯美，一缕温醇的浪漫。

不过，达夫小说亦非一贯颓废。渐近中年，旧式文人的风雅气在他身上越来越浓，小说人物也由挣扎于生之苦闷中的青年，换成了隐逸而自乐的绅士。如果照此发展下去，达夫小说将无异于旧时的才情小说，其寄意亦无足称道了。

抗战时期，郁达夫身在南洋，用一支雄健之笔纵论世界大势，揭露日寇罪行，鼓我军民士气。身在重庆的作家，反而热衷于窝里斗，不如他这般振作。我们的达夫啊，他心中也有创伤，但他像荒野之狼一样，默默地舔干伤口,以命悬一线的民族国家为重。王映霞那时已脱离达夫归许绍棣。1941 年郁达夫在新加坡再度遇到徐悲鸿,而此时蒋碧薇也已脱离徐悲鸿归张道藩。一个作家,一个画家,这两个丢了自己另一半的人相聚,该是一番什么样的滋味在心头?

他们在情场上斗不过国民党的厅长和部长,两腔愤情,却只能四目相望,无语凝噎。达夫有诗鼓励彼此,云:"各记兴亡家国恨,悲鸿作画我作诗。"

谈及与郁达夫 20 多年的交往以及最后的赠诗,刘海粟情绪激动,悲痛之情难以自抑,他说——

我觉得这是达夫心中流出的最佳诗作,听来感人肺腑。难兄难弟,相对无言。谦和质朴的达夫,眉宇间现出平时罕见的金刚怒目之气,从鼻翼到嘴角边的长纹变得坚韧了。我推想:诗人在夜色的环抱中走向永生的时刻,脸上也是这样的表情。我们长时间地握着手,良久,泪花涌出他的眼眶,巨大的热力从他的臂膀流入我的全身,血像汽油碰上火种。是夜,我和诸友合作,画了一张《松竹梅石图》,他奋笔写上一绝——

松竹梅花各耐寒,心坚如石此盟磐。
首阳薇蕨钟山蕨,不信人间一饱难。

此诗痛快沉着,托物明志,朗润含蓄,其信念之坚强,更在豪迈之外,可以代表他晚年诗风的一斑。这样的诗对斯时斯境中的同胞,是启悟的晨钟、进军的战鼓,诗人成了爱国同胞的代言人。面对大海,遥望故国,这庄严的誓词,响彻云霄……

捌

那是一个恐怖的夜晚，更是一个无耻的夜晚。

那晚的风是黑的，那晚的月是黄的，那晚的狗吠是带血的。

1945 年 8 月 29 日晚上八点多钟，郁达夫正在家中和三位华侨闲谈，这时，一个讲印尼语的青年进门来，说有事请郁达夫出来商谈一下。

郁达夫随青年出去了几分钟，又回来对客人们说："我出去一下就回来，你们请坐一下。"

善良的人们谁也没有想到，郁达夫出去后再也没有回来。

当天晚上，郁达夫走了家门后，刚到一个拐角处，突然被几个荷枪实弹的日本宪兵抓住。

宪兵班长一挥手，这伙歹徒捂住郁达夫的嘴巴，然后用力塞进一辆停放在路边的吉普车，扬长而去。

很显然，这是一次有预谋的绑架。

日本人为什么会对郁达夫恨之入骨呢? 这要从郁达夫长期以来的爱国热情说起。

郁达夫从小饱受饥饿之痛，长大后，他接受进步思想，对掠夺资本的商人有十分憎恨之感。

1921 年的夏天，郁达夫与郭沫若等人在上海办刊。

有一天晚上，郭沫若和郁达夫二人一同到四马路的泰东书局去，顺便问了一下在五月一号出版的《创造季刊》创刊号的销路怎样。

书局经理很冷淡地答道："二千本书只销掉一千五。"

两人一听，顿时生出无限的伤感，立即由书局退出，在四马路上接连饮了三家酒店，在最后一家，酒瓶摆满了一个方桌。但也并没有醉到泥烂的程度。

在月光下边，两人手牵着手走回哈同路的民厚南里。在那平滑如砥的静安寺路上，时有兜风汽车飞驰而过。

突然，郁达夫跑向街心，向着一辆飞来的汽车，以手指比成手枪的形式，大呼着："我要枪毙你们这些资本家!"

在郁达夫的意识中，似乎他的钱都是被这些强盗抢走的。在日本留学期间，他经常受到日本人的嘲笑和冷遇，内心的郁闷到达极点。所以，他一毕业立即回国，并在小说《沉沦》中赤裸裸地展出自己作为"弱国弱民"的隐忍和伤痛。

日本侵略中国后，郁达夫无比愤怒，只要一提到"日本"二字，他就有一种抑制不住的反感。有一次，他在福建同日本人松永一起吃饭，当着众人的面，在席上痛斥日本军国主义者不该侵略中国，正气凛然，令人震惊。

漂泊异乡，郁达夫对日本鬼子的憎恨有增无减。

有一天晚上，刘海粟和郁达夫躺在新加坡期颐园中的草地上，碧天如水，寒月如霜，这时天上一颗亮星拖着火光刺眼的尾巴，在远远的树梢后陨落了。

郁达夫触景生情地说："海粟兄！那不是徐志摩吗？多么有才华的诗人，英年早殒，千古同悲！"

两人随即谈及时局。郁达夫忽地愤然跃起，带着人之子的柔情，仰天喃喃地说："海粟！万一敌军侵入新加坡，我们要宁死不屈，不能丧失炎黄子孙的气节，做不成文天祥、陆秀夫，也要做伯夷叔齐！"

由于工作的需要，郁达夫虽然以一个酿酒厂老板的身份立世，平时家中自然备有各种各样的藏酒，但他十分克制，从没有酗酒误事。他善于结交朋友，朋友中，除了当地的华侨、华人和印尼人外，甚至还有日本人。

但是，每当有日本宪兵到家里来做客并要酒喝时，郁达夫总是叫妻子拿出专门为日本人准备的酒，并一再对他们劝酒，直到他们喝到九分醉意才罢休，而郁达夫本人却不怎么喝，等到日本宪兵一离去他才情不自禁愤恨地说："让这种高酒精度酒慢慢毒死这些狗东西！"

对于这种"反日死硬分子"，日本鬼子怎会轻易放过？

尽管郁达夫严密保护自己，不幸的是，他在流亡途中暴露出自己会说日语的秘密，结果被驻在巴爷公务的日本宪兵队强行叫去当了七八个月的翻译。在翻译的过程中，郁达夫常常将语句故意弄错，日本人被弄得一头雾水，当最终弄清是怎么回事而去怒骂郁达夫时，他便以"日文不精通"为由搪塞。次数多了，日本人信以为真，便不要他再做翻译，放他回去。

虽然在苏门答腊华侨中没人认得郁达夫，可是日本宪兵部一刻也没放松对他的搜寻。就在郁达夫经营酿酒厂后的第二年，一位名叫洪根培的熟人来到巴爷公务日本宪兵队。他曾委托郁达夫做媒人，被郁达夫拒绝了，从此怀恨在心，他从日本翻译本上的记录中发现了郁达夫的踪影，便立即向日本宪兵告发了郁达夫的真实身份。

很快，残忍的夺命剑在不知不觉中直逼郁达夫的喉咙。

那晚，日本宪兵绑架郁达夫后，审讯了大半夜，没有捞到任何有价值的东西。丧心病狂的宪兵队长下达了"死亡令"，他们于当晚深夜对郁达夫实行就地处决，采取方式的不是枪毙，也不是别的什么刑法，而是"掐杀"——用手活活掐死！

郁达夫受害后，他的尸体被日本鬼子抛到了一个悬崖下，那里江水滔滔，秃鹫乱飞。

也许有一点心电感应，就在郁达夫灵魂升天后的几个小时，何丽有腹中的孩子迫不及待地降生了。这个后来取名为何美兰的女孩在一篇回忆郁达夫的文章中这样写道——

> 我是在父亲"失踪"（被日本法西斯从家里骗出去暗杀）那晚的翌日凌晨呱呱落地的，只差几小时没能与父亲见面……
>
> 母亲回忆说，当时她只感到无比感动和自豪，觉得父亲这个文弱"读书匠"还是个有血气的人，非常了不起呢！父亲在那种条件下，是用他自己的独特方式来反抗日本法西斯。
>
> 当父亲"失踪"后，竟有许许多多母亲认识或不认识的朋友来看望，并给母亲送钱、送东西等等，这些小事对刚刚经历了分娩和失去丈夫痛苦的母亲来说，是一种多么巨大的安慰啊！父亲的为人处世，还让母亲、哥哥（长我一岁）和我这孤儿寡母的生活，在父亲"失踪"后的许多年月里，都能不断得到当地华侨华人，甚至印尼当地朋友的关心和资助。若父亲在天有灵的话，也该感到欣慰了。

1952 年 12 月，中华人民共和国政府追认郁达夫为革命烈士。

记得几年前，在郁达夫殉难 55 周年前夕，上海《文汇报》曾连续刊发郁达夫先生遗骨下落的消息，牵动了海内外华人子孙的心。

不久,印度洋大海啸,郁达夫殉难地正是海啸中心区,海水会不会淹到那里?有细心的读者赶忙去查资料,还好,那里是海拔 500 多米的高原盆地。有一座近 3000 米海拔的默拉皮山,在巴爷公国南端,那是郁达夫日日都要眺望的活火山。去年 2 月 10 日,它又一次大喷发,报纸上登出了《印尼默拉皮火山爆发》的大幅彩色图片。滚滚烟尘如排排巨浪冲向蓝天,地面热带树木和房屋也都变成了暗绿色。大家觉得这色调,火烈,悲抑,沉重,忧郁,似冥冥之中与郁达夫的心意相通。

大家相信,郁达夫的遗骨还在那个南天孤岛上。

那里,天地悠悠,白鹭翩跹。

谁敢说,这白鹭不是郁达夫望乡的魂灵?

玖

为了纪念郁达夫和郁曼陀弟兄二烈士,故乡人在鹳山上修建了一座"双烈亭"。

众所周知,郁达夫同郭沫若是患难之交。他们在日本留学期间就成了好朋友,共同组织"创造社",编辑书报杂志,有过长时间的亲密合作。虽然期间,他们也有过矛盾,有过争吵,甚至有过疏离,但总的来说,他们之间的友谊是真挚的,是能够经得起时间的考验的。

按照郭沫若自己的说法,对于郁达夫,"当时在我,我是感觉着:'我们是孤竹君之二子。'"有此一说,可见两人的情谊之深。

正因为此,1946 年 3 月 6 日,当郭沫若闻得郁达夫的死讯时,他悲痛难忍,立即挥笔写下一篇长长的悼文,抚今追昔,情真意切,令人不堪卒读,兹摘萃于下——

1938 年,政治部在武汉成立,我又参加了工作。我推荐了达夫为设计委员,达夫挈眷来武汉。他这时是很积极的,曾经到过台儿庄和其他前线劳军。不幸的是他和王映霞发生了家庭纠葛，我们也居中调解过。

达夫始终是挚爱着王映霞的，但他不知怎的，一举动起来便不免不顾前后，弄得王映霞十分难堪。

这也是他的自卑心理在作祟吧？

后来他们到过常德，又回到福州，再远赴南洋，何以终至于乖离，详细的情形我依然不知道。

双烈亭内的诗碑由郭沫若手书，碑上的画像由叶浅予所绘。

只是达夫把他们的纠纷做了一些诗词，发表在香港的某杂志上。那一些诗词有好些可以称为绝唱，但我们设身处地替王映霞作想，那实在是令人难堪的事。

自我暴露，在达夫仿佛是成为一种病态了。

别人是"家丑不可外扬"而他偏偏要外扬，说不定还要发挥他的文学的想象力，构造出一些莫须有的"家丑"。

公平地说，他实在是超越了限度。

暴露自己是可以的，为什么要暴露自己的爱人？

这爱人假使是旧式的无知的女性，或许可无问题，然而不是，故所以他的问题弄得不可收拾了。

这也是生为中国人的一种凄惨，假使是在别的国家，不要说像达夫这样在文学史上不能磨灭的人物，就是普通一个公民，国家都要发动她的威力来清查一个水落石出的。

我现在只好一个人在这儿作些安慰自己的狂想。

假使达夫确实是遭受了苏门答腊的日本宪兵的屠杀，单只这一点我们就可以要求把日本的昭和天皇拿来上绞刑台！英国的加莱尔说过"英国宁肯失掉印度，不愿失掉莎士比亚"；我们今天失掉了郁达夫，我们应该要日本的全部法西斯头子偿命！……

实在的，在这几年中日本人所给予我们的损失，实在是太大了。

但就我们所知道的范围内，在我们的朋辈中，怕应该以达夫的牺牲为最惨酷的吧。

达夫的母亲，在往年富春失守时，她不肯逃亡，便在故乡饿死了。

达夫的胞兄郁华（曼陀）先生，名画家郁风的父亲，在上海为伪组织所暗杀。

夫人王映霞离了婚，已经和别的先生结合。

儿子呢？听说小的两个在家乡，大的一个郁飞是靠着父执的资助，前几天飞往上海去了。自己呢？准定是遭了毒手。

这真真是不折不扣的"妻离子散，家破人亡"！

达夫的遭遇为什么竟要有这样的酷烈！我要哭，但我没有眼泪。

我要控诉，向着谁呢？遍地都是圣贤豪杰，谁能了解这样不惜自我卑贱以身饲虎的人呢？不愿再多说话了。

达夫，假使你真是死了，那也好，免得你看见这愈来愈神圣化了的世界，增加你的悲哀。

郁达夫一定没有想到，他的一生仿佛一个时代的隐喻，他毕生都在追求光明，最后却倒在黎明的曙光里。日本鬼子投降了，郁达夫抑在胸中的闷气长长地抒了出来。但他哪里想到，垂死的狼比正常的狼更凶残。

郁达夫的死见证了狼的这种本质。

我几乎不能阅读这样一个真实的反讽：在《沉沦》的作品中，主人公"他"是自杀的；而《沉沦》的作者，却是他杀的，而且是被残忍的日本狼恶狠狠地掐死的。他死的时候，穿着一身洗得发白的长衫，口袋里还装着一支抽了一半的香烟。他像一只折了翅的蝴蝶，轻轻隐没在乱草丛中。

真的，我的心脏都停在了这一刻。我无法想象那只握笔的手被握着屠刀的手死死擒住时的那种恐怖，无法想象那瘦弱的身躯被强暴歹徒撕裂时的那种哑响，无法想象那瀑布一样投入悬崖下面的曾经是一个鲜活的生命。

郁达夫一贯是对木屐情有独钟的。他那部著名的游记就叫《屐痕处处》。我想，那个冰冷的索命的夜晚，在巴爷公务家中，遭遇日本宪兵诱骗、绑架的时候，他应当也是穿着木屐离去的,这才是他的潇洒、他的风度啊。

然而,此一去,屐痕竟在何处?

一切都寂静了;

一切都消失了。

唯有那木屐,声声震耳,敲打着无数善良的心——

哦,太阳就要下山了,

月亮升起来。

不宁的灵魂啊,

请一定要赶在落叶之前,

找到那条可以回家的路……

茨维塔耶娃：
忧郁童话

壹

一种声音，在开始的地方，在终结的地方，惟独不在当下，所以总是不懂；

一种速度，在产生处消失，在消失处产生，惟独不在现实，所以都是落后；

一种存在，在所有当中，又抽象于一种，不同于任何，所以都是遗弃；

一种生存，不能在这里，也不能在那里，世界无家可归，所以只能离开。

命定的创造，命定的征服，命定的灭亡！命定中的命定，是奇迹，是她本身。

茨维塔耶娃！清晰得像手指上的伤口。

1941 年 8 月 31 日，苏联鞑靼自治共和国叶拉布加镇一间破旧的房屋里传出一声惨叫！

一位俄罗斯老妇人，瘫倒在门口，正对着，一个俄罗斯妇女悬挂在窗口，脖颈上套着一根生锈的铁环，脚下横着一张凳子！

妇女的眼睛剧烈地扩张，微微上翘，眺望着北方的苏联大地，眺望着莫斯科！

老妇人赶忙叫人！两个男人跑来，把妇女从铁环上抱下来。妇女早已经断气。

两个男人很小声地说："她是什么人？"

老妇人说："不知道。她只是我的房客，刚住一段时间。"

"她的亲人呢？"

老妇人说："没见过！好像有个儿子。"

又是呓语般的声音："在哪里工作？从事什么职业？"

老妇人说："不晓得！"

"为什么要自杀呢？"

老妇人惋惜道："是啊，好好的人为什么要自杀呢？她的口粮还没有吃完呢！"

"该怎么处理？"两个男人指着尸体。

"先等等，看有没有人来认领。"老妇人说。

"放在哪里？"

"先放到柴房吧。"老妇人说，"用她的被单裹上。"

两个男人用白色的被单裹好尸体，运出去。老妇人在房间里整理遗物。

狭小昏暗的房间里几乎没有什么什物。陈旧的被子，陈旧的蚊帐，陈旧的拖鞋，咯吱作响的床板。床头放着一堆陈旧的衣服。老妇人一件一件地打量，说："她怎么连一件像样的衣服也没有。"

屋子中间，一张简陋的桌子上，放着一口陈旧的铁碗，碗里半碗冷冷的剩饭。碗旁边放着一张泛黄的稿纸，稿纸上清晰地写着：

　　　　小穆尔，原谅我，然而越往后就会越糟。我病得很重，这已经不是我了。我爱你爱得发狂。要明白，我无法再活下去了。转告爸爸和阿利娅——如果能见到——我爱他们直到最后一息，并且解释一下，我已陷入绝境。

这是她的遗嘱。

然而，女房东却不识字。她拿着稿纸唠叨："写的都是什么？"然后，她把稿纸揣到腰间。

最后，女房东找到了小半袋剩余的口粮。提着口粮，女房东惋惜道："唉，等吃完再上吊也来得及呀！"

几天过去了，尸体已经开始发臭！却没有人来认领。

男人问女房东："现在该怎么办？"

"还要再等吗？她都已经不成样子了。"女房东说，"我看不会有人来了，埋了吧。"

几个男人把妇人用草席裹起来，拖向坟场。入土，掩埋！

女房东拿了妇人的破旧的衣物陪葬。那些衣物对女房东没有任何价值，她只留下了半袋口粮和几张稿纸。

感谢那位女房东留下了那几张稿纸，因为这几张稿纸是这个妇女死亡的证据。

它向人们说明了这个"我不能在这里，又不能回到那里。"的女人最后到哪里去了！

妇女死了，妇女被埋了！

小镇若无其事，没人记得她。只有那位女房东在吃她留下的半袋口粮时才会想起她。然而半袋口粮很快也吃完了。

她彻底消失了。

那位女房东做梦也不会想到她吃的到底是谁的口粮，她在为谁送葬！她更不会想到，她是怎样鬼使神差地为一场弥撒加上了神话般的一笔。她把这个妇女的死亡的悲剧和死亡的彻底推向一个顶点。

这个妇女就是俄罗斯的玛丽亚，被贬斥到大地上的圣母，黑暗的巫妖。

现在，我们像读《圣经》一样地说出她的全名：玛丽亚·茨维塔耶娃！

很多年以后，诺贝尔文学奖委员会主席埃斯普马克则认为："她没有获得诺贝尔文学奖，既是她的遗憾，更是评奖委员会的遗憾。"

但是，她不需要诺贝尔为她正名，她自己完全为自己正名！

而当另一位被俄罗斯流放的诗人，诺贝尔文学奖获得者布罗茨基，在黑暗里用骨头与她触摸时，暗自神伤，他称呼她为"最伟大的先知"，于是他大声宣言："她是20世纪最伟大的诗人。"

有人问："是俄罗斯最伟大的诗人吗？"

他答道："不，是全世界最伟大的诗人。"

有人说："那么里尔克放在哪里？"

他坚定地说："在我们这个世纪，再没有比茨维塔耶娃更伟大的诗人了。"

是的,如果她是最伟大的,那么里尔克放在哪里?问问里尔克吧。里尔克当然是愿意的! 后人为什么要如此争执? 里尔克和她早把灵魂交给了彼此。他们都是诗歌本身,他对她心甘情愿。

"最伟大的!"她会在地下低语,"这于我毫无意义,我的存在本身已经不能被任何人否定。给我这样一个死,我的一切早已注定。"

然而,她为布罗茨基的话语感到高兴。因为他是俄罗斯的,因为他们的灵魂是一样的。

布罗茨基和她一样,不能在那里,又不适合在这里,都是多余的必须。布罗茨基是她死后的精神爱恋。

而爱伦坡在《人·岁月·生活》里的话更是准确地为她定位:"作为一个诗人而生,作为一个人而死!"

在她那里,诗人是低的,人才是高的。"人"这个称呼,在她那里比任何时代的任何人都显得辉煌,沉重,纯粹,彻底。

她的灵魂是所有人类抽象出来的存在,是所有人类最深处的存在。他就是抽象和更高,就是人的本身。

于是她说:"地球上人的惟一责任——便是整个存在的真理。"

缘何"诗人"这个称号在她那么低?

因为她天生就是诗人,她就是这样的材料制造。从来没有一个诗人像她,每一篇诗歌都是诗歌本身,都是标准。在她的诗歌和散文里,每一个字都是必须,都是整体,都是诗。

1892 年,10 月 8 日,茨维塔耶娃出生在莫斯科,父亲是莫斯科大学教授、普希金纪念馆的创始人,母亲是音乐家、鲁宾斯坦的高徒。然而,母亲却没传给她音乐的血统,反而全是诗歌,是诗歌的全部,是普希金、莱蒙托夫、涅克拉索夫,是歌德、海涅。

于是她说:"有了这样一位母亲,我生来只能写诗。"

6 岁写诗,11 岁成集,18 岁正式出版第一本诗集。那么,只能说她的母亲生了诗歌,而不是她。

但是,她拒绝诗人的道路;她拒绝普希金。

她想着和俄罗斯最高的诗人普希金一起去登山。普希金对她说,把你的手递给我吧,我可以拉着你上去。她说,不,谁的手我也不要,我要自己上去。她到达了山顶! 下山时,她才答应普希金牵着她的手,一起奔跑,一起分享着胜利的喜悦。

她要和普希金并肩,而不是跟随。她是那么的自信,她的征服,她要自己的道路。

她的道路是把"诗人"打碎成"人",以人的身份写诗,而不是以诗人! 这条道路把所有人都甩在后面,以至于她自己被孤立和抛弃。

所以有人说普希金可以复制、阿赫玛托娃可以复制,俄罗斯的太阳、月亮都可以复制,惟独她不可复制,连模仿也不可能。

当人们都在幻想着从人变为诗人,写下诗篇时,她的道路怎么复制?

同样天生诗人的阿赫玛托娃经过沉淀才完成从"诗人"到"俄罗斯人"的蜕变! 而她的方式是喷涌、是爆炸!

从开始她就完成了"诗人"到"人"的转变。

然后,再也没有萎缩过。

然后,她也再没有得到尘世的所谓幸福。

因为,尘世的所谓幸福落满尘埃,而她拒绝所有尘埃。

贰

孤傲、热情、真诚、倔强、敏感、极端,像黑色的玫瑰。她从来不吝惜自己的燃烧;即便粉身碎骨,即便成为灰烬。耗尽生命,她也要一搏,她要完成的是征服,是奇袭,是奇迹,是华丽的掠夺。

1960 年,帕斯捷尔纳克评价同时代俄罗斯诗人时说:"我把茨维塔耶娃置于最高处;她一开始就是个成形的诗人。在一个虚假的时代她有自己的声音——人性的,古典的。她是一个有着男人灵魂的女人。她与日常生活的斗争给予她力量。她力争并达到一种完美的透明。与我赞赏其朴素与抒情性的阿赫玛托娃相比,她更伟大。"这个男人是她灵魂的

诗人早年与好友合影

一部分，这个男人对她的评价刚刚好。

在给里尔克的信中她这样描述自己：总是留着短发，额头整齐的刘海，脖子上挂着项链，像个男孩子；指间总是夹着香烟，像个男人；美丽的、细腻的女人，或者说粗犷的男人；眉毛之间有一道竖着的皱纹，冷俊而不可侵犯。

而关于那道眉间竖立的皱纹，她说，从童年时就有了，是因为在想问题和生气时，总是皱着眉头。

年少的她有多少问题？年少的她怎样爱生气？

十几岁，在女子寄宿学校期间，她爱上了一位大学生。

在他的学校门口，她看见他，对他产生好感。

后来，她经常一个人跑到大学门口，等着他的出现，然后一路跟随。

"你为什么总是跟着我？"他看着年纪比他更小的她说。

"我想送你诗歌。"她从怀里掏出滚烫的纸张，递到他手里。

他接过纸，对她说："诗歌我收到了，你现在可以走了。"

她倔强地说："你还没有看呢！"

他不耐烦，假装看一遍。

他说："好了，看完了。"

她不高兴地说："不行，你要把它读出来。"

他生气地说："我为什么要读出来，你走吧。"

他转身走开，她仍旧跟随。

他只能再次站住，问她："到底想怎么样？"

她怔怔地说："我要你读出来。"

"好吧。"他看着周围擦肩的人，别扭地朗读。

她站在人群中，却很满足。

"念完了，我要走了。"他恨不得有个洞钻进去。

她却陶醉地说："要把它保存好，千万要。"

后来的日子她依旧跟随他，他渐渐无法忍受，愤怒地对她说："为什么你总是这样！"

她真诚地说："因为我爱你。"

他说："可是我不爱你。"

她失落地说："你骗我,难道你没有看到我给你写的诗歌。"

他说："其实我一篇都没认真看过,我不可能爱你,你还小。"

她倔强地说："你骗我!"

他二话不说,扭头就走。她蹲在地上哭得稀里哗啦!

她不死心,还是跟随他,苦苦哀求:"你为什么不爱我?"

她甚至拽着他的衣服说:"你爱我吧,求求你爱我吧。"

他却拨开她的手,一言不发,慌忙逃窜!

她热烈,她风魔,她的节奏太快,她的色彩太浓烈,他不敢接受。

小小年纪,她大胆,她真诚,她执著,她不顾一切。

她伤心欲绝,买了一把手枪,用枪口抵住太阳穴,扣响扳机。死意坚决,没有半点发抖。但是,没想到枪里的子弹没响。

她没有征服那个男孩,只是,她活了下来。

然后,她的真正的征服来了。

基督和上帝! 我渴盼着奇迹,

如今,现在,一如既往!

啊,请让我即刻就去死,

整个生命只是我的一本书。

我爱十字架,爱绸缎,也爱头盔,

我的灵魂呀,瞬息万变!

你给过我童年,更给过我童话,

不如给我一个死——就在十七岁。

这是她的宣言,她要征服了。

仿佛余光中对李白所言:"绣口一吐,就是半个盛唐!"

当1910年,《黄昏纪念册》出版之后,她以暴风雨的姿势征服了俄罗斯。这个时候她只有十八岁。

象征主义领袖勃留索夫写文章称赞她，说她有象征主义的精神；"阿克梅"的领袖古米廖夫写文章称赞她，说她有"阿克梅"的灵魂。

而她拒绝与任何流派扯上关系，拒绝与他们以朋友相称。她自信她自己就是一个整体，可以对抗所有整体。

她的信念里自己不属于任何时间、地点，而是属于所有世纪、所有世界。面对她的奇袭，大腕们只能折服，无论情愿于否。

莫斯科第一诗人沃洛申更是亲自登门拜访。

沃洛申说的好："你不在思考，你在诗歌中生存。"

沃洛申是真诚的人！她肯定，所以和他成了忘年交。

茨维塔耶娃诗歌所表现出来的古老的俄罗斯城堡

1911 年，春天，美丽的克里米亚半岛，草场丰美，阳光温暖，季风柔和。茨维塔耶娃来到沃洛申在科克杰别利的寓所做客。

她的男性的爱被春天再次点燃。这次她征服了一个爱人，她终生的爱人。

在沃洛申的门庭，她看到他正在和沃洛申交谈，面容俊秀，表情隽永，谈吐斯文。那一刻，她对这个人产生了好感。沃洛申为他们介绍。

"谢尔盖·艾伏隆！"

"玛丽亚·茨维塔耶娃！"

仿佛在神圣的教堂，一个神甫为他们举行婚礼。他们握手。握手的刹那，他感觉到她的滚烫，而她感觉到他的清新。他们的握手仿佛结合。

一个握手把他们装进彼此。

她首先爱上了这个"人"。

谢尔盖·艾伏隆，"民粹分子"领袖的儿子，一个高级"民粹主义"知识分子，母亲在幼年时候自缢身亡。

经过短暂的相处，她爱上了这个"男人"！

她的爱几乎都是这种方式:首先爱上这个"人",然后才可能爱上这个"男人"。而她总是"男性的","主动的"!是她所说的:"我要从所有女人那里抢过你。"

于是,任何追求她的男人都不会取得成功,因为男人跟不上她的速度。只有她决定追求某个男人,爱的成功才有可能。

如果她追求的男人有女性的因子,则成功的可能很大。如果她追求的男人是纯"刚性"的,则只有拒绝她,就像那个大学生。

现在她决定追求艾伏隆。而艾伏隆性格里的典型的柔弱、温驯和儒雅,正是一个男人身体里与她契合的"女性"。

她恋上艾伏隆,约他出门散步,在大海边,在高原上!晚上,她到他房间里找他说话。他们的谈话不涉及诗歌,但是"爱这个男人"的运动让她温暖。

就要离开克里米亚的那天,他们在旷野里安静地行走,天底下就他们两个人。

她把手伸进他的臂弯,含情默默地对他说:"吻我吧!"

他们接吻了。世界静止了,她成为他怀里的一只温柔的羔羊。他成了她的男孩,她也成了他的女孩。

一旦相爱,她说:"我比狗还要忠诚!"

这就是她爱的浓度。

回到莫斯科,她经常往他那里跑。料理他的琐屑的家务,给他买礼物,想他开心。她不屑于诗人的高贵,她只要高兴,只要他开心。

她钻在他怀里,说:"抱紧我,我冷。"

艾伏隆微笑地抱紧她,心疼地说:"你总是这样。"

她收起所有玩笑的神情,脸上一阵阵红晕,她严肃地说:"我们睡觉吧!"

他们睡觉了。

后来,还是她,严肃地说:"我们结婚吧!谢尔盖·艾伏隆,你愿意娶我吗?"

1912 年,1 月,他们结婚了。

没有任何多余的无理纠缠。她征服了一个男人,一个人。那也是她心甘情愿地被征服。

从那以后,她"像狗"一样地忠诚于婚姻。

她也"像狗"一样忠诚于爱情。

然而,在她,这是两个概念。

忠诚于婚姻意味着她不会离开丈夫。

忠诚于爱情意味着她不会背叛自己。

两者的对抗让她成为艾伏隆一生逃不掉的魔。

叁

她注定要被放逐的。放逐是她从诗人彻底蜕变成人的必须,是彻底打碎诗人的模子成为自己的过程。如果她仅仅是一个诗人,那么她不会那样,而恰恰她是一个人。她的华丽的征服之后放逐迅速来临。

她宣言自己不属于任何流派,就是她本身,本身属于所有世纪。所以象征主义的勃留索夫不再认为她是个天才;所以阿克梅派的古米廖夫说她新写的诗歌失去意义。

原来诗歌也这样现实!她直言不讳:如果我属于他们当中,那么他们对我会是另外一种观点。但是,她仍然孤傲地发出自己的声音。不属于这一个,也不属于另一个。

她被诗人抛弃。她无所畏惧。可是,非但诗歌中她被放逐,爱情里同样如此。

她的爱缘于热情,冲动,固执,所以她毫不顾及地燃烧。

艾伏隆已经不知道是第几次在黑夜里等着她回家;他做完饭,饭菜摆到桌子上,她没回来;饭菜他和女儿先吃了,吃完饭,她还是没有回来。

女儿该睡觉了,女儿却不愿意睡觉,无论艾伏隆怎么劝慰,女儿一直哭泣。他费了半天力,几乎自己也要哭出来,女儿终于睡了。

此时,为玛丽亚留的饭菜都已经凉了。这个时候他听见门外的脚步声。

门开了。她一脸通红地走进来,表情怅然失落。

"你又到哪里去了?"他气愤地说,"你又抽烟了!"

她不理不睬,依旧怅然。

"每次都是这样,你可知道女儿今天哭了多长时间?你难道忘了你是一个母亲!姑且不说是妻子。"他很难受。

"噢!可怜的阿莉亚!"她直奔女儿的房间。

女儿已经熟睡,满脸泪痕。

她摸了摸女儿的头发说:"可怜的心肝,是妈妈不好,好好睡觉吧,妈妈下次不会这样了。"

她走出来,径自往书房。

艾伏隆委屈地说:"你没吃饭吧?我还为你留了饭菜。"

她失魂地摇摇头,挤出一句:"不吃!"

她走进书房,"嘭",关门。

他憋得喘不过气,走到门前,敲门。

她不开门。门里死一样沉寂。

"我知道你在外面做了什么,你能不能不要再这样。"他低低地说。

她仍旧不理睬。

他继续敲门。

突然,门内传出一声尖叫:"啊!"

接着她说:"你让我安静一会儿好不好,我求你了。"

他能感觉到:她哭了!

他也知道她在做什么:写诗!

他无可奈何,只能上床睡觉。

他睡得迷糊。不知道什么时候,她却爬上了他的身体,紧紧地抱住他,眼里晃着泪水。

他慌忙起身,心疼地问:"天那,怎么了?亲爱的玛丽亚。"

她仍旧不说话,钻到他怀里,紧紧抱着睡觉。

艾伏隆清楚,这是她的感情受挫了!不是和他,而是和他之外的某个人,男人,或者女人都有可能。

这不是唯一。

有些时候,她也会兴奋地回到家中。外套一脱,吻一吻女儿,吻一吻他,然后,一头钻进书房,仍旧是写诗,然后,半夜爬到他身上,和他亲昵。

那样的时候,是她的感情被接受了。同样不是和他,而是和他之外的某个人,男人,或者女人都有可能。

这就是她"像狗"一样地忠诚于婚姻,又"像狗"一样忠诚于爱情的方式。

她不会和艾伏隆离婚,她不允许,对于她那是必须;

她同样不会停止追求别人,她不允许,对于她那更是必须。

而每次她把情感在某处释放,回到家里她都会把失落和幸福爆发成诗歌。

她自己说:"我的灵魂和你的灵魂是那样亲近,仿佛一个人身上的左手和右手。我们闭上眼睛,陶醉和温存,仿佛是鸟儿的左翼与右翅。可一旦刮起风暴——无底深渊便横亘在左右两翼之间。"

艾伏隆在后来的巴黎说:"茨是极易动情的人。比先前我离开时,更加变本加厉。没头没脑地投入感情风暴成为她绝对的需要……由谁煽起此时并不重要。几乎永远(不论现在还是先前)建筑在自我欺骗上。……今天绝望,明天狂喜、热恋,献出整个身心,后天重新绝望。……一切都将平和地、精确地化为诗句。一个硕大无朋的火炉,要点燃她需要木柴、木柴、木柴。……木柴坏,烧完得快,木柴好,烧完得慢。不用说,我早已点不着火炉了。"

艾伏隆看得清楚,他早已经点燃不了她的热情。

她的热情都是瞬息的!来得快,去得也快。正因为如此,才更强烈——瞬间的无序爆发。

对于自己的风魔,自己的热烈情感。

她自己说:"不是女人,是灵魂!"

是的,不是女人,更不是诗人,是人,是人的抽象和内在。她追求的是肉欲,她更追求的更是张开自己的灵魂之翼。她不会压抑灵魂,她要燃烧。

那就是她的存在:纯粹的、赤裸的、澄澈的、疯狂的。

1916 年,她只身前往彼得堡。因为她在精神里依恋上勃洛克和阿赫玛托娃。

她给勃洛克写诗:

你的名——手中的鸟

你的名——舌尖的冰。

双唇只需一碰就行。

凌空抓住的飞球，

嘴里衔着的银铃。

抛进沉静池塘的石——

溅起的水声如同你的姓名。

黑夜马蹄声碎——

踏出的是你的响亮的名。

扳机对着太阳穴一勾——

响声就是你的姓名

你的名——啊，不能说！——

你的名——眸上的吻

留在眼睑上的冷的温存。

你的名——雪上的吻。

想着你的名字——如同啜饮

冰凉浅蓝色的泉水——梦亦深沉

这仅仅是她给勃洛克的十几首献诗中的一首。

而她则称呼阿赫玛托娃为 "全俄罗斯最具才情的缪斯"、"缪斯之上的缪斯"。

她的热情绝对真诚，绝对不遗余力。她的话也不用半点怀疑。她爱勃洛克，爱阿赫玛托娃，都是灵魂之爱。

那么艾伏隆呢？艾伏隆却成了令外一种必须：

她就是抽象，就是灵魂，而他是这个孤独的灵魂依附的实物。

当她对他的短暂热情消失以后，他仅仅成为一个标志。

所以他是必须，所以她不受他控制。

但是，艾伏隆本人是有感觉的，他是个人。他承受不了这个灵魂在他身上的无数的瞬息的巨变，他逃离。

1916年，他放弃大学，成为军用救护列车的救护员，远远地离开她。

她在天黑之前送他走出家门，心里想着她正热恋的人，没有一丝异样；她在天明之前轻唤他的名字，床上却只有她孤单一人，生活却全变了！

她必须以一个女人的身份承受生活所有的重量，而不再是灵魂。生计和贫穷直接扑面而来！

但是，她未放弃燃烧，又爱上了一个演员。演员却拒绝了她！她只能再狠狠地燃烧自己。然后，十月革命来了，胜利了！丈夫却成了白军军官，从此没了音讯！

"他死了！"想到这里，她就恐惧万分，原来那个人很重要。可是他抛弃了妻子，因为他再也没有音讯。

她彻底成了一个人。带着两个女儿，三口租住在一间狭小的屋子里。贫穷袭来，她只能拼命地写作，赚钱，养家糊口。稿费不够，她必须做临时工。可是，贫穷依旧。

不仅如此，这个时候祖国也抛弃了她，因为她是一个没有"政治态度的诗人"、一个"白军家属"。

父母双双过世；诗人对她拒绝；丈夫对她拒绝；祖国对她拒绝！她再也不能依靠任何，彻底被放逐。

苦难的写真

苦难前所未有地压向这个灵魂，苦难越沉重，灵魂被压的越低，而她的灵魂之翼越要绚丽地张开。

她不会让自己熄灭，尽管路上只有她一个人。

她高傲地宣称：诗人生来都是被放逐的！

她不愿意做第二个、另一个，她只要绝无仅有的她自己。

1919年，在高加索，冷冷的风中，她写下《致一百年以后的你》，她为自己默哀，与未来的自己对话。她相信未来，人们会看到她的模样，听懂她的声音。

她的速度太快，超越时代，一百年。他相信她发出的是一百年后的声音！而在当时，她只能失去遮盖。

把未来放在当下，她的超越变成了被遗弃，被放逐。

一百年以后的人又有几个会理解她呢？

"诗人都是彗星"，以那样的速度！

她超越的可能不只是一百年，而是所有世纪。

肆

沉重的灾难把她压得低些，更低些，压得她埋进泥土。泥土里她却更加彻底地张开灵魂之翼。灵魂之翼，像洁白的纱，像透明的晶体，在天空之上的天空，轻轻闪动，寻找应和。

1919年，这个晶莹的灵魂毫无遮盖地在人间遭受侵蚀。

饥寒交迫、衣不遮体、食不果腹。带着大女儿整天给人做工，却于事无补。

没钱买奶粉、没钱看病，幼小的小女儿死在育婴院。她用白布裹上她瘦弱的身体，把她掩埋，给她树立一块木头的碑，在她坟头上放上花朵。

"女儿呀，母亲没有办法让你快乐成长，那么到另一个世界去吧，另一个或许都比这个好。"她放声大哭。

谁能帮助她？家在哪里？她应该在哪里？无助的灵魂在风雨飘零的世界该到哪里栖身？

她拼命地思念那个男人——艾伏隆。

1922年，她意外得到丈夫在布拉格查理大学读书的消息。她不顾一切地携带不满10岁的女儿去走向国外，与丈夫团聚。

这一走，她告别祖国17年。流亡17年，她再也没有祖国。

这个灵魂只能以虚妄的方式抓住艾伏隆这个坐标，然后，苍白地确定自己的位置。

丈夫同样陷入贫寒的生活，但是，再次见到她，他高兴。听说小女儿死了，他心疼。

他们重新生活在一起。儿子出生了，丈夫却疾病缠身，这个家庭变得更艰难。

永不屈服的女诗人　四口之家拥挤在荒野里的一间小屋子里，依靠她的一点稿费,熬着枯黄的油灯一样的日子。

照顾孩子、照顾丈夫、料理家务,从早忙到晚!尘世的重量压弯了脊梁。贫穷!贫穷索命!

这样的生活虚弱,然而,在这个家里她得到尘世的一点慰藉。至少她还能宣称生活在这里,而不是绝望地质问:我的生活在哪里?

可是,她不死,她要怒放,她要盛开地活着。

爱情是脉搏,她要抓住它,否则她将枯萎。以偏执的方式,幻想的方式,神经质的方式,她一次次将爱的热情爆发。爆发的热情让她感觉到速度,感觉到内在的风暴,感觉到疼。只有这样她才有感觉,感觉到自己的存在,否则她将在不堪的生活里麻木!

她又开始热烈地追求"人":男人或者女人,大学生或者戏剧演员。

丈夫看在眼里,再次感觉到震荡。然而,他早已经知道,他无法控制。她必须这样,而他不能拒绝。

她从不拒绝肉欲,渴望肉欲,但是更追求精神和灵魂。可是她的方式,追求的人——拒绝了她!

很少得到接受了的爱情也没有长久,像以往一样,来去匆匆,暴风雨一样将她洗劫。

她在致沃洛申的信中说:"我有一种无法医治的完全孤独的感觉。旁人的肉体是一堵墙,阻碍我窥视他的心灵。噢,我多么恨这堵墙啊!"

"我主要的热情是同人倾心交谈,可性爱必不可少,因为只有这样才能钻进对方的心灵。"

她太风魔,所以她足够伟大。风魔因为她是所有人的本体,所有世纪的抽象。她是所有人,所有世纪的内在抽象出来的内在。一个赤条条的灵魂!像卡夫卡一样。

人们在她那里看到自己,却又畏惧那个自己。

她的灵魂放在当下叫做"遥远"、"无法理解"。怎样的人才能和她的灵魂完全应和?这注定了一个个被追求者的拒绝,因为他们都是低的。

这个"秃头歌女"、"麻风病人"、"手艺人"、"捕鼠者"到哪里才能找到她真正的应和?

帕斯捷尔纳克来了! 他的信件像福音,可是还不足够。

从某种意义上来说,在开始的很长一段时间,甚至在她死前,帕斯捷尔纳克对于她都是一个追求者、仰慕者,或者说爱他的人。

这意味着她还不**足够**爱他。

帕斯捷尔纳克还不够高,尤其是在另外一个男人的名字面前,或者说在她和这个男人的名字面前。

莱纳·马利亚·里尔克! 这是最高的! 因为她确信自己也是最高的。他们同在天空之上的天空。

虽然,里尔克在现实生活里得心应手,围着他的贵夫人比比皆是。但是,她看到了他那灵魂的胴体!

因为他是最高的,所以他拥有那个胴体;因为他拥有那个胴体,所以他才能成为最高。

我们触摸对方,用振动的双翼/用距离触摸对方的视觉

这是里尔克的灵魂之翼,且不用提宇宙中的化石般的《杜依诺哀歌》!

于是,她在后来称呼:你的信,仿佛天空落下的翅膀。

她被烧成灰烬,捧着灰烬,她感觉到神圣的温度。

借着帕斯捷尔纳克,她与里尔克取得了联系。但是,她不明确自己是否有这个权利。尽管她是最有这个权利的人,而非女人,在一开始,她还是十分的虔诚,虔诚得像被贬斥的圣母。

莱纳·马利亚·里尔克! 我有权这样称呼您吗? 须知您就是诗的化身,应当明白,您的姓名本身就是一首诗。——您的受洗是您之一切的序幕,为您施洗的神父并不知道, 他创造了什么。——您不是我最喜爱的诗人("最喜爱"是又一个级),您是大自然的一个现象,这一现象不可能是我的,它也无法去爱,而只能用全部的身心去感受,您或是(还不是全部)第

五元素的化身：即诗本身，您或是（还不是全部）诗从中诞生的物，是大于您自身的物。——在您之后，诗人还有什么事可做呢？可以超越一个大师（如歌德），但要超过您，则意味着（也许意味着）去超越诗。

她没有把里尔克捧得更高，也没有把里尔克拉得更低，而是在相同的高度，刚刚好，看见！

她乞求里尔克允许她在生命的每一个瞬间都举目向他，她企求像仰望一座护卫着她的大山一样仰望他。

她是以一个人的方式，向另一个人求爱！

如果她拥有这个权利，那么里尔克爱她。是的，她拥有这个权利，拥有所有权利。里尔克看见她就张开了灵魂之翼，给她权利，给她所有。

她想见他，他也想见她。

他病了，自然的身体虚弱，虽然灵魂的翅膀轻灵闪动，但是，他只能在那里，他在等，等她，或者等死亡。

她陷入现实的泥潭，生活落满尘埃，尽管精神的胴体滚烫，但是，她只能在这里。

她甚至买不起一张火车票，还要考虑丈夫和孩子的生计。

她在等待，等待见她，或者等待世界毁灭。

他们只能写信，写信已经足够！

精神的交合，灵魂的共振比肉体的性爱更令人疯狂。

　　莱纳，我想去见你……我想和你睡觉——入睡，睡着……单纯的睡觉。再也没有别的了。不，还有，把头枕在你的左肩上，一只手搂着你的右肩……还有：要倾听你的心脏的跳动。还要——亲吻那心脏。

"玛丽亚，你来看看我吧，你什么时候能来。"里尔克在瑞士的湖边咳嗽。

"我想去——可是，等夏天吧。"她在布拉格这个卡夫卡的坟茔里呓语。

他仍旧在那里，她也仍旧在这里！

夏天来了,她没能过去。她的信到了:

我从不看男人们,我对他们视而不见。我不喜欢他们,他们有嗅觉。我
不喜欢性。

我不活在自己的唇上,吻过我的人,会错过我的。

"玛丽亚,夏天就要走了,快来吧。"他在菩提树下呼喊。

"我想去,那么想见你。甚至住进你的身体——可是我又被现实拖住了,等
到冬天吧。"她在欧洲的黑暗里流泪。她写信说:

诗人们从来不给我写诗——一首也没有——而我总是淡然一笑:让他
们把这些诗留给100年后的人吧。

冬天就要结束了!"玛丽亚,玛丽亚!"他只能在病床上恐惧。

"上帝呀! 我都做了些什么——可是我只能说,等到来年春天,你一定要等
我,等待春天。"她感到了恐惧。

"春天? 这对我来说太久远了。快些吧! 快些!"里尔克急促地说,仿佛他急
促的呼吸清晰地写在纸上。

"好吧,我就去。"她的灵魂快要跳出来,只为赶上他的呼吸。

她便卖了衣服,可是陈旧的衣服能买几个钱?

她把诗稿全部寄了出去,可是稿费要等到来年春天。她要预支,可是毫无回
应。

火车票! 一张便宜的火车票,哪怕最便宜的下等座位。可是,没有! 它拒绝诗
人。混乱的街头,她甚至想做一回小偷或者抢劫犯。

回到家里,整个家像狗窝一样糟糕。年幼的儿子饿得哇哇直叫,仿佛在向她
示威,仿佛宣告:"你不能去,不准!"

她无法挣脱! 而他没有等到春天!

她在春天将要临时等到的只有放声大哭。她把自己关在屋子里, 泪如雨

下,她用手指在墙上雕刻,用泪水在白纸上勾勒。

诗人的卧室兼工作室

丈夫不敢过问,也无能为力,带着女儿,抱着儿子在大街上流浪,把整个屋子留给她风魔。

夜晚,她破门而出,在漆黑的大街上像个疯子一样晃荡,和流浪的乞丐为伍。

街上的煤气灯照得她脸色蜡黄或者惨白,喉管里传出灵魂抽搐的声音:他死了! 里尔克没能挺过重病,死在冬天。

她终究去不了那里,他也来不了这里!

她诅咒——这个世界。

她用灵魂抱住那个人的尸体,然后缠绕。

你先我而去……你预订了——不是一个房间,不是一幢楼,而是整个风景。我吻你的唇? 鬓角? 额头? 亲爱的,当然是吻你的双唇,实在地,像吻一个活人。

灵魂之翼折断了!

她是否还能风魔?

伍

如此美丽的一个女人。她的美丽带着玉石的质感和冰的锋芒。她给人带去温暖,也带去疼痛。她因诗而生,因诗而死。诗歌带给她荣耀,更带给她苦难。

很早的时候,也许从一个少女的春天开始,她就长时间地盯着刀刃,思考锋利的事物和生命的意义。她说:在我俩之间躺着一把双面刃。誓言将在我们的思想里生存。但是热情的姐妹们在这里! 但是兄弟般的激情在这里! 是如此一个混合物,风中的大草原,和嘴唇吹拂中的深渊……剑,拯救我们,远离我俩不朽的灵

诗人早年的照片,右边是诗人与她的女儿

魂!

她意识到这是一柄剑,是摧折我们又刺透我们的剑,它处死我们,但是懂得并珍惜生命,有如真理的极致存在,在一片屋顶的边缘中。

有人注意到,在《说感恩》中,茨维塔耶娃用无羁之笔触畅谈了她对感恩的理解,同时也道出了对人性本质的看法。她认为,人不该受到别人的一点恩惠就去感激,只有盯着(别人)手中东西看的小孩儿才会盲目地说:"他给我糖吃了,他是好人。"她认为在接受别人给予时,无须去感激。因为人一出生时,上帝给给了他们同样的东西,之所以有人能给予,有人却要伸手去接受,是因为给予者从接受者那儿拿走了"赠品",因此,给予者在给予时应该像乞讨者一样,跪着给予。其实,这反映出了茨维塔耶娃一个重要的世界观——仇恨富人,她的这种仇恨在诗歌、散文中都有突出的表现。在她的意识中,物质上贫穷的人,精神上却是富有的,灵魂是高尚的;物质上充足的富人,精神上是贫穷的,灵魂是肮脏的。正因为如此,穷人在给予的时候,才会说"请原谅我给的这样少",并感窘迫,因为"多了我给不起",而富人在给予时,却一言不发,他不想多给,而之所以不得不施舍,是怕在最后审判时被判有罪。因为有了这种对感恩的理解,茨维塔耶娃在日常生活中便有了与众不同的处世态度:生活窘迫的她,经常毫不客气地向给予她帮助的人索取他们该给的帮助。

尽管那么年轻,可茨维塔耶娃经常打开了记忆的闸门,回到了童年时代,为的是借孩童的视觉,反映出她的某些宗教意识。她的诗以生命和死亡、爱情和艺术、时代和祖国等大事为主题,被誉为不朽的、纪念碑式的诗篇。勇敢、豪爽、自信、酷爱艺术,是诗人一生的精神支柱,使她克服了难以想象的生活困难和没有保护、没有同情的孤独,紧张地进行创作,"在不该笑的时候"发出爽朗的笑声。

这是一种不和谐的和谐,一种内在的精神。她自言自语:双面刃在播种不和?它也将人们聚拢!在海岬开凿一个洞,将我们聚拢,恐惧中的守护者。伤口插入伤口,软骨刺入软骨!她这样理解,也这样书写。

一把双面刃,倾入蓝色,将变成红……我们揿按双面刃插入自身,最好是躺下!这将是个兄弟般的伤口!以此方式,在群星下,没有任何罪恶……仿佛我俩是两兄弟,为一把剑所焊接在一起!

好一个"兄弟般的伤口"!这样的语言,这样的想象,是属于天才的。读她的诗,好像打一条奇异的道路,看到许多奇异的风景。

她是一个童话。她喜欢,并且尽情地抒情,毫不掩饰自己的情感。请看这样的诗句,《从童话到童话》:

> 一切是你的:期盼着奇迹,/四月里整个的忧伤,/如此急切地向往天空的一切,/——可是,你不需要什么理性。/直到死亡来临,我仍然是/一个小女孩,哪怕只是你的小女孩。亲爱的,在这个冬天的黄昏,请像小男孩一般,和我在一起。不要打断我的惊奇,像一个小男孩,总是在可怕的奥秘中,让我依然做个小女孩,哪怕已成为你的妻。

这样一个奇特的诗人,这样一个灵性女子,这样的纯粹和透明,让我着迷,让我追逐,让我怀想。

你看她多么的自恋,又多么的自爱,在自责的口吻中,她的表情楚楚动人:哪里来的这般温柔?并非最初的,——我抚爱这一头卷发,我曾吻过比你色泽更红的嘴唇。

星星点燃,旋即熄灭,"哪里来的这般温柔?"我眼睛里的一双双眼睛,它们点燃,又复熄灭。黑夜茫茫,我还不曾听过这样的歌声。"哪里来的这般温柔?"依偎着歌手的胸口。哪里来的这般温柔?你这调皮的少年,长睫毛的外地歌手,如何应付这一腔柔情?

她像一个初恋的少女,不停地反问,不停地追逐自己,小心,羞涩,而又热烈。在另一首诗中,她怀着缕缕春心,细腻地写道:对您的记忆——像一缕轻烟,像我窗外的那一缕青烟;对您的记忆——像一座安静的小屋,您那上锁的安静的小屋。什么在轻烟后?什么在小屋后?看呀,地板——在脚下疾走!门——带上了锁扣!上方——天花板!安静的小屋——化作一缕青烟。

有时,她像个任性的女子;有时,她像个倒霉的旅人;有时,她像个无助的怨者;有时,她又像个娇迷的嗔者。她说:我将一把烧焦的头发撒在你的杯子里。既不能吃,也不能唱,既不能喝,也不能睡。然后就感叹道:青春呀,也没有什么欢乐,糖块也没有什么甜味,在漆黑的夜晚,也不能与年轻的妻子亲热和温存。正如我金色的头发变成了一堆灰烬,你青春的岁月也变成了白色的冬天。没有爱,就没有生命。没有爱,即便年轻,又有什么意义呢?"你将变得又聋又哑,变得像苔藓一样干枯,像一声叹息一样逝去。"可见,爱,友情,诗歌,在她心目中的分量。

对马雅可夫斯基,她有着特殊的情感。她在一首献诗中写道:"比十字架和烟囱更高,在火焰与烟雾中受洗,脚步沉重的六翼天使——永远出色,弗拉基米尔! 他是赶车的,他又是驭马,他是任性,他又是法律。叹息着,往掌心啐口唾沫:——拽住,拉车的荣誉!"更为重要的是,她把这种情感倾注在诗行中,把那种又爱又恨的复杂情感在一种复合的结构中呈现出来:下流奇迹的歌手,真棒,肮脏的傲慢者,重量级拳手迷恋的是石头,而不是钻石。真棒,鹅卵石的雷霆! 打着哈欠,得意扬扬,——重新驱动马车——张开赶车的六翼天使的翅膀。

当生命像鲜花一样开放的时候,她想到的却是未来,是未来不可回避的归宿:我把这些诗行呈献给那些将为我建造坟墓的人。人们稍稍露出高耸的,我那可恨的前额。我无端地背信弃义,额头上戴着一个小花冠,——在将来的坟墓中,我不再认识自己的心灵。他们在脸上不会看到:"我听的一切! 我看的一切! 在坟墓中,我满心委屈地和大家一样生活。"

她是那么地热爱美,追寻美,弘扬美。即便是末日,她仍然想着应该以什么样的装束告别尘世:穿着雪白的裙子,——这是我自童年就不喜欢的颜色! ——我躺下去——和谁比邻而葬? ——在我生命的末日。

她大声喊道:你们听着! ——我并不接受! 这是———只捕兽器! 他们安放入土的不是我,不是我。

似乎没有人在意她的叫喊,她有些错愕,然后就自言自语:我知道! ——一切都焚烧殆尽! 坟墓也不为我喜爱的一切,我赖以生存的一切,提供什么栖息之地……她真是讨厌死亡,讨厌坟墓。可是,那是每个人最后的去处。

在她身上,最能发散香气的不仅仅是她的肌肤,更是她的诗歌,她的精神。脉管里注满了阳光——而不是血液——在一只深棕色的手臂中。我独自一人，对自己的灵魂，满怀着巨大的爱情。

她握着如椽之笔，认真清点自己的文字，一如清理如海的情感：我等待着蚤斯，从一数到一百，折断一根草茎，噬咬着……如此强烈、如此普通地感受生命的短暂，多么的奇异，——我的生命。

柔情的诗人妩媚万分

她痛苦地发现："我的日子是懒散的，疯狂的。我向乞丐乞求面包，我对富人施舍硬币。"这是一个不可思议的发现。原来，生命的意义也会耗在如此无奈的境地上。

她似乎意识到造成这种无奈的原因了，因而酸酸地写道：用光线我穿过绣花针眼，我把大门钥匙留给窃贼，以白色我搽饰脸色的苍白。乞丐拒绝了我的请求，富人鄙弃了我的给予，光线将不可能穿越针眼。窃贼进门不需要钥匙，傻女人泪流三行，度过了荒唐、不体面的一日。

幸而，还有诗歌。还有可以令人骄傲的文字：诗歌以星子和玫瑰的方式生长，或好似那不曾为家人所期望的美人。对于所有的花环和最高荣耀一个答案：它从哪儿到达我这里？

她写了许久的诗，写出了许多有名的杰作，可是，她觉得自己还没有领悟诗歌的伟大。她说：我们在睡，忽然，移动在石板上，天国那四瓣的客人出现。噢世界，捉住它！通过歌手——在睡梦中——被打开了，星子的规则，花朵的公式。

茨维塔耶娃用蒙太奇般的抒写方式为诗歌找到了花朵的公式，她更用童话似的生命冲动留住了脉管里滚烫的阳光。

161

陆

布拉格再也待不下去，茨维塔耶娃拖着里尔克留给她的支离破碎的生命选择新的栖息。

巴黎，俄罗斯流亡文艺家的聚集地。

她们一家来到这里,因为他们是标准的流亡人员。他们在为自己找标志,也在寻找相同的人群,寻找她的新的"这里",她要赋予"这里"新的定义。

事实证明,里尔克之后,她并没有熄灭,只是她的燃烧更加枯涩了,因为她被打上永远抹不掉的烙印:俄罗斯流亡人员!

在巴黎,她依旧追逐着她的爱情,她的灵魂。

她声称要和罗泽维奇,同帕斯捷尔纳克,同巴赫拉赫生交融,同他们生"儿子"。精神的灵魂的儿子,而她的生活依旧贫寒。

凭借她在俄罗斯流亡派的《消息报》上发表文章获得的稿费,一家四口蜗居在简陋的房子里。

诗人的优雅与高贵

她吟唱:"你穿着——我的甜心——破烂的衣服,它们从前曾是娇嫩的皮肤。一切都磨损了,一切都被撕碎了,只剩下两张翅膀依然留了下来。"

"披上你的光辉,原谅我,拯救我,但是那些可怜的、满布尘埃的破烂衣服—— 将它们带到教堂的圣器室去。"

但是,精神上,她获得了欣慰:俄罗斯流亡派,把她当成了旗帜,以她的声音在这里与那里对抗。

然而,尽管如此,这个时候她还不由自主地仰望俄罗斯了!

她的灵魂最爱的人是里尔克,但是上升到最高,俄罗斯才是她最爱的恋人。

她清楚她的身份:被流放! 她也清楚俄罗斯。

1923 年,茨维塔耶娃就在信中告诉帕斯捷尔纳克:去蛇那里,去麻风病人那里,我不会叫住你,但是去俄罗斯——我却要叫住你。

那是现实的俄罗斯,而她的俄罗斯是一种精神,与她血肉相连。

她从来没有放弃一个念头:她的声音是那里的。

她需要听到那里的声音,然而,她和那里的联系仅仅维系在与帕斯捷尔纳克的通信。

她也需要那里听到她的声音。她给帕斯捷尔纳克写信,清楚地表达:"我不爱大海。我无法爱。那么大的地方,却不能行走。这是一。大海在运动,而我却只能看着。这是二。……它无法滚烫(它是湿的)。无法向它们祈祷。(它是可怕的。因此,比如说,我恨耶和华。如同我恨一切权力。)大海是一种独断。"

然而,她的声音在那里不能传播,那里的砖墙太厚。

随着时间的推移,她的俄罗斯越来越让她疯狂。

在《祖国》中她写道:"你啊,我就是断了这只手臂哪怕一双,我也要用嘴唇着墨写在断头台上:令我肝肠寸断的土地我的骄傲啊,我的祖国……"

这个时候,那里的"第一诗人"来了。

马雅可夫斯基!

她是爱马雅可夫斯基的。从某种意义上来说,他们都入魔了。只是她是风魔,而马雅可夫斯基是走火入魔!无论如何马雅可夫斯基和她有某种同源性:源于俄罗斯! 只是一个在那里,一个在这里。

马雅可夫斯基未入魔之前,他的诗歌就是那个世界里的炽烈的人性。他的道路是以人性讴歌那里,讴歌那里的人性,和人性的那里。所以她爱。

她说:"对我来说,整个的马雅可夫斯基比所有的旧世界的讴歌者都更为亲切。马雅可夫斯基工厂或者广场比布宁的诗歌的封建城堡或者白色圆柱都更为亲切……"

1928 年,马雅可夫斯基以那里的"第一诗人"身份访问巴黎。

她欢欣雀跃,不仅仅因为她爱马雅可夫斯基,更因为她爱那里。

她参加了在伏尔泰咖啡馆举行的马雅可夫斯基诗歌朗诵会。

当马雅冷傲地出现在会场时,她见识了他那道比自己更深的眉间竖立的皱纹。

"他是个热情如火的人,尽管他表面冷傲。"她确信无疑。

她虔诚地聆听他的朗读,热血沸腾,恋爱的冲动迸发出来。

她主动向马雅要求合影,马雅可夫斯基答应;她要求签名,马雅可夫斯基答应。

她以为这都是真的,她确信这是那里的,是她的那里。

可是,那里的马雅可夫斯基面对这群贴着"流亡"标签的人只有冷漠,流亡的人在那里的马雅可夫斯基眼里什么都不是。

她并没有注意到马雅可夫斯基的脸像死人一样白,马雅可夫斯基的眼睛冷得像冰,马雅可夫斯基书写的手机械。

那里的马雅可夫斯基其实已经入魔;换句话说马雅可夫斯基的那里其实已经入魔。而这一切她全然没有注意到,幻想般地就认为都是真的,幻想地认为马雅可夫斯基的那里和她的那里重合。

直到1930年,马雅可夫斯基在那里朝自己开了一枪,杀掉他身上的魔!她清楚地知道那里的魔,但是仍旧在这里虔诚地眺望那里。

她说:"一切家园我都感到陌生,一切神殿对我都无足轻重,一切我都无所谓,一切我都不在乎。然而在路上如果出现树丛,特别是——那花楸果树。花楸果树,一大清早儿,惨遭根诛。花楸果树——你那命数,真够寒苦。花楸果树——灰蒙蒙一片,漫山遍布。花楸果树!俄罗斯的命数。"

她是没有政治态度的"人"。那里不需要这样的人。

她给高尔基写信,她把德意志民族一直在角力的两个"诗王"搬上纸面。她声称,她不要做歌德,歌德是大理石。她要做"以神性度量自身"的荷尔德林,做幽灵,做祭祀。

没有政治态度的人,那里不需要;没有政治态度的诗人,那里更不需要。

高尔基给帕斯捷尔纳克写信说:"对于您对玛丽亚·茨维塔耶娃的天赋的高度评价我很难苟同。她的才华我觉得是扭曲的,甚至是歇斯底里的,语言她掌握得不好……她对俄语通晓得很差,而且对待语言是缺乏人性的,千方百计地歪曲它……"

她不是那里的,那么请把她的俄罗斯连根拔起。然后,送她一个标签:无家可归!

而在她如此地热衷于那里时,这里也不再原谅她。在这里的人眼里,这里与那里必须是对立的!过去争相发表她作品的《消息报》从此不再发表她的作品,这把她最后的生存的手艺打碎。

她枯涩地说:"这里既不需要我,那里我又没有可能。"

她彻底地无家可归!那么,她要为自己定位一个"家"。俄罗斯——她的俄罗斯,她死死抱住这个最后的唯一的恋人。

1935夏天,帕斯捷尔纳克作为那里的代表到巴黎参加反法西斯大会,在这里见到茨维塔耶娃。

他专门抽出时间,买了很多礼物,去看她。他们已经十几年没见了,十几年里他们一直在纸上亲吻。他提着大大小小的礼物,按着地址寻找,竟然找不到她的家门。她的家狭小偏僻,足足花了半天时间,他才来到她的门前。

进门的刹那,他哭了,她看到他的玛丽亚的生活竟然如此艰难。

她的身体枯萎许多,脸色蜡黄,眼袋下垂,尽管她穿了一件她所能寻找到的最好的衣服,仍旧遮盖不了她的尴尬处境。而他西装革履,是那里的高高的代表。

她也哭了,她终于见到了这个在人世间惟一还能爱她理解她的男人。

这个男人像她的嘴唇、眼睛、手指一样让他熟悉,她有很多话对他说。

她枯涩地说:"我想回那里,回到你那里。"

他一言不发。

她说:"我在这里很艰难,已经没有我的地方。我日夜想着可以回到那里,还有可能吗?"

他仍旧不说话,只能用自己的左手抚摸右手。

她自嘲说:"我的文字在那里可能没有任何用处,但是,至少我可以靠我的双手,干点苦力,维持生活。那里还有我的地方吧?你会帮我吗?"

他没有说话,把目光转向一边。

玛丽亚的小儿子穆尔正在欢快地拆他带来的礼物,小男孩对着他笑。

他的心却在抽搐,他哭了,不敢让玛丽亚看见。他很想对她说:"玛丽亚!你已经回不去了,再也回不去了。"但是,他不想宣告:玛丽亚!你无家可归。这不应该由他宣告,太残忍,这等于赐予她绝望。那么给她希望又能怎么样?

他清楚:"回到那里玛丽亚只有死。"

柒

她高傲地宣称:在非人的疯人院里,我拒绝——生活;同广场上的狼群一起嗥叫——我拒绝。但是,她不会拒绝她的俄罗斯。

她一头扎进去,不知道是深是浅,是轻是重。等到她明白,她彻底枯萎了。

他们想回俄罗斯,他们申请。当局同意了,表示欢迎。

她对儿子穆尔说:不管是城市还是村庄——/去吧,我的儿子,回到自己的祖国,——/那个地方——和哪里都不一样!

她又对儿子穆尔说:回到自己的家园,回到自己的世纪,回到自己的时辰,——离开我们——回到俄罗斯去,你们在俄罗斯是一大群——/回去吧,是时候了! 马上回到祖国去!

儿子回去了,寄居在帕斯捷尔纳克和阿赫玛托娃那里。

然后,她的丈夫回过了,女儿阿利娅回过了。

然后,她也回去了。

1939 年,经过长途火车旅行,她来到莫斯科。双脚落地的瞬间,她哭了! 她感觉到自己是真的! 从来没有这样踏实。17 年了! 这就是她魂牵梦绕的祖国。

她打量火车站热情洋溢的人们,打量墙壁上的标语,聆听车站洪亮的音乐广播。空气是香的!

她的脸上写满欣慰,虽然她对一切有点陌生。

远远地她看见接他的帕斯捷尔纳克! 她笑着向他走过去。帕斯捷尔纳克送她一个微笑,心里却疼。因为从他的角度看过去,人群中的她是那么不合时宜。无论衣服,行李包,还是精神面貌都不是那里的。

他和她拥抱。她在他怀里躲了半天,兴奋地说:"我回来了! "

他接过她的行李。

她裹了裹衣襟,说:"没想到这里还这样冷,我原以为不是这样的。套上所有的衣服还是冷。"是的,在那里她套上所有的旧衣服还是冷。

他说:"你早该有所准备。"

她不解地问:"准备什么? "

他说:"衣服! 你以为我说什么? "

她天真地笑了。

火车站来往的人当中,有一些认识帕斯捷尔纳克的学生。他们兴奋地围住他,要求签名。她站在外面,像个孩子一样微笑,心里感觉一切是那么好。

他却对那些学生说:"你们应该找她签名,我的签名和她比不算什么! "

学生们茫然地问："她是谁？"

他严肃地说："她是玛丽亚·茨维。"

学生们更是茫然，依旧认真地向他索要签名，然后又草草地向她要签名，跑开。

"这里的人都把我忘了吧？应该是的。"她笑着说，"将来他们会知道。"

茨维塔耶娃博物馆

他没有直接带她回家，而是先带她去了商场，买了一件那里的衣服。衣服很暖。可是他仍旧不安，因为她仍旧不像那里的。

"穆尔还好吧？"她问。

"他——还好。"他不安地说，"你会见到他的。"

他带她回家，给她放水洗澡，给她铺床睡觉。她想多看看莫斯科的夜景，可是，他却让她早点休息。这一次她很听话。

天亮了，他却找不到她。原来她早早地起来，去大街上溜达。她想看看那里。

几天后，她见到了穆尔。帕斯捷尔纳克笑着说："快来见见你妈妈吧，和她亲亲。"穆尔很乖，和她寸步不离。

她很开心。有祖国，有儿子，而且还有丈夫和女儿。一切似乎圆满了。

可是，儿子张口问她要钱，不是小数目。她吃惊地说："要那么多钱干什么？我哪里有。"

儿子很不开心，发脾气。帕斯捷尔纳克却掏了自己的腰包，递给侄子卢布。穆尔高兴了，连忙谢了叔伯，瞪了母亲一眼，跑出去。

"你回来！"她大叫。儿子却早已经跑开了。

"你不该这样宠着他，会宠坏的。"她生气地对帕斯捷尔纳克说。

他只是微笑。

"你和安娜总是这样给他钱吗？"她说，"真是给她添麻烦了。"

在她眼里，他是自己人，而阿赫玛托娃虽然好，却是外人。

"早晚会把他宠坏的。"她唠叨道。

其实，她不知道儿子早已经成了一个纨绔子弟。

随后,她开始联系丈夫和女儿。

半个月后,她从电报局跌跌撞撞地回家,面如死灰。她恐惧于人们的眼睛,恐惧于所有微笑,恐惧于任何声音,恐惧于莫斯科厚重的砖墙。她恐惧得发抖,仿佛一条受惊的"狗",只能沿着街边行走,惟恐人们看到她的脸、她的眼睛。

原来一切都不是真的。她被撕碎了!她的女儿和丈夫被捕了!这就是她朝思暮想的祖国。

她蹿上帕斯捷尔纳克家的楼房,疯狂地捶门。

帕斯捷尔纳克开门,她倒在他怀里,痛哭:"一切都完了,都完了!他们被捕了。"

他触电一般地问:"谁?"

"艾伏隆和阿利亚!"她绝望地说,"想想办法救救他们,想想办法吧。"

帕斯捷尔纳克叫吉娜伊达看着她,然后,拿了外套飞奔到莫斯科的大街上。

他走了之后,她没坐下几分钟,也满眼泪水地跑出去。吉娜伊达没有叫住她。她在莫斯科大街踉跄地行走,四处绝望地张望,碰到一个个肩膀,踩到一个个脚面。她浑然不觉。

她向路边停靠的汽车内窥探,在任何一个可能是高层办公场所的高楼前驻足。她多么希望自己认识权贵。可是,她不是那里的!在那里她只有帕斯捷尔纳克和阿赫玛托娃。而阿赫玛托娃和她一样遭罪——她正在为儿子被捕的事情在莫斯科到处求人。只能指望帕斯捷尔纳克了。

可是无果而终。她绝望了!也彻底地低下来。

本来她到这里是想重新绽放的,因为俄罗斯就是她最高的情人。而现在她只能枯萎了,枯萎的一点温度都没有,因为俄罗斯抛弃了她。

她只能以外来人的身份,寄居在莫斯科。

帕斯捷尔纳克帮她找了一份翻译的工作。她勉强度日,而面对儿子无度的索取,她疼得发抖。但是,她要绝望地等待丈夫和女儿回来。

可是,要她怎样活着?她没有住所,她想到作家协会找一间宿舍。

1941年8月,那一天大雨滂沱,她打着破旧的雨伞,穿越潮湿的黑暗的大理石广场,来到作家协会申请宿舍!

她来到门口，敲响接待处的窗子。窗门打开，里面是一双黑洞洞的眼睛。

"我来申请一间宿舍！"她矗立雨中，等待回答。

窗子里传出嘶哑的声音："你叫什么名字？"

"玛丽亚·茨维！"

许久，那个嘶哑的声音说："没有住房，连一平米都没有。"仿佛判决！窗子迅速地被关上。

她对着窗子看了好久，仿佛一个世纪！然后，一个人离开。广场上，下着黑雨，砸得大地钝响，她回头望了一眼那扇黑色的窗子。

窗子开着，她看见里面那双黑洞洞的眼睛。黑洞洞的眼睛正盯着她，然后，窗子被迅速夹紧。

希特勒的军队逼近莫斯科，城市陷入混乱。她再也不想打扰帕斯捷尔纳克。于是带着儿子来到边远小城叶拉布加。

没有钱，她只能居住在破旧的旅店。儿子又没完没了地向她要钱，而她一个子也不能给。儿子跑了！几天后回来，然后又跑了。

还要她怎么活着？

她来到污水横流的作协饭店，走进去。两个顶着黑色头巾的老女人迎面走上来。

"你要干什么？"她们用嘶哑的声音说，露出黑色的牙齿。

"我想做洗碗工。"她胆怯地问。

"我们不需要！"

还是判决！她久久站立在横流的污水里，仿佛又是一个世纪。里面的两个老女人指点着她窃窃私语。

还能怎么样？

"生活：刀尖，爱人在上面跳舞——她等待刀尖已经太久！"这是她很久以前的注解。

然后，作为一个人，她死了！

人们说俄罗斯抛弃了她，人们说她抛弃了俄罗斯。俄罗斯说她未抛弃她这个流浪的女儿，她说我从未抛弃俄罗斯。俄罗斯在她的子宫之外将她孕育，她这个最苦命的女儿一直紧紧抓住那根脐带。

人们说她生病了！她是生病了，病入膏肓。她这个秃头歌女、麻风病人衣衫褴褛地在暗处舞蹈，露出了脚趾。她还活着，必须承受三个字的命运，她的命运摆脱不了她的轨迹，"俄罗斯"！

俄罗斯！她终于回到你的体内，可是只有拒绝！她的粮食是思念、冷遇、恐惧与缺乏营养。现在她回到你的体内，可是只有拒绝，你不再认她这个女儿。

俄罗斯！她必须仇视你，你打碎了她最后的乞讨的碗，让她无了生计的方法。可是刚刚好她可以抓住那跟铁环，于是她决定逃走！死在那冷冷的旅馆里，无人知晓。

她将那枯涩的头颅放进冰凉的铁环，把一切留给一百年以后的她。

她草草地被埋葬，以致 20 年后她妹妹来扫墓时竟找不到确切地点；以至于一百年以后，无数的信徒无法抓住她的丝毫。

作为人，她走得彻底。

她的速度迅疾，抛开了所有人，甚至一百年以后的，所有的人都与她错过，可是所有的人没有错过她全部的风景。

鲁迅：
硬骨头

壹

　　他总是紧锁着眉头，脸上有着刀刻般的坚毅。一颗烟在他手中，仿佛吸了一辈子。我因此听见了他的咳嗽，带着淡淡的血丝，从沉沉的黑夜穿过来，停在中国的心脏上。

　　鲁迅，一个久远而又熟稔的名字，一个敬畏而又亲切的名字，一个符号般飘逸而又磐石般沉重的名字。在那风雨飘摇和动荡不安的年代里，他用良知、正义、智慧和生命在古老的大地上投下一道道闪电。他照亮了苍白的中国，也撕破了不少人的伪装。他活得很苦很累，直到今天，我仍然能感受到那种于重重的压抑中透不过气来的阵阵喘息。

　　巴金说："在我困苦的时候，在我绝望的时候，在我感到疲乏的时候，我常常想到这个瘦小的老人。"的确，这个瘦小的老人使许多巨人感到矮小；这个瘦小的老人也使许多人获得力量和信心。

　　鲁迅，一个从不掩饰自己好恶的人，一个从不违心迁就的人。他对徐志摩这样具有浓郁小资情调的人

他总是紧锁着眉头，脸上有着刀刻般的坚毅。

周作人

明显表示出不愿结识，以致徐志摩在给周作人的信中曾抱怨说"只有令兄鲁迅先生脾气不易捉摸，怕不易调和，我们又不易与他接近"云云。

许多人知道鲁迅与周作人不和，甚至有人撒播谣言，说周作人的日本老婆羽太信子曾经是鲁迅的妻子，或者说，鲁迅曾以兄长之威欺负周作人，猥亵羽太信子，最终导致兄弟翻脸。鲁迅只好搬出八道湾赁屋别居。流言种种，伤人深深，鲁迅生前不作任何解释，良心可鉴，他尽到了周家长子的责任。他将极大的委屈压在心底，用心照顾好老母亲。

鲁迅与周作人，原本亲密无间。在我国现代文学史上，第一个译介"弱小民族"的就是周氏兄弟。他二人靠《波兰人民与文学》一书目录指引，从德文资料译了两卷《域外小说集》（1909），只销出 10 本。虽是如此，却是他俩最初亲情和友情的原始见证。

更为重要的是，鲁迅先生和周作人一合作，并没有赶热门题材，恰恰相反，他们选的是冷门，是对"弱小民族"文学的译介。这一点，对当今文坛尤为重要。鲁迅与周作人第一次合作的《域外小说集》虽然只销出 10 本，但它的意义直到今天还没有得到应有的重视。或者说，那十本书，仍然要看很长一段时间才能看完。

至于有人乱泼污水，鲁迅早就说过："我向来不惮以最坏的恶意来推测中国人的。"清者自清，浊者自浊，鲁迅应当能够安宁。

贰

在鲁迅的生命历程中，有一个人很少说话，却令许多中国人感到不安，过去是，现在是，将来仍然是。这个人的名字叫朱安。一个最最普通的中国妇女，她比鲁迅大三岁，成为鲁迅不忍伤害，也无法爱上的夫人。

我明白鲁迅那雕刻般的脸除了体质瘦弱的原因外，还与他压抑的生活有关。他将一张忙碌的身影留在一本本书中，将吐出的烟雾、带血的咳嗽和苦闷的情感留在一行行文字里。他试图用忙碌减轻他的痛苦，他试图用吸烟倾诉他的苦闷，可忙碌总会有终止的时候，烟雾总会有散尽的时候，而他的苦、他的伤、他的痛却更加触目惊心地写在脸上。

1923 年 10 月，鲁迅开始兼任北京女子高等师范学校（后改名北京女子师范大学）国文系讲师，每周讲授一小时中国小说史。在这里，他碰上了该校国文系二年级学生许广平。这是一个勇敢的女

在鲁迅的生命历程中，有一个人很少说话。这个人的名字叫朱安。

性，一个热爱鲁迅文品和人品的女性。在每周三十多小时的课程中，她最盼望的就是听鲁迅讲小说史，她上课经常选择第一排座位。正是在这里，她能够看清鲁迅以及鲁迅那苦闷的心。

1924 年 2 月 4 日，这一天是中国农历大年三十，是除夕万家团圆的日子，鲁迅一点感觉不到节日的欢乐，他对外面的鞭炮声充耳不闻，独自守岁，脑海里偶尔飘来那双明亮的灼热的眼睛。

夫人朱安就坐在同一个院里的另一间屋里。在黑暗中，她守着一盏孤灯。

鲁迅听到了一声叹息，是朱安的，也是自己的。这叹息如一颗石子，击中了往日的噩梦。

1906 年，远在日本留学的鲁迅接到一封"母病速归"加急电报，孝心很重的鲁迅立即回国。没料到，母亲并无病，只是一份苦心，她迫不及待要让鲁迅完婚。

鲁迅很不情愿，却又毫无办法。回家后的第二天，在母亲亲自操持下，鲁迅十分机械地与从未谋面的朱安成了婚。这一天是 7 月 26 日（光绪三十二年农历丙午六月初六）。

当晚，鲁迅彻夜未眠。朱安数次小心地说："睡吧。"鲁迅一个字也没有回答。窗外黑得像厚厚的锅底。

一连三天，鲁迅拒绝与朱安同房。他宁愿呆在母亲房间，无聊地翻着书。母亲的催促也没有用。他只是木讷地告诉母亲："你要我结婚，我做到了。"

第四天，鲁迅和二弟周作人及几个朋友启程东渡日本，这一走就是三年。他将朱安连同她的泪水留给了母亲："这是母亲给我的一件礼物，我只能好好地供

养它,爱情是我所不知道的。"两个女人爱着鲁迅,鲁迅却不能接受其中一个。

从此,鲁迅的消瘦多了一份痛苦,一份忧郁,一份难以摆脱的阴影。他甚至多次想到了死,他的床褥下面藏着一把利刃。

1919年,朱安已是40多岁的人了,她结婚也有整整13个年头了。对她来说,这13年的婚姻等于一片荒漠。是年11月,鲁迅买下了北京西直门内公用库八道湾11号的院子,这是一种老式的三进院,外院是鲁迅自己住以及门房和放一些书籍杂物,中院是母亲和"大太太朱氏"住,里院一排正房最好住,是周作人一家和三弟周健人一家分住。

虽然全家团聚了,但鲁迅的心依然孤独痛苦。他依然皱着眉,只是那眉头的刻痕更深了;他依然吸着烟,只是那吐出的烟雾更重了;他依然咳嗽着,只是那发出的声音更加令人不安了。当他与周作人翻脸、割席断情之后,鲁迅决定搬家。他征求朱安的意思:是想回娘家还是跟着搬家?

朱安坚定地表示:跟着大先生。

于是迁到砖塔胡同,鲁迅与朱安依然是分居,有时母亲来住几天。在这一阶段,他们的日常生活由朱安安排。鲁迅把足够的生活费用交给朱安,并且跟以往一样,亲自给朱安的娘家寄钱。

在砖塔胡同近十个月的这段日子里,是鲁迅与朱安单独接触最多的时间,但是一切机会和努力均不可能挽回他们的婚姻了。两个不爱的人同在一个屋檐下,天天见面,却无话可说,把彼此的情感都留在黑暗中、留在那个特定的时代。

鲁迅在北京女子师范大学教书时,那份难言的灼痛更深更重了。

许广平感觉到了,她要行动起来,用青春的火将黑间点亮。

1925年3月11日,北京女子师范大学发生了反对校长杨荫榆的学潮,作为学生自治会总干事的许广平正是学潮中的骨干。为了解除时代的苦闷,探讨中国女子教育的前途,她主动给鲁迅写出了第一封信。鲁迅隐隐地感觉到,一只爱情的老虎欣喜地向他走来。

1925年10月20日。这一天晚上,在鲁迅西三条寓所的工作室———"老虎尾巴",鲁迅坐在靠书桌的藤椅上,27岁的许广平坐在鲁迅的床头,她首先握住了鲁迅的手,鲁迅也轻柔而又缓缓地紧握对方。两颗心在剧烈地跳荡。

许广平将头靠在了鲁迅的肩膀上,脸孔涨得通红。

鲁迅轻声但是决然地说:"你战胜了!"

许广平点点头,报以羞涩的一笑。接着,两人热烈地亲吻。窗外的月像挂在屋前的灯笼,见证了不同凡响的日子。

第二天,刚刚写完小说《孤独者》四天的鲁迅,在爱情的滋润下,又一气呵成写完了《伤逝》。

1926年8月26日,鲁迅与许广平离京,几经周折,于1927年10月3日在上海公开同居。鲁迅承认,在他和许广平结合的全过程中,许广平比他决断得多,勇敢得多。

可惜,好景不长。鲁迅积劳成疾,1936年10月,鲁迅在上海逝世,令那些恨他的人、怕他的人长长地舒了一口气。

消息传到北京,朱安十分悲痛,她很想南下参加鲁迅的葬礼,终因周老太太年过八旬,身体不好,无人照顾而未成行。但她坚持要把西三条胡同21号鲁迅离京前的书房辟为灵堂,为鲁迅守灵。

周老太太留下了苦泪,她对朱安说:"是我苦了你一辈子。"

1943年周老太太病逝,朱安孤身一人。寂寞惯了的她默默地守在黑房间中,感觉时间停止了。

鲁迅逝世后的一段时间,朱安和周老太太的生活主要由许广平负担,周作人也按月给一些钱,但周老太太病逝后,朱安拒绝周作人的钱,因为她知道大先生与二先生合不来。虽然许广平千方百计克服困难给朱安寄生活费,但社会动荡,物价飞涨,朱安的生活十分清苦,每天的食物主要是小米面窝头、菜汤和几样自制的腌菜。很多时候,就连这样的生活也不能保障,在万般无奈的情况下,她只好"卖书还债,维持生命"。

朱安登报要把鲁迅的藏书卖掉,许广平得知消息后,委托朋友去向朱安面谈:不能把书卖掉,要好好保存鲁迅的遗物。

这个一辈子不会发火的人此时却对来人说:"你们总说要好好保存鲁迅的遗物,我也是鲁迅的遗物,为什么不好好保存?"

当来人向她讲到了许广平在上海被监禁,并受到酷刑折磨的事情后,朱安叹

鲁迅与许广平

了一口气,态度改变了,从此她再未提出过卖书,而且还明确表示,愿把鲁迅的遗物继承权全部交给周海婴。

朱安生活困难的消息传到社会上后,各界进步人士纷纷捐资,但朱安始终一分钱也没有拿。

许广平对这一点十分赞赏:"这是一个有骨气的女人。"

1947年6月29日,朱安孤独地去世了,身边没有一个人。

早一天,鲁迅的学生宋琳(紫佩)去看望朱安。她已不能起床,但神态清醒,她泪流满面地向宋琳说:请转告许广平,希望死后葬在大先生之旁;另外,再给她供一点水饭,念一点经。她还说,她想念大先生,也想念许广平和海婴。

朱安死后第三日安葬。墓地在西直门外保福寺处,没有墓碑,她像未曾存在过一样消失了。她在北京度过了28年,在这个世界上生活了69个春秋。她悄悄地来到人间,又悄悄地从人间离开。她要去追寻鲁迅,看他的咳嗽是否带着血。尽管鲁迅从未接受她的爱,但她并不埋怨,她生前反复对人讲:"周先生对我不坏,彼此间没有争吵。"

一个女人的一生就这样结束了。她从鲁迅沉重的背影中留下一片长长的空白。

叁

鲁迅逝世后被推为"民族魂",后来慢慢被神化、符号化。在我最初的印象中,鲁迅是一个不食人间烟火的人。他很严厉,又很严肃,甚至还有一点严酷。

这样的人还能有生活情趣吗?

有!著名学者孔庆东认为:真实的鲁迅不仅是一个非常有生活情趣、充满生活智慧的人,而且还是一个并不羞于谈钱的人。

看来,是我们的宣传出了问题。或者说,是我们误读了鲁迅。

显然,鲁迅不是神,不是符号,而是有血有肉的、有情有欲的。他的人生观是:

一要生存,二要温饱,三要发展。后来他又进一步解释道:"我之所谓生存,并不是苟活;所谓温饱,并不是奢侈;所谓发展,也不是放纵。"

在生活中,鲁迅很重视钱,绝不假装清高。

事实上,鲁迅的日记里仔仔细细地记着他的几乎每一笔收入支出。他的收入主要来自三个方面:薪水、讲课费、稿费。后两者是不确定的,所以他很看重固定的薪水。他在教育部教育司任佥事,每月可以拿 300 大洋。那时北京市民的最低生活标准是两三块大洋。一块大洋购买基本生活品的购买力大约是今天一元人民币的七八十倍到一百倍。

孔庆东举了一个例子:根据老舍的回忆,当时老舍当个"劝学员"——教育分局局长,每月 100 元,小学校长 40 元,小学老师 25 元,学校的勤务员 6 元。毛泽东在北京大学图书馆当临时工性质的管理员 8 元,而馆长李大钊 300 元。老舍说当时 1 毛 5 就可以吃顿很好的饭:一份炒肉丝,三个火烧,一碗馄饨带两个鸡蛋,这些只要 1 毛 2,如果有 1 毛 5,就可以再来一壶老白干喝喝了。

在这样的情况下,鲁迅很看重他的 300 大洋。他跟章士钊打官司,也有经济方面的原因。后来,他离开了官场,也离开了大学,由广东到上海。领导教育部的蔡元培先生每月给他干薪 300 大洋,他也照收不误。有人不理解鲁迅的做法,说鲁迅为什么拿着国民党政府的钱,还要骂国民党。在鲁迅看来,钱是该拿的,但骂也是该骂的。何况这钱还不是老百姓的,又不是蒋介石私人的钱!

鲁迅看重钱,有根据吗?

鲁迅与许广平、周海婴

当然有。他在《娜拉走后怎样》里就明确指出:"钱这个字很难听,或者要被高尚的君子们所非笑,但我总觉得人们的议论是不但昨天和今天,即使饭前和饭后,也往往有些差别。凡承认饭需钱买,而以说钱为卑鄙者,倘能按一按他的胃,那里面怕总还有鱼肉没有消化完,须得饿他一天之后,再来听他发议论。"

是啊,一家子人都等着他的薪水去生活,没有钱就要饿肚子。鲁迅不是神,他要养家糊口,他要生存,要温饱,要发展,所有这些,离得了钱吗?

肆

有人说,鲁迅是一个不大容易接近的人。这是因为鲁迅被人性吓怕了。他几乎看透了人生,看透了亲情。想想也真是:最美好的婚姻竟是以骗入手,设骗者居然就是自己的母亲。婚姻没有带来欢乐,反而成为精神包袱。随之,兄弟失和,朋友反目,还有社会上的明枪暗箭,鲁迅遍体鳞伤,只好穿上一层厚厚的铠甲,冷冷地看着来来去去的人,看着已经过去、正在进行和将要来临的一切。

因此,大多数时候,鲁迅的心门紧闭,他宁愿一个人孤寂地坐在黑黑的屋子里,抽着烟,让烟蒂上一闪一闪的火光照着横在眉头上的铁锁。对陌生人,即便来者友善,他也不愿多置一词,总是保持一份警觉,一种距离。

比方,后来成为鲁迅学生和好友的冯雪峰就回忆说,他第一次经柔石介绍见到鲁迅时,两人就几乎无话可说地在一块儿坐了半天,他感到无趣,最后只好快快告辞。而鲁迅在自己的日记中也有某同事来自己家里"对坐良久,苦甚"的记载。

当然,最直接的表现是在《为了忘却的纪念》一文中的叙述,鲁迅说,白莽(殷夫)第一次受他邀请将《彼德裴诗集》送来供他校对时,就受到了冯雪峰一样的待遇,后来白莽还写信给鲁迅抱怨,说自己很后悔与他见面,因为自己的话多,鲁迅的话少,天气又冷,"像受了某种威压似的"。鲁迅回信解释说初次见面说话不多,也是人之常情,云云。

柔石

随着鲁迅的名气日增，各方人士希望见到他的人越来越多。而江湖的险恶也让鲁迅越来越小心翼翼。某些时候，他只好直率地拒客。

有一次，一个鲁迅不愿见的人上门求见，佣人请示鲁迅，鲁迅要她告诉来人说自己不在。谁知这人胸有成竹声称自己是见了鲁迅回家后才来敲门的。佣人大窘，只好再去请示鲁迅："先生，那人说是见着你在家才来的！"

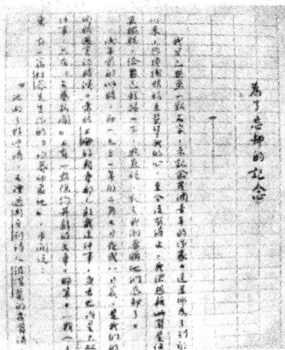

《为了忘却的纪念》手稿

鲁迅大怒，对佣人说："你去告诉他：说我不在是对他客气！"

佣人如实转告，那人只好悻悻而去。

有人后来评价说：鲁迅有很多我们常人不及的地方，"逐客之勇"便是其中之一。要换了我们顶多捏着鼻子让他进来，赔上几小时的牺牲听他胡言乱语。或者彼此相见，默默无言，让大好时光留在难受的尴尬里。

然而，并不是所有"不愿见的人"都能摆脱得了的。海婴就在其《我与鲁迅七十年》一书中回忆，说有一次鲁迅卧病在床，来了一个客人敲门。佣人开门，见是一个青年，就告诉他主人身体不好，不能见客。

这青年二话不说，转身就走。

过一会儿，又响起了敲门声，佣人打开门，见仍是这个青年。佣人正在惊异，却见他抱着一束鲜花，招呼也不打，就直往楼上冲。

这时，许广平正在二楼与鲁迅在一起，闻讯忙迎下来，企图挡住他不让他影响鲁迅休息。可是没有用，他还是固执地冲到了鲁迅床边。什么话也没说，只在床头放下鲜花，认真地看了鲁迅一眼，转身走了。

鲁迅与柔石

鲁迅也一言不发，只静静地看着他，直到他的背影消失，这才轻轻地摇了摇头。

原来，这个青年就是鲁迅屡屡为他介绍报纸发表文章的徐梵澄。鲁迅当时之所以不理他，是因为他去德国时，鲁迅曾给了他许多中国的宣纸，希望他送给德国版画家以作中国造纸文化的宣传。岂知徐梵澄这"马大哈"回国时又把那些宣纸原封不动地带回来了。鲁迅很生气，所以不想理他。没料到，他执意要见，见着就走，所有的话语都在匆匆相遇的眼神中。

伍

鲁迅生活的年代是一个精神病多发的年代。他经常遇到一些间歇性精神病患者，而给他留下深刻印象的至少有两位。其中一位是他的姨表兄弟，名叫阮久荪，原在山西做幕友，后得了精神病，总疑心周围的人要谋害他，惶惶不安，就到北京来躲避。

鲁迅当时住在绍兴会馆，阮久荪来找他，鲁迅便把他留在会馆里暂住几天，两人间或谈起一点时事。阮久荪总是冒出一些奇怪的念头。

一天清早，细雨蒙蒙，阮久荪突然感到已大祸临头，拼命敲打鲁迅的门窗，声嘶力竭的。

鲁迅急忙开门，问他为何如此慌张，阮久荪哭着说："今天我就要被拉出去杀头了！"声音十分凄惨，并不顾抚慰，写下了绝命书，拜托鲁迅转交给家人。

后来，鲁迅创作在《狂人日记》时，就把这位表弟作为小说狂人的"蓝本"，写进了书里。他在小说中煞有其事地写道："某君昆仲，今隐其名，皆余昔日在中学时良友；分隔多年，消息渐阙。日前偶闻其一大病；适归故乡，迂道往访，则仅晤一人，言病者其弟也。劳君远道来视，然已早愈，赴某地候补矣。因大笑，出示日记二册，谓可见当日病状，不妨献诸旧友。持归阅一过，知所患盖'迫害狂'之类。语颇错杂无伦次，又多荒唐之言……"

没过多久，即 1933 年的某一天，开明书店忽然转给鲁迅一封信，其中说："自 1 月 10 日在杭州孤

《彷徨》首版书影

山别后,多久没有见面了……"

　　鲁迅看了信,觉得非常奇怪,因为他已有 10 年未去过杭州了,决不可能在杭州孤山和人作别。为了弄清事情真相,鲁迅就请在杭的友人许钦文调查一下。

　　许钦文很快回信说:在杭州松木场小学找到了一个"假鲁迅",他夸夸其谈说什么《彷徨》已经销到 8 万册,可并不满意。

　　"世上还有假鲁迅?"

　　鲁迅颇感不快,立即在《语丝》上登了一篇《在上海的鲁迅启事》,声明杭州的"鲁迅"与"本人无关"。"假鲁迅"从此销声匿迹。

　　原来,这个"假鲁迅"真名叫周鼎夏,号燮和,世居杭州龙舌嘴,是个破落户,善文好酒,后在杭州松木场小学教书。此公患有间歇性精神病,常以模仿名人为荣。

　　倘若鲁迅知道实情,他会不会再写一文"辨正"呢? 他那本已沉重的烟斗会不会再装一份沉重?

陆

　　鲁迅写《祝福》,是滴着血去写的。中学时代读这篇文章,老师开门见山地说。这样一来,我每读这篇小说,心里就感到紧张和压抑。

　　所谓"祝福",表现的本是一种对"鬼神"和"祖先"的虔诚"祭祀",是一种严肃的仪式。在这个烛香袅袅的包裹里,"阴间"的"鬼神"和"祖先"在此狂欢,尽情享受着"阳间"的供品。可是,身在"阳间"的祥林嫂不但无缘分享这些食品,且连参与敬奉这些"鬼神"和"祖先"的资格都被剥夺了,她的"除夕之死"竟然就是带着能否成为"鬼神"的疑惑(灵魂的有无)而去的。

　　换言之,祥林嫂对自己死后能否像这些被供奉的"鬼神"那样,每年除夕回来与家人"团聚",并尽情地享受美食佳果都不知道——而她是多么渴望能够拥有这个资格啊。

　　鲁迅写着,冷静地雕刻着:祥林嫂是一个"无名无姓"的小人物,她首先是一个"无家"的女人,第一次婚姻嫁给了一个小她十岁的小男人,这不是一个真正

根据鲁迅小说改编的同名
电影《祝福》剧照

的家。这种畸形婚姻之"因"结出了她"无家"之果——她的被"贩卖"和第二次屈辱的婚姻便是"无家"的见证；她临死前都在追问"人死后会不会与家人相见"，足见她对"家"的渴望。无姓名、无婚姻、无家庭，这种"三无"的低贱也就决定了祥林嫂一辈子"无幸福"的命运遭际。

祥林嫂在她那有名无实的 "小丈夫""没了" 后，"逃到"鲁镇，来到"四叔家"打工。从穷山沟里来到"有文明"的小镇上做工，尽管累和苦，但祥林嫂很满足，"脸上也白胖了"，并且"有了笑脸"。然而一年多后，祥林嫂就被她那"厉害的婆婆"与"中人卫老婆子"——地地道道的"人贩子"——和"两个男人"把她"捆了躺在船板上"，抢回去卖给了深山里的贺家坳，与贺老六强行成亲。

这又是一个畸形的家。之所以畸型，是因为祥林嫂无权作决自己的婚姻，而且是被强行卖掉的——婆婆得了八十千——成为"小叔子"娶亲的殉品。她与事实上的丈夫贺老六便有一种不平等的"既成婚姻"的关系。

值得注意的是，祥林嫂怀上的阿毛实际上是贺老六"强奸"的结果。可是没想到，"强奸犯"贺老六的命竟"断送在伤寒上"。这个畸形的"脆弱之家"因为一点"伤寒"就要了一个"有力气的"大男人的命。换句话说，要是在鲁镇或某个城里，只要花一点点钱，这个生命就会得到挽救，这个家庭也就因此不会解体。

看来，鲁迅先生对缺医少药的深山沟是"绝了望"的。

但鲁迅的深意决不在于此。

在我看来，阿毛的悲剧不仅仅在于他童真幼稚的世界对险恶的现实缺乏足够的了解。他只有一个单纯的信念：母亲的话"句句听"——祥林嫂总是怀念阿毛"他是很听话的，我的话句句听"——以为这样就绝对安全而且幸福，她做梦也不会想到"春天也会有狼"，以致最终丧命于狼口。

显然，叙述者批判的不在于阿毛缺乏对凶险世界的警惕性，鲁迅先生要痛心批判的——这个民族寓言最大的悲剧——恰恰在于：阿毛"肚里的五脏已经给吃空了，手上还紧紧地捏着那只小篮"。"小篮"这个意象跨时空地印证了康纳德《黑暗之心》里克尔茨临终前的原型式的低语："恐怖！恐惧！"因为这只"小篮"是"亲爱的母亲"祥林嫂亲手交给他的，阿毛至死都抱着母亲的"圣旨"不放，他显然要做一个"好孩子"。

这种悲剧的深刻性还在于阿毛没有与"狼"搏斗。首先，阿毛没有"春天里也有狼"这种意识。

其次，阿毛缺乏对狼凶残本质的基本认识——按照动物学观点，狼在进攻前总是要对猎物窥视很久，等到有足够的把握才下手；在这个窥视的过程中，它会做出各种试探，甚至伪装像狗。因此，当致命的"狼"走近阿毛时，说不定阿毛把它当成了"狗"，是善良的朋友。这对熟悉中国特殊年代的人来说，这里的寓意不指自明。

再次，阿毛显然缺乏与狼搏斗技巧的训练。

当然，"与狼搏斗"，对于一个只有四岁左右的孩子来说过于苛刻。但是，问题不在于阿毛"搏斗"的程度和结果，而在于一种"本我"意识：这是生命的抗争，这种抗争应该是出于本能——这是弗洛伊德所定义的本我、自我、超我的第一层，是最原始的一种自保意识。这种抗争并不是要求阿毛一定战胜恶狼，可他至少会哭喊、挣扎，因为倘若他这样做了，"不一样的意义"就产生了："在屋后劈柴"的祥林嫂说不定就能听见而追赶出来，狼也就不会如此的肆无忌惮。

在临终前的一个月，鲁迅写道："三十年前学医的时候，曾经研究灵魂的有无，结果是不知道；又研究过死亡是否苦痛，结果是不一律……但现在我才确信，人死后是无鬼的。"（《且介亭杂文末编·死》）

也就是说，鲁迅明明知道人死后是没有灵魂的，但文本中叙述者的"我"却对这个问题以"说不清"

画家笔下的祥林嫂形象

作搪塞,创作主体和叙述主体的"错位",使得这个"民族寓言"的意义更加丰沛而悲烈。如果我们相信人死后真有灵魂的话,那么,阿毛的灵魂与这只"小篮"捆在一起,他死了,可他的灵魂都没有自由,都仍然被母亲交给他的"小篮"套住。

最深刻的悲剧是:阿毛仅仅在人间生活才四年。人们不难想象,如果阿毛生命长一点,将会有多少的枷锁在等待着他啊。而他居然一无所知!这样的"祝福"委实恐怖得很!

柒

毛泽东说:鲁迅先生有一种"硬骨头"精神,他的骨头是最硬的。

鲁迅的"硬骨头"主要表现在他对一切黑暗势力的斗争毫不妥协,对一切丑陋事物的揭露毫不留情:"一个也不宽恕!"他一生说了许多针刺的话,许多刻薄的却又是值得警醒的话。

比方他说:"群众,尤其在中国的,永远是戏剧的看客。"(《坟·娜拉走后怎样》)

又说:"暴君治下的臣民,大抵比暴君更暴。"(《热风·六十五暴君的臣民》)

又说:"要救群众,而反被群众所迫害。"(《两地书·四》)

读着这样的与教科书上不一样的话,我能感觉到一种愤懑,一种决绝,一种冷气。这冷气能让人清醒。

像一名身经百战、功成名就的战士,鲁迅也要面对死亡,也要面对岩石上花的凋谢。

鲁迅害怕死亡吗?回答应当是否定的。可是,伽达默尔认定,对死亡和死亡世界的恐惧是人之所以为人的第一标志。

那么,鲁迅也就应该害怕死亡。这当然只是我的推测。事实上,鲁迅的身体一直不大好,他的枕头下还总是放着一把刀。看着他铁骨傲然的样子,眼睛里容不得一粒沙,手上还总是拿着烟,我就觉得他的日子过得并不顺畅。

鲁迅感觉到死亡的阴影总是在他的身边探头探脑。他用烟不停地熏,像要赶走似的,但似乎越熏越糟糕。于是,他不得不考虑人生最后要走的路了。

那当然就是"一抔黄土、两棵青草"的坟墓了。

换言之,坟是最后的去处。想通了的鲁迅此时显得很洒脱,他说,关键是怎么个去法。想想历史吧:墨子临歧路痛哭而返,阮籍触穷途大哭而归。刘伶一边走路一边喝酒,一边命人跟着自己,半闭着眼向后摆摆手:"死便埋我"。所有这些,都有个性,有气派。

但鲁迅说:如果我遇到歧路(即人生的末路),就"先在歧路头坐下,歇一会儿,或者睡一觉,于是选一条似乎可走的路再走,倘若老实人,也许夺他的食物来充饥,但是不问路,因为我料定他并不知道的。如果遇见老虎,我就爬上树去,等它饿得走开了再下去,倘它竟不走,我就自己饿死在树上……倘若没有树呢? 那么没有法子,只好请它吃了,但也不妨咬它一口。"

鲁迅临死还要咬上老虎一口,可见"硬骨头精神"真是贯穿了他的一生。

捌

在人们的印象中,鲁迅一直很严肃,我们见他的照片总是板着脸,一脸的警惕。读他的文字也是严肃的多,活泼的少。可实际上,鲁迅天生就是一个幽默家。我甚至想,如果他不是出生于那个特定的时代,被逼着去做"战士",而是生在当今社会,他一定会是一个很好的相声演员,知名度可能还会在侯宝林大师之上。

鲁迅其实是很爱说笑话的。但他说出来的笑话当然不能仅仅当作笑话来阅读。比方,如同当时的人们羞于谈钱一样,那些正人君子也更加耻于谈"性"。

问题是,既不能谈"性",又不能缺乏"性",矛盾便出来了。如何解决这个难以启齿的问题或者矛盾呢?正人君子们便常常借助于"性幻想",即《红楼梦》中所说的"意淫"。

那么,何为"意淫"呢?

鲁迅在《而已集·小杂感》里,谈到了这个问题。他说得很幽默,很"蒙太奇",最后一段经常被人引用,那就是:"一见短袖子,立刻想到白臂膊,立刻想到全裸体,立刻想到生殖器,立刻想到性交,立刻想到杂交,立刻想到私生子。中国人的想象惟在这一层里能够如此跃进。"

你看，鲁迅一针见血，喜笑怒骂中流露出的就是智慧和幽默。

再比如，针对当时有人老在写文章或说话时夹杂着生硬的洋话，鲁迅说了这么一个意味深长的笑话——

"'人话'之中，又有各种的'人话'：有英人话，有华人话。华人话中又有各种：有'高等华人话'，有'下等华人话'。浙西有一个讥笑乡下女人之无知的笑话——是大热天的正午，一个农妇做事做得正苦，忽而叹道：'皇后娘娘真不知道多么快活。这时还不是在床上睡午觉，醒过来的时候，就叫道：太监，拿个柿饼来！'然而这并不是'下等华人话'，倒是高等华人意中的'下等华人话'，所以其实是'高等华人话'。在下等华人自己，那时也许未必这么说，即使这么说，也并不以为笑话的。"

瞧，鲁迅的笑话至今仍有教育意义，连他的幽默也让一些人笑得流泪，感到针刺和不安。

玖

鲁迅与当时的文坛名人有过过节的不少，而其中最著名的恐怕就是他对梁实秋的尖锐批评了，一篇《"丧家的""资本家的乏走狗"》，写得荡气回肠，把梁实秋骂了个狗血淋头，也骂得他名声大噪。

有意思的是，鲁迅逝世后，梁实秋写了一篇评鲁迅的文章，写得酸楚毕呈、意味深长。兹摘录如下——

鲁迅一生坎坷，到处"碰壁"，所以很自然的有一股怨恨之气，横亘胸中，一吐为快。怨恨的对象是谁呢？礼教，制度，传统，政府，全成了他泄愤的对象。他是绍兴人，也许先天的有一点"刀笔吏"的素质，为文极尖酸刻薄之能事，他的国文的根底在当时一般白话文学作家里当然是出类拔萃

梁实秋

的，所以他的作品(尤其是所谓杂感)在当时的确是难能可贵。他的文字，简练而刻毒，作为零星的讽刺来看，是有其价值的。

晚年的梁实秋

他有的只是一个消极的态度，勉强归纳起来，即是一个"不满于现状"的态度。这个态度并不算错。北洋军阀执政若干年，谁又能对现状满意？问题是在，光是不满意又当如何？我们的国家民族，政治文化，真是百孔千疮，怎么办呢？慢慢的寻求一点一滴的改良，不失为一个办法。鲁迅如果不赞成这个办法，也可以，如果以为这办法是消极的妥协的没出息的，也可以。但是你总得提出一个办法，不能单是谩骂，谩骂腐败的对象，谩骂别人的改良的主张，谩骂一切，而自己不提出正面的主张。而鲁迅的最严重的短处，即在于是。

拾

1936 年 10 月 19 日，鲁迅在上海逝世。在众多的悼念文章中，我最欣赏的是曾与鲁迅并肩战斗过、后来又遭到过鲁迅批评的林语堂在美国纽约挥笔写下的《鲁迅之死》。读这样的文章，我真替鲁迅高兴，他生前能拥有这样的知音；同时又替他难过，他们的友谊不能持续终生。林语堂的文章不长，但可谓字字珠玑，令人扼腕击掌——

鲁迅与我相得者二次，疏离者二次，其即其离，皆出自然，非吾与鲁迅有轻轩于其间也。吾始终敬鲁迅；鲁迅顾我，我喜其相知，鲁迅弃我，我亦无悔。大凡以所见相左相同，而为离合之迹，绝无私人意气存焉。我请鲁迅至厦门大学，遭同事摆布追逐，至三易其厨，吾尝见鲁迅开罐头在火酒炉上以火腿煮水度日，是吾失地主之谊，而鲁迅对我绝无怨言是鲁迅之知我。

鲁迅与其称为文人，不如号为战士。战士者何？顶盔披甲，持矛把盾交锋以为乐。不交锋则不乐，不披甲则不乐，即使无锋可交，无矛可持，拾一石子投狗，偶中，亦快然于胸中，此鲁迅之一副活形也。德国诗人海涅语人曰，我死时，棺中放一剑，勿放笔。是足以语鲁迅。

鲁迅所持非丈二长矛，亦非青龙大刀，乃炼钢宝剑，名宇宙锋。是剑也，斩石如棉，其锋不挫，刺人杀狗，骨骼尽解。于是鲁迅把玩不释，以为嬉乐，东砍西刨，情不自已，与绍兴学童的一把洋刀戏刻书案情形，正复相同，故鲁迅有时或类鲁智深。故鲁迅所杀，猛士劲敌有之，僧丐无赖，鸡狗牛蛇亦有之。鲁迅终不以天下英雄死尽，宝剑无用武之地而悲。路见疯犬、癞犬，及守家犬，挥剑一砍，提狗头归，而饮绍兴，名为下酒。此又鲁迅之一副活形也。

拾　壹

能够被鲁迅称为"知己"的不多，瞿秋白是一个。鲁迅曾写字给他："人生得一知己已足矣，斯世当以同怀视之。"鲁迅曾一度把林语堂视之知己，但后来对他的闲适人生颇有微词。鲁迅也曾对徐懋庸寄予厚望，但这种愿望并没有持续多久。

徐懋庸原本鲁迅的学生，他师承鲁迅，不但学得好，而且连鲁迅的气魄、风格、笔调也都学得很像，连林语堂都没有看出来。

有一次聚会，林语堂对鲁迅说："周先生又用新的笔名了吧？"

鲁迅说："何以见得？"

林语堂说："我看最近有个'徐懋庸'的文章，猜想也是你。"

鲁迅听后大笑说："这回你可没猜对，徐懋庸的正身就坐在这里。"

徐懋庸听了也很开心。

然而，两年后，由于种种原因，左联解散，在文学界

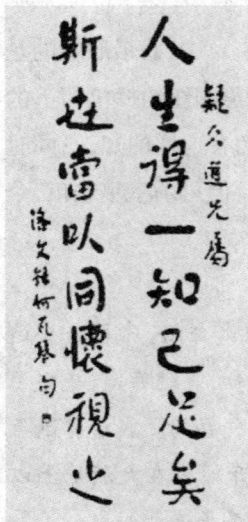

鲁迅赠瞿秋白联

内部发生了"国防文学"和"民族革命战争的大众文学"的论争。此时,徐懋庸给鲁迅写了一封信,谈了自己的看法,其中有些话是不够正确的。只隔了两天,鲁迅即发表了《答徐懋庸并关于抗日民族统一战线问题》的长文,对徐懋庸不正确的提法作了严厉批评。

尽管如此,徐懋庸对鲁迅的敬仰与信任不变。当得知鲁迅逝世的消息后,他悲痛异常,挥泪写下这篇悼文——

画家笔下鲁迅与瞿秋白在一起的情景

十九日的正午,我从一个报馆里的朋友打来的电话中,得知了鲁迅先生的噩耗,这在我心头撒下了一种成分十分复杂的痛苦。错错沉沉中,跑来跑去的将这消息转告许多朋友,跑了半天,回家以后,提起笔来,先在纸上写了十六个字!

"敌乎,友乎? 余惟自问。知我,罪我——公已无言。"

然后买来了几尺白布。将这些文字写上去算是挽联。

我在我和鲁迅先生的私人关系上所感觉到的哀痛,总算是寄托在这十六个字之中了。次日上午九时,我到万国殡仪馆去瞻仰先生的遗体。看了那依然严肃、正直、强毅的遗容以及纷至沓来的瞻仰者,我总感到先生虽然已经"无言,"但是他的永留在中国大众身上的影响,就是此后"知我,罪我"的代言者! 先生的生前,虽然发言行事,不无看错的时候,但即使是错误,也从一种十分纯正的立场出发,绝没有卑劣的动机。他观察人物,判别友敌,纵然不一定正确,但他那爱护战友、憎恨敌人的坚强的伟大精神,是一贯的。

先生的谢世,损失是多方面的,譬如久在计划中的中国文学史的未及编成,就是中国学术界的大不幸之一。但先生早已想到,一切的损失,只有后辈的努力可以补救,所以他在遗嘱中特别叫我们各自

瞿秋白

鲁迅：硬骨头

189

努力自己的生活和工作。

拾　贰

在所有悼念鲁迅的文章中,郁达夫的《怀鲁迅》是最令我感动的——

真是晴天的霹雳,在南台的宴会席上,忽而听到了鲁迅的死!

发出了几通电报,荟萃了一夜行李,第二天我就匆匆跳上了开往上海的轮船。

二十二日上午十时船靠了岸,到家洗了一个澡,吞了两口饭,跑到胶州路万国殡仪馆去,遇见的只是真诚的脸,热烈的脸,悲愤的脸,和千千万万将要破裂似的青年男女的心肺与紧揑的拳头。

这不是寻常的丧事,这也不是沉郁的悲哀,这正像是大地震要来,或黎时将到时充塞在天地之间的一瞬间的寂静。

生死,肉体,灵魂,眼泪,悲叹,这些问题与感觉,在此地似乎太渺小了,在鲁迅的死的彼岸,还照耀着一道更伟大,更猛烈的寂光。

没有伟大的人物出现的民族,是世界上最可怜的生物之群;有了伟大的人物,而不知拥护、爱戴、崇仰的国家,是没有希望的奴隶之邦。因鲁迅的一死,使人自觉出了民族的尚可以有为,也因鲁迅之一死,使人家看出了中国还是奴隶性很浓厚的半绝望的国家。

鲁迅的灵柩,在夜阴里被埋入浅土中去了;西天角却出现了一片微红的新月。

必须承认:重新读一次郁达夫的文字,对于我的灵魂是一次震撼和洗礼。当王朔等人肆无忌惮地非议鲁迅的时候,当一些所谓的文学大师排行榜对鲁迅不以为然的时候,我真是感到痛心。我真想大吼一声:你们,有什么理由对鲁迅横加指责?你们,有什么资格对鲁迅说三道四?你们,真正读过鲁迅的作品吗,真正读懂过他的作品吗?

我想，我的这种情绪并不是"愤青"的冲动式的，而是理性的、客观的、中肯的。

诚如老舍先生所谆谆告诫的，也许有人会说：在文艺理论方面，鲁迅先生只尽了介绍的责任，并未曾建设出他自己的有系统的学说。假若这话是对的，就请想想看吧，批判别人的时候，不是往往忘却别人的努力，而老嫌人家做得不够吗？设若能看到这一点，我们不是应当看看自己，我们自己假如也把研究、创作、翻译，同时并做，像鲁迅先生那样，我们的成绩又能有多少呢？我们就是对于一位圣人，也应不客气的批评，可是我们也应当晓得批评不仅是发威，而是于批评中，取得被批评者的最优良最崇高的精神，以自策自励。鲁迅先生能于整理国故而外，去介绍，去翻译，就已经是难能可贵的事。一个人的精力与天才永远不能完全与他的志愿与计划相配合，这是人生最大的苦痛啊！只有明知这苦痛是越来越深，而杀上前去，以身殉志的，才是英雄。鲁迅先生的精神便是永远不屈不挠，不自满，不自馁。鲁迅先生的精神能以不死，那就靠后起者也能死而后已的继续努力。抓住一位英雄的弱点以开心自慰，既无损于英雄，又无益于自己，何苦来哉！

让我们珍惜自己的"民族魂"吧！

鲁迅走了，留下了背影；

老舍走了，留下了声音。

当有一天，我们走了，能给社会留下什么呢？

什么时候，鲁迅的阴影消失了，那是我们民族的幸运。

什么时候，鲁迅的眉头打开了，那是我们国家的幸运。

让我们默默祝福吧。

萧红：
坚韧

壹

尽管她十分美丽，但她无法在春天的枝头灿烂；

尽管她追求幸福，但她抓住的仅仅是一缕残片。

她是一朵花，可她觉得自己不配。

她说她是一棵草，一棵被上帝不经意地扔在路边的小草，一棵虽然瘦弱却能让春天一绿再绿的小草。

可是，一棵草怎能禁得起暴雨的蹂躏？

一棵草又怎能托得起像马群一样奔跑的天空？

久久地端详着她的照片，我能见到的唯一的一张照片。许多书报杂志上登出来的都是这张照片。有点模糊的黑白照片沉淀了岁月的浮躁，留下的只有一脉文香，那样的清晰动人，宛如她的笑容，靓丽妩媚，娴静如玉。这样的一双大眼睛，这样的一个大辫子，这样的一个俏人儿怎能只有草样的年华，怎能没有花朵在她骨头上开放？

我不敢用手去触摸，哪怕是印刷品。我只是翻读她的文字，一遍又一遍。当我对她越来越了解的时候，我的心跳

萧红

越来越加速，我的痛苦也
越来越加剧。很少有这样一
种奇怪的感觉，像梅雨季节
的南方和南方那一洼又一
洼湿漉漉的空气。

　　读张爱玲时，我有的是
叹息；

　　读沈从文时，我有的是
忧伤；

萧红故居

　　读巴金时，我有的更多的是压抑。

　　只有读她，我听到了内心的哭泣。

　　我觉得她的确不是一朵花，当然更不是一棵草，但她可以是一块石头，一块
花的骨头，也可以是一块钆钢，一块稻田，可不是一朵花、一棵草。

　　如果硬要比喻，我觉得她更像一株木棉，一株丘陵傲然不屈的红木棉。她的
韧劲，她的热烈，她的率真，她火一样奔涌的情怀，分明就是世界上最美的一株红
木棉！

　　萧红，这颗二十世纪三十年代中国文坛上稍纵即逝的流星，在短短的十来年
里，她毫无保留地将美丽、智慧、青春、情痛和生命的闪电抛进了古老得发黑一般
的漫漫长夜。

　　记得散文家刘烨园曾经说过："在多灾多难的现代文学史上，我最敬重的是
鲁迅，最感动伤怀的是萧红……有着为奴隶的萧红，我才感到心原来还未被生
活、意志、理性熬炼成石头，且也许永远不会了。"

　　斯哉此言！

　　1911 年 6 月 2 日，萧红诞生于黑龙江省呼兰城的一个财主家庭，她在这幢
小屋里度过了不幸而苍凉的童年。祖父的爱刻骨铭心，父亲的疏离和母亲的淡漠
同样让她刻骨铭心。年幼的她并没有享受到家庭成员同等的快乐，甚至没有感受
到家的温馨。她常常躲在一个黑色角落冷冷清清地读着《红楼梦》，以及其他经
典名著，有时一读就是一整天，她完全沉醉在自己的幻想世界里。那些童年的民

谣、呼兰河畔的风筝、清清的水井和板结的农事就像收割后大地上堆积的草垛如此逼真地存放在记忆深处。但这种封闭式的生活并没有持续多久，当她出落成一个楚楚动人的少女时，由于父母的包办，她和同乡的青年汪殿甲订婚。

1930年，19岁的萧红为了抗拒包办的婚姻及家族的迫害，毅然离家出走，她孤身一人，先从呼兰县逃到哈尔滨，再从哈尔滨逃至北京，开始过上了漂泊流浪的生活。

从此，萧红踏上了风雨飘摇的不归路。

北京的高楼大厦和里弄胡同并没有留住萧红，更没为她提供庇护。

不久，汪殿甲居然追寻至北京，并设法找到了萧红。他告诉萧红，虽然他们是由父母包办的，但他内心真的喜欢她，爱她，愿意为她付出一切。不谙世事的少女怎么禁得住一个情场老手的花言巧语？萧红的芳心被打开了，汪殿甲趁热打铁，信誓旦旦，一脸真诚的样子，完全骗取了萧红的信任。

那一天，北京很冷，风也很大。汪殿甲拉着萧红，在街上游玩了很久。回到家后，萧红多了一枚手镯，可是，那何尝又不是一副手铐呢？

当天晚上，在昏暗廉价的旅馆里，汪殿甲一番进攻，萧红糊里糊涂地交出了她的心。两人在北京同居了数月后，汪殿甲带去的盘缠几乎全部花光，他以北京消费太高、生活不习惯为由，连哄带骗将萧红带回哈尔滨，住在道外正阳十六道街的东兴顺旅馆里。

其时，萧红已经怀孕，整天昏沉沉的，没有任何胃口。汪殿甲每天早出晚归，也不知道他在干什么。可生活显得越来越艰难，萧红开始有些不安了，她提出应当去谋一份差事。汪殿甲劝萧红不用担心，他自有安排，并说，如果有必要，他会去找一份好工作的。

萧红见汪殿甲说得如此肯定，再一次相信了他。

可这一回，差点要了萧红的命。

萧红哪里知道，这个跟她同居的人在玩腻她后，早就有了抛弃她的打算。

一天早晨，汪殿甲起床后，看了躺在床上的萧红一眼，说："手头的钱不多了，我必须回老家一趟，搞点钱来。"

萧红说："多久回来？"

汪殿甲说:"少则两三天,多则个把礼拜吧。"

临出门,汪殿甲又回过头来说:"你行动不方便,不要到处走。我跟旅馆老板讲好了,有什么事,找他就是了。"

萧红一言不发,静静地看着汪殿甲离去。

汪殿甲走后的当天下午,旅馆老板就主动找上门来,一点不客气地说:"你的男人呢?"

萧红感到有些不妙,连忙问:"他回老家去了。"

"什么?他逃了?"老板一听急了,大声吼道,"他不是说今天上午给我还钱的吗?"

"欠了多少钱?"萧红心一紧,本能地问了一句。

"643元!"老板火气很大,说:"打从你们住进来后,只交了一个星期的房钱。难道你不知道?"

萧红"嗡"的一声,这一笔钱,对她来说,无异于一个天文数字。她突然意识到自己掉进一个巨大的黑洞,汪殿甲的离去让她感到从未有过的恐惧:他真如他所说的是回老家去拿钱吗?他还会回来吗?如果他不回来,在这个陌生的城市,我该怎么办?

汪殿甲走后,杳无音讯。

一天,两天,三天,萧红的眼睛拉长了,望穿了,她希望看到那个背影,那个熟悉的有点可恶的背影,然而,她失望了,所有的甜言蜜语,所有的温存缠绵,被无情的现实击得粉碎:汪殿甲,这个撕裂她的男人,这个被父母指婚要嫁的男人,这个声称给她幸福的男人,在她怀上了他的孩子后,他居然狠心地走了,走了,再也不回来了。

哈尔滨的天真冷啊,冷得比冰针还刺骨。萧红绝望地守在那间窄小的房子,老板日夜催逼房费和饭钱,一个星期后,他甚至用停止供饭来威逼她。萧红以泪洗面,那原本金子般的眼泪就如此廉价地落在了旅馆里。

然而,泪水换不了金钱,更换不了老板的同情。眼见汪殿甲一去无音,狠毒的老板准备将萧红卖到妓院去抵债,他下了最后通牒:"给你一个星期,如果你仍然还不了钱,就别怪我不厚道。"

难道就这样等待命运的屠宰？"不！我要自救！"这是萧红咯血的心声。

于是，萧红抱着最后一丝希望，向当时的《国际协报》副刊发出求救信。

信，幸运地落到了编辑裴馨园的手里。这是一个富有同情心的文化人，他含着眼泪读完了信，发现在悲惨的文字背后，隐藏着一个罕见的文学天才。

事不宜迟，裴馨园立刻派助手"三郎"，也就是萧军去探望萧红。可以想象，如果没有裴馨园的善心，如果裴馨园也像当今一些人抱着"多一事不如少一事"的冷漠态度，那么，中国现代文学史就要撕去厚重的一页。

血气方刚的萧军来到东兴顺旅馆时，在散发着霉味的阴暗屋子里，看到了一个憔悴的孕妇。当他用同情的心听完萧红嘶哑的哭诉之后，立刻作出了一个将改变自己的一生，也将改变萧红一生的重大决定："好了，别怕。你的苦难我来挑！"

萧红紧紧抓住萧军的大手，她感到那是一块烙铁！

萧军有点慌乱而又笨拙地理了理萧红额前的头发。

命定的缘将两颗苦难的心拴到了一起。

然而，萧军本人也是一个一贫如洗的流浪汉，他哪里拿得出对他来说同样犹如天文数字的六百多元钱呢？更糟糕的是，连他的朋友都是一帮穷光蛋。裴馨园虽然同情萧红的处境，但他毕竟自身难保，何况报馆的薪水也拖欠好几个月了。

黑云压城城欲摧啊！

萧红盼来了萧军，可萧军有心无力。旅馆老板照样天天催命似的来逼债，说了许多难听的话，萧军双目圆睁，几乎要用蛮力解救萧红了。

正在这为难之际，老天爷帮忙了。

绵绵不断的豪雨，使松花江的洪水忍无可忍，咆哮着，决堤而出。

哈尔滨市区顿时变成一片泽国。

人们争先恐后夺路逃生，包括气急败坏的旅馆老板在内。

混乱之中，萧军抱着萧红逃出了灾难的中心。

张爱玲的《倾城之恋》，用毁城的方式成就一桩平淡的爱情。

哈尔滨的被淹，拯救了萧红和萧军，给丘陵上的红木棉增添了一份湿漉漉的沉重，也使一桩苦难的爱情有了更为苍凉的背景。

贰

为什么,中国的土地上会有如此多的苦难?

为什么,中国的苦难要让一个弱女子承担?

萧红逃出了恐怖的旅馆,却又落入了饥饿的魔掌。饥饿如猛虎,将二萧抓咬得遍体是伤。他们先是住在道里十一道街一座的欧罗巴旅馆里,但因为经济原因,没过几天,就被蛮横的老板赶了出来。他们只好迁至道里商市街二十五号大院的一间小房内,开始了贫穷但是相依为命的生活。他们经常出入当铺,四处借贷。可是,当完了一切可以典当的东西,借完了每一个可以援手的穷朋友,回头一看,饥饿的老虎张开血盆大口,更加恐怖地向他们逼来。

那原本是二萧的新婚蜜月啊!

他们的蜜月就如此这般,在饥寒交迫中度过。

那真是一段刻骨铭心的日子:常常是萧红躺在旅馆冰冷的木板床上,把所有的被子裹在身上,仍难以抵御严寒的进攻,腹中的胎儿没有让她感觉,更多的是不安和恐惧,仿佛那是一颗定时炸弹,有一天会将她炸死。她几乎每晚做着噩梦,每次从梦中醒来,她都惊恐不已。

而这个时刻,萧军起早摸黑,在城里四处奔波,打短工,干苦活,努力挣点银两。运气好的时候,萧军能够带回一袋馒头和大饼,两人就着一杯白水,一顿狼吞虎咽。运气不好的时候,空手而归,两人只好饿着肚子相抱而眠。漫漫长夜,度日如年啊。

由于贫穷,萧红和萧军两个人和衣挤睡在一张小床铺上,萧军的块头很大,而萧红的肚子也越来越大,两人都为了让对方多盖一点被子,互相谦让,双方都睡不好。

萧军说:"你多盖点吧,别冻坏了肚子。"

萧红说:"你要养家糊口,冻坏了怎么行?"停了停,又说:"这孩子,要是生下来,怎么办呀?"

萧军望着黑黑的天花板,半天作不得声。

萧红温柔地触摸着萧军的胸脯,试图缓解他的重压,可是,现实毕竟太残酷。

萧军

萧军怎会因萧红的柔情而忘却眼前的苦难？反过来说，虽然萧军救了萧红一命，但这救命之恩，萧红又该用怎样的爱来偿还？她腹中的骨肉是汪殿甲留下的，在那样的年代，萧军又能否用博大的胸襟来包容这一切？

"我造了什么孽啊。"萧红咬破了嘴唇，泪水止都止不住地流了出来。

萧红的抽泣惊醒了萧军，他用手一摸，脸上湿湿的，枕头上也是一滩泪水。他将她抱到自己的胸脯上，低低地说："你又犯什么傻，哭什么？我说过，你的苦难我来挑嘛。"

萧红哭得更甚了。

萧军摸到了发抖的心。

半个月后，在一家贫民医院里，萧红生下一个女婴。

面对新生命的出世，萧军有点不知所措。

分娩后的萧红由于出血太多，身体十分虚弱，萧军发疯般地挣钱，可是挖地三尺，仍然得不到半两银子。没有钱，萧军只得将萧红接回家里休养。

外面的狗饿得冲着月光狂吠。

萧红坐在硬硬的床上，望着窗外，脸上闪着一丝疲惫不堪的苍白的冷笑。孩子从一生下来，她就没有看过一眼。想起那个负心人，她的心就阵阵悸痛。孩子在隔壁的房里哭喊，声嘶力竭，萧红雕塑般，一动不动。她似乎麻木，似乎冰冻，又似乎在报复什么。整整六天，萧红没有看孩子一眼！六天，她没有喂孩子一口奶。初为人母，虽然严重的营养不良，但奶水仍然涨得湿透了衣衫。一阵又一阵，孩子哭叫的声音，从隔壁传过来，她牙齿咬得格格响，把心紧成了一块铁……

后来曾有人这么评说："贫困，把做母亲的女人挤压成如此冷酷！她的头脑一直是清醒的，母爱一旦泄出，将一发不可收拾。一眼都没瞧一下的孩子，（萧军把孩子）送给了道里公园看门的老头。以后的事实表明，这孩子成了萧红抹不去的伤痛！当她在香港病危时，在交代的后事里，嘱咐端木蕻良将来有机会一定要去寻找这个孩子。这正是母性的复苏与绝唱。"

然而，仅仅把这一切归咎于贫困，是不全面的。我更相信，萧红如此绝情，既是对汪殿甲负心而去的变相惩罚,更是为赢得萧军全心的爱而做出的最大牺牲。也许,萧红认为:孩子的离去,将使她能够更好地、更轻松地面对萧军,也使萧军能够看出她跟随他的决心。

事实上,孩子的离去,也的确使两颗苦难的心拉得更近、贴得更紧了,他们过了一段平静充实的生活。在这一段时间里,萧红和萧军一边劳作,一边创作,物质的贫穷与精神的富有形成了强烈的反差,这种反差一定程度上冲淡了胃痉挛所带来的痛苦。他们互相鼓劲,携手前行。苦难的身世激发了他们对贫苦人民的感情,也使他们的笔触共同伸向了下层人民的艰难身世。

1933 年 10 月,萧红与萧军自费出版了第一本作品合集《跋涉》,它可以看成是二萧爱情的宁馨儿,这次合作的成功激发了萧红更大的创作热情。她不停地写啊写,很快,一本名为《商市街》的散文集完稿了。这本书共散文四十一篇,内容全都是写她与萧军两人在哈尔滨那段苦难生活的原始实录。萧红以女性作者特有的敏锐、细腻的心理,生动逼真地描绘了他们的艰难、苦痛和欢乐。

特别令人动容的是,萧红以坦诚的态度,讲述了她对于饥饿、寒冷、贫穷的感受与忍耐,她在无计可施的情况下所感觉到的孤独、愤恨、苦闷和无聊,以及她可悲的处境在自己精神上刻下的道道伤痕。在这些文字中,"饥饿"二字特别醒目。例如,在《提篮者》这篇散文里,她写了一个提篮卖面包的人对她产生的诱惑,写了"带来诱人的麦香"的面包怎样吸引她,但是"挤满面包的大篮子又等在过道,我始终没推开门,门外有别人在买,即使不开门我也好像嗅到麦香。对面包我害怕起来,不是我想吃面包,怕是面包要吞了我。"

而在《饿》这篇散文里,她甚至写到饥饿得实在难以忍耐的时候,想要去偷,"肚子好像被踢打放了气的皮球",她对着空荡荡的屋子,发出了"我拿什么来喂肚子呢?桌子可以吃吗?草褥子可以吃吗?"

读到这样的文字,我仿佛看到了老虎的挣扎,看到了饥饿的利刃割破喉管时所喷出的血。

谁敢说,这不是一个天才女性在令人窒息的绝境中所发出的最令人惊怵的呼喊?

叁

清苦,在浪漫的天空中飘逸;

浪漫,在清苦的河流中奔跑。

1934年6月15日,这个在别人看来也许十分平淡的日子,但美丽的青岛和勤劳的青岛人民应该记住这个日子。

这天上午十点多,随着一声汽笛的鸣叫,日本轮船"大连丸"在青岛码头缓缓地靠岸。

不一会儿,两个年轻男女,满面风尘地走出船舱,手挽手,异常兴奋地走向迎接他们的朋友。悄吟和三郎,两个逃出东北沦陷区的文学爱好者,怀着热血和梦想,来到了这座美丽整洁的海滨城市,开始了他们文学生涯中最为重要的起跑。

在这里,那个叫做"悄吟"的美丽女性被"萧红"所替代,她以她那敏锐深沉和冷峻抒情的风格在中国现代文学史上留下了浓墨重彩的一笔。而不甘落后的"三郎",也以"萧军"的大名,在群星闪烁的中国文坛留下了属于自己的光芒。

在青岛的日子,真可以算得上是姗姗来迟的青春蜜月,萧红和萧军,他们住在靠近海边的一座木屋里,虽然清贫,但阳光,大海,白鸽,蓝天,却因为爱,而变得诗情画意,飘逸浪漫。

那些天,萧红基本上呆在家里,一边操持家务,一边从事小说创作。而萧军则以"刘均"的名字在小报《青岛晨报》做副刊编辑。薪水虽然不丰,但却能够让两人在青菜馒头中体验到一种宁静的幸福。

人们常常看见萧军戴着一顶边檐很窄的毡帽,前边下垂,后边翘起,短裤、草鞋、一件淡黄色的俄式衬衫,加束一条皮腰带,样子颇像"洋车夫",他是那么豪气地走着,让身边的风裹着阳光,哗啦啦地跟在后面。而萧红则用一块天蓝色的绸子撕下粗糙的带子束在浓密的黑发上,她总是穿着那件发白的布旗袍和一条浅灰色的西式裤子,蹬着一双后跟磨去一大半的破皮鞋,粗野得像个有点夸张的乡下"女郎中"。

一个"洋车夫",一个"女郎中",在青岛的避风港过起了有滋有味的日子。他们徜徉在大学山、栈桥、海滨公园、中山公园、水族馆。有时还跑去海滨浴场,在蔚蓝色的海水里浸泡年轻的身体和快乐的心。

正如萧军所描绘的："自己烧饭,日常我们一道去市场买菜,做俄式的大菜汤,悄吟用有柄的平底小锅烙油饼。我们吃得很满足。"

有一次,二萧从朋友家里出来,已经夜深人静了,公共汽车已经停运,他们只好步行回家,大概十里远近,他们一路走来谈笑,毫无倦意。月光照在城市的上空,幽幽的月光像箫声一样透明。

突然,萧红心血来潮,硬是坚持要跟萧军赛跑。萧军拗不过萧红的请求,只好答应。结果两人拼命地在街上奔跑。穿着破旧皮鞋的萧红怎么跑得过萧军,不一会儿,就落后了,但她不服气,将皮鞋脱掉,继续朝前奋力奔跑,终于摔倒在地。

"你看,摔痛了吧?"萧军立即折回来,将萧红扶起。

萧红顺势躺在萧军的怀里,咯咯地笑着。

那是一个多么美丽的夜啊。

萧红哪是真的要跟萧军赛跑?她是要飞,要像风筝一样自由地飞翔,而爱情的拉线却让萧军紧紧握住。

无数的夜,有名的或者无名的,都过去了。唯独萧红的奔跑,留给记忆的是那样的深刻,人们甚至能够听到那双破皮鞋敲击着柏油马路的清脆声响,以及那种豪放的金子般的笑声。正是这样的心境,我能想象得出,穿着磨去一半的破皮鞋的萧红,扎着花围裙愉快地收拾房子,然后沉静地坐在窄窄的书桌前,写《生死场》时那慢慢翻动稿笺的优雅自信的样子。

而背靠萧红的萧军,则点着一支劣质香烟,埋着头,在另一张小桌上奋笔写着《八月的乡村》。

两人的赛跑,从街头来到房内,从精神的提升到写作的比拼。

萧军与萧红

物质的清贫仍然没有改变。为了写作和更好地休息,他们从朋友那里,好不容易借到了一张小床。萧红很勇敢地爬到那张小床上去住。萧军的床稍大一些,安置在房间的东北角,萧红的床则安置在西南角。

写累了,两人吹灯就寝,临睡时彼此还道了一声:"晚安!"

有一天晚上,正当萧军蒙蒙眬眬快要入睡时,他忽然听到一阵抽泣声。

萧军惊醒了,急忙奔到萧红的床边。他以为萧红发生了什么急症,便把手按到她的前额上,焦急地问着:"怎么了? 哪里不舒服吗? "

萧红没有回答,竟把脸侧转过去,一股柔情的泪水从那双圆睁睁的大眼睛里滚落到枕头上。黑黑的屋子里,萧军看不清她的神情,又顺手扯过她的另一只手来想寻找脉搏,她竟把手抽了回去。

"去睡你的罢! 我什么病也没有! "

"那你为什么哭? "

萧军有些不解。

萧红竟格格地憨笑起来,低低地说:"我睡不着! 不习惯! 电灯一闭,觉得我们离得太遥远了! "说完,眼泪又模糊了她的眼睛。

萧军怦然心动,两人紧紧地抱在一起。

萧红说过:"女性的天空是低的,羽翼是稀薄的,而身边的累赘又是笨重的! 而且多么讨厌啊,女性有着过多的自我牺牲精神。这不是勇敢,倒是怯懦,是在长期的无助的牺牲状态中养成的自甘牺牲的惰性。我知道。可是我还是免不了想:我算什么呢? ……不错,我要飞,但同时觉得我会掉下来。"

萧红担心"掉下来",是因为体验到了幸福。她害怕这种幸福稍纵即逝。她想飞,但同时一定要让萧军托着,并且成为她的翅膀。他们的贫困超出了我们的想象,但他们的富有也超出了我们的想象。当年,青岛那么多一掷千金的富豪与气焰熏天的权贵,但是今天,他们到哪里去了呢? 有几个人的名字被后人铭记?

然而,萧红和萧军的名字流传下来,一起流传下来的还有他们的追求、爱情和苦难中的快乐,以及照耀过他们的阳光和放飞过他们梦想的天空。

青岛没有压抑他们火热的情,他们便给青岛增添了一份诗意的浪漫;

青岛没有填饱他们饥饿的胃,他们仍给青岛增添了一层文化的底蕴。

肆

1934年9月9日，这是一个吉祥的日子。23岁的萧红写完了长篇处女作《生死场》。

此前一个星期，萧军也写完了他的长篇处女作《八月的乡村》。

小说写得好不好？怎样出版？两人望着各自桌上厚厚的书稿，一时有些困惑起来。

这时，一个名叫孙乐文的朋友提醒了他们。孙乐文说起有一次他在上海内山书店看到了鲁迅先生："我看他平易近人，说不定能够帮你们。"

远方闪烁嫩黄的火光。那是希望之火啊！

"咱们试试吧。"萧红说。

萧军点点头，立即起草给鲁迅写信。萧红在一旁看，想好一句写一句，两人像打磨一件作品一样打磨一封不凡的信。在信中，萧军向鲁迅请教：一个决心投身于新文化运动的青年，应该做些什么？当然，信中的重要内容不会忘记：他们想请鲁迅先生看看他和萧红完稿的两部长篇。

在这封信中，萧军第一次使用了"萧军"这个名字，此后就一直使用这个笔名。写完后，萧军要萧红也签个名，于是，她便在信笺上签上了"悄吟"的名字。

信，很快就寄到了上海内山书店。

鲁迅先生收到了信，并立即回了信。

来信的两个问题的答复是——

一、不必问现在要干什么；只要问自己能做什么，现在需要的是斗争的文学……

二、我可以看一看的，但恐怕没工夫和本领来批评，稿可寄……

萧红《生死场》书影

收到鲁迅先生回信，二萧高兴得要跳了起来。萧军更是一遍遍地读着来信，认为"这是我力量的源泉，生命的希望……"

几天后，他们把《生死场》、《八月的乡村》两书的抄稿和两人已经出版的集子《跋涉》，一起寄给了鲁迅先生。

此时，萧军所在的报馆发生了变故，同事们一个个作鸟兽散。萧军萧红和挚友梅林维持到了这一年的十一月。烙饼和大菜汤都吃不起了。于是他们将报馆里的两副木板床以及几张木凳，一股脑儿地载到一辆独轮车上去拍卖。他们真是穷极了，恨不能连门窗都拆下来卖掉。

可是，这样又能抵挡多久？

二萧最大的期盼是希望得到鲁迅先生的援助。他们不停地给上海写信，言辞恳切，心情急切。鲁迅先生虽然及时地给他们回信，但一说到见面的事，他总是以"从缓"二字作答复。

这可把二萧急坏了。

萧红说："咱们去吧，到了上海，先生还不见我们吗？"

萧军说："再等等，此事不能鲁莽。"说完，又去写信。

不久，鲁迅先生再一次复信给二萧，其中特别提醒他们要警惕"上海有一批'文学家'阴险得很，非小心不可。"信中还再次表明友善的信息："我想我们是有看见的机会的。"

值得指出的是，真正使鲁迅先生对二萧的印象产生飞跃性变化的，是基于萧红的一次天真的"抗议"。

原来，鲁迅先生曾在信的末尾加上一句"吟女士均此不另"。

"吟女士"指的就是萧红。因为萧军写给鲁迅先生的信，每一次都有萧红另一个笔名"悄吟"的签名，鲁迅先生的回复本来更多是针对萧军的，不料萧红对"吟女士均此不另"一句颇为不满，率真的她自己写了一封信去，"坚决"反对鲁迅先生这样"轻视"她。

没料到，这一"抗议"，从根本上改变了双方一直保持的礼貌拘谨的态度，气氛似乎一下子变得融洽了。

在给萧红的回信里，鲁迅先生便半开玩笑地问道："悄女士在提出抗议，但叫我怎么写呢？悄婶子，悄姊姊，悄妹妹，悄侄女……都并不好，所以我想，还是夫人太太，或女士先生罢。"

从这一刻起，鲁迅先生开始用调侃的语调来写回信了，这无疑是一个好的兆头。

后来的研究者注意到了这个细节，由此而产生的疑问是：当时萧红所提出的"抗议"，是真的属于幼稚，还是出于一种女性的机敏？不管当时真实的心态如何，但有一点是确凿不移的，那就是萧红的"抗议"，使鲁迅先生对这位女性产生了相当的好

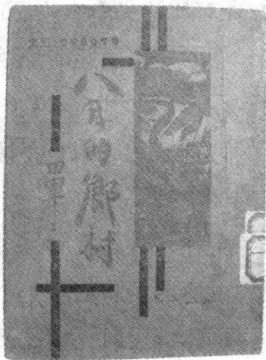

萧军《八月的乡村》书影

感。他似乎已经发现了这位尚未晤面的青年女子身上有着某种可爱的品质，否则，他便不会在信的末尾，继续制造出一个"俪安"的小花样，并打上箭头问萧红对这两个字抗议不抗议。

其实，当年二萧是太急于见到这位文坛的前辈了，他们也许并没有仔细考虑鲁迅先生态度转变的原因。

虽然，鲁迅先生在回信中仍在说着"青年两字，是不能包括一类人的，好的有，坏的也有。但我觉得虽是青年，稚气和不安定的并不多，我所遇见的倒十之七八是少年老成的，城府也深，我大抵不和这种人来往"，但在他的内心深处，则开始考虑如何安排与二萧的会面了。

事实证明，鲁迅先生的回信是具有历史性的，倘若先生当时对二萧的来信没有给予足够的重视，或未及时答复，那么二萧的未来命运将会如何呢？我们不得而知。就像当年萧红身陷绝境写信到《国际协报》副刊得到编辑裴馨园重视一样，无论社会环境多么恶劣，因为这些善良的人，希望总会在远处闪光。

伍

应当说，萧红与萧军确实是非常幸运的，在他们还名不见经传的时候便得到了鲁迅先生这样的文坛盟主的诚恳相待，作为欲在文坛上大展宏图的年轻人来

说,还有比这更令人兴奋的事情吗?

然而令人遗憾的是,灯红酒绿的上海并没有张开双臂,以现代都市的胸怀热情欢迎二萧的到来。1934年11月初,萧军和萧红在征得鲁迅先生的同意后,迫不及待地搭乘一艘日本船,在货舱里,他们同腥味刺鼻的咸鱼粉条一道,被罐头般地运送到了上海。

与辗转青岛不同,二萧走上甲板望着熙熙攘攘的上海码头,竟没有发现一个熟悉的身影。从轮船走上岸,一股举目无亲的感觉油然而生。

因未能及时见到鲁迅先生而产生的焦急心情,使得萧军发出了这样的抱怨:"我们是两只土拨鼠似的来到了上海!认识谁呢?谁是我们的朋友?连天看起来也是生疏的!"

事实上,萧军对来到上海后没有马上见到鲁迅先生所发出的牢骚,完全是由于对鲁迅当时的处境缺乏了解所致。

几十年过去后,萧军仍在为自己当年怀有的疑惑情绪感到内疚。

他在文章中忏悔道:"当我在上海生活过一段时期以后,我才知道了自己所知道的上海政治情况,只是一种抽象的概念而已,事实上的险恶与复杂,是在想象以外的。"

当时的鲁迅先生,已被当局通缉几年,自然处理起事情格外小心谨慎。多年的经验告诉他,当你尚未了解对方时,绝对不可贸然行事,这并非摆架子或出于大人物的矜持,而是因为现实环

鲁迅

境过于残酷了。

二萧当晚住在一个临时客栈里,由于过度疲惫,他们很快沉睡过去。

三天后,他们得到了确切的答复:同意会面。

一束温情的阳光,将霉湿的心情晒得透亮。仿佛长途跋涉的人到达终点一样,二萧长长地松了一口气,他们为自己没有倒在中途而庆幸。

为了给萧军准备一件合适的见客礼服,萧红连夜缝制衣服,在昏暗的灯光下熬了一夜,这些绵密的针线里凝聚了萧红的无限情意。

无疑,这是萧红一生中最美好的时光,但这段蜜月在两年后不可避免地结束了。

1934 年 11 月 30 日,对于萧红和萧军来说是一个值得大书特书的喜庆之日,他们终于等到了与鲁迅先生相见的那一刻。

根据约定的时间,二萧准时来到了内山书店。

出乎意料的是,鲁迅先生已在那里等候他们了,这使二萧简直有点不知所措。

见两个拘谨的年轻人站在门边,鲁迅先生迈着缓慢的步子走过来,平静地问道:"是刘先生、悄吟女士吗?"

二萧迷乱地点着头。

接着,先生便引导二人走出书店,来到一家不远的咖啡店。

也许,按照二萧本来的设想,与先生初次见面的一刹那不应是这样的,他们可能要说上许多问候语,场面也会比眼前发生的要热烈感人得多。

然而,刚才发生的一幕却是如此的朴素,如此的简短,多余的寒暄和客套都被省去了,这使两个人一下子便回到了本真状态,不再感到有什么拘束。

萧红望着文坛大师竟是如此的平和与善意,顿时,横亘在大人物与无名之辈之间的界限顿时消失了。她满怀敬意地注视着眼前这位面色苍白、略显衰弱和疲惫的老人,他脸颊消瘦,颧骨突出,嘴上留有浓密的唇髭,头发极富个性,硬而直立,眼睛喜欢眯起来,但目光却异常锐利。

后来,萧红曾特别描述过先生特有的那种使人"感到一个时代的全智者的催逼"的目光。

初次的见面是令人愉悦的。

鲁迅先生喜欢二萧的淳朴爽直，而二萧完全被先生的人格魅力所征服。

不一会儿，许广平领着儿子海婴也来到了咖啡店。

萧红与许广平一见如故。

许广平对萧红的印象也很不错。她曾以诗意的笔调描述过这次的会面，"阴霾的天空吹送着冷寂的歌调，在一个咖啡室里我们初次会着两个北方来的不甘做奴隶者。他们爽朗的话声把阴霾吹散了，生之执著、战斗、喜悦，时常写在脸面和音响中，是那么自然、随便、毫不费力，像用手轻轻拉开窗幔，接受可爱的阳光进来"。

临别时，鲁迅先生又取出 20 元钱送到二萧面前，使两位一贫如洗的年轻人激动万分。

不久，二萧成为鲁迅先生家中的常客。

在鲁迅先生的鼎力推举下，萧军的《八月的乡村》率先出版，先生为之作序："关于东三省被占的事情的小说，这《八月的乡村》即是很好的一部。"

然而，萧红的《生死场》出版得却不太顺利，该书被国民党中央宣传部书报检查委员会搁置半年后，仍然未得到许可，后来作为鲁迅主编的"奴隶丛书"之一，于 1935 年才得以出版。

鲁迅先生同样为该书作序，他给予了萧红恰如其分的赞许："女性作者的细致的观察和越轨的笔致，又增加了不少明丽和新鲜。"

就这样，在鲁迅先生的引导下，萧红和萧军开始进入上海文坛，并与当时许多重要人物建立了广泛联系，而他们与鲁迅之间的友谊，则对日后自身事业的发展产生了难以估量的作用。

此时的萧红，生活原本露出了微笑，但这一丝微笑，很快被一场黑色风暴撕走了。

陆

爱，是一把双刃剑，既可以给人带去温暖，也可以给人带来伤害。

对萧红而言，"爱"的含义更加复杂。它像是一束光、一把火，又像是一个锤、一把刀，甚至还是一包药，或者一块重重的石头。

经历了苦难磨炼的人原本学会宽容和理解，但在萧红心里，萧军已经不是当年的那个"三郎"了，他变得多疑和专制，他的大男子主义，他的武断和暴躁，都无法让萧红更好地爱他。她原以为萧军不会计较她的过去，不会计较她曾经发生过的悲惨的一切，但慢慢地，她觉得自己错了。昔日那个侠义心肠的"三郎"永去不复返了。她曾经试图用各种方法去挽救这一份爱，但是，有一股巨大的离心力将她从萧军身边拉开，并且越拉越远。

《八月的乡村》为萧军赢得了荣誉，但《生死场》给萧红带来的成功似乎更大，萧红的才华也被更多的人所称颂。

这，对于既是情侣又是对手的萧军来说是不是一种难以言说的打击呢？

因为相爱，反而伤害。二萧的冲突不可避免，争吵也日益激烈，性格粗鲁的萧军甚至动手打伤了萧红。这一打，将爱情苦心经营的温情打碎了。萧红的身体和心灵深处涌动着无限的酸楚，留下了一道道创伤。

后来有人这样对比萧红和萧军之间的差别：一个多愁善感，另一个坦荡豪爽；一个是长不大的女孩，另一个是血性汉子；一个柔，一个刚。

萧军评价萧红："她单纯，淳厚，倔强有才能，我爱她，但她不是妻子，尤其不是我的。"这里隐含着什么，只有当事人最清楚。

而萧红则说："我爱萧军，今天还爱。他是个优秀的小说家，在思想上是同志，又是一同在患难中挣扎过来的，可是做他的妻子却太痛苦了。"

相爱容易，相处难。既相爱，并且同居，却又不是妻子和丈夫的感觉，这样的生活，萧红焉能不痛苦？

为了缓解冲突，调节心情，萧红动身去了日本，而萧军则回到青岛。

客居他乡的萧红仍然思念着萧军，她在给萧军的信里还张罗着要为他买柔软的枕头和被子。但当萧红满含希望地回到萧军身边后，发现萧军抵挡不了别的女人诱人的"红唇"，情感早已发生了转移。他们的矛盾进一步激化，猜忌和怨恨变得毫无遮拦。

应当说，萧红内心是非常珍惜这段感情的，她写了很多诗。虽然很怨恨萧军，甚至骂萧军,但是她还是希望萧军能回心转意,她不想舍弃萧军。

然而,情未了,缘已断。

分手,已成定局。

既如此,好强的萧红经过一番犹豫和痛苦地挣扎,最终决定把自己的情感和命运从离心而去的萧军那里收回,转而交托给了另外一个男人——作家端木蕻良。她赠给端木"相思豆"和"小竹竿",这两件定情物包含了一个受伤女人的心愿:"相思豆"代表真爱,而"小竹竿"则象征着坚韧与永恒。

1938年4月,身怀六甲的萧红跟萧军分手后,与端木同去武汉。5月在武汉大同酒家举行了一场特殊的婚礼。当时跟萧红接近的男作家不少,他们都很同情萧红,但与她聊天、谈话、以文会友可以,要娶她为妻,恐怕谁都没想过。只有端木提出跟萧红结婚,而且要举行婚礼,给她一个正式名分。在这件事情上,端木是个真正的男子汉。也正是这一点,打动了受伤累累的萧红。

须知,在那个时代,一个从没谈过恋爱的男人要娶一个曾与两个男人同居又先后分离的女人,谈何容易?当时,端木的母亲和亲友都不赞成,特别是端木的母亲,她认为萧红不吉利,不希望自己的小儿子和这样的女人结婚。

萧红与端木蕻良

但端木坚持了自己的主见。

婚礼那天,前来道贺的有端木三哥未婚妻刘国英的父亲、刘国英和她在武汉大学的同学、萧红的日本朋友池田幸子,还有文化界的胡风、艾青等人。

萧红穿一件旗袍,端木着一套西装,婚礼办得简单又隆重,在战争年代中是不多见的。

萧红在婚礼上的一番话真正表达了她当时的心态。

当胡风提议新人谈谈恋爱经过时,萧红十分动情地讲:"掏肝剖肺地说,我和端木蕻良没有什么罗曼蒂克的恋爱史。是我在决定同三郎永远分开的时候我才发现了端木蕻良。我对端木蕻良没有什么过高的要求,我只想过正常的老百姓式的夫妻生活。没有争吵、没有打闹、没有不忠、没有讥笑,有的只是互相谅解、爱护、体贴。"

在场的人都被萧红坦诚的话所打动,大家静静地听她继续含泪说下去:"我深深感到,像我眼前这种状况的人,

静静流淌的呼兰河

还要什么名分。可是端木却做了牺牲,就这一点我就感到十分满足了。"

萧红说的"像我眼前这种状况的人",指的是她有孕在身,她怀的是萧军的孩子。当年,为了萧军,她铁心不看那个可怜的女婴,也没有喂她一口奶,直到送人之后,她才感到一份伤痛是多么难以消去。而今,她怀上了萧军的孩子,却又跟端木结了婚,命运为何如此捉弄人?这个孩子将来又该怎么办?

几个月后,孩子出生了。但奇怪的是,几天后,孩子就夭折了。对于这样的结果,萧红的心情异常复杂,有着一种说不出的酸楚。

孩子的死彻底掐断了她与萧军最后的缘分。

不久,抗战爆发,上海沦陷。萧红跟着端木蕻良,颠簸流离到了香港。由于被迫东躲西藏,加之精神紧张和医院药物匮乏,萧红的肺结核日益严重,使原本虚弱的她变得更加弱不禁风。

是爱,让萧红走出呼兰河畔;

是爱,让萧红走向海角天涯。

柒

20 世纪 40 年代初的香港,像是一个被多种疾病缠身的城市。

正是这样一座城市,住下了被多种疾病缠身的萧红。

也正是这座城市,让萧红的生命走到了末路。

很难想象,当萧红静静地躺在病床上时,她会不会回忆起那陌生而又熟悉的呼兰河畔,会不会回忆起爷爷和父母,以及由此引发的一切,包括噩梦般的逃婚,而又噩梦般地跟汪殿甲生活过一段日子;包括随后的萧军,以及更后的端木蕻良。但我相信,在她的生命里,最闪亮的记忆里应该是与鲁迅先生相识的点点滴滴。

可惜,伟人已乘黄鹤去。她只能将无穷的思念留在心底。

香港,是一座混乱而又陌生的城市。以病人的眼光,萧红对香港的印象可能更加糟糕。那些天,萧红十分苦闷,情绪低落到了极点。

就在她感到孤寂无助之际,萧红得到了一位宽厚长者的关心,这位长者就是柳亚子。

柳亚子的出现给萧红的生活带来了一抹亮色。

原来,1939年底,与国民党分道扬镳的柳亚子由上海抵达香港,与宋庆龄、何香凝一道,在香港发展了国民党左派力量,为推动政府抗战而大声疾呼。柳亚子并没有因为政治原因而淡化了对文艺的兴趣。他总是设法与文艺界保持着密切的关系,在香港也不例外。

因此,当得知萧红在香港生病住院后,他依靠个人的影响力,筹措到一笔经费,解决了萧红的住院费。

随后,他又亲临医院探望。

柳亚子的突然到来,使病榻上的萧红既吃惊又感动。

"别急,一切都会好起来的。"柳亚子握着萧红的手,轻轻地说,"重要的是,把病养好。"

面对长者和文学前辈的宽厚安慰,萧红不禁潸然泪下,泣不成声。

柳亚子见此情状,连忙说:"你怎么这样哭呢?我读过你不少作品,有力量。我相信你病后能够创作出更好的作品来。"

得到柳亚子的探视和鼓励,萧红精神大振,情绪也稳定了许多。

有一次,柳亚子前来看望萧红,恰逢端木蕻良在她病榻前端药侍茶,聊天解闷。柳亚子连连抚掌称好,并当即赋诗一首,题为《赠蕻良一首并呈萧红女士》。

诗云——

谔谔曹郎奠万华,温馨更爱女郎花。

文坛驰骋联双璧,病榻殷勤伺一茶。

柳亚子将此诗写下后亲自交给萧红。

萧红十分高兴,她庆幸自己又找到了一位像鲁迅先生一样的长辈,不仅关心她的生活,而且点拨她的人生。

端木蕻良也很感激柳亚子的关爱。

几天后的一个上午,柳亚子笑吟吟地捧来一束盛开的菊花,送到萧红的病床前。

鲜艳的菊花绚丽多姿,透出一股沁人的幽香。病房里一下子生动起来。

萧红眼里含着泪,她斜靠在病榻上,用手轻轻抚着鲜花,并深深地吸了一气。哦,好香! 萧红感到生命在复苏,内心燃起了一股火焰,苍白的脸上浮出了一层红晕。

柳亚子说:"好好休息,争取早日康复。生命就像这鲜花一样,你会更加灿烂芬芳的! "

萧红点点头,她请求柳亚子靠近她坐下来,她想到自己来香港后,在朋友中与柳亚子相识最晚,又定交于病榻,而这位长者的关心是仅次于鲁迅先生的,不禁感慨万千。望着尊敬的长者,萧红颇为动情地吟了一句 "天涯孤女有人怜",随即怅然挥泪,难以自罢。

此一句诗,包含了萧红多少酸甜苦辣和人情冷暖的人生感悟啊。

柳亚子闻之亦动容不已。他当即赋诗一首赠予萧红,以示鼓励——

柳亚子

轻渺炉烟静不哗,胆瓶为我斥群花。

誓求良药三年艾，依旧清淡一饼茶。

风雪龙城愁失地，江湖鸥梦倘宜家。

天涯孤女休垂涕，珍重青韶斐未华。

这一首诗，永远留在了萧红的心里；

这一幕，也永远留在了端木蕻良的记忆中。

许多年后，端木还满怀深情地回忆了这一幕，并说："在柳先生身上，我们发现师道和友情萃于一身。在一位纯真的老者身上，滋润着热情的灵苗。柳先生平生饱经忧患，但他总给别人以鼓舞和信心。"

遗憾是，港九战争爆发后，柳亚子被迫撤离香港。

临行前，他又专程来向病榻中的萧红辞行，叮嘱她："要有信心！养好病后，争取写出更好的作品来。"

没想到，这次辞行，竟成永别。

捌

该离去的总会离去；

该相逢的总会相逢。

在萧红的生命历程里，骆宾基虽然姗姗来迟，但他与萧红却有了一段"比友谊多，比爱情少"的佳话。

骆宾基原是萧红胞弟张秀珂的友人。他中等身材，有着北方农民的魁梧，一张同属于北方农民的紫铜色长脸上常常写着质朴和沉思，鼻梁上架着一副棕色的眼镜，眼镜后面是一双不大却充满活力和感情的眼睛。作为同乡的东北人，他来到香港后不久，经朋友的介绍，他与萧红相见并相识。

既是老乡，又是胞弟的友人，萧红立即对这一双眼睛产生了好感。随后，萧红很自然地将这位同乡介绍给丈夫端木，端木则把自己在《时代文学》上连载的《大时代》停下来，发表骆宾基的新作《人与土地》，标题画则是萧红的作品。

为了感谢萧红夫妇对他的帮助，骆宾基经常去看望他们。端木因忙于事务，经常来去匆匆。这样，对于病榻中的萧红来说，骆宾基的来访减去了她的孤寂感，增加了她对生活的信心。特别是萧红病重期间，对她怀有敬慕之情的骆宾基长时间地厮守在她身旁，以致护士小姐都以为他是萧红的丈夫。

骆宾基

病床上的萧红有着无限的思乡之情，骆宾基操着一口浓烈的东北口音，配上他那娓娓动人的声调，讲述家乡的轶闻趣事。这些陈年旧事，对离乡已久的萧红来说，无异于饮露止渴，余味无穷。

骆宾基比萧红小六岁，萧红总是像姐姐一样与他拉家常。他们谈到东北老家的食物、风俗，也谈文学，谈人生。每当这个时候，萧红总是兴致极高，言谈中不免流露出对家乡深深的怀念。

不久，太平洋战争全面爆发，日军开始向香港发动进攻。当时的九龙已陷于猛烈的炮火之中，炸弹爆炸声和警报声不绝于耳。病中的萧红非常害怕，她有一种无法把握住自己命运的空虚感，迫切需要有人来陪伴她。

突然降临的战争，令好多在港的文化人措手不及。这时的端木既要考虑撤退和筹款事宜，又要与文化人保持联系，因此显得非常忙碌，不可能有太多的时间留在萧红身边。

骆宾基怀着一颗感恩之心，义不容辞地挑起了照料萧红的重任。

有一天，炮火特别密集，骆宾基冒着危险，来到萧红身旁。他的到来使脸色惨白而又带着恐惧的萧红，有一种绝处逢生的喜悦。

萧红紧紧握住他的手，柔声说："你不要离开，好吗？我好害怕……"

骆宾基连忙安慰她说："不要怕，放心，我会一直在你身边。"

萧红感激地点了点头，疲惫至极的她慢慢地合上了眼皮。

骆宾基静静地陪伴一侧。他突然发现萧红长长的睫毛下溢出了一层潮湿，不由怦然心动。

过了好一会儿，萧红才睁开双眼，她似乎没有在意自己的泪水，只静静地看着骆宾基。

外面的警报声又陡地响了起来。因为骆宾基的存在，萧红一点不害怕，她咳了一下，说："我现在最需要的就是友情的慷慨，你就是最慷慨的。"

见骆宾基有点发怔，萧红又接着说："我是一个非常矛盾的人，常常陷入与愿望相反的矛盾里，也许这是命吧。和萧军的离开是一个问题的结束，和端木又是另一个问题的开始……"

骆宾基很快意识到，萧红内心所要表达的意思。他有些吃惊。过去，他一直以为萧红与端木生活得很愉快，很幸福。可后来，听一些朋友讲，他们之间并不协调。特别是当他面对面地与萧红接触后，他深深感受到她的那种心灵孤独和企望被别人关心的焦渴。

一时间，骆宾基陷入了烦恼的矛盾之中……

柳亚子离开后，端木经常难见踪影，也不知他在忙什么。时局混乱，看到相识的人和不相识的人一个个离去，萧红感到十分伤感和悲怆，她不知道自己将会面临什么样的结局。

这天，骆宾基又来看她了。萧红与他谈得很投机，也很深入，她毫不隐瞒地说："我早就该和端木分开了，我要回家乡去。你能不能先把我送到上海，送到许广平那儿？"

"你……"骆宾基对萧红提出的要求感到很突然。

但萧红顾不了那么多，她情绪颇为激动，声音也显得高了一点，说："你不要为我担心，我不会在这个时候死的，我还有《呼兰河传》第二部要写，我会好起来的。"

然后，她竟喃喃自语起来："会好起来的，会好起来的。我还要写，还没写完……"

骆宾基试图安慰她，但就在此时，萧红突然说："骆君，到那时你肯娶我吗？"

"啊？"骆宾基顿时愣住了，一会儿，他几乎是下意识地说："不，我不能……"

萧红也是一怔，她把火热的目光收了回来，不再说话，也不想说话，但她蓦地想起了自己诗中的几句话，不觉有一种针痛——

想望得久了的东西，

反而不愿意得到。

怕的是得到那一刻的颤栗，

又怕得到后的空虚。

1941 年 12 月 25 日，经过 18 天的抵抗，香港最终还是失守了。局面一片混乱，病患中的萧红被送进了跑马地养和医院。

医生对萧红的病情进行会诊，她被误诊为喉瘤，第二天即被推进手术室。

在错误的时间，错误的地点，萧红接受了一次错误的喉管切开手术，加速了她的离世。

手术后，萧红的病情骤转，身体更加虚弱。由于伤口难以愈合，她说不出话，痛苦万分。

历经磨难的萧红也许意识到自己病情的危重，反而显得出奇的平静。或许这是一种心如止水的悲哀吧。

1942 年 1 月 18 日，萧红被迫转院，进入玛丽医院重新动手术，生命垂危。

萧红心境坦然。虽然，她不愿死，也不甘心死，因为，她还有许多事情要做，还有很多作品要写，她的缘未断、情未了，怎么能就这样一走了之呢？她在纸上写道："半生尽遭白眼冷遇……身先死，不甘，不甘！"

然而，上帝已经点了她的名，明知点错了，她也只得遵命而去。

五天后，萧红回光返照，她意识到，是告别这个苦难世界的时候了。

萧红用手势示意一直陪伴在身边的骆宾基给她取来纸和笔。她挣扎着，用尽最后一口气，写下了这句话："我将与蓝天碧水相处，留得那半部《红楼》给别人写了。"

这是萧红留给世界的悲怆。她用半部《红楼》概括了自己的一生，概括了那 31 年风风雨雨的心路历程。

玖

在中国现代文学史上,萧红是个天才的短命女作家。她仅以 31 岁颠沛流离、短促悲凉的生命,留下了卷帙可观、风格独特的小说、散文、诗歌和戏剧等多种体裁的文学作品。在短短 9 年的创作生涯中,共出版过 11 部集子,创作总字数近百万字,显示了不可多得的艺术才情和创作生命力。早在 20 世纪 30 年代,萧红就被鲁迅称为"当今中国最有前途的女作家。"

正如有论者指出的那样,萧红是凭个人的天才和感觉进行创作。她的作品自传性很强,融进了其独特的生命体验和情绪记忆。萧红创作上的成功,很大程度上取决于她的艺术感觉力和艺术表现力。她凭借女性纤细敏锐的感悟能力,捕捉情感中最富有韵致的人事景观,抒写现实的人生和自我的情怀。无论是诗歌、散文还是小说,无不灌注了她的性灵、智慧和勃勃生气,仿佛从心底流淌出的歌,诗意蕴藉、凄美动人。

"父亲打了我的时候,我就在祖父的房里,一直面向着窗子,从黄昏到深夜——窗外的白雪,好像白棉花一样飘着;而暖炉上水壶的盖子,则像伴奏的乐器似的振动着。"

类似上述的描写,在萧红的作品中随处可见。她是一个身心俱受摧残的不幸女性,一个被家庭、爱情和社会所放逐的灵魂。在她内心深处,深藏着难以排解的无家的悲凉感。她的一生,既经受了失去家园的无奈与痛苦,又饱尝了寻找家园的坎坷、屈辱与悲欢,她在无可奈何而又义无反顾地舍弃失去之后,又满怀希望地探索寻求,向着"温暖"与"爱"的方向,怀着"永久的憧憬与追求"。可以说,寂寞情绪和无家情结困扰了萧红的一生,同时也造就了萧红,成就了她的许多艺术佳构。她把自己对生命的体验与感悟真诚地融入笔下的艺术世界,把自己的孤独与忧伤、寂寞与怅惘,通过审美沉思转化为作品的情感基调和美丽的诗魂。

这种大气和冷峻,在《呼兰河传》中表现得尤为突出:"呼兰河这小城里边,以前住着我的祖父,现在埋着我的祖父。"这部书成了萧红献给故乡的生命绝唱。作为二十世纪中国文学的经典之作,萧红笔下是冰冻的,透彻到你的骨髓里。只有经历了无限的热烈和悲惨,半部红楼一样的生命感情,才会像冰冻一样;也只有枯涩中脉动的叙述,那种语调超越了内容的语言,才能表达这冰冻的感情。

如果说《生死场》"一次淋漓尽致地大胆裸露生命的躯体,让它在纷扰繁殖的动物和沉寂阴惨的屠场与坟岗中舞蹈着"的话,那么,《呼兰河传》却将生死的意义逐出人的视野,在人们对生死的更为漠然中写出了"几乎无事的悲剧"。此时的萧红对生命的感觉似乎已超出单纯的生死界限,而更深远地思索着旷远的空虚与悲凉。

与《生死场》相比,《呼兰河传》中尽管展现了环境对人仍然构成压抑,但已经没有 "生死场" 般赤裸裸的残酷,小城与人似乎形成一种平和松弛的关系:"春夏秋冬,一年四季来回循环地走,那是自古也就这样了,风霜雨雪地,受得住的就过去了,受不住的就寻求着自然的结果。那自然的结果不大好,把一个人默默地一声不响就拉着离开了人间的世界了。至于那没有拉去的,就风霜雨雪,仍旧在人间被吹打着"。

呼兰河人麻木混沌地生存(而非生活)着,感受不到生命的珍贵与死的悲哀,一切都是"自然的结果",都是被动的生生死死,作者心中涌动的是巨大的悲哀。在这里,一城人得过且过,活得坚韧,活得麻木。屋子快塌了,管它呢,过一天,算一天。小媳妇得病了,请巫婆跳大神,好好的人折腾死了,叹息一阵便过去了。鬼节里依然要兴致勃勃地放河灯。当然也不乏有光彩的人物。疯女子哭过了死去的儿子,又安安静静地卖菜。冯歪嘴子与大姑娘不声不响却超越世俗的爱情让人心酸又欣慰。这就是我们曾经有过的命运遭际。从前发生过,又梦一样不留痕迹。留给我们的是一首诗,一卷乡土风情画,一串凄婉的歌谣。

而远处,萧红含泪的倾诉,有谁听见了?

裸露的灵魂,在呼兰河畔徘徊。无家的鬼火却将夜归人的路照亮了。

特别是《呼兰河传》"尾声"里的几段话意味深长——

我生的时候,祖父已经六十多岁了,我长到四五岁,祖父就快七十了。我还没有长到二十岁,祖父就七八十了。祖父一过了八十,祖父就死了。

从前那后花园的主人,而今不见了。老主人死了,小主人逃荒去了。

以上我所写的并没有什么幽美的故事,只因他们充满我幼年的记忆,忘却不了，难以忘却，就记在这里了。

有人据此作出分析：在这里，单调而重复使用的句型，复沓回荡的叙述方式，透出儿童的稚拙和朴实，娓娓道来，节奏徐缓，却又内蕴深藏，浑朴醇厚。作家絮絮叨叨地叙述祖父年龄与自己年龄的变化，流露出对祖父的熟稔、热爱。年龄的排列之间，省略了许多具体内容，表现出祖父一生的平常。

与此同时，作者成功地通过第一人称"我"———一个单纯幼稚的小姑娘的眼睛，为读者摄下了一幅幅悲惨的人间画面。显然，作者是有意让叙述者用儿童好奇的目光来观看这一切的，而一个儿童显然是不会完全洞察这一悲剧的意蕴的。对叙述者"我"这个童稚来说，这只不过是一个个"有趣"的故事，于是叙述者越是平静，读者越会激动；叙述者越是超然好奇，读者就越会悲哀，愤恨而不能自已。可见，情感评价上的儿童视角既增加了作品的心理情感的容量，也增加了作品内部的张力。

从《生死场》到《呼兰河传》，萧红举重若轻，让人看见蝴蝶的灵魂。

拾

不应该早死的人早早地死去了；

不应该结束的故事早早地结束了。

一切好像还刚刚开始；

一切都还没有准备好。

萧红，一个刚刚在文坛崭露头角的年轻作家还来不及松一口气，怎么就这样消失了呢？

萧红的遭遇总是让人想起张爱玲。两人的天资和才情，足可互称姐妹。可是，不管怎样，张爱玲到底活到了七十五岁。而且在她的生命中，大部分时间，她过的日子是小资式的，或贵族式的。她的写作更能体现自己的性情，张扬自己的个性。

网上流传着一个叫黄木子的人写的《萧红的死》：萧红是让人长歌当哭的。萧红的一生，令许多读她文章的人伤悲。她把女人最致命的弱点淋漓尽致地演绎出来。

张爱玲运气不好,碰上了胡兰成和赖雅;

萧红的运气应该说不错,她碰上萧军和端木。一个救了她的命,一个给了她的婚姻。可是,萧红要的只是爱,这一点,跟张爱玲的渴望是一样的。

然而,萧军和端木都没有给予她足够的爱。

萧红原以为萧军给予的是不朽的爱,或者说,是爱情神话。

可是,到了致命的 1936 年,她和萧军的爱情神话打破了。她在诗中责备萧军,说:"带着颜色的情诗,一只一只是写给她的,像三年前他写给我的一样。"

当然,她意识道:"我不是少女,我没有红唇了。我穿的是厨房带来的油污的衣裳。"

萧军原本并不嫌弃这些啊,他说他要给萧红以真挚的爱情。

然而,爱情就像水泡,一吹就破。萧红露出了冷笑:"说什么爱情!说什么受难者共同走尽患难的路程!都成了昨夜的梦,昨夜的明灯。"

只因为她不是所谓的纯洁的红唇,别人就有背叛她的理由。其实,她哪里是死于1942 年初啊。从 1936 年起,活着的只是她的肉体了。她整个的灵魂竟随着爱飘走了。

萧军曾经辩解道:"如果她不先说和我分手,我们还永远是夫妻,我决不先抛弃她!"

这话听来好像很仗义。但是,他大约忘了,在给新情人的诗中,他露骨地说:"有谁个不爱个鸟儿似的姑娘!"

又说:"有谁忍拒少女红唇的苦!"

网友黄木子愤然写道:身陷爱情中的女人,要讨的不是一张饭票。和一个从未爱过的人在一起,也许可以忽略了爱情,可毕竟有爱在先啊。当爱已逝,生命又有什么意义呢!爱情中的女人会要一个名存实亡的婚姻么?萧军是粗犷的东北人,也许他的心不够细腻,可他能不在乎萧红的过去么?对男人来说经历复杂的女人是他们心中的硬伤。爱情那时过境迁的微弱的力量不能承载红尘俗事跨越百年。爱情总是打扮的妖娆,让男人披着她美丽的外衣来迷惑女人。所有的海誓山盟仅限于那片刻的激情。在那一刻,两人都化成了神。神是不在乎人间烟火的。

当激情退去,所有的俗事都浮出水面,原先可以忽略不计的问题现在都成了生活的拦路虎了。当然,葬身虎口的,一般都是女人。爱情中的女人不懂得背叛。

于是,萧红死了。

可是,在中国现代文学的长廊里,我总是情不自禁地想起萧红,想起她那《小城三月》里流露出来的纯洁、感伤同时体验着青春快乐的萧红,还有那个跑到鲁迅先生家试着不同的衣服笑吟吟问"可好看"的萧红,想起她那单纯爽朗的笑声终于淹没于世的沉寂,那种鲜明的热闹喧嚣自此休止的空落。

这分明,萧红就是一只独舞不止的蝶啊。

那只蝶永远没有落下来;

那只蝶永远向着阳光走;

那只蝶不再饥饿,不再缠绵,她回复了她的从前,又走出了她的从前。

那只蝶竟又化作了红木棉,竖立在香港碧蓝的浅水湾,像一座塔,永远带着回望的落寞,朝着故乡,朝着月落乌啼,朝着霜满的天空——

　　　而雨,终于缓缓地落下了

　　　像一株忧伤的植物

　　　记忆的河流,为何让我如此地想你

　　　无数的幻想,无尽的心事

　　　远去的人只留下一滴苍凉

布罗茨基:
流放者

壹

如果诗歌是一种物质，如果有人发现了这种物质，那么只能是他——约瑟夫·布罗茨基。

二十世纪，甚至整个人类，有那么多的伟大诗人，我们说他们创造了或者创造着诗歌，而最终如果要定义一个诗歌发现者，只能是他。

以"发现者"而不是"创造者"定位他，并没有把他看低的意思，也没有把他看低，恰恰这是他的本质，独一无二。

语言——诗歌的本质和灵魂，而他就是冷静的手术刀。他把诗歌转化为科学，提炼出诗歌的所有元素；他把诗人等价为物质，准确定位每一个的属性。

我们说，所有 20 世纪的诗人有一块共同的"墓地"或者"标本室"，就是他，几乎所有能数得上的 20 世纪最高的诗人都可以在他那里找到灵魂的质地，与他产生共鸣。无论俄语、法语、英语、德语、拉丁语、波兰语、意大利语、西班牙语的诗人。

布罗茨基:俄罗斯大量的招贴画

他几乎囊括所有。

1996 年，当他离开人间，俄罗斯给他的悼念词是："20 世纪俄罗斯文学痛苦的历史，同布罗茨基一起，同他的诗歌和散文一起结束了。随着他的去世，我们时代俄罗斯诗人们的殉难史结束了。"其实，何止是 20 世纪的俄罗斯文学苦痛的历史，应该是整个 20 世纪华丽的诗歌历史结束了。

他是一个俄罗斯人！他是一个俄罗斯人？

作为 20 世纪的俄罗斯诗人，他们不可避免地拥有着相同的苦难历史，某种共同的性格里的病态，某种共同的人格上的绚丽，或者乖戾，或者夸张，或者敏感，或者沉重，或者忧郁。而他却不。

作为一个诗歌发现者，同样拥有苦难的他却沉静、睿智、温和、谦逊、毫不张扬，从某种意义上来讲他就是诗歌领域的萨特，注定他要为 20 世纪的俄罗斯诗歌的绚丽乐章和人物做一个彻底总结。他并不绚丽，但是绝对惊艳。他承受了足够的苦难，但是他没有在苦难中燃烧，没有燃烧于苦难，而是分解与消化苦难，然后没有温度地冷静地发出声音。

他从俄罗斯走出，然后站在世界的舞台上，以一个永恒的符号——"个体"矗立于世界，就像，在诗歌的物质世界里，作为永恒符号的"语言"那样矗立一样。

我们不说他拥有诗人的本质，我们说他拥有诗歌的属性和诗歌的物质。

我们不能否认作为诗人他的高，但是我们更加肯定他作为"诗歌发现者"的更高。

1940 年，一个风雨飘摇的年代，世界即将沉浸希特勒的炮火中，而他降临在彼得堡。犹太人！这是他灵魂的标志，也是他的智慧的标志。

人类最华丽的"二战"在他的童话里升起，又在他的童年里结束，生活落满炮灰和火药味道，惶惶中度日，跟着父母流亡各处。这是他最初的被流亡。血统、战争和流亡铸造了他特殊的灵魂和敏锐的语言嗅觉。

战后，城市在废墟之上重建，他背着破烂的书包，戴着帽子，顶着大太阳在瓦砾中寻找弹壳，大街上人群繁乱，尘土飞扬，他不停地晃荡。

"犹太人！犹太人！"几个小孩子，同样背着书包在他屁股后面大声叫喊。

"奥斯维辛集中营"的阴影伴随着战争深刻地笼罩着他，"犹太"成为一个特殊符号。

他转过头，瞪着小眼睛机灵地说："哪里来的犹太人？"

"犹太人！犹太人！你就是个小犹太人。"几个孩子仍然围着他嘲笑。

"我才不是呢，我也不知道自己是不是犹太人，你们胡说。"他高昂着头跑开。

那几个孩子站在喧闹的大街上，一脸茫然，争吵不休："他是不是犹太人，刚才是谁说的。"争执之中他们竟然打起架来。

忧郁的诗人有一颗忧郁的灵魂

以这样一个身份，他是否注定着流亡和被放逐？没过几年，他感觉到，不仅仅是这个身份，而且是一个灵魂让他注定了流亡和被放逐。

20世纪四、五十年代，小说是属于卡夫卡和福克纳的。当布拉格病人死去，人们才意识到错过了一个多么伟大人物的生存，还好人们没有错过他的死亡；而活着的福克纳更是在西方世界引起轩然大波。年少的布罗茨基接触到他们。放到现在，我们也很难想象一个十三四岁的孩子，是怎样完全理解卡夫卡和福克纳的现代世界的。

卡夫卡和福克纳当然不能光明地进入俄罗斯，他读到的自然也不是俄文版，而是波兰文。为了看懂那些"怪诞"的波兰文字和更怪诞的"现代轨迹文字"，他对着波兰词典，一点点学习。他竟然看得懂，不仅仅是文字，而是卡夫卡和福克纳。

同时，他也接触到第一个先知：波兰诗人米沃什，后来他称呼米沃什为最伟大的诗人之一。

然后，他走上"不归路"。

在自由的世界里寻找太阳、月亮和风中的隐秘在一切事物背后的或者其中的更神秘！这成了他生活的信仰。

他对铅灰的建筑、厚厚的砖墙、生硬的语言口号或者所谓制度、教条不再有感觉,站在大街上他更喜欢沉静地看着天空或者远方,天空的上面是什么,街道的尽头是什么?尽管人们仍旧对他指指点点:"犹太人!"他已经不会逃避,因为他听不到。

他与所有的都不一样,尽管外表看上去是大同,他心里却清楚。

放逐!这个词应该怎样定义?他有主动和被动之分。当个体与整体完全不一样的时候,实际上已经是一种放逐,不管是向着更高或者更低,都是放逐。茨维塔耶娃定义的"诗人生来就是被放逐的"应该被雕刻到大理石上!

而他此时已经被放逐了,所以他注定成为一个诗人。

15岁,他背着书包,穿过大街,他看不清楚任何一个人的脸,也听不清任何一个声音。然后,他走进学校的笨重的大铁门,他不知道自己到了什么地方。步入教室,坐在位子上,他不知道该干什么。

"约瑟夫!约瑟夫!"老师在讲台上叫他的名字,他却无动于衷,全班一片大笑。

老师愤怒了,走到他身边,大叫:"约瑟夫·布罗茨基!"

他突然惊醒,站起来,答应:"哦,知道了!"

然后他抓起书包,跑出教室,碰掉了老师手中的教本。他跑得匆忙,脸上挂着奇异而平静的表情。所有的人都为他感到茫然。

他是在答应谁?他知道了什么?

他在答应内心的自己,同时知道了自己的道路。后来,他在《那不是缪斯口中含水似的沉默》里这样写道:"今日我们就要永远分手,朋友。/在纸上画一个普通的圆圈好了。/这就是我:内心空空如也。/将来只需看上一眼,随后你就擦掉。"

就那样,他离开了8年级的教室,从此再也没有回到学校。

离开学校,他是为了找工作,通过自学,寻找某种神秘。他找了各种各样的工作,很可惜,他都不满意,因为找不到那种神秘。后来,他找到了一份满意的工作。

他不经意地从医院门口经过,那里放着一张巨大的招工广告,可是来往的人或者不屑一顾,或者落荒而逃!

"好工作!众人不接受的恰恰可能适合我。"他想着走过去。仔细一看,是他想要的:太平间运尸工!

他做了运尸工。第一次近距离见到尸体,他十分恐惧!恐惧感是他想要的,他十分高兴。

渐渐地,他熟悉了尸体这东西。他开始翻看太平间里的尸体。在人多的时候看,在他一个人的时候看,白天看,黑夜里看。他能体会到各种感觉。

每当有新尸体被运进太平间,他即便端着碗也要冲进去。各种各样方式的年龄的死亡他去感觉。然后,他再去感觉与一具尸体、一群尸体对面而坐,悄无声息地发生,去获得某种至关重要的隐秘。

如果说诗歌是某种物质,死亡也是一种物质,那么无疑死亡是距离这种神秘最近的物质之一。他尚且不知,但是有感应!

然后,当他对尸体已经麻木,他选择离开。他加入了探险工程队!

跟着探险队,他可以在夏天的时候到边缘的荒野沙漠,冬天的时候到遥远的西伯利亚。

大自然同样是距离诗歌的神秘最近的物质之一,他仍旧不知道,但是有感应。

他又自学了英语,仍旧每天在读“现代的声音”,包括威廉·叶芝、莱昂·里尔克、W.H. 奥登、罗伯特·弗罗斯特、T·S·艾略特和17世纪英国的玄学派诗人约翰·邓恩等等。

他也开始发表诗歌,但是诗歌都是手抄本于地下流行。

这个时候,其实他所在的位置距离死亡很近,他的位置是边缘和遥远,或者说他正在往边缘和遥远站。

放逐这种诗歌的物质属性他一开始就拥有!其实,他已经被放逐,只是他还不知道。

贰

磨难!同样是诗歌的物质属性的一种。仿佛他知道他需要这种元素,或者诗歌需要这种元素!所以,他清楚自己是“被流放”时,仍旧不停地发出声音,制造一场"所谓判决",然后进入监狱。所以,那个时候,他可以那样坦然,也竟然可以那样平静,他是准备要去获得这种诗歌的物质属性。

都说他是 20 世纪俄罗斯痛苦的历史的见证,都说他是联系俄罗斯诗歌过去的纽带。他是怎么连接过去的?

是的,布洛茨基很不走运,他错过了茨维塔耶娃;是的,他也走运,没有错过阿赫玛托娃。从阿赫玛托娃那里,他又重新得到茨维塔耶娃,然后在近半个世纪以后宣称:"茨维塔耶娃是 20 世纪最伟大的诗人"。

在彼得堡,他加入了几个志同道合的青年组成的"彼得堡集团",奈曼就是其中一员。奈曼,《哭泣的缪斯》的作者,哭泣的缪斯自然是阿赫玛托娃。所以这个集团和阿赫玛托娃的往来十分密切。布洛茨基也就有机会见到阿赫玛托娃和曼德尔施塔姆的遗孀娜杰日达。

五十年代末六十年代初的阿赫玛托娃仍旧处在被半监视的状态,可以说得上是一个边缘人。可是布洛茨基不怕,布洛茨基们爱。

在挂满领袖的画像的世界,在贴满标语的世界,在到处呼喊口号的时代,在人们崇拜一个人的时代,他却不,他却崇拜着诗歌,崇拜着另一个人。穿着沾满机油的工人衣服,手掌被磨砺得厚大粗糙,头发干涩,喉咙嘶哑。但是,能够这样叫她一声"安娜您好!"真是幸福,能够在阿赫玛托娃身边朗诵一句诗歌真好。

老诗人见到他们也高兴。毕竟她是孤独的,她在寻找某种应和,而他们不畏惧地向她靠近。他们围在她的身边,侧耳聆听她的语言,有的兴奋,有的儒雅,有的热情,他则永远是沉静内敛地站在屋子的角落里,靠着箱子,一言不发,除了朗诵诗歌。

老诗人讲到"曼德尔施塔姆"时眼中有泪,讲到"古米廖夫"时脸上的皱纹便增加一寸,讲到"茨维塔耶娃"时声音洪亮。她把她的时代的所有都告诉给他们。

久而久之,布洛茨基对于四大诗人熟悉得像掌纹!

可是,谁都知道四大诗人全部是边缘和遥远的角色,这也注定他要走向彻底的边缘和遥远。

而他给老诗人留下了极好的印象。老诗人和娜杰日达闲着聊天,也会说起他们这群年轻诗人。

"你怎么看这群孩子？" 娜杰日达说。

"我们的时代注定已经过去了，你还希望能够在他们身上复活？"她用苍老的声音说。

"难道你没这样想过？不然你不会给他们说。" 娜杰日达笑着说。

"我是这么想过，可是更多的是希望他们被记住，而不是重新复活。"她说，"在这里复活意味着他们很危险。"

"我在布洛茨基身上就看到这种危险。" 娜杰日达毫不掩饰地说。

"他！"老诗人说，"他是最特别的一个，总是很少说话，但是很敏锐。"

"你是不是看到了那个时代？在他那里。" 娜杰日达问。

"不能这样说，他的确很不一样，将来——如果他能活得足够长，那么能走得很高。"老诗人说，"不过他不是我们，你看他像我们哪一个？一个都不像。他是独立的一个。"

"你把他看得太高了，竟然和您和奥西普并列了。" 娜杰日达笑着说。

"你不相信？那就看看吧——如果还能活到那天的话。"老诗人指着娜杰日达的鼻子打趣地说。

没错，布洛茨基是最特别的一个，他不同于四大诗人，或者可以说是他们的整体，整体并不代表更高，但是整体恰恰让他没有失去一个"个体"的姿态。

同样没错的是：他注定是要遭罪的。

1963年，他以独特的声音说话，声音的确是边缘和遥远的。《悼约翰·邓》并没有席卷俄罗斯，因为这个时候的俄罗斯是凝固的，俄罗斯只能有一个声音，任何别的独特的声音都不能有疯狂流动的可能，所以这个他的声音只能在厚厚的砖墙之中行走。只是在后来，《悼约翰·邓》逃出俄罗斯的墙才瞬间席卷世界。

但是，即便他的声音只是偷偷地走了几步，他也注定被逮到了。

1964年，一个黑色的黎明，有人破门而入，把他从床上拉下来。他看不清这群人的脸，他问："你们要干什么？"

"你就是约瑟夫·布罗茨基？"嘶哑的声音穿透夜的盲。

"是的，我是！"布罗茨基平静地答道。

"那么跟我们走吧。"

"等我拿几件衣服。"他说,这个时候他彻底平静下来,因为他仍旧看不清那几个人的脸,所以他发现了某种隐秘。他一下子明白了这些人要干什么,也明白了他将被怎样。

出了大门,他被按进一辆吉普车,两个男人坐在他两边。他终于看清楚他们的脸,脸上没有任何表情。

他也没有任何表情地问:"我被定了什么罪?"

两个男人不说话,把头歪向一边。

他被关进拘留室,等待审判。阿赫玛托娃发动诗人和艺术家来看望他,并且四处奔走组织营救。可是,面对着关心他的人,他平静地说:"谢谢您们的到来。不过这个罪我是要受定了,估计也是必须受的。"嘴角泛出几丝枯涩,再也没有任何表情。

尽管众多的人为他奔走,他还是被带上法庭,没有审判,直接宣判:"社会寄生虫!判刑五年。"然后签字画押。这个时候他自信地说:"我不但不是一个不劳而获的人,反而是一位能为我的祖国增添光彩的诗人。"

听到他的话,哄堂大笑。看着几天里,在看守所中被折磨成仿佛小老头的年轻人,人们认为他在痴人说梦,异想天开。

"你赶紧滚蛋!"没有人想多看他一眼,他被带走,去遥远的边疆劳改营服役苦。

可是,他的确是冷静的,在他心里早已经预感到这场审判,他坦然面对。没有再比那里更好的地方了。监狱对他意味着什么?

诗人的阴影很巨大

福克纳说:艺术家最好的工作环境是妓院,它上午清静,便于写作,晚上人多热闹还有烈酒,利于交谈。于是,迷恋福克纳的马尔克斯就搬到了波哥大的一家叫"摩天大楼"妓院去住。最高的文学总是"被放逐"于普通与平凡之外,或者说是更普通更平凡。

监狱和妓院有什么类同?监狱对他来说意味着某种隐秘,失去自由的隐秘。而在那个时代,在那里,监狱意味着苦难和伟大的必须。所以在那之后,俄罗斯出了也只出了两个绝对世界级的作家:索尔仁尼琴和他。不同的是索尔仁尼琴在监狱是炽烈的,所以发现了良心,而他在监狱里是冷静的,所以发现诗歌。

现在,他必须去发掘那里的一切。

监狱的确是最糟糕的地方,在俄罗斯北部阿尔汉格尔劳改场,屎尿到处留,睡不足,穿不暖,皮肉总是苦的。但是,监狱的夜是最深的、最寂静的,人也是最老实的,他可以彻底安静下来思考。更重要的是,恰恰监狱里不会再有监狱,审判里没有再审判,遭罪中没有再遭罪!也就是说,进了监狱,他的所有的"社会寄生虫"行为都变成了"合法和自由"。他可以肆无忌惮地构思、阅读与书写。

所以,他在那里发现了诗歌最基本的元素:言语;或者说他发现了世界上最伟大的灵魂:W.H.奥登。就在某一天,他在杂志上看到了奥登的《悼叶芝》:

时间可以容忍
勇敢和天真的人,
并在一星期里漠视
一个美丽的躯体,

崇拜语言和原谅
每个它赖以生存的人;
宽恕懦怯、自负,
把荣耀献在他们脚下。

一个思维镜像突然在他脑子里定格:时间崇拜语言!

他整整失眠一夜,白天他拖着疲倦的身躯参加劳动竞赛,他不想是做工最少的,否则他将冷的剩饭都没得吃。在极度的营养不良之下,然后是第二夜,第三夜的失眠。他疯狂地安静和写东西,然后欣慰地蒙头大睡。监工到处找他,找不到,然后破门而入,皮鞭、大棒落到他的被子上,他也不感觉到疼,流出鲜血,他也麻木。

因为,他找到了他要的:发现了诗歌的定律,像牛顿发现万有引力一样。

这个时候,他对监狱已经没有感觉,他需要出狱了。果然就是这样凑巧,在彼得堡众多文艺人士的共同斡旋之下,他被囚禁 18 个月就走出了黑色的监狱大门。

回到彼得堡,他开始了某种"科学实验"式的诗歌创作,先后出版了《韵文与诗》、《山丘和其他》、《诗集》、《悼约翰·邓及其他》、《荒野中的停留》等诗集,影响波及整个世界,他成为最特别的、高的、有整体存在的个体,可惜阿赫玛托娃看不见了。

而基于对奥登的神往,他的诗集英文版在英国发行时,他特别声明想请奥登作序。老奥登见到这位俄罗斯人的诗歌,甚为折服,欣然同意。

这个时候的布罗茨基仍旧是一个纯粹的诗人,还没有以散文或者论文的形式解剖诗歌。但是,也仅仅是形式问题。事实上,他的"创作诗歌"正是他"发现诗歌"、"解剖诗歌"的一种形式,或者说本质形式。

叁

他已经足够高,他还需要更高。

他的更高怎样获得?当流放变成一个"实体",所有的人都发现:布罗茨基是被流放的。那么他更高了。

当他被流放,他见到了大师,大师从一个概念或者说真实的文字变成更真实的体验,会产生某种更隐秘,那么他的高度再次增加。

从某种意义上来说,他的属性决定"诗歌的科学"在他那里和祖国一样重要,他是为了"诗歌"这个整体性的世界概念而存在的。这一点上他 W.H.奥登、T.S.艾略特是同质的。

当奥登先是跟随叶芝,后从英国到美国,又从美国到英国,他不再有"美国人"或者"英国人"的概念,在诗歌的概念,国度消失了,他的诗歌是一个世界性话题,他的诗歌也成了理性诗歌或者说哲学诗歌——深刻却不带有温度,同样,后来艾略特也从美国来到了英国寻找奥登,最终成就了《荒原》。但是,当诗歌真的成为哲学或者科学,预示着 20 世纪后来的诗歌和最开端的不再相同,或者说诗人不再相同：诗歌不再是诗人燃烧自己的产物，或者说诗人不用再燃烧自己然后化成诗歌。一个典型的标志就是：这些诗人的爱情不再让人惊骇，爱情不再左右诗歌的创作。布罗茨基一生的创作就与爱情没有任何关系。人们可以说这是更功利了，但是，无疑也更理性了，或者说某种更合理。

像思想者一样生活

在那时，布罗茨基本质里其实是某种"反叛"，他早已经是"被放逐"的。他——一个人们眼里的"社会寄生虫"已经在那里发声很久，声音已经足够大，人们再也不能容忍。终于流放成为一个实体，从精神转移到形体上。

1972年，他接到通知："约瑟夫·布罗茨基，你已经成为这个国家建筑里的蛀虫，国家不需要你，你也不再属于这个国家。"

这是他早就可以预料的，他的一首又一首《哀歌》已经把他的位置推向最边缘。尽管他足够冷静，这一次，他的心脏还是抽搐了，脸上写满枯涩。他用最后的坚毅说："没有挽回的余地？我不想离开俄罗斯。"

一个声音说："你必须走，蛀虫！"

他一夜醒着，沿着涅瓦河行走，沿着彼得堡的大街行走。他去看了以前和父母一起居住的老房子，去看了被岁月和"犹太"二字折磨了半生的苍老的父母。他也去了喷泉街，在阿赫玛托娃以前住的老房子下面徘徊。起了风，他感觉到冷，然后流泪。写下《古格拉群岛》、获得诺贝尔奖的索尔仁尼琴还要在他之后被剥夺国籍而流放，可想而知那群帝国对他畏惧到了什么程度。

"我失去了俄罗斯！"他这样对自己说。

天亮了，他平静地说："好吧，我离开。你们要把我驱逐到哪里？"

一个洪亮的声音说："犹太人——那么回你的老家去吧，以色列！"

"我同意出国，但是拒绝到以色列。"

"你要去哪里？"

"送我去奥地利，维也纳。"

"维也纳？"那个声音有些惶恐，"为什么要去维也纳？你等回复。"

回复终于来了，他被批准去维也纳，但是被拒绝再回到俄罗斯。

他为什么要选择维也纳？因为暮年的奥登正在维也纳，而这个时候的他像

"时间推崇语言"一样推崇奥登。

一位大师是怎样影响一位后来的大师的?马尔克斯没有成名之前,模仿过卡夫卡、伍尔夫、福克纳,他甚至可以把他们看成自己的灵魂,对他们熟悉的像嘴唇。但是,这些人对他的影响似乎都比不上海明威。

《老人与海》和《百年孤独》的距离有多远?大概只是隔了一条巴黎的街道。当马尔克斯一个人从南美大陆来到欧洲重新拓荒的时候,他是踟蹰的。过往的一切荣耀似乎都成了虚妄,掩入岁月的背后。他需要一次升华,或者说肯定自己的位置。

在巴黎,他依旧是流浪,道路在哪里?他坐在塞纳河左岸的露天咖啡馆,枯涩地品尝生活的味道。他无聊地朝街对面的咖啡桌张望,然后,在人群之中看到了一个人:海明威。海明威正在收拾他的钢笔和纸张,看样子就要走了。

马尔克斯激动万分,脱口高喊:"大师!"

对面的人群都投来目光,惟独海明威还在匆匆收拾东西。回应目光的人因为不是大师而诧异,默然不动的大师则心里清楚是在叫自己。

海明威站起来,朝马尔克斯这边挥手,高喊一句:"朋友,再见!"

马尔克斯看见他发声,然后离开,直到他的背影消失。马尔克斯确定大师是在对自己说话,尽管大师没有看清楚他,他却肯定了自己的存在,以大师的名义!

20世纪的文学历史,像卡夫卡这样的一个人的创世纪毕竟太少,像茨维塔耶娃这样的绝对天才的疯狂燃烧毕竟太少。更多还是像马尔克斯这样的从大师走向大师的方式。而在这个方式中,马尔克斯成为大师前后的距离仅仅是远远看见了并且听见了海明威,仅仅是很肯定海明威看见他并给他说了一句话,仅仅是一条巴黎的街道的距离。

同样,奥登成为大师离不开他对叶芝的跟随,而艾略特成为大师也离不开奥登的肯定和帮助。

而纵观布罗茨基的大师之路,也逃不掉这样的轨迹。在他的道路上决定性的大师阿赫玛托娃是一个,另一个就是奥登。

他到达了维也纳,奥登不会拒绝他,而是在等他。奥登知道,如果拒绝他,等于拒绝自己。

"大师!"当奥登出现在他面前时,衣衫褴褛、满脸疲惫的布罗茨基已经身无分文、没有祖国,甚至在人的监视之下,随时都有可能毙命。他是那么激动,所有的诗歌和言语此刻都回归到一个真实的站在他面前的老人身上。老人看上去同样衣衫不整,尊容狼狈得不堪入目。但他也相信找到了知音或者依靠。

"你就是约瑟夫·布罗茨基。知道你要来,我等你很久了。"奥登说。

"俄罗斯我已经回不去了!"他说。

"我听说了。你打算去哪里?"奥登说。

"不清楚,我在国外没有认识的人。"他说。

"可是国外有很多人认识你。"奥登宽慰他说,"比如我,我会尽量帮你。"

布罗茨基心里很暖,仿佛一个孩子见到了父亲。

奥登补充说:"虽然在国外,也不见得安全。有些人可以见,有些人则不能。我安排。"

他在维也纳待了几星期。他发现奥登几乎是神经质的,每天抱着酒瓶,拿着香烟,喝得醉醺醺,神志很少清醒,不知道时间,甚至不知道男女厕所。然后,他发现了奥登的性的隐秘:这个老头原来是个同性恋。

但是,这就是奥登的风格,一个诗人的隐秘的自由,活着就要像自己一样的活着,不堪的日常生活正是不寻常的精神生活的表现。从某种意义上来讲,诗人宁愿醉着,诗人不想每天醒来都面对同样一个问题——我是谁?就像博尔赫斯所说:"清晨醒来,对着镜子,发现我还是我,这真糟糕。"

虽然,奥登生活一塌糊涂,但是,在布罗茨基的问题上,他是十二分认真。经过奥登的斡旋布罗茨基安稳度过了最初的流放阶段。然后,他安全了,也平静下来。随后,与奥登一起来赶赴英国伦敦,没有地方住,奥登把他安排到老友史蒂芬·史班德的家中过夜。

两天过后,他接到一个俄语电话,声音让他惊喜,是同样为牛津大学教授的俄罗斯人以塞亚·伯林邀请他喝茶,这又是奥登的牵线搭桥。这位曾经在俄罗斯给过阿赫玛托娃无限的爱的男人,同样给了最脆弱和柔软的布罗茨基以关爱和开导。柏林给他的建议是去美国,因为欧洲并不怎么安全,这和奥登不谋而合。

再后来,经过奥登安排,布罗茨基参加了当年的国际诗歌节,奥登资助了他一件像样的衣服，他不用像流民一样行走。失去了祖国的温暖，他却得到了诗歌的保护。这个时候，他发现果然国外有很多人知道他，他也知道这离不开奥登的推波助澜。

他去了美国，凭借奥登和美国诗人协会的联系，他得到一千美金，度过了到美国的最初时间。

1973年9月28日，奥登离开了人间。这个时候，布罗茨基刚刚在美国站稳脚跟，成为密歇根大学的驻校诗人。或者他就是为了见布罗茨基一面，以完成某种责任；又或者他是为了让布罗茨基见自己一面，然后活着成为一个大师。

的确，奥登不仅仅曾经给了他诗歌的启示，也在那时给了他活着的可能和重新生活的道路。

在后来，坐在美国的土地上，他温情地回忆说："在奥地利那几个星期，他像刚孵出小鸡的善良母鸡那样看管我的事情。"

他回忆当年在史班德的家和诗人一起用晚饭，诗人的身体苍老瘦小，而椅子不够高，所以主人家垫两本《牛津英语词典》在他的身体下。他说："我看到唯一一位有资格用那两卷词典当坐垫的人。"

后来，他一直把奥登看作是先知，是二十世纪最伟大的心灵，他称呼他们之间为"神交"，是用灵魂触摸，无关两个男人的唇际和身体。他为了模仿奥登的文字用英文写作，水平甚至达到和超越了奥登。他用几万字的篇幅来分析奥登的《在一九三九年一月》，希尼情不自禁地说："布罗茨基对《一九三九年九月一日》所作的逐行评论，是对作为人类一切知识的清音和更美好的精神的诗歌所唱的最伟大的赞歌，如果可以用评论一词来形容这篇如此欢腾、如此舒畅和如此令人心旷神怡的权威文章的话。"

可是，布罗茨基却说，如果他对奥登的模仿有一点相像，那么都是对他的恭维。他对大师一生虔诚，虔诚得就像面对"语言"！

肆

美国，是一种姿态，美国，又是一个旅馆。美国，更意味着异乡人对另外世界永远的眺望。

背着硕大的背包,穿着粗布衣服,一脸苦难的风蚀,眼神透射典型的俄罗斯式的枯涩,攥着一张褶皱的机票和一张褶皱的介绍信,布罗茨基来到了美国。

"Welcome to USA!"机场广播不停地播放这个声音,然而,他的出现仿佛不合时宜。他听不清楚"美国的语言",是英语、法语、日语、汉语或者是西班牙语;也看不清楚"美国人的脸",是黄色皮肤、棕色皮肤、黑色皮肤或者是白色皮肤。这就是美国。

走出机场的瞬间,几辆出租汽车同时停在他的面前,司机等待着他上车。而他拒绝,没有登上任何一辆。

钢筋水泥和柏油的世界里,高楼林立,人潮涌动,汽车川流不息,乡村音乐、摇滚音乐、古典音乐混合在一起,西服、礼帽、领结、皮鞋到处晃动,还有红唇、金发的摩登女郎露着妖艳的裙底。美国的气味很难描述,美国的颜色捉摸不定,他开始眩晕。

"美国怎么这么热!在俄罗斯的这个季节,白桦树已经开始落叶了。"他默默地念道。

戴着帽子的儿童跑过来向他兜售报纸,他伸手把儿童支开;墙角摆地摊的流浪汉要跟他擦皮鞋,他连声叫"NO! NO!";挤着深深的乳沟的女人从门里招呼他进去休息,他忐忑不安地快步走开。

他还是叫了一辆出租车,黑人司机热忱地帮他提行李。汽车启动,黑人司机问他:"去哪里?"

他闪烁着目光说:"诗人协会。"

黑人大声说:"我不知道。"

他从怀里掏出那张褶皱的滚烫的介绍信,用蹩脚的英语说:"地址在上面。"

随后,黑人喋喋不休地说话,仿佛进行说唱音乐。

黑人兴奋地说:"你不是美国人,我知道你是从哪里来的!"

布罗茨基没有说话,看着车窗外的高楼,一切都真实的在眼前,一切却又遥远得陌生,这就是美国。

黑人司机说:"我想你是俄国人! 看到你第一眼我就知道。是不是?"

流浪美国的诗人像猫一样孤独

布罗茨基仍然沉默。黑人司机笑着说:"被我猜中了? 所以不说话——我拉过很多俄国人,大鼻子的俄国人身上有一股特别的味道,就像我们黑人一样。"

布罗茨基皱着眉头说:"我是俄国人。"

黑人笑着说:"果然没错——你来对地方了。"

布罗茨基说:"你是说美国我来对了?"

黑人说:"你认为美国是什么?"

布罗茨基表示愿意洗耳恭听,黑人不屑地摊开手说:"美国什么都不是!——在美国你什么都是,也什么都不是。美国不是一个国家,只是一个地方,没有灵魂。看看那些衣冠楚楚的高傲的白种人,他们什么都不是,没有灵魂。"

布罗茨基不说话,黑人则滔滔不绝:"在美国你可以代表任何人说话——地球上没有美利坚——美利坚不是一个民族,我可以说我是美国人,但是没有意义,只有你自己。"

布罗茨基轻轻地说:"这很好。"

黑人说:"这一点都不好,美国人都有房子,但是没有家,我可不想呆在这个糟糕的地方,人人都在为自己说话。"

布罗茨基到了诗人协会,很幸运,因为有奥登的推荐信。诗人协会人员说:"听说了你的情况,我们会尽量帮你,留下你的通信地址,我们联系你。"

布罗茨基很惊诧:美国诗人说话没有任何表情,不是冷酷,而是冷静,仿佛远离一切苦难,但是,没有苦难他们靠什么去获得感觉。同样他现在没有任何感觉——对美国人。

他说:"我还没有住的地方,过几天我再来。"

这个时候,他仿佛是一个乞丐。

他在附近找了一间简陋的旅馆,旅馆是一个白人开的,那个白人和他盘算好水电费、杂务费,给了他钥匙。他开了房门,里面什么都没有,半晌,他想要一壶水。房东说,可以,但是要加钱。

在美国，一切都是要讲钱的，可是他却是个穷光蛋。

他在那里勉强住下，然后，尝试着找点事情做。结果，事与愿违，他的英语水平很差，想找到一份可以过日子的工作很难。毕竟他是写诗歌的，可是，他只写俄文，而这里不需要俄文。

这个时候，正是美国经济大萧条的时候，他能感觉到物价的上涨。尽管，白天城市喧闹得像一锅粥，晚上无数的灯火又若无其事地亮着，可是在街道上随便走一圈都可以看到三两的流浪汉躺在街头的长椅上，盖着报纸睡眠。

夜深人静的时候，对着陌生的美国黑夜，听不到口号，也闻不到刺鼻却温暖的煤气，桌子上放着他没吃完的牛肉和面包——美国的牛肉和面包没有俄罗斯的好吃。尽管祖国是一个苦难的地方，尽管来到这里，没人再过问他的行走，但是，他没有一丝喜悦。一个人在一个地方住习惯了，总习惯于称呼那里为家，即便是监狱，可是一旦习惯，都是家，更何况那里有自己的亲人和家族。

而这里，没有灵魂，也没有根。这里你的确可以做任何想做的自己，但是恰恰这个时候不再是自己。米兰·昆德拉在后来著名的隐秘语言"生命中不能承受之轻"就是这样：人不怕承担重量，沉甸甸的苦难把人压向大地，可是这样人很踏实，因为距离承载自己的大地更近，所以自己是存在的、清楚的；反而，没有任何负担，人就轻了，轻的人会飘到天上，会离开原本，再也看不清楚自己，也就没有感觉。

可是，他不要，他要抓住自己的魂，看清楚自己的根。他清楚他的颜色和温度——都是俄罗斯的——他要让躯体在美国这片什么都不是的土地上活着，然后，把思想全部都给俄罗斯和诗歌。

很幸运，他得到了诗人协会的资助，他也得到了密歇根大学的邀请，成为驻校诗人。他已经衣食无忧。

1977 年，他获得美国国籍，后来进入美国艺术与科学学院，成为全国艺术与文学学会会员、巴伐利亚科学院通讯院士。

可是在他，所有的荣誉都只是让躯体存活的资本，躯体活着，是为了承载思想，承载俄罗斯。美国只是一个表面的符号，更深的地方是俄罗斯。苍白的美国只有金钱，没有隐秘，诗歌的隐秘或者思想的隐秘，他的一切关于思想和诗歌的隐秘都要从俄罗斯那里获得。像茨维塔耶娃一样，表面上看他是这里的，其实，他是那里的。他也把诗歌的创作转向散文的形式，甚至开始用英文写作，只是英文的形式下藏着俄文的灵魂。

一个来到美国的外国人，不管你是否是被流放，都代表着流放。

1987年，十几年过去了，他仍旧只能用"美国人"这个身份去理性地隐藏，他在美国已经是名人，但是，莫大的美国，对着任何一块土地，他都不能肯定地说出"这里是我的"，或者说出"我是这里的"。他必须用"俄国人"这个身份去炽烈地绽放，向一个帝国和整个人类发声。幸运的是，他不用总是问自己："俄罗斯在哪里？"他还可以向自己说："诗歌在我这里。"诗歌的存在让他丢失"美国"这个概念，而获得了"世界"这个镜像。

那一天，他刚刚从斯德哥尔摩回来，他心里清楚，这不是美国的荣耀，而是俄罗斯的辉煌。大洋彼岸，一个帝国正在他的宣言里渐渐疯狂，却步步走向倾倒，随着他在世界的讲台上的话语，一个时代就要结束。他无法高兴，尽管人类最伟大的奖项给了他，可是俄罗斯在呻吟。

而在这里，人们早已经习惯这个荣耀，荣耀让这里的人麻木，人们对他的反应变得机械，只有在学校，他的学生簇拥着他，向他祝贺，路上擦肩的几个教授则冷静地对他微笑，可是这一切他没有感觉。

夜幕，回到社区，静悄悄一片，人们是否都已经熟睡？未必！

当他走到社区中央，四周突然亮起辉煌的灯火，然后，烟花四起，接着是人们的掌声。

"祝贺您获得诺贝尔奖！"人群中响起一致的声音。

这一次，他看清楚那些人的脸：亚洲人、欧洲人、拉丁美洲人，甚至非洲人。

他笑了，他激动地说："谢谢！谢谢！"

世界的人们并没有把他遗忘！

人们给他送来伏特加，送来鱼子酱，送来白桦树枝，甚至送来一捧白雪和一捧黑色的泥土。"俄罗斯人，请享用这些。"人们这样默默表示。

他坐在宽大的书房里，看着这些东西，电话一个接着一个，但是没有俄罗斯的声音。他很希望能够有俄语在电话里出现。可是没有，那么应该失落吗？

俄罗斯在他灵魂深处张开，故乡的岛屿在心脏里发芽。活着，像一个美国人一样活着，然后等待死亡，等到死了，他就可以回故乡了！

俄罗斯，你在哪里？你在美国的名字下面，实际上你在美国的上面。

伍

这是一个能将任何具象的物体写入诗歌的诗人，也是一个能将令人着迷的虚象融入诗歌的诗人。布罗茨基对生活具有敏锐的观察和感受力，思想开阔而坦荡，感情真挚而温和。他的诗充满了俄罗斯风味，特别是在流亡国外之后，怀乡更成为他的重要诗歌主题之一。在艺术上，他始终"贴近两位前辈诗人，阿赫玛托娃和奥登"，追求形式上的创新和音韵的和谐。1987 年，由于他的作品"超越时空限制，无论在文学上及敏感问题方面，都充分显示出他广阔的思想和浓郁的诗意"，步入不惑之年不久的他便获得了举世注目的诺贝尔文学奖。

请看《给一位考古学家的信》，他是这样写的：市民，敌人，胆小鬼，寄生虫，十足的垃圾，叫花子，猪，犹太难民，疯子；一张头皮如此老被滚水烫伤，使得双关语的大脑感到被煮熟了。别碰我们的名字。别重组那些元音，辅音，诸如此类：它们不像百灵鸟，而像一条发狂的大猎犬，它的咽喉吞食，它自己的痕迹、粪便，还有吠叫，还有吠叫。

在《为一个半人马怪而作的墓志铭》中，他写得很哲理：说他不快乐，等于说得太多，或太少：还要看谁是听众。不过，他散发的味道还是太难闻了点，他的慢跑也很难跟得上。多年来，他像一团云，游荡在橄榄树丛里，对单腿，这不朽之母，感到惊奇。他学会了对自己撒谎，并因为没有更好的同伴而索性把撒谎变成一门艺术，也用来检查他的心智健康。而他挺年轻就死去了——因为他动物的一半，证明不如他的人性持久。

布罗茨基有一部《少于一》的诗论。这部书以杰出的想象、清晰的理智和卓越的创见，其价值堪与他主要的诗选《言语的一部分》（*A Part of the Speech*）（1980）和《致

坐拥书城，布洛茨基的才华是这样炼成的。

乌拉尼亚》（1988）比肩。在《少于一》中,作者包括对奥希普·曼德尔斯塔姆、安娜·阿赫马托娃和玛丽亚·茨维塔耶娃等杰出诗人作出了令人信服的权威评论,他们是布罗茨基最感亲切的前代诗人。这本书还包括两个短篇的重写过去的自传佳作:那是有关他父母的回忆录,还有与此书同题的关于在1950年代的列宁格勒的麻木无聊中成长的文章。另外还有几篇游记:例如,伊斯坦布尔之旅使他对第二和第三罗马帝国（也就是君士坦丁堡拜占廷和莫斯科）进行了深度思考,进而引出西方对于他这样的西方化的俄罗斯人的意义。最后,两篇显出专业性很强的文学批评对他特别钟爱的单篇诗作进行了说明阐释,它们后来成为布罗茨基压箱底儿的文章。

在世界诗歌史上,艾略特既是优秀的诗人,也是优秀的诗评家。而同为诺贝尔文学奖获得者,艾略特的文学成就,似乎只有布罗茨基能够与之相提并论。而后却是如此年轻,更为重要的是,他还是一个异乡的漂泊者,一个游离于故乡和异乡的精神幽灵。

值得指出的是,布罗茨基是在前苏联社会成长起来的,他首先生活在斯大林时期,然后别无选择地进入赫鲁晓夫和勃列日涅夫相对温和的政治气候中。他于上个世纪五十年代开始写诗,但是,像拒绝接受前苏联的美学规范的其他作家一样,他的写作遇到极大的麻烦,仅仅在本国发表过几首小诗。

原因在于,布罗茨基引进了在前苏联视为禁忌的主题,比如,纯粹哲学的和圣经的主题,这样做虽然误入禁区,却革新了俄罗斯板结已久的诗歌。他以一种既有创意又丰富多变的诗歌手法和一种崭新的反讽与敏锐丰富了俄罗斯文学。在近乎文化隔离的环境中,他热切地聆听每一种可能听到的声音。他的作品呈现许多令人感动的文学怀乡,也许可以视为他们那一代成长历程的缩影。

在当时的文化氛围下,过于标新立异和追求独立的个性难免不受到惩罚。要对付一个手无寸铁的"文化异类",国家机器有一整套行之有效的惩罚方式。这不,年轻的布罗茨基就被标称为一个"叛逆的寄生虫"。他因此被捕,在1964年一次滑稽的审判过后,他被放逐到俄罗斯北部去改造。这个不思悔改的家伙在那个恶劣的环境下,却更好地思考人类深层的问题了,当然,他不会按照官方所希望的那种方式去思考。

放逐期间，布罗茨基发展了他的诗歌技巧。作为一个诗人，他日趋成熟。在前苏联一批有良知的人士的持续呼吁和西方知识分子的抗议下，他于1965年未服满刑期提前获释。

重返列宁格勒后，布罗茨基呆在故居，直到1972年被驱逐境外，这一次未经审判便遭到永久的放逐。正如大家知道的那样，他定居美国，改名为约瑟夫·布罗茨基，并入籍成为美国公民，直到二十四年后在那里孤独地逝世。

在美国，布罗茨基继续以俄语写诗，同时把他的许多作品译为英文。如果说，在英语领域他没有达到他在俄语中所达到的诗的顶峰，那么，他至少锤炼成了一个有才华的英语散文家。因此，作为一位作家，布罗茨基有双重身份，第一，就其天才而言，他是二十世纪俄罗斯的伟大诗人之一；其次，他是英语语言的重要散文家，1987年，瑞典哥德斯尔摩皇家学院奖掖他，为他戴上文学的王冠，理由是："由于一种富于思想的明晰和诗的激情的包罗万象的创作"。

有学者指出，正是这位诗人，他在不断聆听他自己的声音，不断发展自己的语言，不断地走出另一种风格的路子的过程中，他日益处于孤独之中。作为一个个体的布罗茨基，生长在那样一个社会，他无法服从社会的价值观，社会也拒绝接受他，因此，像茨维塔耶娃和曼德斯塔姆一样，他被迫日益与那个社会隔离开来。放逐到俄罗斯北部和他八年后的域外流亡，只是一个内在过程的外部确证，这样的事情在别的国家也许较少地富于这样的戏剧性的转折。

布罗茨基本人把他的"迁徙"美国描绘为一次"帝国的改换"。不管如何去消解这种体验，它在本质上是无法改变的。他对时间的敏感和思考，超出了文学史上的任何作家。他坚持认为：一切较量中的劲敌，不是空间，是时间。决定布罗茨基的世界观的，就是对时间的这种领悟。"使我感兴趣的，始终最使我感兴趣的，是时间及其对人的影响，它如何改变人，摧毁人。另一方面，这仅仅只是时间对空间对世界的所作所为的一个隐喻。"时间统治一切。一切不是时间的东西，都得服从时间。时间是人的敌人，是人所创造和珍爱的一切事物的敌人："废墟是氧气和时间的战利品。"

在布罗茨基心灵深处，时间如影随形，紧跟着一天天衰老、死亡，化为"尘埃"的人，而尘埃，如他所说的那样，就是"时间的肉食"。关于"裂片"、"碎片"、"残片"等等时间的切片,都是他诗歌中的关键词。

布罗茨基的一本诗集,题目就是《言语的一部分》,这本诗集可以视为他的代表作。在书中,他思考的核心是:人,尤其是诗人。他把诗人视为语言的一部分,而诗人采用的语言比创作本人更为古老,并且,借语言之仆结账之后的时间,仍然会继续存活。既怀旧又求新的人,难免受到过去和未来的两面夹击。人们在生活中体验到的不愉快的负面的事情,实际上是来自未来的哭号,是力图在现在破土而出的未来的呐喊。唯一的阻止未来和过去接轨的事物,是由现在构成的短暂时期。

诗人为此写道:有一些城市,无法重逢。太阳在它们冻结的窗口抛掷金光。可同样没到入口,没有合适的数量。始终有六座桥横跨凝滞的河流。这里始终是唇与唇初次碰触的地方,或笔与纸以真诚的灼热相贴的地方。拱顶、廊柱和铁像玷污你的镜头。电车拥塞,推撞,密集,从那由此死去的人的嘴里说出。

语言比时间更大。这是布罗茨基的重心所在。针对吞噬一切的时间,导致个体和世界缺席的时间,布罗茨基异想天开,赋予"时间"一词以动态特性。少数现代诗人已经强调了这个词阻止时间流逝的能力。

布罗茨基对词语的力量的深信,是靠他的时空观念支撑起来的。文学高于社会,高于作家本身。充当工具的不是语言而是诗人。这一观念,如大家所看到的那样,是布罗茨基诗学的核心。语言比社会更古老,自然比诗人更古老,人死了,作家并没有死亡。

在人类历史长河中,时间不偏不倚,出于勇敢和天真,一周之内对一个美丽的形象无关紧要,崇拜语言,饶恕靠语言生存的每一个人。换言之,语言,不仅高于社会和诗人,而且高于时间本身。因此,时间没有语言那么重要。这一见解显示了一种浪漫主义的宿命论的张力,在一个语言国家化了的社会,在一个语言不谈政治时也被政治化了的社会,词语拥有巨大的爆破力。

"首先,诗歌是重构的时间",布罗茨基在他论曼德斯塔姆的文章中如是说。或者,在谈到奥登时,他说得更为简洁:"一个时间的仓库。"为了更好地随时间而移动,诗歌应当力求摹仿时间的单调性,让它类似于钟摆的声响,这是诗人孜孜以求的诗歌美学。

布罗茨基自己的声音被描绘成几乎听不见的一种声音。他写道：我在对你说话，假如你没有听见，那不是我的过失。日子的总数，以重重一击使眼球起泡，声带同样如此。我的声音也许压抑，可我希望不是唠叨。聆听雄鸡啼晓更好，聆听一张唱片，心脏的滴答及其针头的饶舌更好，当我停止讲述你却没有注意到，这也许更好，如童话里的小红帽并没有对她的灰色伙伴嘀咕。

最终，年轻的布罗茨基沉寂了。没有沉寂的是他的文字，他的语言，他的诗歌，他的影响。

陆

从某种意义上讲，布罗茨基用诗歌或者言语与那个帝国对抗，他不像索尔仁尼琴一样永远处在帝国的漩涡中心呐喊，他的声音虽然直接指向帝国，但是更确切地说，他要揭开岁月的盖头和黑色的尘土，去寻找那些人的名字，然后把他们拉出来，活在人间。

这些人中最主要的是玛丽亚·茨维塔耶娃、奥西普·曼德施塔姆、安娜·阿赫玛托娃、鲍里斯·帕斯捷尔纳克，也就是俄罗斯白银时代的四大诗人，作为一个诗歌发现者，他把诸君从沉重的泥土里拉出地面，更具体地说是被人诸多遗忘的前三个，再具体地说是被忘得更深、更远的前两个。单看这点他就是伟大的，而实际上，他一生都在做这个工作，从来没有停止，这也是他没有脱离"俄罗斯"这三个字的写照，就像他大声说出的："我的心灵永远为俄罗斯歌唱。"

为了说一句"茨维塔耶娃是二十世纪最伟大的诗人"，而不是"之一"，是任何一个都不能比，他和别人吵得面红耳赤，血液沸腾。他爱她，敬她，就是她死后的某种灵魂的应和。

他和茨维塔耶娃有着相同的灵魂和相同的轨迹：开始于诗歌，然后被放逐，然后把诗歌的创作转向散文。

他专门写文章诉说茨维塔耶娃，诉说她由诗歌转向散文的始末，他说："（她写散文）诗歌实际上并未蒙受什么损失，如果说，诗歌在形式上有所损失，那么，就力量和实质而言，它仍是忠于自我的，也就是说，它保持住了自我……茨维塔

2009 年 5 月 21 日,俄罗斯第一夫人出席了在威尼斯举行的布罗茨基的俄罗斯灵魂的主题活动。

耶娃在转向散文时,也发展了自我,但这确实是对自我的反动。她的孤立,不是蓄意为之的孤立,而是迫不得已的孤立,是外来的强加,这些外在的因素有:语言的逻辑,历史的环境,同时代人的素质。"

他看得清楚:她不同于任何一个,她的本质是"被放逐",不仅仅是被一个帝国放逐,而是被所有诗人放逐。没有人听得懂她的声音,注定她的声音是超越时代和世纪的,就像她自己所说"一百年以后人们会真正懂我",那么一百年以后的人们真正懂她源于布罗茨基。

人们或许会想,为什么他要把唯一一个"最伟大的"送给她,从情感深处说,他对她最爱、最为惋惜,因为她被遗忘得最彻底,被懂得最少,可是恰恰,这表明她是最高的。难道她没有这个资格吗?

他和她的灵魂是最吻合的。她一句"诗人生来就是被放逐的",就把所有人甩在后面,就让从不"喜怒形于色"的他痛哭流涕。

而对于曼德尔施塔姆,他说他是"俄罗斯二十世纪最伟大的诗人"。他没有把奥西普看得更高,也没有更低,这个位置适合奥西普。如果他是从整个人类的角度去讲茨维塔耶娃,那么他更多地从"俄罗斯与人类"去讲奥西普,这正是她和他的本质区别,也正是布罗茨基把"世界最伟大的"和"俄罗斯最伟大的"分别送给两位的原因所在。

奥西普就是他身体里的一个孩子,他称呼奥西普为"文明的孩子",后来他自己的传记也被命名为"文明的孩子",在"俄罗斯与人类"这个桥梁纽带上,他和奥西普是同质的。

他说:"(诗歌)所怀疑的对象远远不止某一具体的政治制度,它对整个存在制度提出疑问。它的敌人也是成比例增多的……因此,曼德里施塔姆对 20 世纪苏联共和国的态度,完全不是一种公开的敌意——'他不过是将这一局势视为存在现实的一种更糟糕的形式,一种本质上全新的挑战。"

他看得清楚,奥西普应该会为此在冰冷的符拉迪沃斯托克的泥土里微笑。

他说奥西普是某种火焰,他把奥西普的妻子娜杰日达·曼德尔施塔姆看成奥西普的另一个生命,他在美国见到了她,她也是流亡而来,这个时候她已经老得不行了,但是,她怀里的曼德尔施塔姆和阿赫玛托娃还依旧年轻。她的预言是正确的:这个年轻人走了她丈夫的道路,而她丈夫的灵魂在他身上停歇。

他说:"娜杰日达·曼德尔施塔姆活了八十一岁,其中有十九年是作为俄国二十世纪最伟大的诗人——奥西普·曼德尔施塔姆的妻子度过的,还有四十二年是他的遗孀,其余的便是她的青少年时代。"这是一个巨大的隐喻:言语跨越了死亡,诗歌与生命在流动!

他说她:"像是一场大火的余烬,像是一块没有烧透的炭;你若是碰碰它,它便又燃烧起来。"

而对于阿赫玛托娃,这位看着他成长,看着他入难,有恩、有教、有希冀于他的老人,他更多的是尊敬。他曾经触摸过她,清楚地知道她的模样和品质,所以,他可以回忆她,珍藏着她。所以,他也清楚,她完全是俄罗斯的,即便是彻底打碎她,任何别人也拿不走她一分,她把自己全部都给了俄罗斯。她就是缪斯,当之无愧。他说:"她的诗歌将留存下去,因为语言比国家更古老,因为诗律总能比历史更久地留存。事实上,诗歌很少需要历史,它需要的只是一位诗人……"

1989 年,伟大而美丽的阿赫玛托娃已经一百岁了,尽管她的身体已经在泥土里,她的年轮还在大地上开满鲜花。他写下《阿赫玛托娃百年祭》——

> 书页和烈焰,麦粒和磨盘,
> 锐利的斧和斩断的发——上帝
> 留存一切;更留存他视为其声的
> 宽恕的言辞和爱的话语。

那词语中,脉搏在撕扯骨骼在爆裂,
还有铁锹的敲击;低沉而均匀,
生命仅一次,所以死者的话语更清晰,
胜过普盖的厚絮下这片含混的声音。

伟大的灵魂啊,你找到了那词语,
一个跨越海洋的鞠躬,向你,
也向那熟睡在故土的易腐的部分,
是你让聋哑的宇宙有了听说的能力。

对于帕斯捷尔纳克,他不需要说更多,当诺贝尔奖颁发给鲍里斯,鲍里斯就注定已经盛开了,尽管有人试图把他压在石磨下,他还是不可控制地盛开。

1987年,布罗茨基由于作品"超越时空限制,无论在文学上及敏感问题方面,都充分显示出他广阔的思想和浓郁的诗意"而获得诺贝尔文学奖。在斯德哥尔摩他发表了获奖演说词,我们认为这份演说词是诺贝尔文学奖历史上最精彩的演说之一,而从其中我们也能明显地感觉到,他在为几位没有获奖的诗人正名,其演讲摘选部分如下:

对于一个个性的人,对于一个终生视这种个性高于任何社会角色的人来说,对于一个在这种偏好中走得过远的人来说——其中包括远离祖国,因为做一个民主制度中最后的失败者,也胜似做X制制度中的殉道者或者大文豪,——突然出现在这个讲坛上,让他感到很窘迫,犹如一场考验。

这一感觉的加重,与其说是因为想到了先我之前在这里站立过的那些人,不如说是由于忆起了那些为这一荣誉所忽略的人,他们不能在这个讲坛上畅所欲言,他们共同的沉默似乎一直在寻求着,并且终于没有替自己找到通向你们的出口。

唯一可以使你们与那些决定相互谅解的,是那样一个平常的设想:首先由于修辞上的原因,作家不能代表作家说话,诗人尤其不能代表诗人说话；若是让奥西普·曼德里施塔姆、玛丽亚·茨维塔耶娃、罗伯特·弗罗斯特、安娜·阿赫玛托娃、魏斯坦·奥登出现在这个讲坛上，他们也会不由自主地只代表自己说话，很可能，他们也会体验到某些窘迫。

这些身影常使我不安，今天他们也让我不安。无论如何，他们不鼓励我妙语连珠。在最好的时辰里，我觉得自己仿佛是他们的总和——但总是小于他们中的任何一个个体。因为在纸上胜过他们是不可能的，也不可能在生活中胜过他们，正是他们的生活，无论其多么悲惨多么痛苦，总是时常——似乎比应该有的更经常——迫使我去惋惜时间的流动。如果来世存在，——我更愿意其存在，而无法否定其永恒生命的可能性，——如果来世存在，我希望他们原谅我和我试图作出的解释：终究不能用讲坛上的举止来衡量我们这一职业的价值。

我只提出了五位——他们的创作、他们的命运我十分珍重，这是因为，若没有他们，作为一个人、作为一个作家我都无足轻重：至少我今天不会站在这里。当然，他们，这些身影——更确切地说，这些光的源泉——灯？星星？—— 远不止五个，但他们中的每一个都注定只能绝对地沉默。在任何一个有意识的文学家的生活中，他们的数量都是巨大的；在我这里，这一数量仰仗两种文化而增加了一倍，是我命运的支配力使我从属于这两种文化。同样不能让人感到轻松，当我想到这两种文化中的同辈人和笔友们，想到那些我认为其天赋高过于我的诗人和小说家们，他们若是出现在这个讲坛上，早就谈到了实质之处，因为他们有比我更多的话要说给全世界听。

……

我们可以从中看到，他并没有像后来的某君一样就自己如何受迫害而喋喋不休，他足够理性和理智。他要为俄罗斯人正名，为不能再说话的诸君玛丽亚、奥西普、安娜正诺贝尔之名。

这正是他的俄罗斯的民族的根，他从来没有消失。如果他缺少了俄罗斯之心，那么他和纳博科夫就没有两样了，也就不会有"伟大"之名。

他可以不原谅那个帝国，但是不能背叛俄罗斯！

1996 年 1 月 28 日,他已经离开祖国 23 年。傍晚时分,他风尘仆仆地从外面回到纽约布鲁克林大街的寓所,邻居很荣幸地和他打招呼,他夹着烟点头,然后走进屋子。

邻居睡觉时看见他的窗子还亮着灯,"这个俄罗斯人永远都是最晚睡的。"美国的邻居在黑暗里摇摇头。

然而,邻居不知道,这一次那盏窗前的灯火熄灭后,就不会在第二天亮起来。那一夜,布罗茨基在睡梦中走了,没有痛苦、呻吟和挣扎。此时,他刚刚 56 岁,像玛丽亚和奥西普一样他不能长寿,苦难的他燃烧着思考得太久了,每每思考,他就要抽烟,一根接着一根,此前他已经做了两次心脏手术,他却不能停止抽烟,因为他不能停止思考,停止想念俄罗斯和一个帝国的磨难。

他走了,尘埃落定,灵魂归寂,一切的恩怨和荣耀都随之而去。俄罗斯国内痛苦地呻吟一声:"连接俄罗斯过去与现在的纽带断裂了!"

柒

诗人是什么? 诗歌是什么?

三千年前,伟大的柏拉图在《理想国》里拒绝给诗人的任何位置,他对诗人的回答是"给他们戴上羽毛、洒上香水,请他们到别的国度去"。理想的国度里不需要诗人,似乎诗人是无用的,诗人是一种麻烦的东西。

几百年前,席勒说:"诗人的位置在天上!"

荷尔德林说:"(诗人)以神性度量自身,诗意地旅居在此大地之上。"

二十世纪,希腊的埃利蒂斯说:"诗人是宇宙中的一根柔软的纤维。"

然后,自然少不了茨维塔耶娃定律式的论断:"诗人生来就是被放逐的。"

但是,就诗歌和诗人之间的桥梁是怎样建立的,诗歌是什么? 这些人都没有说明白。到了布罗茨基,他为诗歌和诗人做最后陈词。

时间崇拜语言! 这就是他的定律,是诗歌和诗人的全部。

时间与语言有着怎样的隐秘关系? 诗人和国家又是以怎样的方式存在? 时间、语言、国家和诗人四者的关联又是什么?

他在诺贝尔颁奖典礼上的演讲不仅仅是对大师们致敬，同时也是对诗歌做陈述。关于他的语言与时间的诗歌逻辑，现摘录如下：

　　语言，我想还有文学，较之于任何一种社会组织形式是一些更古老、更必要、更恒久的东西。文学在对国家的态度上时常表现出的愤怒、嘲讽或冷漠，实质上是永恒。更确切地说是无限对暂时、对有限的反动。至少，文学有权干涉国家事务，直到国家停止干涉文学事业。政治体系、社会构造形式，和任何一般的体系一样，确切地说都是逝去时代的形式，这逝去的时代总企图把自己与当代（时常也与未来）硬捆在一起，而以语言为职业的人，却能够让自己最先忘记这一点。对于一个作家来说，真正的危险，与其说是来自国家方面的可能的（时常是实在的）迫害，不如说是他可能被硕大畸形的，或似乎渐趋于好转——却总是短暂的——国家面貌所催眠。

　　国家的哲学，国家的伦理学，更不用说国家的美学了——永远是"昨天"；语言、文学则永远是"今天"，而且时常——尤其在这一或那一政治体系地位正统的场合下——甚至是"明天"。文学的功绩之一就在于，它能帮助一个人确定其存在的时间，帮助他在民众中识别出无论是作为先驱还是作为常人的自我，使他避免同义反复，也就是说，避免那冠有"历史之牺牲"这可敬名称的命运。一般的艺术，其中包括文学，愈是出色，它和总是充满重复的生活的区别就愈大。在日常生活中，您可以把同样一个笑话说上三遍，再说三遍，引起笑声，从而成为交际场合的主角。在艺术中，这一行为方式却被称为"复制"。

　　……

　　一个人之所以写诗，意图各不相同：或为了赢得所爱女子的心，或为了表达他对一片风景或一个国家等周围现实的态度，或为了塑造他当时所处的精神状态，或为了在大地上留下痕迹——如他此刻所想的那样。他诉诸这一形式——诉诸一首诗——首先是出于无意识的、拟态的意图：白色纸张上垂直的黑色单词淤块，仿佛能使一个人想到他在世界上的个人处境，想到空间与他身体的比例。但是，与促使他拿起笔的各种意图无关，与流出其笔端的一切所起的效果无关，对于他的读者，无论其读者是多还是少——这一事业迅即的结果，就是一种与语言产生了直接联系的感觉，更确切地说，就是一种对语言中所说、所写、所实现的一切迅即产生依赖的感觉。

这种依赖性是绝对的、专断的，但它也会释放自由。因为，作为一种永远比作者更为古老的东西，语言还具有其时间潜力——即在前面的一切时间—— 赋予它的巨大的离心力。这一潜力，虽说也取决于操这一语言的民族的人数，但更取决于用这一语言所写的诗的数量。只要想想古希腊罗马文学的作者们就够了，只要想想但丁就够了。比如，今天用俄语或英语创作的作品，就能为这两种语言在下一个世纪中的存在提供保证。诗人，我重复一遍，是语言存在的手段。或者，如伟大的奥登所言，诗人就是语言赖以生存的人。写这些诗句的我不在了，读这些诗句的你们不在了，但写出那些诗句的语言和你们用它阅读那些诗句的语言却将留存下来，这不仅是由于语言比人更为长寿，而且还因为它更适应于突变。

在"时间的国家美学"面前，他要表达的是："无论作家还是读者，他的首要任务是掌握他自己的生活，而不是接受一个从外部强加于他或为他规划的生活，不管这生活的外形如何高尚。" 同时，他把诗人当成 "语言征服时间的附属品"，但是，他不否定诗人的伟大。而二十世纪伟大的或者说属于他的"时间崇拜语言"的体系里的诗人有多少？他在《怎样阅读一本书》给了一个长长的列表：

如果你的母语是英语，我可以向你推荐罗伯特·弗罗斯特、托马斯·哈代、W.B.叶芝、T.S.艾略特、W.H.奥登、玛丽安娜·穆尔和伊丽莎由·毕晓普。如果你的母语是德语，我推荐的是莱纳·马里亚·里尔克、乔治·特拉克尔、彼得·胡赫尔和戈特弗里德·贝恩。如果母语为西班牙语，那就是安东尼奥·马查多、费德里科·加西亚·洛尔卡、刘易斯·塞尔努达、拉斐尔·阿尔维蒂、胡安·拉蒙·希门内斯和奥克维塔奥·帕斯。如果母语是波兰语——或者，如果你懂波兰语的话(这将成为你的一个巨大优势，因为本世纪最非凡的诗歌就

是用这种语言写成的)——我则乐于向你提起列奥波尔
德·斯塔夫、切斯拉夫·米沃什、兹比格涅夫·赫伯特和维
斯拉瓦·辛姆博尔斯卡。如果母语是法语,那么当然是纪
尧姆·阿波利奈尔、儒勒·苏佩维埃尔、皮埃尔·勒韦尔迪、
布莱斯·桑德拉尔、保尔·艾吕雅的一些作品、阿拉贡的少
许东西、维克多·塞加朗和亨利·米肖。如果母语是希腊
语,你就应该读一读康斯坦丁诺斯·卡瓦菲斯、乔治·塞菲
里斯和雅尼斯·里索斯。如果母语为荷兰语,那就应该是

获得诺贝尔奖后
心情有些不一样

马丁努斯·尼约赫夫,尤其是他令人震惊的《阿瓦特》。如果母语是葡萄牙
语,你就应该读费尔南多·佩索亚,也许还应该读一读卡罗斯·德鲁蒙德·德·
安德拉德。如果母语为瑞典语,就请读圭纳·埃克辽夫、哈里·马丁逊和托马
斯·特朗斯特罗默。如果母语为俄语,那么至少可以说,要读一读玛丽亚·茨
维塔耶娃、奥西普·曼德施塔姆、安娜·阿赫玛托娃、鲍里斯·帕斯捷尔纳克、
弗拉基米尔·霍达谢维奇、维列米尔·赫列勃尼科夫、尼古拉·克留耶夫。如果
母语为意大利语,我不想冒昧地向在座的各位提供任何名单,假如我提起
了夸西莫多、萨巴、翁加雷蒂和蒙塔莱,这仅仅是因为,我早就想向这四位
伟大的诗人表达我个人的感激之情,他们的诗句对我的一生产生了相当重
要的影响,能站在意大利的土地上对他们表达感激,我感到非常高兴。

不否认他的列表的某种权威性,也不否认他的语言与时间的定律在这些诗
人身上的体现。我们能说的是,他做了一份很棒的工作,二十世纪拥有他所定义
的"诗歌属性"的诗人几乎全部赫然在列,这些全部都是不容错过的诗人,但是,
不容错过的他所定义的体系里的诗人始终还有遗漏,比如西班牙语的博尔赫斯,
希腊语的埃利蒂斯。

可是,他毕竟已经把"诗歌的定律"给出来,或者说他建立了自己的诗歌世
系,库切就认为这个世系"是令人信服的"!

而对于一个独立的诗人,应该以怎样的方式存在着?这个问题又回到一
般,在回答"奥登的同性恋身份对奥登和他意味着什么"时,他似乎也在回答

这个问题：

　　开始我对此一无所知（虽然我了解他，阅读他），及至知道了，这不曾给我留下哪怕最小的印象。甚至相反：我把这理解为他绝望的补充的理由。事实上，诗人总是在这或那种程度上感到孤独。这是如此一种真的不能有助手的活动。你从事它越久，你就离一切越远。

　　到我充分了解纯文学的历史的时候，我明白了，诗人不能过上一帆风顺的生活，尤其在个人思想上，会有例外。但我们很少听说诗人有幸福的家庭生活，无论是俄国诗人还是英语诗人。奥登给我的印象是他很孤独。我想，越是孤独得厉害，越是绝望，就越是优秀的诗人……

无疑，这继承了茨维塔耶娃的"被流放"定律，他自己是这样做的，也是这样被创造和表现的：一个孤独的个体，孤独于所有人的被流放的个体之外。

所以，布罗茨基死得很年轻。因为，孤独不愿意让生命活得太久。

徐志摩：名字写在火焰中

琴弦与短笛的和声,让你

在一朵花里看见月亮

那梦的水晶和少女的初恋

藏在一本黛色封面的书中

这美艳,透明的花朵

羸弱得像一声道别

——(新西兰)芳竹《黄玫瑰》

壹

真的不忍再一次揭开这个伤疤,这个殷红的埋在心底许久的伤疤。

不管是有意还是无意,只要想起这个人的名字,只要谈及这个人的故事,只要阅读这个人的诗文,我就看到一种撕裂的疼向我逼来,看到春天里的雨水为何下得没完没了,看到那个为爱而生的人在充满苔藓的小巷里闪动着悠长而又清瘦的背影。他是在寻找诗句,寻找浪漫,寻找自由,寻找爱情,还是在寻找那一滴流了一万年仍然还在流淌的伤心的泪?

徐志摩,这粒种在中国现代诗坛上最令人相思的红豆,于我的心灵,其实就

海宁徐志摩故居外景

是一个永远无法消除的伤疤啊！

许多人忘不了徐志摩是因为他那短暂而又颇富传奇色彩的人生经历：他生于富商之家，不继父业却成了诗人；放弃唾手可得的经济学博士学位而离美赴英；一生谢绝旧政府的邀请不愿当官；与平民百姓交好甚至与乞丐做朋友；家中有楼房他不要住，偏要到穷山僻野的寺院中去住；与元配夫人张幼仪合不来而与梁启超的儿媳林徽因成为莫逆……凡此种种，和他的传世作品一起，给后世留下许多悬念。

特别是以他的三角恋为题材的电视剧《人间四月天》上映后，人们津津乐道的是他的才情、他的挥霍、他的隐私、他的风流、他的轻浮以及他的不负责，如此等等。

可是，志摩的心有多少人懂得？

志摩的奇志有多少人清楚？

志摩的抑郁有多少人明了？

少年的李白曾把壮志当拿云，他自信"天生我材必有用"、"长风破浪会有时"，他以大鹏自居，用青莲为名，才高八斗，心雄万丈。志摩虽然没有李白的大气与豪迈，但他的率真，他的脱俗，他的潇洒完全可以与李白一比。

尤其重要的是，志摩少年也有凌云壮志和鸿鹄之心，愿意为国赴难，战死沙场，其忧国爱民之情令人感奋。

这一点，恰恰被许多人忽略了。

志摩是1897年1月15日出生在浙江省海宁县硖石镇，按族谱排列，取名徐章垿，因父名申如，故又小字又申。成年后作文，笔名有南湖、诗哲、海谷、谷、大兵、云中鹤、仙鹤、删我、心手、黄狗、谔谔等。

据传，"志摩"二字是在1918年去美国留学时他父亲给另取的名字。说是小时，有一个名叫志恢的和尚，替他摩过头，并预言"此人将来必成大器"，其父望子成龙心切，即替他更改此名。

作为徐家的长孙独子，志摩自小过着舒适优裕的公子哥儿的生活。小时在家塾读书，天资聪慧，十一岁时，进硖石开智学堂，师从张树森老先生，打下了古文功底，成绩总是全班第一。

1910年，志摩满十四岁时，初次离开家乡，来到杭州，经表叔沈钧儒介绍，考入杭州府中学堂（1913年改称浙江一中），与郁达夫同班，两人由此结下深厚友谊。

少年时代的志摩爱好文学，关注社稷民生，曾在校刊《友声》第一期上发表论文《论小说与社会之关系》，认为小说裨益于社会，"宜竭力提倡之"，这是他一生的第一篇作品。同时，他对科学也有浓烈的兴趣，并发表过《镭锭与地球之历史》等文章。

值得一提的是，志摩入学杭州之初，正是革命先驱孙中山先生为了推翻清朝帝制而发动的民主的革命战争达到高潮的时候。1911年4月，由黄兴直接指挥的军事行动不幸失败，黄花岗72烈士壮烈牺牲。

志摩从报上得知革命军受挫失败时悲痛万分，他在日记中说："不禁为我义气之同胞哭，为全国同胞悲痛"，深叹"革命军羽翼之已成，而中道摧阻"。

大约有半个月的时间，志摩寝食不安，无心上课，他多次独自去西湖之滨凭吊岳飞坟墓，回来后在日记中默写了岳飞的《满江红》词，悲愤激昂，热泪盈眶，其赤子之情难能可贵。

志摩的堂侄徐炎先生曾在一篇文章中写道：此时，志摩对自己悠闲的学生生活很感不安，恨不得投笔从戎，为民主自由去献身，去战死在沙场上。风有所闻，月有所明，这风声就是这次革命失败的消息，这月色就是当时中华民族的命

徐志摩故居内厅

运,他的爱国爱民之心,就这样清楚地袒露在人民面前,把满腔的赤诚化成如火诗篇。

诚然,康桥的环境催发了他的灵感,也成就了他的诗名,但是论诗情,早在他念中学时就萌芽了。《感时》应该是最好的明证,该诗用白话自由地"分行的抒写",已使它从旧诗的格律中脱胎而出,以一种新颖的体裁问世——

　　进进进/家破国亡不堪问/生斯世兮男儿幸/手执大刀兮誓将敌杀尽/尽尽尽/也难消扬州十日嘉定屠城恨/进进进/追追追/血溅战衣金刀挥/头可断兮决不归/誓将江山一鼓夺回/死死死/不死疆场男儿耻/抛却美妻及爱子/披衣上马去如矢/不得自由毋宁死/死死死。

该诗虽然幼稚,却是真情的喷发,是性灵的倾诉,为了将内心炽热的感受一股脑儿地倾吐出来,志摩自然而然地采用了通俗易懂的抒情方式。该诗在叠字、环韵和句式等方面,几乎与他后来写成的许多诗歌如出一辙,是独一的,志摩式的。

"诗言志","志为心声"。从志摩最初的诗歌中,透过呐喊和血泪,我们感受到一腔奔腾的激情,触摸到一颗火热的灵魂。

贰

问世间,情为何物? 千百年来,一个"情"字困惑了多少人!

千山暮雪,为谁留影? 千百年来,一个"爱"字又招了多少恨!

为情者,被情所累;

为爱者,因爱而伤。

"淡烟一束归山水,飘摇直去追明月。"这境界,这情趣,又有多少人能够了悟?

志摩是诗人,诗人之情、诗人之爱又比常人更为丰富细腻,其追情之路、求爱之途也更为崎岖险峻,特别是在那个连古老的月亮都包裹得严严密密的封建年代，"媒妁之命，受之于父母"，志摩的求爱之途的这种险峻就尤为突出，志摩的这种追求也就尤为令人动容了。

这不，1915年夏，志摩从浙江一中毕业，刚刚考入上海浸信会学院暨神学院（沪江大学前身），就在同年十月，志摩即由家庭包办，十二分不情愿地与上海宝山县罗店巨富张润之的女儿张幼仪结了婚。

记得第一次见到张幼仪的照片时，志摩便嘴角往下一撇，用嫌弃的口吻不客气地蹦出一句："乡下土包子！"

徐志摩像

志摩此说实不厚道，张幼仪出身书香门第，兄弟姐妹一个个不同凡响，别的不说，单单一个兄长张君劢，其国学大师的学识和涵养恐怕是志摩一辈子都难以望其项背的。不过，这从一个侧面，反映出志摩对这场婚姻的不满和反感。

但志摩的父亲徐申如并不在意儿子的感受，因为那时，所有的婚姻都是父母说了算的。徐申如看中的人选，志摩还能说什么呢？什么情，什么爱，结婚在一起，有儿有女了，没有情的也有情了，没有爱的也有爱了。这就是徐申如的爱情观。

然而，时代毕竟在往前走。志摩跑得尤其快。

由于没有爱情的基础，婚后志摩从没有正看过张幼仪一眼。按照几十年后张幼仪自己的说法，志摩"除了履行最基本的婚姻义务之外，对我不理不睬。就连履行婚姻义务这种事，他也只是遵从父母抱孙子的愿望罢了"。

好在张幼仪是个真正的贤妻良母，耐得住寂寞，有着传统的价值观和道德观。对于丈夫对自己的冷淡，起初，她并不太在意。她喜欢回想在硖石时的情景："当日子一天天变暖，附近的西湖出现第一只游船后，我们就会换上轻薄丝绸衫或棉纱服，佣人也会拿来一堆家人在夏天期间用来纳凉的扇子；在他的托盘里摆着牛角、象牙、珍珠和檀木折扇，还有专给男士用的九骨、十六骨或二十四骨的扇子，因为女士从不使用少于三十根扇骨的扇子。有的扇面题了著名的对子，有的画着鸟、树、仕女等。"

让张幼仪在烟雨迷离的回忆里一天天冷寂吧；

让张幼仪在望眼欲穿的等待里一天天老去吧。

志摩管不了那么多，他的方向在北，他的志趣在远方。因此，1916年秋，生性好动的徐志摩并没有安心念完浸信会学院的课程，他离沪北上，到天津的北洋大学的预科攻读法科。

第二年，北洋大学法科并入北京大学，志摩也随即转入北大就读。

北大因此多了一份诗意；

志摩因此多了一份深沉。

在北方上大学的两年里，志摩的生活增添了新的内容，他的思想注入了新的元素，他的境界有了更高的升华。在这高等学府里，他如饥似渴，不仅钻研法学，而且攻读日文、法文及政治学，并涉猎中外文学，从而再一次燃起他对文学的兴趣。

志摩全身心投入学习，俨然忘记了家中的妻子。

真的忘记了吗？似乎没有。那是志摩的心病，他不愿去碰，不愿去想。但是，当他真正需要的时候，他就写信去求助。这一时期他广交朋友，结识名流，但远远不够，他崇拜梁启超，希望通过张幼仪游说其兄长张君劢、张公权等，经他们的推介，从而实现拜梁启超为师的愿望。

被志摩讥为"乡下土包子"的张幼仪果然成全了他。兴高采烈的志摩还举行了隆重的拜师大礼，梁启超扶起这个后来让他操心不已的弟子，只微笑着说了一句："老夫对你只有一个希望：学识与人品应合而为一。"

这一句原本套话，却恰恰点中了志摩的穴位。日后，梁启超最感恼火或痛心的就是志摩的"人品"。想想也真是，志摩不仅要争夺他看中的儿媳妇林徽因，而且听不进他的忠告，执意要做"第三者"，并与风尘女子陆小曼再婚。这是后话，暂时搁下。

客观地说，梁启超对志摩一生的影响是最大的，他老人家在志摩心目中的地位也是举足轻重的。至于志摩与梁启超的思想差别和精神品位大异其趣，那又另当别论。

1918 年 8 月 14 日，志摩怀着"善用其所学，以利导我国家"（《启行赴美文》）的爱国热情，离开北大，从上海启程赴美国留学。

留学第一年，志摩进的是美国乌斯特的克拉克大学历史系，但他选读了社会学、经济学等课程，以期将来做一个中国式的"哈弥尔登"。志摩基础很好，加之勤奋好学，入学十个月即告毕业，不仅获得学士学位，还赢得一等荣誉奖，这在当时是十分难得的。

但志摩并不以此为满足，当年又转入纽约的哥伦比亚大学研究院，进的是经济系。在这里，他获得了广泛的哲学思想和政治、经济学的种种知识，大大开阔了眼界。

是年，国内风起云涌的"五四"革命浪潮也辗转波及到远隔重洋的美国，在中国留学生中引起强烈反响，志摩也为爱国心所驱使，参加了当地留学生所组织的各种爱国活动，努力

少女时代的林徽因

接受进步思想的熏陶，并经常阅读《新青年》、《新潮》等杂志。同时，他的学习兴趣，也逐渐由政治转向文学，最终获得了文学硕士学位。

正如后来有人指出的那样，志摩在美国待了两年，他对美国资本主义社会资产阶级掠夺的疯狂性、贪婪性、讲求物质利欲感到厌倦，加之他受到英国哲学家罗素的吸引，终于"摆脱"了导师的好意规劝和哥伦比亚的博士衔的引诱，买舟横渡大西洋。

不料，罗素个人生活发生意外的变故，致使志摩不曾达到跟随罗素从学的夙愿，结果"在伦敦政治经济学院里混了半年"。

当他正感到胸闷、想换条路行走的时候，志摩在一次聚会中结识了林长民及其女儿林徽因，并由林长民介绍，有幸认识了英国著名作家高尔斯华绥·狄更生。

不久，由于狄更生的强力介绍和推荐，志摩得以"特别生"的资格直接进入康桥大学皇家学院。

志摩在英国也住了两年，在英国，尤其是在康桥的这段生活，对他的一生有着深刻的影响，可以说，是他思想发展和精神升腾的转折点。在康桥，他深深感到"大自然的优美，宁静，调谐在这星光与波光的默契中不期然地淹入了你的性灵"，康桥的环境，不仅促成并形成了他的社会观和人生观，同时，也拨动了他更为强烈的求知欲，直接触发了他创作的意念，他开始翻译文学著作，进而转向了

新诗创作。

但婚姻是一道伤口，并不因疯狂的学习而淡忘，相反，夜深人静的时候，那一道伤口总是连接带血的神经，一拉就痛。

志摩像天穹下的那一弯残月，虽然明亮，却更加消瘦了。

叁

其实，消瘦的月何止停在志摩的头顶？

对张幼仪而言，她的那轮残月像一柄镰刀，清峻，隐忍，寂寞得发红。

1920年的秋天，望穿秋水的张幼仪终于等来了志摩的一封信，希望她出国与之团聚。其实，这封信是应有恩于己的张君劢之请而写的。看到妹妹独守空房，结婚就像守活寡，张君劢看了很不爽，于是忍不住写了一封信去，提醒他"不要只顾自己忙碌，忘了家中应有的责任"。信中还委婉地告诉志摩，恩师梁启超也很关心他的生活。因此，按照礼仪，他应当给自己的父亲写一封信，提出让妻子前去伴读。

一有张君劢之信，二有梁启超之威，三有张幼仪之责，在此情势下，志摩没有理由不让自己的妻子出国。

换句话说，并不是志摩个人的意愿要送张幼仪去的，而是娘家和婆家要送她去的。而公婆之所以送她出去的理由，也是提醒志摩对家里应尽的责任。这是许多年以后张幼仪本人对此事的解释。

徐志摩与张幼仪

就这样，1920年冬天，经过三个星期的颠簸，张幼仪乘坐的轮船终于驶进了马赛港的码头，刻骨铭心的感受历历在目："我斜倚着尾甲板，不耐烦地等着上岸，然后看到志摩站在东张西望的人群里。就在这时候，我的心凉了一大截。他穿着一件瘦长的黑色毛大衣，脖子上围着条白丝巾。虽然我从没看过他穿西装的样子，可是我晓得那是他。

他的态度我一眼就看得出来,不会搞错,因为他是那堆接船的人中惟一露出不想到那儿的表情的人。"

分隔数年,两人在异国他乡的重逢,并没有常人应有的兴奋和激动。相反,一切都是那样的冷淡,冷淡得有点叫人恶心。在不久后由巴黎飞往伦敦的飞机上,张幼仪因晕机而呕吐,志摩把头撇过去,残忍地说:"你真是乡下土包子!"

可是,话才说完没多久,志摩自己也吐了。

张幼仪于是不甘示弱,轻声脱口说:"我看你也是个乡下土包子。"

志摩讶异地望了张幼仪一眼,清瘦的脸更加显得苍白。想起在异国他乡的打拼一定不易,善良的张幼仪觉得不应该同志摩计较,她不是来吵架的,她是来帮助志摩的。于是,她柔情地抓住丈夫的手,轻轻地说:"对不起,我不应该赌气。"

"哼。"志摩把手抽出来,把头望着白茫茫的舷舱外。

随后,他们搬到一个叫做沙士顿的小镇,租了一栋有两个卧室和一个客厅的小屋,从客厅的大玻璃窗可以俯视到满是灰沙的小路,沿着那条小路到康桥大学大约只有六里远。志摩就要在这所大学的皇家学院当文科特别选科生。狄更生已经帮志摩打点好学校里的一切。

起初,志摩请了个女老师来家里教张幼仪学习英文,但半途而废。因为初来乍到,要做的事太多,在国内有仆人侍候,但这里的一切都要靠自己打理,包括买东西、打扫内外,还要料理一日三餐。真难为了张幼仪,她做得还不错。

不久,张幼仪发现自己怀孕了,当她把这个好消息告诉志摩时,没想到,他一听便断然地说:"把孩子打掉。"

那年月打胎是很危险的,国外的医院根本没有这一项业务。

张幼仪伤心地说:"我听说有人因为打胎死掉的。"

"哼,那又怎样?"志摩仍然冷冰冰地说,"还有人因为坐火车死掉的呢,难道你看到人家就不坐火车了吗?"

这句话像一根针,刺得张幼仪的眼泪直在眼眶里转。

但坚强的张幼仪咬着唇,终于忍住没让眼泪流下来。她轻轻走出了房屋。那晚,她发现窗外的月亮格外白,白得就像家乡的一节藕。

志摩沉浸在自己的天地里。他似乎没有"家"的概念,想回就回,想走就走,

徐志摩:名字写在火焰中

263

好像妻子不在那儿似的。多数情况下,他总是回家吃午饭和晚饭,也许是因为太穷了吧,他对吃什么,并不在乎!如果饭菜好吃,他一句话都不讲;要是饭菜不好吃,他也不发表意见。

丈夫的这种态度,令张幼仪十分苦闷,她想:"我毕竟人在西方,我可以读书求学,想办法变成饱学之士,可是我没法子让志摩了解我是谁,他根本不和我说话。在国内时,我和我的兄弟可以无话不谈,他们也和志摩一样博学多闻,可是我和自己的丈夫在一起的时候,他总是说:'你懂什么?'或者就是:'你能说什么?'"

那段日子,志摩骑着自行车往返于沙士顿火车站和康桥之间,有时候乘着公共汽车去校园。就算不去康桥,他每天早上也会冲出去理发,张幼仪完全不能理解他的这个习惯,觉得他大可以简简单单在家修剪头发,把那笔钱省下来,因为她好像老在等着徐家老爷寄支票来。可是,志摩还是我行我素,做了好多令人无法想象的事情。

有天早上,志摩起来突然宣布:"今天晚上家里要来个客人,她是从爱丁堡大学来的一个朋友,我要带她到康桥逛逛,然后带她回来和我一道吃晚饭。"

家里从没来过客人,所以张幼仪很惊讶,但她只是对志摩点了点头,问他想要什么时间开饭。他说了句:"早一点吧。"

张幼仪说:"五点吃饭,怎么样?"

志摩说:"好。"然后匆匆忙忙理发去了。

直到许久以后,张幼仪才知道,志摩每天出去理发,只因理发店前有一个信箱,那里有他女朋友寄来的英文信。

为了迎接那个名叫"明姑娘"的到来,张幼仪一整天都在打扫、买菜、准备晚饭。脑子里冒出一些奇奇怪怪的念头。比方,这个"明姑娘"是不是志摩准备娶来当二太太的?

在张幼仪看来,志摩要她们两个女人碰面这件事情,给了她这样的暗示:"明姑娘"不光是他的女朋友,而且很有可能变成他第二个太太,然后,她们三人将会在这异国他乡同住在一个屋檐下。梁启超的小太太就是他在日本求学的时候嫁进他家的,志摩要步老师的后尘,可以如法炮制。

张幼仪心乱乱的，老在想这个"明姑娘"究竟是一个什么样的女子？

"明姑娘"如期而来。她非常努力想表现得洋里洋气，头发剪得短短的，擦着暗红色的口红，穿着一套毛料海军裙装，给人一种新潮时尚的感觉。怪不得志摩喜欢她。

然而，当张幼仪顺着"明姑娘"那穿着长袜的两条细腿往下看，在瞧见她双脚的时候，惊讶得差点透不过气来，那是一双挤在两只中国绣花鞋里的小脚啊。原来这新式女子竟然裹了脚！张幼仪几乎要放声大笑：志摩老是喊我"乡下土包子"，如今他带回来这么个女人，光看她那双脚，就显得比我落伍了。

尽管如此，那个晚上，张幼仪还是被搞得心烦意乱，送走"明姑娘"后，她笨手笨脚慢吞吞地洗着碗盘。志摩回到家的时候，她还在厨房洗碗。志摩一副坐立不安的样子，在她身边转来转去，仿佛在审视什么。

张幼仪对志摩这种情状十分气愤、失望和厌恶，根本没有心思说话。她洗好碗盘以后，志摩跟着走到客厅，颇为严肃地说："你觉得她怎么样？"

虽然已经发誓要采取庄重随和的态度，可是因为脑子里有太多念头在打转了，张幼仪就冲口说出心里出现的第一个想法。因为张幼仪知道，她应该接受志摩挑选的小太太，于是，她说："呃，她看起来很好，尽管小脚和西服搭配得不协调。"

志摩似乎感觉到这话中的嘲笑，他不再绕着客厅走来走去，而是把脚跟一转，好像张幼仪的话把他的烦躁和挫折一股脑儿宣泄出来似的，他突然高声尖叫道："我就知道，所以我才想离婚。"

张幼仪目瞪口呆。这是志摩第一次对她提高嗓门，他们那间屋子骤然之间好像小得容不下两人了。

半晌，张幼仪像躲鬼似的从后门逃了出去，她感觉到冰凉的空气冲进了她的肺里。

当天晚上，张幼仪上床的时候，志摩还在客厅用功。大约到了三更半夜，他蹑手蹑脚进了卧室，在低下身子爬上床的时候拉到了床单，而且他背着张幼仪睡的时候，身体轻轻地擦到了她。

心性敏感的张幼仪虽然知道志摩是不小心的，但她隐隐感到了一种悲哀：这是两人身体上的最后一次接触,也是在向他们那段可悲的亲密关系挥手告别。

"明姑娘"事件后,志摩在家呆的时间更少了。他似乎在逃避什么,或者更确切地说,他在追逐什么。志摩不说,张幼仪也不问。两人的关系越来越冷淡,越来越陌生。

有一天清早,志摩没吃早饭就走了,这可是头一回。张幼仪感到奇怪,她从屋子前的大窗看着他踩着自行车踏板顺着街道骑下去,心想不晓得接下来会发生什么事。

张幼仪感到不安,大约一个礼拜,志摩竟像他当初突如其来地要求离婚那样忽然消失了。第一天,没回家;第二天,又没回家。第三天、第四天,仍然没回家。张幼仪想:志摩一定去伦敦看望他的朋友了。

那时,张幼仪的英文不行,出门就不知道该如何应付。因此,志摩的不辞而去,带给她的恐慌是可想而知的。

直到有天早上,张幼仪被一个陌生男子敲门的声音吓了一跳,他说他知道张幼仪一个人在家,又说他从伦敦带来了志摩的口信。

张幼仪就请这个陌生男子进门,倒了杯茶给他,以紧张期待的心情与他隔着桌子对坐。

"他想知道……"陌生男子轻轻皱着眉头,好像正在一字不漏地搜索志摩说的话那样,他顿了一下,说,"我是来问你,你愿不愿意做徐家的媳妇,而不做徐志摩的太太?"

张幼仪没立刻作答,因为这句话她听不懂,或者装作没有听懂。于是,她说:"这话什么意思?我不懂。"

陌生男子喝了一小口茶,若有所思打量着张幼仪的头发、脸孔和衣服……

张幼仪明白他准备回去向徐志摩报告结果,一念及此,她就火冒三丈,突然顶起下巴对陌生男子吼道:"徐志摩忙得没空来见我是不是?你大老远跑到这儿,就是为了问我这个蠢问题吗?"

说完,连自己都觉得奇怪:我这是怎么啦?

陌生男子不再吱声。

张幼仪就送他到门口,坚定地关上了门。她无力地靠在后门上,眼泪再也止不住了,她知道:志摩再也不会回来了。

"死,还是生?"张幼仪来到了生命的边缘。经过理性的挣扎,她最终选择了生。然而,产期临近,无奈之际,她只好给二哥张君劢写信求救。

在二哥的全力帮助下,张幼仪来到巴黎,后来又去了柏林,生下志摩的孩子。

数十年后,时过境迁的张幼仪为这一段沉重生活打了一个生动的比喻:我是秋天的一把扇子,只用来驱赶吸血的蚊子。当蚊子咬伤了月亮的时候,主人将扇子撕碎了。

从那以后,寡妇的月升起来,照瘦几株白菜。

肆

有缘的人总会在世界的某个地方相遇。

但缘分有深浅。有情无缘,或情深缘浅都是人生莫大的痛苦。

对此,志摩有着深刻的体悟。

1921年秋天,伦敦干净而祥和。在国际联盟的一次演讲会上,志摩邂逅了"人艳如花"的"才女"林徽因。虽然,志摩一生碰到不少美女,但遇到像林徽因这样的才貌双全、像从古诗词里走出来的清净女子,他还是头一回。

诗人心灵的激荡可想而知。

后来有人这么描绘志摩初见林徽因的一幕:林徽因穿着东方风格的裙子,黑白相间,清风扑面,"令志摩眼前一亮。这是个花季少女,简直太漂亮了,瓜子脸白净净,只有颊上带着几分红晕。一双弯弯的笑眼,秋水盈盈,神动能语,最是那腮边的两个酒窝,深深的,蕴含着不尽的青春美丽……"志摩一下子看呆了,这女子使他心中模模糊糊的美神形象一下子定了型:"他仿佛是在前世见过她,只是无法确切地记起,对,没错,就是她,她就是美神,美神就是她。"

林徽因

其时，林徽因的父亲林长民在旁。志摩走上前去作了自我简介。

林长民说："哦，你就是志摩啊。梁公（启超）曾在我面前提起过你。"

志摩听林长民这么一说，喜出望外："啊，您认识恩师？"

"岂止认识，我们可是多年的好朋友啰。"林长民爽朗一笑，"梁公说你是大才子啊。"

"哪里，恩师谬夸了。"志摩双手抱拳，道："既然林先生跟恩师是朋友，理应也是我的老师，日后都希望多多提携。"

林长民客气道："哪里，哪里。咱们多联系吧。"

这是一次十分愉快的相见。志摩在跟林长民聊天时，眼角不停地朝着林徽因那苹果般的脸蛋上看。林徽因也曾听朋友多次说起过志摩，说他的才情是如何了得，今日见了，虽然没有机会领教他的才情，但凭着自己对美丽的自信和女性特有的直觉，她相信志摩不会跟她擦肩而过的。

那一年，志摩 24 岁；

那一年，徽因 16 岁。

这样花一般的年龄，这样的才子佳人，原本就容易擦出火花，何况在异国他乡寂寞深深，何况志摩有一种天性的浪漫、忧郁的气质和浓烈的情怀，为了美，他敢于飞蛾扑火；为了爱，他敢于不顾一切。

果然，志摩回去后，炮制出一大批情真意切的诗，劈头盖脸地献给林徽因。对文字有着敏感的辨识力和感悟力的林徽因，读了志摩的献诗后，春意流淌，人面桃花。其中，最令她怦然心动的是《偶然》，该诗是这样写的："我是天空里的一片云/偶尔投影在你的波心/你不必讶异/更无须欢喜/在转瞬间消灭了踪影/你我相逢在黑夜的海上/你有你的/我有我的方向/你记得也好/最好你忘掉/在这交会时互放的光芒。"

很快，两人不可救药地坠入无边无际的情网。

伦敦的雾，最先是从康河的涟漪中荡漾出来的。似乎，那也是那河水的一部分。

有了林徽因的爱，志摩很快就忘记了"明姑娘"，更不用说那孤独地守在屋子里等待生产的张幼仪。

志摩眼里有的是林徽因的笑靥；

志摩耳里听的是林徽因的声音；

志摩梦里见的是林徽因的倩影。

徽因，徽因。在志摩看来：这个世界的美是徽因的，这个世界的生动是徽因的，这个世界的生气是徽因的，甚至，连这个世界的日月都是徽因的。

没有徽因，食无味，寝不安；

没有徽因，月不明，日不亮。

情窦初开的少女哪里禁得起志摩那奋不顾身的魔鬼般的追求？林徽因沉浸在被爱的幸福中，她也曾回赠给志摩这样滚烫的诗句——

那一天我希望要走到了顶层

蜜一般酿出那记忆的滋润

那一天我要跨上带羽翼的箭

望着你花园里射一个满弦

那一天你要听到鸟般的歌唱

那便是我静候着你的赞赏

那一天你要看到零乱的花影

那便是我私闯入当年的边境

换句话说，就像志摩深深地爱着林徽因一样，林徽因也深深地爱上了志摩。

但是有一天，当志摩告诉她，他已经有了妻子，自己并不爱她时，犹如晴天霹雳，林徽因当即惊呆了。

此后，无论志摩怎么解释，张幼仪的影子在林徽因心中总是拂不去，撵不走。她理解志摩对自己的真挚感情，可是，当她冷静下来之后，她的内心又充满了矛盾和痛苦。她从自己的道德观、从自己亲生母亲的不幸——林徽因的母亲就是因为父亲又续娶之后永远失去了丈夫的感情，以及父亲的规劝中清醒过来，最终经过理性和痛苦的思索，她毅然作出决定，与志摩不辞而别，同父亲一道提前回国了……

林徽因与其父林长民

当手捧鲜花和情诗的志摩兴致勃勃地赶到林徽因在伦敦的寓所时,他被告知,林小姐已于三天前离英回国了。听到这里,志摩犹如当头一棒,鲜花落地,碎成一池泪。处于对爱情极度痴迷之中的志摩认为,一切的一切,都是由于自己已有"婚链"的结果。他要打碎这铁链,一定争取与"心上人"生活在一起。

于是,1922年3月,徐志摩赶到巴黎,向正在那里待产的张幼仪正式提出离婚,他声称他们不应该继续没有爱情、没有自由的婚姻生活了。

既然爱如潮水,而又覆水难收;既然人在异地、心在他处,这种看似"爱"实为"罪"的婚姻生活于人于己有何意义?不如痛快分手,也许还能赢得一份应有的自尊。

"将协议书拿来吧。"张幼仪冷静地说,并且洒脱地签下了自己的名字,结束这种无爱的痛苦。

离婚之后的志摩急冲冲地返回康桥,而张幼仪则独自一人去了德国生产和治病,她需要喘一口气了。

英国康桥的生活固然使志摩迷醉,砸碎"婚链"的他也深深感到自由的轻松和美好,然而,心上人不在身边,一封封情书怎能释放得了他那如火的激情?何况思乡怀国之情无时无刻不在缠绕着他,于是,在1922年8月,志摩决定离开欧洲,启程回国。

志摩将这个喜讯写信告诉了林徽因。

回国途中,志摩曾在新加坡、香港、日本稍作停留,经历两个月的风雨历程,于是年10月15日,终于到达了上海港口。

归心似箭的志摩迫不及待地走出船舱,深深地舒了一口气:"我回来了!天空张开了欢迎的翅膀,爱神在远处向我张望。"喜悦、兴奋之情难以名状。

志摩先回老家看望了一下父母。对于父母谈及张幼仪的事,他以种种理由搪塞开去。第二天,他急切地给林徽因打去电话。但打了许多次,要么电话无人接听,要么仆人回答说,林小姐出门去了。

志摩隐隐感到了不安。

稍事休整后,志摩便告别父母,踏上了北上的火车。

几天后,当风尘仆仆的志摩好不容易找到林家大门,正要迈步进去时,却赫然发现了这样一副楹联——

> 长者有女年十八,游学欧洲高志行。
> 君言新会梁氏子,已许为婚但未聘。

志摩再次遭到重击,并陷入深深的痛苦之中。早在英国伦敦时,他就知道,自己的恩师梁启超的公子梁思成也在拼命追求林徽因,而林家与梁家是世交,林徽因的叔叔林觉民为了革命,血溅黄花岗,他在给妻子的遗书《与妻书》中写道:"我为什么要去赴死呢?是因为,我要让天下有情人,像我们一样恩爱的夫妻,能够继续恩爱下去。要如此必须有人跨出第一步,那么这个人就是我林觉民。"又说:"当我死了之后,我的愿望是,如果我们生了女儿,就像你一样温婉娴淑;如果生了儿子,希望能像我一样当个学者。"这种壮烈令梁启超敬佩不已。而林徽因的父亲林长民跟梁启超有着更深的情感渊源,梁思成从小出没于林家,在英国时,他也有更多的时间跟林徽因在一起。

尤其重要的是,两人都没有婚姻之痛,是原汁原味的才子佳人啊。

想到这些,志摩的内心像伦敦的浓雾一样漫天遍野地包围过来。他狠狠地挥了一下臂膀,像一头发怒的狼,似要对着天边号叫。

但是不久,志摩便冷静下来,觉得还不是绝望的时候,因为林徽因和梁思成毕竟还没有正式订婚,所以,他不愿就此放弃最后的希望。

关键要有行动,要多接触。于是,志摩频频邀请林徽因夜游香山和颐和园,一刻不停地向她倾诉自己炽热的情感,林徽因感情的防线开始有所动摇……

梁思成看在眼里,急在心里。他无法左右林徽因,更无法制止志摩向林徽因发动疯狂的进攻。虽然，他并没有直接求助于老父，但梁启超早已看出了危险。他明白，这个顽固的学生同林徽因在英国的那段恋情并没有彻底结束，尤其揣测出徐志摩与张幼仪离婚的潜在意图后，生怕跑马一样的徐志摩与林徽因藕断丝连，旧情复萌，这样一则会丢了自己的面子，二则也会伤了儿子的感情。

基于此，梁启超决定以张幼仪离婚一事作为切入点，写了一封长信，他以老师身份，言辞激烈地批评了徐志摩，信中的弦外之音，明眼人一看便知。

在这封罕见的信中，梁启超郑重告诫他两点——

其一，万不容以他人之苦痛，易自己之快乐。弟之此举，其于弟将来之快乐能得与否，殆茫如捕风，然先已予多数人以无量之苦痛。

其二，恋爱神圣为今之少年所乐道……兹事盖可遇而不可求……况多情多感之人，其幻象起落鹘突，而得满足得宁帖也极难。所梦想之神圣境界恐终不可得，徒以烦恼终其身已耳。

写完上述观点后，梁启超意犹未尽，他又挥笔开导志摩，希望他不要感情用事，执迷不悟，一意孤行——

呜呼志摩！天下岂有圆满之宇宙？……当知吾侪以不求圆满为生活态度，斯可以领略生活之妙味矣。……若沉迷于不可必得之梦境，挫折数次，生意尽矣，郁悒佗傺以死，死为无名。死犹可也，最可畏者，不死不生而堕落至不复能自拔。

呜呼志摩，可无惧耶！可无惧耶！

这封信屈老师之尊，以"兄长"的口吻谆谆告诫，其情也真，其理也明。梁启超原以为此信一去，必能息事宁人。没想到，倔强的徐志摩却并不买账，他立即回了一封长信，让梁启超如芒刺在背，冷气横生。

徐志摩毫不避讳地宣称——

我之甘冒世之不韪，竭全力以斗者，非特求免凶惨之苦痛，实求良心之安顿，求人格之确立，求灵魂之救度耳。

　　人谁不求庸德？人谁不安现成？人谁不怕艰险？然且有突围而出者，夫岂得已而然哉？

　　我将于茫茫人海中访我唯一灵魂之伴侣；得之，我幸；不得，我命，如此而已。

　　对老师进行了一番针锋相对的驳论后，志摩感觉自己有些过于冲动，于是极力克制，以十分理性但仍然慷慨的笔调继续写道——

　　嗟夫吾师！我尝奋我灵魂之精髓，以凝成一理想之明珠，涵之以热满之心血，朗照我深奥之灵府。而庸俗忌之嫉之，辄欲麻木其灵魂，捣碎其理想，杀灭其希望，污毁其纯洁！我之不流入堕落，流入庸懦，流入卑污，其几亦微矣！

　　志摩是一个不甘寂寞的人，1923年春上，他在追求林徽因的同时，又在北京办起了一个小资式的俱乐部，成员们定期相会，一道编戏演戏，逢年过节举行年会、灯会，也有吟诗作画。

　　出于对印度诗人泰戈尔一本诗集《新月》的兴趣，志摩提名借用"新月"二字为社名，新月社便因此而得名。徐志摩擅长抒情诗，同时也喜欢写泰戈尔那样的哲理诗。他曾在一首题为《爱的灵感》上发出悲叹："一年，又一年，再过一年，新月望到圆，圆望到残。"

　　在志摩的力邀下，林徽因也参加了新月社，许多时候，成员们会将她的住所作为聚会的好场地，她提供一些茶水和瓜果，让一批小资谈诗献艺，轻松自在，乐在其中。

　　1924年4月，印度诗人泰戈尔来华，给志摩的生活和创作带来了一定的影响。他与泰戈尔建立了深厚的友谊，泰戈尔给他取印度名素思玛（Susima）。

　　5月8日，泰戈尔在北京庆祝63岁的生日。北京400位最著名的人物出席了宴会。当晚上演了泰戈尔写的《齐物拉》。在剧中,林徽因扮演公主,志摩扮演爱神。由于出色的表演,泰戈尔十分激动。他慈爱地拥着林徽因的肩膀,赞美道:"马尼浦王的女儿,你的美丽和智慧不是借来的,是爱神早已给你的馈赠,不只是让你拥有一天、一年,而是伴随你终生,你因此而放射出光辉。"

末了,泰戈尔还特地作了一首英文诗赠写她:"天空的蔚蓝,/爱上了大地的碧绿,/他们之间的微风叹了声:'哎'!"

大诗人对林徽因由衷的赞美更加激发了志摩那不可抑制的爱,他和梁思成形成拉锯战,林徽因夹在中间,左右为难。

林徽因在爱情路上的朦胧和不确定,也使志摩心情沉重。他一方面希望林徽因能够快刀斩乱麻,另一方面又害怕快刀的结果砍伤的是自己。

为了散心,也是为了有更多的时间跟义父般的泰戈尔呆在一起,是年5月底,当泰戈尔离沪去日本时,志摩自愿与之同行。那首著名的《沙扬娜拉》,就是他逗留日本期间写成的。

从日本回来后不久,志摩发现林徽因的情感发生了可怕的变化。有一天晚上,林徽因十分冷静地告诉志摩:"我意已决,请你保重。"并说不日她将与思成同去美国留学,希望志摩另择鹊枝。

原来,促使志摩爱情梦幻的彻底破灭,竟然始于一件意外事故的发生——梁思成在一次出行中突然遭遇车祸,在医院里住了一个多月,腿部最终留下残疾。

林徽因在医院照料梁思成,并且下定决心,嫁给梁思成。

梁启超松了一口气,笑了。

果然,没过多久,林徽因便同梁思成留学美国,入宾夕法尼亚大学美术学院,选修建筑系课程。两人于1927年毕业,均获美术学士学位。同年,林徽因入耶鲁大学戏剧学院,在 G.P. 帕克教授工作室学习舞台美术设计。1928年3月她与梁思成在加拿大渥太华结婚,婚后去欧洲考察建筑,于同年8月回国。

志摩欲哭无泪。当林徽因和梁思成在美国和欧洲留下一串串清晰的足迹时,志摩在国内一波三折,他的情

林徽因与梁思成

感世界总是惊涛拍岸,从来没有晴朗宁静之时。

那一轮新月,原以为会"圆",没料到,潮起潮落,最后呈示的仍是"残"。

徐志摩与陆小曼合影

伍

林徽因鸽子一样飞走之后,志摩难过了好一阵子。等来等去,追来追去,最终握住的竟是一场空,能不让人伤心吗?

但伤心可以,落泪不行。男人有泪不轻弹啊。更何况,还有朋友,还有亲人,还有诗歌,还有事业。志摩慢慢振作起来,重新投入到他所热爱的生活中来,他与胡适、刘海粟等人畅游在艺术的大海中。

1924年4月,志摩在北京的一次聚会上,他认识了如花似玉的陆小曼,他冰封的情感陡然苏醒。如果说,林徽因带给他最初的感受是一股清风的话,那么,陆小曼带来的则是蜂蝶乱舞的油菜花香。

当志摩定定地望着陆小曼时,一旁的胡适打趣道:"她就是陆小曼,北京城里一道不可不看的风景。"

让志摩没有想到的是,陆小曼竟主动走上前来,落落大方地说:"你就是大诗人徐志摩吧?"

志摩连忙称是。

陆小曼的丈夫王赓见状,立即迎上来,看看志摩,又看看妻子,有点惊讶地说:"怎么,你们认识?"

志摩和陆小曼居然不约而同地点点头,随即意识到什么,又暗暗吃惊地朝对方看了一眼。

王赓跟志摩是老朋友了,但他没有明白,志摩怎么认识妻子的。不过,他和胡适都没有往别处想,各自问候了一下,便分开了。

有必要对王赓作一个交代:王赓并非无名小卒,他于1895年5月15日生,1911年毕业于清华大学,同年赴美留学。最初入密歇根大学,不久改入哥伦比亚大学,后到美国普林斯顿大学读哲学,1915年获普林斯顿大学文学士学位。又到西点军校攻军事,与美国名将、后为总统的艾森豪威尔是同学。1918年6月,以第十名的优异成绩毕业回国。

王赓一回国就供职于陆军部,1918年巴黎和会期间,需要留洋的军事专家协助争取中国的权利,旋又任他为巴黎和会中国代表团上校武官,兼外交部外文翻译。可能正是在这个时候,他认识了在巴黎和会外围到处呼吁中国权益的梁启超。梁启超看重他的人品和才华,收他为弟子,像徐志摩一样,他也成为梁启超的弟子。

1918年秋,王赓任航空局委员。1921年为陆军上校,正是在这个时候,唐在礼夫妇介绍他认识陆小曼。1923年他任交通部护路军副司令,同年晋升陆军少将。1924年底,任哈尔滨警察厅厅长。短短的6年时间,他由一般青年,步步高升,其前景和仕途都不可限量。

这样的有为青年当然成为不少名媛追求的对象。正如传记作家张红萍在《陆小曼画传》中所描述的:"小曼之母,看到有这种少年英俊,认为这是雀屏中选的最理想人物,虽是王赓年龄长小曼七岁,她偏说他这穷小子将来一定有办法的,毫不迟疑的,便把小曼许配了他。"

于是求婚很快被答应了,从订婚到结婚,不到一个月,人称"闪电结婚"。

王赓与陆小曼的婚姻,是当时上流社会典型的"绅士配淑女"的婚姻:极有自信和野心的王赓需要一位中西融通、娘家财力雄厚、社交网络广博的太太相助开拓事业。而名媛淑女陆小曼则需要一位将来能够给她带来荣华富贵生活的丈夫,这是一桩利益均等的婚姻。

当时的王赓虽然前途无量,但还是一个穷小子。而正处于鼎盛时期的陆家却财大气粗,因此婚礼的一切费用都由陆家负责,婚礼的一切仪式也由陆家安排。

陆小曼的婚礼震惊四方,婚礼在"海军联欢社"举行,仪式之浩大,场面之阔气,轰动京城。据参加者事后记载道:"光女傧相就有九位之多,除曹汝霖的女儿、章宗祥的女儿、叶恭绰的女儿、赵椿年的女儿外,还有英国小姐数位。这些小姐的衣服,也都由陆家订制。婚礼的当天,中外来宾数百人,几乎把海军联欢社的大门给挤破了。"

就这样,19岁的陆小曼风风光光地嫁给了26岁的王赓。学,自然是用不着上了,作为一个女人,人生的最大目标已经实现,此后就是做一个贤妻良母,相夫教子,这就是女人们的生活轨迹。

陆小曼精通法、英等语种,曾在顾维钧主政的外交部做翻译,婚后,这份工作自然也是不能做了。以世俗的眼光,如果此时的她还在外头抛头露面,那还像什么样子,陆家的丑丢掉不说,王家的面子也挨不去的。作为一个有前途的男人的妻子,她惟一可做的事情就是乖乖地待在家中,生儿育女。这才是女人的本分,也才是称职的好太太。

然而,陆小曼毕竟不是旧式的名媛淑女,她接受了现代的西式教育,受到西风美雨的长久熏染,又多年涉足交际界,过惯了明星一样被追捧的生活,懂得什么是快乐和飞扬,也有了自我意识的启蒙,让她再回到家中,像笼中鸟一样生活,已经不可能。

尤其是,在这场婚姻中,陆小曼自始至终是一个被摆布的木偶,虽然客观上她也是同意的,但他们当初看到的都是对方的表面,婚后才发现彼此性格和人生态度反差太大:王赓生活严谨,行事干净利落;陆小曼作风散漫,做事拖泥带水。王赓内向,不爱交际;陆小曼外向,喜欢扎堆,凑热闹。王赓质朴,陆小曼奢华。如此等等。

正因为此,许多时候,陆小曼独自一人在家,或独自一人在外面活动。这无疑给志摩带来了方便。特别可笑的是,心地单纯的王赓有时还将爱妻托付给志摩,希望他多陪陪她,多给她解解闷。

就这样,志摩与陆小曼着魔般地热恋起来。在《爱眉小札》中,陆小曼如此袒露心迹:"在我们见面的时候,我是早已奉了父母之命媒妁之言同别人结婚了,虽然当时也痴长了十几岁的年龄,可是性灵的迷糊竟和稚童一般。婚后一年多才稍微懂人事,明白两性的结合不是可以随便听凭别人安排的,在性情和思想上不能相谋而勉强结合是人世间最痛苦的一件事。当时因为家庭间不能得着安慰,我就改变了常态,埋没了自己的意志,葬身在热闹生活中去忘记我内心的痛苦。又因为我娇慢的天性不允许我吐露真情,于是直着脖子在人面前唱戏似的唱着,绝对不肯让一个人知道我是一个失意者,是一个不快乐的人。这样的生活一直到无意间认识了志摩，叫他那双放射神辉的眼睛照彻了我内心肺腑，认明了我的隐痛。"

换言之，是志摩的出现，让陆小曼明白自己需要什么样的生活，什么样的爱人。她真心实意地对志摩说："其实我不羡富贵，也不慕荣华，我只要一个安乐的家庭，如心的伴侣，谁知连这一点要求都不能得到，只落得终日里孤单的，有话都没有人能讲，每天只是强自欢笑地在人群里混。"

别人看不到陆小曼的苦楚，可志摩一望便知，他在陆小曼身旁和风细雨般地说：在你们的父母看来，夫荣子贵是女子的莫大幸福，个人的喜、乐、哀、怒是不成问题的，所以也难怪他们不能明了你的苦楚。

陆小曼叹了一口气，说：你说你懂我的苦楚，是什么，说来听听？

志摩轻轻握着陆小曼的手，说：你的苦楚是什么？就是没有爱情，只有婚姻，没有自由，只有行为的生活。所有人认为你应该满足，应该做一个好妻子，却没有一个人真正关心你内心的需要和感受。你的任性，甚至你的叛逆都建立在婚姻生活不协调的基础之上。你有满满的爱却不知道往哪里搁，你有深深的情却不知道往何处放，你表面风光，内心寂寞，难道不是吗？

这一番话，如醍醐灌顶，令陆小曼豁然开朗。她觉得志摩是那么懂她，他说的每一句都是那么熨帖，那么温暖。对志摩而言，陆小曼虽然结婚了，但仍然如出水芙蓉，清嫩可人，妙不可言。

志摩和陆小曼热烈地爱着，此事虽然招致社会的非议和家庭的反对，但他俩全然不顾。

不过，困难之大是显而易见的。志摩想，当初追林徽因时，自己有"婚链"在身；现在，追陆小曼，对方又有"婚链"相套。志摩几乎要哭喊起来："上帝啊，你要惩罚我什么都可以，只是别惩罚我的爱，行吗？"

真是"为伊消得人憔悴"啊。在十分苦闷和矛盾的心情下，志摩于1925年3月11日启程去欧洲旅游，想以此摆脱一下生活上的苦恼和困境。

但回国后，情况没有任何改变。志摩对陆小曼的爱更加浓烈，他知道，横亘在爱情之间有三道坎：第一是陆小曼本人的意志；第二是陆家（特别是陆小曼的母亲）的看法；第三是王赓的态度。

为攻克这三道堡垒,志摩绞尽脑汁。

有一天晚上,志摩叫上胡适、刘海粟等人去陆小曼家玩,当胡适介绍刘海粟是大画家时,陆小曼很殷勤地招待他,并说她也学过画画,希望刘海粟帮助她。

胡适劝刘海粟收到这个才貌双全的女弟子。

志摩也不停地一旁劝说:"海粟,你就收下她吧。"口气显得比陆小曼本人还要急切。

刘海粟当时还不清楚志摩在打陆小曼的主意,后经胡适的暗示,总算明白了,于是二话不说地收下了女弟子。

陆小曼很感激志摩为她所做的一切。

志摩得知陆小曼意志已决,便多次到陆家大院去求情。事情进展并不顺利后,志摩不得不请胡适去跟陆小曼的母亲说说。

陆家回答说:"我们怎么好撕下王赓的面子啊。"

后来,志摩又趁热打铁,委托刘海粟前去劝说陆小曼的母亲。在胡适、刘海粟等人的再三游说下,陆家的大门终于朝着志摩虚掩了。

为了攻克最后的难关,志摩又同刘海粟商议,请他做东,宴请陆小曼母女和王赓。

结果,当晚到场的还有杨杏佛、唐瑛等人,志摩当然是主角之一。

在祝酒时,刘海粟以反封建为题,谈了人生与爱情的关系,谈到夫妻之情应建立在相互之间感情融洽、情意相投之上。

王赓至此才知道刘海粟设的是"鸿门宴"。他冷静地举起杯,朗声道:"愿我们都为自己创造幸福,并且为别人幸福干杯。"饮完杯中酒,便起身告辞了。

此事后的第三天,志摩意外地接到王赓的邀请,说两人坐下来好好谈谈。

没料到,一个要捍卫自己的爱,一个要夺得自己的爱。两个原本是朋友的人毫不客气地有了下面这一段精彩的对白——

王赓:"当着我的面,只要你敢说你是个君子,我就相信你。"

志摩:"如果,我说我爱小曼呢,你也愿意相信吗?"

王赓:"那我就会说你是我所见过的最卑鄙可耻的小人。"

志摩:"那我情愿是天底下最卑鄙可耻,但却能够给小曼爱的人。"

王赓："你真是无耻！"

志摩："我不在乎做人，更不屑做伪君子。"

王赓："我就不明白，你爱上别人的妻子还能这么理直气壮。"

志摩："我爱的是我喜欢的人，我有这个权利。"

王赓："我对你失望极了，但是我还是希望你有一点良知，希望你能君子自重，因为我是个君子。但如果你逼着我用小人的方式对付你，我照样做得到，你听清楚了吗？"

志摩："悉听尊便。"

在电视剧《人间四月天》中，这段对白让观众看得荡气回肠。

直到此时，王赓仍不死心，他托自己的好友，同时也是徐志摩的好友通伯到饭馆里吃饭，试图做出最后的努力。通伯很不赞成志摩与陆小曼的结婚，因此，他一上来就无所顾忌地责备道："你这个人啊，不是我说你，心地像个十足的君子，行为却像个地道的流氓。"

志摩不以为然，说："谢了！起码好过心地是个流氓，行为还像个君子的吧！这对我倒算是恭维了，谢谢。"

王赓听了通伯的转述后，心灰意懒。两个月后，他主动与陆小曼签订了协议离婚。

那天正午，阳光好。志摩看到一朵花飞进了自己的眼里。

陆

古往今来，人们都在祝愿"有情人终成眷属"。然而，成了"眷属"的有情人在日复一日的生活消磨中，会不会质疑这"有情"二字呢，特别是当婚前的玫瑰变成婚后的野草时，一种深深的失落会不会让人追索当初的执著是否值得？

志摩没有这么想过，因为还在情感的漩涡中，他还来不及清理自己的思想。

陆小曼母亲虽然同意了志摩对女儿的求婚，却向前来替志摩说情的胡适提出两个条件：一要请梁启超为证婚人，以表明社会对他们的承认，好让他们以后在社会上能够立得住脚；二要在北海公园图书馆的礼堂举行婚礼。

胡适答应尽一切努力去说服志摩遵照办理。

志摩迟疑了一下，最终答应了。之所以迟疑，是因为要请恩师梁启超作为证婚人，难度太大，梁公一向不赞成他再婚，此番前去，岂不自讨没趣？此外，要是这固执的老头不答应呢？难道就不举行婚礼了吗？

尽管志摩理解陆小曼母亲的某些苦衷，但内心的苦闷仍然显而易见。他之所以答应，是因为相信"车到山前必有路"，既然陆家应允了自己的求婚，他们就不可能有太多的变故。

志摩兴冲冲地回到自己的老家，向双亲报告将要迎娶陆小曼的消息。没料到，志摩父亲当即表示反对，理由有三：其一，他看过陆小曼的照片，认为她有"克夫相"；其二，他听人说此人交际太广，背景复杂；其三，她还有过婚史。

"我也表示反对。"志摩的母亲做出同样的反应。

志摩是个死脑筋。想起张幼仪嫁到徐家后，自己的情感生活一直不顺。当初，跟张家联姻，也是父母的意思。现在父母反对，在他们心里，看中的还是张幼仪。"她是一个好女子，可不适合做我的妻子啊。我不爱她，强扭在一起，有什么意思呢？"志摩这么一想，又想到在追求林徽因途中也很大程度上是受挫于此，于是气不打一处来，他高声嚷道："我此番回来，不是来跟你们商量的，而是告诉你们这个事实。你们同意也好，不同意也罢，反正我是铁了心！"

儿子是父母心上的肉，看见志摩为情所灼为爱所伤，做母亲的率先软下来。父亲徐申如知道志摩的牛脾气，如果不同意，兴许他会闹出什么大事来？事到如今，也只好勉强同意了。

但是，徐申如也向志摩提出三个条件：一结婚费用自理；二婚礼必须由胡适作介绍人，梁启超证婚；三是结婚后必须南归。

志摩想，这第一、第三条都好办；第二条的前半部分也好办，即使父亲不提，他也会请胡适做介绍人的，但对于后半部分请梁启超证婚，他仍然感到有些为难。

不过，既然两家都提出要梁启超作证婚人，志摩就是上刀山、入火海，也要到梁公馆去会会"老爷子"。

志摩豁出去了。

梁启超一看志摩来了，知道他一定有要事相求，遂直言问道："无事不登三宝殿。志摩，听说你跟陆家小姐要结婚了，是不是为此事而来？"

"既然难逃恩师法眼，志摩也只好和盘托出了。"于是，他将双方家庭都希望梁启超作证婚人的事说了出来。

梁启超听后哈哈大笑，道："志摩，你以为我会答应你吗？"

志摩不卑不亢，说："我以为恩师没有理由不答应。"

梁启超道："说来听听？"

志摩说："我记得曾给恩师写信说过：得之，我幸；不得，我命。你知道，我当时针对的是林徽因。可思成捷足先登，领她去了欧洲。我失败了，无话可说。现在，我追到了小曼，她与你无亲无故，你可以看不起她，但你仍然要尊重我们。"

梁启超不以为然，道："你应当知道，我一向是反对别人再婚的。"

志摩陡然激动起来，提高声音说："难道只许你纳妾，就不许我再婚吗？"

梁启超被呛得脸红脸白。过了好一会儿，他才冷冷地说："现在可是你来求我的时候啰。"

志摩也觉得自己说话太冲，于是缓和下来，诚恳地说："是的，恩师。今天我来求你，是因为敬重你，不单是我，还有陆家，还有我的父母，还有许多许多人。因为这份敬重，你没有理由拒绝。"

说到这里，志摩看了一眼梁启超，决然道："如果你不出席，我的婚礼也是要举行的！"

"好吧。你回去吧。"梁启超叹了一口气，无可奈何地说。

说真的，对于志摩，梁启超可谓喜其才，爱其真，厌其倔，恨其性。

1926 年 8 月 14 日，即农历七月初七，传说中牛郎织女相会的日子，徐志摩与陆小曼在北海公园举行订婚仪式。据梁实秋记载："那一天，可并不静，衣香钗影，士女如云，好像有百八十人的样子。"

是年 10 月 3 日，即农历八月二十七日，他们在北海画舫斋举行了盛大的结婚典礼。

志摩的父母没有来，只是发来一个电报，令人哭笑不得："余因尔母病不能来，幼仪事大旨已定，你婚事如何办理，尔自主之，要款可汇。"

按照张红萍《陆小曼画传》的描述：这一天，来宾共 200 余人。赵元任和陈寅恪专程从城外的清华赶去。金岳霖是伴婚人，按婚礼规定必须穿长袍马褂，金没有，只好从陆小曼父亲那里借来一件应急。

没有谁知道志摩的马褂是从哪里弄来的。

婚礼的高潮是，作为特别不情愿作证婚人的梁启超在人家大好的喜庆时刻，居然说了一段这样惊世骇俗的"训词"。

梁启超说："志摩，你这个人性情浮躁，所以在学问方面没有成就。你这个人用情不专，以致离婚再娶。以后务要痛改前非，重新做人！……徐志摩、陆小曼，你们听着！你们都是离过婚，又重新结婚的，都是过来人！这全是由于用情不专，以后要痛自悔悟，希望你们不要再一次成为过来人。我作为徐志摩的先生——假如你还认我为先生的话——又作为今天这场婚礼的证婚人，我送你们一句话，祝你们这是最后一次结婚！"

听到这里，志摩的胃痛得痉挛，他实在听不下去了，便走到梁启超面前低声说："请先生不要再讲下去了，顾全一点弟子的面子吧！"

事后，胡适认为志摩"冒了绝大的危险，费了无数的麻烦，牺牲了一切平凡的安逸，牺牲了家庭和亲人的名誉，去追求，去试验一个'梦想之神圣境界'，而终于免不了惨酷的失败。"

应当说，这种"惨酷的失败"志摩是可以预见的，是他对真爱的执著所付出的代价。

婚后第三天，志摩遵照父母之命南下，途中，他感慨地写道："身边从此有了一个人——究竟是一件大事件，一个大分别；向车外望望，一群带笑容往上仰的可爱的朋友们的脸盘，回身看看，挨着你坐着的是你这一辈子的成绩，归宿。这该你得意，也该你出眼泪，——前途是自由吧？为什么不？"

然而，志摩得意得有些过早。

最初的生活有着神仙般的激情和浪漫。婚后，志摩搬进了一栋洋房，他们追求"小资情调"，即便是打麻将，也要到上海有名的一品香开房间，因为那里的硬木桌地道，打出牌震天价响，痛快。来的虽都是教授、诗人，赌头上却未必斯文，不过现钱输光了也无妨，诗人骚客们都带着支票。

梁启超

据传，郁达夫夫妇曾到过徐志摩与陆小曼的家，以他们的心高气傲，也不禁咋舌于徐、陆生活的奢华。郁达夫有过类似的描述：志摩的家具全是红木的，左有梁启超的立轴，右是刘海粟的油画，院内有轿车，更少不了司机、厨师、男仆、女仆的一干人等，而仅陆小曼每月的开销就要六两黄金。按王映霞的折算，至少也相当于 20 世纪 80 年代末的两万余元左右。

用胡适的说法是，自古成功在尝试，徐志摩们自然要尝试着做那时代的成功人士的。

而这，恰恰也是他们遭诟病的缘由。至少，鲁迅先生是特别恼火的。

志摩有一次天真地致信周作人，"听说我与令兄虽则素昧平生，并且他似乎嘲笑我几回我并不曾回口，但他对我还像是有什么过不去似的。我真不懂，我愿意知道开罪所在，要怎样改过我都可以……"

当然，鲁迅先生并没有权利要求别人改变自己的生活。事实上，志摩也没有改变什么，他仍然深深地爱着陆小曼，婚后还写过不少的情诗献给她，虽然两人不时闹出一些风波或别扭，但总的说来，情感还是稳定的。

在献给陆小曼的诗中，最有名的一首叫《翡冷翠的一夜》——

> 要是不幸死了，我就变一个萤火，
> 在这园里，挨着草根，暗沉沉的飞，
> 黄昏飞到半夜，半夜飞到天明，
> 只愿天空不生云，我望得见天，
> 天上那颗不变的大星，那是你，
> 但愿你为我多放光明，隔着夜，
> 隔着天，通着恋爱的灵犀一点……

这首诗可以看作是真实地记叙了志摩和陆小曼之间的感情波澜，他的热烈的感情和无法摆脱的诗人的忧郁。

1927年春,新月社一些成员由于政治形势的变化及其他种种原因,纷纷聚集到上海。此时,志摩也与陆小曼移居上海。

期间,志摩四出访友,奔走联络,与闻一多、胡适、邵洵美、梁实秋、余上沅、张禹九等在上海环龙路环龙别墅办了个新月书店,由胡适任董事长,余上沅任经理,后由张禹九接任。

由于开销太大,为生计奔波,1928年3月,志摩一边在光华大学、东吴大学、大夏大学等担任教授工作,一边又创办了《新月》月刊。他的生活过得忙碌而紧张,甚至一时疏忽了陆小曼对情感的要求。

蜜月之所以可贵,是因为无论多么理想的婚姻,当事人都不可能将最初的激情进行到底。婚后的平淡和琐碎,既是爱情的一部分,也是生活的一部分。看不到这一点,就会徒增烦恼,甚至对"情爱"二字产生质疑。

陆小曼正是这样。有一次,她对王映霞诉苦说:"照理讲,婚后生活应该过得比过去甜蜜而幸福,实则不然,结婚成了爱情的坟墓。志摩是浪漫主义诗人,他所憧憬的爱,是虚无缥缈的爱,最好永远处于可望而不可即的境地,一旦与心爱的女友结了婚,幻想泯灭了,热情没有了,生活便变成白开水,淡而无味。"

为了迁就陆小曼,志摩不断地调节好自己。尽管如此,陆小曼仍不满足。志摩慢慢苦恼起来:"我想在冬至节独自到一个偏僻的教堂里去听几支圣诞的和歌,但我却穿上了臃肿的袍服上舞台去串演不自在的'腐'戏。我想在霜浓月澹的冬夜独自写几行从性灵暖处来的诗句,但我却跟着人们到涂蜡的跳舞厅去艳羡仕女们发金光的鞋袜。"

1928年6月中旬,为了消闷,也是为了去看望泰戈尔,志摩再次出国。在国外的五个月里,他先后跟凌叔华和韩湘眉有过感情上的纠葛,对于前者,志摩与她称之为"知音",彼此欣赏对方的才情;对于后者,志摩被她的清纯美丽所打动,心存好感。但他更多的还是思念着陆小曼,到达日本的当天就他给陆小曼买了一块手绢,还让好友从日本带回一筐大樱桃给她。

陆小曼

这一份深情，连好友都感到羡慕，可陆小曼似乎并不珍惜。

是年 10 月，志摩到达印度，拜见了泰戈尔。这也是他此次出国的主要任务。一年前，当他结婚时，泰戈尔曾寄给他们一笔钱，让他们出国学习。因陆小曼身体不好，没有成行。这次出国，用的正是这笔钱，也算是对长辈的交代。

1928 年 11 月中旬，徐志摩回国，发现陆小曼不仅没有改变挥霍无度的坏习惯，而且变本加厉，看戏、赌牌，还吸大烟，而且动不动就发脾气。

爱情的小舟触上了暗礁。

志摩的心一下子凉了。

柒

一提到徐志摩，人们立即就会想到他的《再别康桥》。它似一阵风、一片云、一丝雨，把灵魂的秘密、惆怅与洒脱和诗的意境融在一起，给人一份清纯、洁美和缠绵的情愫，让读者在温馨的回忆中体会到意象的清纯和空灵。以致有人说：仅凭一首《再别康桥》，志摩就值得我们永久的纪念。

那么，这首诗是在什么背景下写出来的呢？

1928 年秋，在践约拜访泰戈尔的途中，志摩不仅去了日本，还去了美国，后又到了欧洲。在那段时间，他给陆小曼写下了一百多封信。这些信是维系他对国内风云变幻的愁唱，更是他对陆小曼爱情的见证。

是年 11 月 6 日，志摩来到英国，并重返康桥。故地重游，勃发了诗人的兴致，遥想当年与佳人在湖畔低吟浅唱，想到这些年来自己在事业和情感路上的曲折历程，不禁感慨万千。他将自己对生活的感悟与体验以及对未来之路的期冀与向往化作缕缕情思，融汇在自己所抒写的美丽景色里，也驰骋在自己的想象之中——

　　　　轻轻的我走了，正如我轻轻的来；
　　　　我轻轻的招手，作别西天的云彩。

那河畔的金柳,是夕阳中的新娘;

　　波光里的艳影,在我的心头荡漾。

　　……

　　茅盾在论徐志摩时曾说过:在当代文人中徐志摩是最需要加以研究的,我以为志摩的许多披着恋爱外衣的诗不能够当作单纯的情诗看的。

　　茅盾特地提示:对于志摩,一是研究,二是入门。

　　在一篇题《徐志摩论》中,茅盾更是作出这样的评论:"圆熟的外形,配着淡到几乎没有的内容,而且这淡极了的内容也不外乎感伤的情绪——轻烟似的微哀,神秘的象征的依恋感唱追求:这些都是发展到最后一阶段的现代布尔乔亚诗人的特色,而志摩是中国文坛上杰出的代表者。"

　　应当说,这样的评价是比较中肯的。

　　志摩在《猛虎集·序文》中曾经有过夫子自道:在 24 岁以前,他对于诗的兴味远不如对于相对论或民约论的兴味。正是康河的水,开启了诗人的性灵,唤醒了久蛰在他心中的诗人的天命。他说:"整十年前我吹着了一阵奇异的风,也许照着了什么奇异的月色,从此我的思想就倾向于分行的抒写,一份深刻的忧郁占定了我;这忧郁,我信竟于渐渐地潜化了我的气质。"

　　对于康桥,志摩念念不忘,他曾满怀深情地说:"我不敢说受了康桥的洗礼,一个人就会变气息,脱凡胎。我敢说的只是——就我个人说,我的眼是康桥教我睁的,我的求知欲是康桥给我拨动的,我的自我的意识是康桥给我胚胎的。"这些都是真实的表白。

　　《再别康桥》一诗最初刊登在 1928 年 12 月 10 日《新月》月刊第 1 卷第 10 号上,后收入《猛虎集》。可以说,"康桥情结"贯穿在徐志摩一生的诗文中,成就了他轻柔奇丽的诗歌风格,在其众多的诗文中,《再别康桥》无疑是最有名,也是影响最为广远的一篇。

　　这首诗带给我们的强烈感受是和谐,诗是和谐的,歌是和谐的,人是和谐的。和谐的意象是一弯新月,一片云彩,一树嫣红,一池清水,一阵细雨……和谐的基调是鼓一声,钟一声,磬一声……而且是"轻轻的,轻轻的",濛濛细雨,微微雾霭,即便心里泛起点点惆怅,也只是轻轻地感喟一声:"我不知道风是在哪一个方向吹……"

和谐的环境是怡人的,和谐的诗是美丽的,和谐的人是可爱的。《再别康桥》里的这些可爱的人,曾经有过多么美丽的、可爱的想法!他们希望在诗人"轻轻的、悄悄的"步履中,在桃树的"柔的、匀的吐息"中,在"木鱼一声,佛号一声"的礼忏声中,"无数冲突的波流谐和了,无数相反的色彩净化了,无数现世的高低消灭了"。他们的存在,曾使得他们周围相关的东西都显得更美;他们的离去,也使得贮藏于心灵的秘密更为珍贵。

有学者在分析志摩的诗时认为:志摩是主张艺术的诗的。他深崇闻一多音乐美、绘画美、建筑美的诗学主张,而尤重音乐美。他甚至说:"明白了诗的生命是在它的内在的音节(Internal rhythm)的道理,我们才能领会到诗的真的趣味;不论思想怎样高尚,情绪怎样热烈,你得拿来彻底的'音乐化'(那就是诗化),才能取得诗的认识……"(《诗刊放假》)。

反观这首《再别康桥》:全诗共七节,每节四行,每行两顿或三顿,不拘一格而又法度严谨,韵式上严守二、四押韵,抑扬顿挫,朗朗上口。这优美的节奏像春风吹过的河面,唯美的旋律涟漪般荡漾开来,它既是虔诚的学子寻梦的跫音,又契合着诗人感情的潮起潮落,有一种独特的审美快感。七节诗错落有致地排列,韵律在其中徐行缓步地铺展,颇有些"长袍白面,郊寒岛瘦"的诗人气度。

可以说,该诗真正体现了志摩诗歌创作的审美主张。

志摩之所以让人们记住不是偶然的,他长时间的出洋留学,洋化的生活习惯和思维方式,熟谙英语诗歌,从口头到文字时不时插些英文,用现代汉语写作,追求小资情调,等等,这些造就了志摩的新诗人形象,使他受到新派人物的赞慕和追捧。除了上面这首诗歌之外,还有几首十分"小资化"的诗歌,比如《沙扬娜拉》、《雪花的快乐》等。当历史无情地淘汰了虚泛的渣滓,当岁月洗尽了蒙尘的喧哗,我们能够看到诗人留下的最真实的部分。

诗人在一首《黄鹂》的诗中这样形容自己——

我们静着望，怕惊了它。

但它一展翅，

冲破浓密，化一朵彩云；

它飞了，不见了，

没了。

——像是春光，火焰，像是热情。

　　这就是志摩，既有化为彩云的愿望，又有着春天的火焰和激情。志摩对此解释道："诗人也是一种痴鸟，他把他的柔软的心窝紧抵着蔷薇的花刺，口里不住地唱着星月的光辉与人类的希望，非到他的心血滴出来把白花染成大红他不住口。他的痛苦与快乐是浑成的一片。"有了这样的用心血讴歌的心愿，足以做一个纯粹的诗人了。

　　有学者在分析志摩诗歌创作的精神态势时指出：他用欧洲的浪漫主义传统改造中国的古典主义传统，这使他的诗歌中呈现出了两方面的传统性。如，他的诗歌中用了许多旧词汇，还有一些典故，或者是古典诗句的稀释。再如，他的诗歌注重音乐性，段式整饬，音韵协畅，而这是中西传统诗歌共有的特征。

　　在继承诗歌的传统方面，志摩诗歌的最大表征是抒情中心主义，他抒发的是浪漫情怀，而现代诗歌要求的是深刻的思想和复杂的技巧。志摩号称"诗哲"，但他基本上没有哲学家的思维，诗歌中的思想也是很弱的，简洁，单纯，浅显。明喻多于暗喻，直白多于委婉，感性多于理性，等等，正是这些浪漫抒情范畴内的元素，使志摩的诗歌满足了老百姓对诗人形象惯有的审美期待。

　　无论作诗还是做人，正如志摩的挚友胡适指出的那样："他的人生观真是一种单纯的信仰，这里面只有三个大字：一个是爱，一个是自由，一个是美……他的一生的历史，只是他追求这个单纯信仰实现的历史。"

　　也正因为此，志摩赢得了多方的赞誉和肯定。就连力反白话文的《学衡》派主帅吴宓，他对志摩"自由式的白话诗人"也很宽容，志摩遇难之后，《学衡》杂志还特地辟出纪念专辑向诗人致敬。而吴宓，这位一辈子写作旧体诗的老夫子，竟然亲自操觚，撰写悼念文章，他把志摩比作雪莱，因为雪莱也年纪轻轻就消亡于意外——

悄悄的我走了，正如我悄悄的来；
我挥一挥衣袖，不带走一片云彩。

捌

飞扬，飞扬，他无法停下。

一旦停下，遂成生命的绝唱。

这确实是真正的浪漫，真正的诗人之死，只有热爱"自由"、喜欢"飞翔"和向往"云游"的人，才配得上这样的归去方式。

志摩走了，如烟般地消失。

留下来的，只有那片一直跟随他的薄薄的云彩，一沓厚厚的用生命写就的诗歌，以及无边无际的康桥式的愁雾。

1931年，志摩的心情十分糟糕，他在北京工作，曾多次劝陆小曼北上，可她就是不去。是年6月25日，志摩忍无可忍，终于下了最后通牒："你一定要坚持的话，我当然也只能顺从你（指不来北京的事）；但我既然决定在北大做教授，上海现时的排场我实在担负不起。"

尽管志摩做了几份工作，但相对于陆小曼在上海十里洋场的肆意挥霍，他仍然感到入不敷出，阮囊羞涩。当我得知志摩死后还欠人家500元钱时，内心的伤痛久久不能释怀。这个家庭殷富、一辈子不愁花钱的人，这个成名后收入颇丰、在人们的印象中一直过着奢侈生活的人，这个有着一双钢琴般好看的手、这手指天生就是用来写诗、这诗歌天生就是与鲜花、美酒和欢笑紧紧相连的人，我们怎会想象他会皱着眉头

林徽因与梁思成的结婚合影

为生计奔波？我们怎能想象他会仰天叹息为生活发愁？

的确，那就是志摩的生活，是现实的残酷！

为了做成两笔房地产生意，志摩决定回上海一趟，顺便商量一下去北京的事。

1931 年 10 月 29 日，志摩在给陆小曼写信中说："我如有不花钱飞机坐，立即回去。"为了节省一笔路费，志摩想搭乘张学良的飞机去上海，但时局动荡，张学良东进一推再推。

志摩无奈，也只得一等再等。

不知是巧合，还是生命劫难的前兆。那些天，志摩几乎见到了北京所有的朋友，好似在作最后的告别。这些朋友包括刘半农、熊佛西、叶公超、许地山、凌叔华、周作人，等等。

参加了一拨又一拨朋友的告别会，自己去上海的事仍然还在等待之中。不明所以的陆小曼不停地催问，但张公馆方面毫无消息，志摩有些心烦意乱，感觉度日如年。

一个礼拜的等待慢吞吞地过去了。

11 月 10 日晚，志摩参加一个宴会，正巧，林徽因也去了。

会后，两人一起出来，在街上溜达了一会儿。自从 1928 年林徽因在欧洲与梁思成结婚后，志摩与她的感情就变得十分平静，至少两人在表面上看是这样子的。由于当时还不知道第二天就要飞走，因此，志摩虽然有许多话想跟林徽因说，但是终因种种顾虑而作罢。两人在街上漫无目的地散了一会儿步后，志摩将林徽因送回了家。

可是，当志摩有点疲惫地回到家中，只见胡适正在等他。

"你让我急坏了。"一向斯文的胡适也忍不住说："你到哪里去了？刚才张公馆方面来电，告诉你明日就要起飞。"

志摩一听，来不及收拾东西，或者说，他的东西早就收拾好了，他调头就往外走。

"你干什么去？"胡适大喊一声。

"我去跟徽因告别一下。"志摩扔下一句话，头都不回地走了出去。

徐志摩：名字写在火焰中

胡适怔了一下。他的右眼皮突然一跳,一个不祥的念头闪进他的脑海。他立即追出去,但志摩已经消失在茫茫夜色中。

志摩迅速来到梁家,不料,梁思成和林徽因竟有事外出了。

"这么晚还出去干什么?"志摩等了一会儿,见时候不早,便写下一便条:"定明早六时起飞,此去存亡不卜……"

那天很晚,林徽因才回来。她一看便条,心中便不安,立即给志摩去了一个电话,说:"到底安全不安全?"

"你放心,很稳当的。"志摩说,"我还要留着生命看更伟大的事迹呢,哪能随便死?"

"不要说那个字,好不好?"林徽因在电话里恳求。

"好的。"志摩答应了她。

这是志摩留给林徽因的最后的声音。

第二天一早,志摩不用任何人相送,一个人悄悄地走了,似乎要验证某句诗词。

由于中途要转机和在南京耽搁了几天,直到 1931 年 11 月 17 日,志摩才风尘仆仆地回到了上海家中。

然而,对久别归来的丈夫,陆小曼迎接他的不是惊喜和兴奋,相反,却是一副委靡不振、吸毒很深的样子,志摩顿时心中不满,他情真意切地说:"眉,我爱你,深深地爱着你,所以劝你把鸦片戒掉,这对你身体有害。现在你瘦成什么样子,我看了,真伤心得很呐!"

陆小曼有头痛的毛病,而越吸毒,过后便越痛。由于没钱吸毒,陆小曼头痛加剧,本来就不高兴,见志摩迟迟不回,心里很恼怒。而一回来便是责备,她积郁的火骤地点燃了。她歇斯底里地大吼一声:"你去死吧!"

话音刚落,她随手将烟枪往志摩的脸上狠狠地掷去。

志摩赶快躲开,金丝眼镜掉在地上,玻璃碎了。

志摩一怒之下离开了家。

当晚没有回来。

直到第二天上午,志摩恢复了平静,有点不安地回到家中,发现陆小曼的房门紧紧地关着的,一封信放在客厅的麻将桌上。

志摩拿起信,脸色立即变得惨白。原来,失去理智的陆小曼,在信中说她有许多追捧者,如果他实在养不起,她也不稀罕,他可自便,她不愁没有人养她,云云。

悲愤交加的志摩在房间足足停留了一刻钟,最终没和陆小曼说一句话,他深深地叹了一口气,随便抓起一条上头有破洞的裤子穿上,提出平日出门的箱子,扭头就走。

那个惨淡经营的家没有什么值得他留恋的地方。

一切都过去。

梦醒了。

风,冷冷的。

当天下午,志摩坐车回到南京,坐在老同学何竞武家,两人彻夜长谈,谈的就是自己的苦和小曼的任性。所以志摩死后,何竞武坚决要求与陆小曼断绝往来。

19日早上八点,徐志摩乘中国航空公司"济南号"飞机从南京起飞。飞机主驾驶王贯一、副驾驶梁壁堂都是南苑航空学校毕业生,年龄均为36岁。飞机上除运载了40余磅邮件外,乘客仅徐志摩一人,时年35岁。

登机前还给梁思成夫妇发电报,让他们下午3点去南苑机场去接他。

虽然与陆小曼不欢而散,但10点在徐州加油时,志摩似有不祥之感,居然还给陆小曼发去一信,说头痛不想再飞。

10时20分,飞机继续北飞,飞抵济附近党家庄时遇上大雾,飞机主驾驶为寻觅航线,降低飞行高度,不慎误触开山山顶,机油四溢,机身訇然起火,坠落于山脚,待村人赶来时,两位飞机驾驶员皆已烧成焦炭。

志摩座位靠后,仅衣服着火,皮肤有一部分的伤,但他额头撞开一个大洞,成为致命创伤;又因身体前倾,门牙亦已脱尽,惨不忍睹。

志摩遇难,终年36岁。

当晚,天空飘落霏霏细雨,似乎在哀悼天才诗人的早逝。

半个多世纪后的今天,仍然有网友写出这样的悼词:志摩这不同寻常的死,永久地震撼着当时和后来的文化界,也永久地震撼着人们的心灵。这确实是真正的诗人之死,就如同只有李太白才配入水捉月而死一般,只有他这样的喜爱"飞翔"和"云游"的人,才配得上这样的归去方式。

我们坚信,诗人离去的刹那,他的心中一定掠过这样的诗句——

五十年代的林徽因与梁思成

假如我是一朵雪花/翩翩的在半空里潇洒/我一定认清我的方向——/飞扬,飞扬,飞扬——/这地面上有我的方向。/不去那冷寞的幽谷/不去那凄清的山麓/也不上荒街去惆怅/飞扬,飞扬,飞扬——

飞扬,这是诗人一生的姿势;
飞扬,这是志摩最后的浪漫。

玖

圣火,本不该熄灭;

浪漫,本不想停留。

志摩的生命虽然短暂,但其过程却跌宕起伏,从未停息。特别是在情爱之途的是是非非,令后人唏嘘不已。他经历不少优秀女子,其中最深刻的先后有三个女人,张幼仪、林徽因、陆小曼,人们真正惋惜的不是张幼仪,也不是陆小曼,而是林徽因。为什么?仅仅是说林徽因最漂亮,学历最高,家庭最显赫?都不对。

最大的遗憾在于,志摩没有跟林徽因结婚,受了那么大的挫折也没有爱成,有情人难成眷属,符合黑格尔的悲剧观,激起人们的怜悯与同情。

可是,假如志摩与林徽因成了婚,将会怎样?林徽因是因为梁思成出了车祸而痛下决心的,其时,她差一点就要与志摩结婚了。林徽因成全了梁启超的期盼,成全了梁思成的追求，更成全了自己的美名。

想想吧，如果林徽因因为梁思成出了车祸而离去，人们将会如何评价她？

张爱玲在《倾城之恋》中，用毁城的方式成全了一桩平淡的爱情。而现实生活中，一场不经意的车祸却成全了林徽因与梁思成的婚姻。不过，虽然林徽因将平实的婚姻给了梁思成，但她却将炽热的爱情给了徐志摩。如此，倒应证了那首流行歌曲："既然曾经爱过，又何必真正拥有。"

如果写小说，这样的结局似乎也更合乎王国维所说的"诗歌的正义"，是喜剧式的，也将志摩的命运推向新的阶段，推向陆小曼的情感风波中。故事还在进展中，一切都充满不确定的因素，只有林徽因自己稳定了，她不再走向志摩，不再在情感的风口浪尖中扮演一个关键的角色。她卸了妆，成了小鸟依人的梁夫人。她将浪漫停住，却将更大的浪漫交给还在喜欢飞扬的志摩。

有时，我突发奇想：假如志摩与张幼仪婚姻不变，结果会是怎么样？

假如志摩跟凌叔华结婚，情形又将如何？

再假如，志摩跟所谓的"明姑娘"结婚了呢？

在我看来，假如志摩跟任何一个在他匆匆邂逅产生爱情火花的女人结婚，都可以，都不会致于丧命。只要不跟陆小曼结婚，因为她有"克夫"的命，这说法有点迷信，却多么真实。它恰恰也是志摩的父亲徐申如最早看出来并坚决反对她与儿子成婚的原因。虽然至今也还没有人相信徐申如之说有什么理由或根据，但是，这只是一种直觉，一种体会，一种命定。人是有面相的，不然，古代帝王选取王后时就不会寻找什么"母仪天下"的女子了。

但所有的假如都只能是一种想象。志摩最终跟陆小曼结了婚，而且婚后生活发生一系列变化。有一点让人想不通：陆小曼经常吸毒、身体受到严重损害而且思想固执听不进志摩的劝告，志摩居然容忍她，不停地赚钱以满足她那个无底洞般的需要。志摩为什么不离婚呢？是因为他真的爱着陆小曼，还只是为了一个责任，或一个承诺，即梁启超在他们结婚典礼时的祝词："祝你们这是最后一次结婚"？

志摩一生浪漫，可这一次，他的代价委实太大，大到他再也无法浪漫一回，再也无法看一眼那些他曾经深深爱过的一个又一个优秀的女子。

也许，这本身就是志摩留给后世的最大的浪漫？

志摩遇难的噩耗传出后，在文艺界引起很大震动，就连一度跟他笔墨相讥的鲁迅也从 11 月 21 日的《时报》上剪下了关于这次空难事件的报道。

胡适在志摩遇难次日的日记中感慨地写道："朋友之中，如志摩天才之高，性情之厚。真无第二人！"

周作人说："中国新诗已有十五六年的历史，可是大家都不大努力，更缺少锲而不舍地继续努力的人，在这中间志摩要算是唯一的忠实同志。"

梁实秋则认为："志摩的天才在他的散文里表现得最清楚最生动。"

沈从文号召："纪念志摩的唯一方法，应当是扩大我们个人的人格，对世界多一分宽容，多一分爱。"

蔡元培先生的挽联最为精妙——

> 谈话是诗，举动是诗，毕生行径都是诗，诗的意味渗透了，随遇自有乐土；
>
> 乘船可死，驱车可死，斗室坐卧也可死，死于飞机偶然者，不必视为畏途。

也有例外的。比如闻一多，他就迟迟没有反应，以致他的学生臧克家都忍不住发问道："你是公认的徐的好朋友，为什么没有一点表示呢？"

闻一多当时的回答是，"志摩一生，全是浪漫的故事，这文章，怎么个做法呢？"

浪漫的故事不能做文章？真是奇怪的理由。

1931 年 11 月 21 日下午，志摩的灵柩暂厝于济南福缘庵，后由友人沈从文、梁思成，亲戚张嘉铸，儿子徐如孙等主持，将遗体运往上海，由万国殡仪馆重殓，在静安寺设奠，最后安葬在诗人的故乡浙江海宁硖石镇东山万石窝，墓碑系书法家张宗祥所题。

记得志摩遇难的前一年，即 1930 年秋天，他得到北京大学文学院院长胡适的帮助，离开上海到了北京，任教于北大。当时 20 岁的卞之琳是英文系学生，正开始诗歌创作。

晚年的卞老回忆起志摩给他们上课时,仍然津津乐道:"徐志摩是才气横溢的一位诗人。他给我们在课堂上讲英国浪漫派诗,特别是讲雪莱,眼睛朝着窗外,或者对着天花板,实在是自己在作诗,天马行空,天花乱坠,大概雪莱就是在他这一片空气里了……"

志摩谈起新诗创作的灵感,说:"我自小眼睛近视,有一天在上海配了一副近视眼镜,到晚上抬头一看,发现满天星斗,那么美丽耀眼,感到无比激动,心中突然涌起了要写诗的冲动,这是我的第一次灵感……"

当志摩罹难的消息传到北大时,卞之琳和同学们正在吟诵他的《云游》诗:"那天你翩翩的在空际云游,自在,轻盈,你本不想停留……"他噙着泪花对同学们说:"徐先生云游去了,他留下的新诗,让我们回味无穷。"

的确,浪漫不会停留。志摩像那唐诗中的红豆,仍然被许多人深刻地相思。

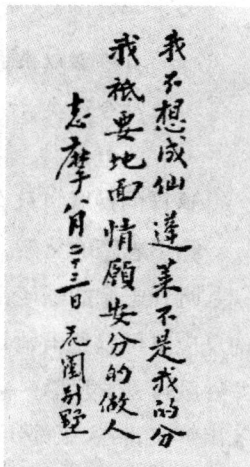

徐志摩手迹

拾

相思随风去;

悲愁伴云来。

志摩死后,所有的亲人和朋友都为他悲痛,但其中有两个人最悲痛。

第一个人就是志摩的父亲徐申如。几个月前,他痛失自己的妻子,他还没来得及从悲痛的阴影中走出来,灾难再次降临,如此惨烈,又如此突然,这怎不叫人悲痛欲绝?一年中失去两个最亲的人——妻子和儿子,其情何堪!

痛定思痛,徐申如没有愧为志摩的父亲,他在挽联中写道——

考史诗所载,沉湘捉月,文人横死,各有伤心;

尔本超然,岂期邂逅罡风,亦遭惨劫?

　　自襁褓以来，求学从师，夫妇保持，最怜独子；

　　母今逝矣，忍使凄凉老父，重赋招魂？

　　这样的挽联也只有志摩的父亲能够写出。

　　除了志摩的父亲，另一个最悲痛的人是陆小曼。

　　听到志摩的噩耗，陆小曼起先是近乎粗暴地将报丧人挡在门外，从这种本能的反应里可以见出她骨子里的痛楚。当死讯最终被证实后，她一下子倒在地上，并昏厥过去，过了好一会儿，她好歹醒来，随即便毫无顾忌地号啕大哭，大口大口吐出鲜血，将衣服都快染红了。

　　除了承担绝望的伤痛外，陆小曼还要承担来自社会各界的责难。不久，她的牙齿全落，也没有心思去镶过一只。所有的伤痛，所有的苦楚，只有她一人独自承担。

　　从那以后，陆小曼素服终身，从此不再穿过一件有红色的旗袍，而且闭门不出，谢绝一切来宾，也不到舞厅去跳过一次舞。她的卧室里悬挂着徐志摩的大幅遗像，每隔几天，她总要买一束鲜花送给他。她说："艳美的鲜花是志摩的象征，他是永远不会凋谢的，所以我不让鲜花有枯萎的一天。"

　　陆小曼还用正楷写下《长恨歌》中的两句：天长地久有时尽，此恨绵绵无绝期。她庄重地将此诗句放在玻璃板下，以示不尽的哀思。

　　夜深人静，陆小曼站在空荡荡的房子里向志摩发誓："我一定做一个你一向希望我所能成的一种人，我决心做人，我决心做一点认真的事业。"

　　她的确做到了，她真的成了志摩希望的那种女性——看书、编书、画画、写文章。

　　1959年，陆小曼还被全国美协评为"三八"红旗手。

　　与志摩在世的时候相比，陆小曼脱胎换骨，已经是截然不同的两个人了。

　　有一天，友人韩湘眉由美国来华探亲，顺便来看望陆小曼。

　　韩湘眉开门见山地说："国外的朋友都很记挂你，如果需要什么帮助，尽管说，大家都希望尽一份心意。"

陆小曼听了很受感动，但是她谢绝了朋友们资助她的钱。

"谢谢你们的好意。"陆小曼用苍老而又清晰的声音说，"确实，解放前，我过得很苦，但是解放改变了我的一切，像我这样消极悲观的人，也开始了新的生命。"

1965年，带着对志摩的追悔和思念，陆小曼因病不起，与世长辞。她化为一股轻烟，向志摩飞扬的方向追去……

当然，志摩的突然谢世，还深深地打击另外两个人：一个是凌叔华，另一个就是他的元配夫人张幼仪。

1931年，就在志摩遇难后不久，凌叔华在《晨报·学园》发表了一篇题为《志摩真的不回来了吗？》的悼文，其中有这样一段文字，读来令人泪下——

　　我就不信，志摩，像你这样一个人肯在这时候撇下我们走了的。平空飞落下来解脱得这般轻灵，直像一朵红山棉（南方叫英雄花）辞了枝柯，在这死的各色方法中也许你会选择这一个，可是，不该是这时候！莫非你（我想在云端里真的遇到了上帝，那个我们不肯承认他是万能主宰的慈善光棍），他要拉你回去，你却因为不忍甩下我们这群等待屠宰的羔羊，凡心一动，像久米仙人那样跌落下来了？我猜对了吧，志摩？……你真的不回来了吗？

如果说，徐申如、陆小曼、凌叔华和林徽因等人的悲痛还可以通过文字的方式发泄出来的话，那么，张幼仪把悲痛隐隐地压在心底。作为志摩的元配夫人，无论志摩后来爱过多少女人，只有她的爱是没有条件的，即便是志摩并不爱她，她仍然爱志摩。

听到志摩的死讯，张幼仪一下子愣住了。不久，往昔的悲苦潮水般涌来：在英国求学那一阵子，志摩明知张幼仪的去向，却不予理睬。只在要办理离婚手续时，才找到柏林。产后，张幼仪很快从悲痛中振作起来，进入裴斯塔洛齐学院，专攻幼儿教育。回国后创办云裳公司，主政上海女子储蓄银行，均大获成功。

尤其难能可贵的是，回国后，张幼仪仍照样服侍志摩的双亲（被认作寄女），精心抚育她和志摩的儿子。台湾版的《徐志摩全集》也是在她的精心策划下编纂的,为的是让后人知道志摩著作的全貌。

志摩与最爱他的女人离了婚,而最爱志摩的女人明明知道志摩并不爱她,可她爱志摩不移,并且终生不渝。

因为爱,恨便无法生存;因为爱,她便能活得坦然。

1988 年,张幼仪在纽约去世,享年 88 岁。

据说那一天,纽约的天空特别蓝,蓝得就像一块玻璃。

昨夜西风

300

拾　壹

志摩遇难后,林徽因是什么反应呢?

"不,决不!"林徽因坚决不信,她对着镜子,歇斯底里地喊道,脸孔因为抽搐而变形:"志摩,志摩,你不是说没事的吗?你不是说还有许多重要的事等着你去做吗?"

志摩出事的当天,在梁思成的陪伴下,林徽因强忍住悲痛,急急赶到济南,他们从出事地点捡了一块飞机的残片,小心翼翼地用手绢包好。

"志摩,我们来看你了……"话音未落,林徽因泪水如注。

梁思成的眼圈也红了。

林徽因把飞机的残片带回家里,她说那是"志摩的魂",她把它挂在卧室的墙壁上,直到去世。这是林徽因对志摩情感的真实写照,是梁思成的宽容与理解成全了她胸怀的坦荡。从某种意义上说,这也是林徽因对世俗社会的一种蔑视。

1934 年 11 月 19 日, 林徽因和梁思成去南方考察路过志摩的故乡硖石,特地停车下来搜寻,在昏沉的夜色里,她独自站在车门外,"凝望着幽黯的站台,默默的回忆许多不相连续的过往残片,直到生和死之间居然幻成一片模糊,人生像火车似的蜿蜒成一串疑问在苍茫间奔驰……如果那时候我的眼泪曾不由自主的溢出睫外,我知道你定会原谅我的。"

一年后的同一天,林徽因满含深情地写了一篇《纪念志摩去世四周年》,文章传递出她对志摩的深切怀念——

今天是你走脱这世界的四周年！朋友，我们这次拿什么来纪念你？前两次的用香花感伤地围上你的照片，抑住嗓子底下叹息和悲哽，朋友和朋友无聊地对望着，完成一种纪念的形式，俨然是愚蠢的失败。因为那时那种近于伤感，而又不够宗教庄严的举动，除却点明了你和我们中间的距离，生和死的间隔外，实在没有别的成效；几乎完全不能达到任何真实纪念的意义……

沙沙的隔着梧桐树吹朋友，你自己说，如果是你现在坐在我这位子上，迎着这一窗太阳：眼看着菊花影在墙上描画作态；手臂下倚着两沓今早的报纸；耳朵里不时隐隐地听着朝阳门外"打靶"的枪弹声；意识的，潜意识的，要明白这生和死的谜，你又该写成怎样一首诗来，纪念一个死别的朋友？

……据我看来：死是悲剧的一章，生则更是一场悲剧的主干！我们这一群剧中的角色自身性格与性格矛盾；理智与情感两不相容；理想与现实当面冲突；侧面或反面激成悲哀。日子一天一天向前转，昨日和昨日堆垒起来混成一片不可避脱的背景，做成我们周遭的墙壁或气氛，那么结实又那么缥缈，使我们每一人站在每一天的每一个时候里都是那么主要，又是那么渺小无能为！此刻我几乎找不出一句话来说，因为，真的，我只是个完全的糊涂；感到生和死一样的不可解，不可懂。

但是我却要告诉你，虽然四年了你脱离去我们这共同活动的世界，本身停掉参加牵引事体变迁的主力，可是谁也不能否认，你仍立在我们烟涛渺茫的背景里，间接地是一种力量，尤其是在文艺创造的努力和信仰方面。间接地你任凭自然的音韵，颜色，不时的风清月白，人的无定律的一切情感，悠断悠续地仍然在我们中间继续着生，仍然与我们共同交织着这生的纠纷，继续着生的理想。你并不离我们太远。你的身影永远挂在这里那里，同你生前一样的飘忽，爱在人家不经意时莅止，带来勇气的笑声也总是那么嘹亮，还有，还有经过你热情或焦心苦吟的那些诗，一首一首仍串着许多人的心旋转。

……

我们的作品会不会再长存下去，就看它们会不会活在那一些我们从来不认识的人，我们作品的读者，散在各时、各处互相不认识的孤单的人的心里的，这种事它自己有自己的定律，并不需要我们的关心的。你的诗据我所知道的，它们仍旧在这里浮沉流落，你的影子也就浓淡参差地系在那些诗句中，另一端印在许多不相识人的心里。朋友，你不要过于看轻这种间接的生存，许多热情的人他们会为着你的存在，而加增了生的意识的。伤心的仅是那些你最亲热的朋友们和同兴趣的努力者，你不在他们中间的事实，将要永远是个不能填补的空虚……

如果说，上面这篇文章虽然委婉地表达了林徽因内心的部分情感，但更多的是做文章给别人看的，有一些套话和隐晦的话，说得遮遮掩掩，没有淋漓尽致的痛快感。因此，仅仅过了几个月后，即 1935 年的夏天，林徽因发表了诗作《别丢掉》，这才是她坦诚的独白，是裸露的心声。

诗不长，不妨抄录于此——

　　别丢掉
　　这一把过往的势情，
　　现在流水似的，
　　轻轻
　　在幽冷的山泉底，
　　在黑夜在松林
　　叹息似的渺茫，
　　你仍要保存那真！
　　一样的月明，
　　一样是隔山灯火，
　　满天的星，
　　只有人不见，
　　梦似的挂起，

你问黑夜要回
那一句话——你仍得相信
山谷中留着
有那回音!

1951年4月1日6时20分,一代才女病逝于同仁医院。

林徽因娇弱的遗体安放在八宝山革命公墓,由梁思成设计墓碑,墓碑上的石刻花圈是林徽因为天安门广场上的人民英雄纪念碑而设计的。

谢幕了,尽管是那么悠长。

我相信,这以后的一切,志摩在天堂里都看见了。

济慈给自己撰写的墓志铭是:"这里睡着一个人,他的名字是写在水上的。"

志摩没有墓志铭,他的名字是写在一团火焰里的,那是一团自由的火焰,一团飞扬的爱的火焰,一团永不熄灭的火焰,就像远在新西兰的青年女诗人芳竹所描写的那份深沉的忧伤一样——

我在一千次的心跳中
守握着一个人的名字
向南,向着延伸的深秋
微笑或者伤情
我只想沿你的气息
寻最后的爱情
然后于午夜梦回时
想我最苦的一滴泪